CIELO INFINITO

RBA MOLINO

CIELO INFINITO

KATHARINE McGEE

Traducción de Raúl García Campos

S

RBA

Título original inglés: *The Towering Sky*.
Publicado originalmente por HarperTeen, un sello de HarperCollins Publishers.

Publicado de acuerdo con Rights People, London.

Producido por Alloy Entertainment, LLC.

© Alloy Enterntaintment and Katharine McGee, 2018.
© de la traducción: Raúl García Campos, 2018.
© del diseño de interior y cubierta: Lookatcia.com, 2018.
© de la imagen de cubierta: Lookatcia.com, 2018;
a partir de imágenes de Shutterstock e iStock.
© de esta edición: RBA Libros, S.A., 2018.
Avda. Diagonal, 189 – 08018 Barcelona.
rbalibros.com

Primera edición: septiembre de 2018.

RBA MOLINO
REF.: MONL442
ISBN: 978-84-272-1342-5
DEPÓSITO LEGAL: B.15.440 -2018

COMPOSICIÓN • EL TALLER DEL LLIBRE, S.L.

Impreso en España • *Printed in Spain*

Para Deedo, y en memoria de Snake

PRÓLOGO

Diciembre de 2119

La primera nevada del año siempre ha tenido algo de extraordinario en Nueva York.

Embellece los defectos de la ciudad, sus perfiles marcados, y transforma Manhattan en un orgulloso y reluciente escenario norteño. El aire se impregna de magia. En la mañana de la primera nevada, incluso los neoyorquinos más hastiados se paran en medio de la calle para contemplar el cielo, presos de una admiración muda. Como si cada caluroso verano olvidasen que algo así era posible, y solo cuando los primeros copos de nieve besan su rostro pueden volver a creer en ello.

Da la impresión de que la nevada podría lavar la ciudad entera, dejar al descubierto los monstruosos secretos que se ocultan bajo la superficie.

Sin embargo, algunos secretos es mejor que sigan enterrados.

Transcurría una de esas mañanas en que imperaba un silencio frío y hechizado cuando una chica apareció en la azotea de uno de los rascacielos gigantescos de Manhattan.

Se acercó al filo mientras el viento le revolvía el cabello. Los copos de nieve danzaban en torno a ella reducidos a cristales astillados. Su tez brillaba como un holograma sobreexpuesto bajo la luz que precedía al amanecer. Si hubiera habido alguien allí arriba, habría dicho que parecía afligida, e indiscutiblemente hermosa. Y asustada.

Hacía más de un año que no salía a la azotea, aunque esta estaba igual que siempre. Los paneles fotovoltaicos se apiñaban en la superficie, a la espera de empaparse de luz solar y convertirla en energía útil. Una enorme aguja de acero ascendía retorcida al encuentro con el cielo. Y de abajo llegaba el rumor de toda una ciudad, una torre de mil pisos, habitada por millones de personas.

A algunas de ellas las había amado, con otras no se había llevado bien. A muchas no había llegado a conocerlas. Pero, a su manera, la habían traicionado, hasta la última de ellas. Le habían hecho la vida imposible al apartarla de la única persona a la que había querido.

La chica sabía que llevaba demasiado tiempo aquí arriba. Empezaba a sentir ese habitual ligero mareo a medida que su cuerpo se ralentizaba, esforzándose por ajustarse a la escasez de oxígeno, por conservar sus recursos. Apretó los dedos de los pies. Los tenía entumecidos. Abajo el aire fluía oxigenado y enriquecido con vitaminas, pero aquí en la azotea parecía negarse a existir.

Esperaba que la perdonaran por lo que estaba a punto de hacer. Pero no tenía alternativa. Era esto o seguir aferrándose a un amago de vida, marchito e inane, una existencia alejada de la única persona que daba sentido a sus días. Experimentó una punzada de culpa, pero más intensa era la profunda sensación de alivio que le proporcionaba saber que al menos, al final, todo terminaría pronto.

La chica levantó una mano para secarse los ojos, como si el viento le hubiera arrancado unas lágrimas.

—Lo siento —se disculpó, aunque no había nadie que la oyera. Además, ¿con quién hablaba? Tal vez con la ciudad que se extendía bajo ella, o con el mundo entero, o con su conciencia silenciosa.

¿Qué más daba? En Nueva York la vida continuaría con o sin ella, igual que siempre, igual de bulliciosa, eléctrica, alborotada y relumbrante. A Nueva York no le importaba que aquellas fueran las últimas palabras que Avery Fuller pronunciase.

AVERY

A

Tres meses antes

very tamborileaba nerviosamente con los dedos sobre el reposabrazos del helicóptero de la familia. Al notar que su novio la observaba, levantó la vista.

—¿Por qué me miras así? —le preguntó, burlona.

—¿Así cómo? ¿Como si quisiera besarte? —Max respondió a su propia pregunta inclinándose para plantarle un beso en los labios—. Puede que no te hayas dado cuenta, Avery, pero siempre tengo ganas de besarte.

—Por favor, prepárense para aterrizar en Nueva York —intervino el piloto automático del helicóptero, que proyectó el aviso por medio de unos altavoces ocultos. Tampoco era que Avery necesitase esa información; llevaba todo el viaje pendiente del trayecto.

—¿Estás bien? —Max la estudió con una mirada cálida.

Avery se agitó, sin saber muy bien qué explicación darle. Lo último que quería era que Max pensara que estaba angustiada por él.

—Es solo que... han sucedido muchas cosas mientras he estado fuera. —Había transcurrido mucho tiempo. Siete meses, el período más largo que había pasado fuera de Nueva York en sus dieciocho años de vida.

—Incluido yo. —Max desplegó una sonrisa cómplice.

—Sobre todo tú —confirmó Avery, que imitó su expresión.

La Torre no tardó en agrandarse hasta dominar las vistas que ofrecían las ventanillas de flexiglás. Avery la había contemplado desde esta perspectiva en infinidad de ocasiones (durante los años que había pasado viajando con su familia, o con su amiga Eris y sus padres), aunque nunca había reparado en lo mucho que se parecía a una inmensa lápida de cromo. Como la lápida de Eris.

Avery apartó esa idea de su cabeza. En su lugar, se centró en la luz otoñal que bailaba sobre las aguas agitadas del río, bruñendo la antorcha dorada de la Estatua de la Libertad, antaño tan alta y hoy empequeñecida de forma ridícula por su colosal vecina, la megatorre de mil pisos que brotaba de la superficie de hormigón de Manhattan. La Torre que la empresa de su padre había ayudado a construir, en la que los Fuller ocupaban la planta superior, el ático más espacioso del mundo entero.

Avery dejó caer la mirada hasta los barcos y los autocares que ronroneaban abajo, los monorraíles suspendidos en el aire como delicadas hebras de tela de araña.

Había dejado Nueva York en febrero, poco después de la inauguración del nuevo complejo residencial vertical que su padre había levantado en Dubái. Aquella fue la noche en que Atlas y ella decidieron que no podían estar juntos, por mucho que se amaran. Porque, aunque no fueran parientes consanguíneos, Atlas era el hermano adoptivo de Avery.

En aquel momento Avery creyó que su mundo se caía a pedazos. O tal vez ella se quedó hecha pedazos, tan infinitesimalmente diminutos que terminó por convertirse en la protagonista de aquella canción infantil, la que después ya no tenía manera de recomponerse. Estaba segura de que moriría de pena.

Había sido una ingenua al pensar que aquella herida en el corazón acabaría con su vida, pero así era como lo sentía entonces.

Pese a todo, el corazón es un pequeño órgano extraño, obstinado, elástico. Al darse cuenta de que sobreviviría, comprendió que quería marcharse, alejarse de Nueva York, de los recuerdos dolorosos y de las caras conocidas. Igual que había hecho Atlas.

Ya había solicitado entrar en el programa de verano de Oxford; después solo había tenido que ponerse en contacto con la oficina de admisión y preguntar si podría trasladarse pronto, a tiempo para el semestre de primavera. Se había reunido con el decano de la Berkeley Academy a fin de pedir los créditos del instituto que necesitaba para los cursos académicos de Oxford. Por supuesto, en todo momento se le allanó el camino. Como si alguien fuera a negarle algo a la hija de Pierson Fuller.

No obstante, la única persona que se oponía a ella era el propio Pierson.

—¿Qué es todo esto, Avery? —le preguntó cuando ella le mostró la documentación del traslado.

—Necesito marcharme. Irme lejos de aquí, a algún lugar que no me traiga ningún recuerdo.

La mirada de su padre se ensombreció.

—Sé que la echas de menos, pero esto me parece excesivo.

Cómo no. Su padre daba por hecho que esto se debía a la muerte de Eris. Y así era, en parte, pero además Avery estaba triste por Atlas.

—Solo necesito pasar una temporada fuera de Berkeley. Todos me miran por los pasillos, cuchichean a mis espaldas —insistió, y decía la verdad—. Solo quiero alejarme de esto. Ir a algún lugar donde nadie me conozca, y donde yo no conozca a nadie.

—Te conocen en todo el mundo, Avery. Y quien no te conozca aún, te conocerá pronto —le recordó su padre en un tono comprensivo—. Iba a decírtelo... Este año voy a presentarme a la alcaldía de Nueva York.

Avery se lo quedó mirando por un instante, muda de puro asombro. Aunque no tendría que haberse sorprendido tanto. A su padre nunca le bastaba con lo que tenía. Cómo no, ahora que era el hombre más rico de la ciudad, querría ser también el más destacado.

—Volverás el próximo otoño, para las elecciones —le dijo Pierson. No era una pregunta.

—Entonces ¿puedo ir? —inquirió Avery, y notó un profundo alivio en el pecho, casi mareante.

Su padre suspiró y empezó a firmar los papeles de la autorización.

—Algún día, Avery, entenderás que no sirve de mucho huir de las cosas si al final vas a tener que volver y enfrentarte a ellas.

La semana siguiente, Avery y una esforzada banda de bots de traslado avanzaban por las calles estrechas de Oxford. Las residencias estaban completas en pleno semestre, pero Avery había publicado un anuncio anónimo en los tablones de anuncios de la escuela y había encontrado una habitación en una cabaña situada fuera del campus con un espléndido jardín descuidado en la parte de atrás. Hasta incluía una compañera de cuarto, una estudiante de Poesía que se llamaba Neha. Y, también, una casa llena de chicos en la puerta de al lado.

Avery se integró muy bien en la vida de Oxford. Le encantaba lo antiguo que parecía todo: que sus profesores escribieran en tableros verdes con unos curiosos lápices blancos; que los demás la mirasen a la cara cuando le hablaban, en lugar de llevar los ojos en todas direcciones constantemente para consultar los agregadores. Aquí casi nadie tenía las lentes de contacto digitales que Avery llevaba usando toda la vida. En Oxford las conexiones eran tan inestables que había terminado quitándoselas y viviendo como una humana premoderna, sin más ayuda que la de una tableta para comunicarse. Le agradaba lo pura y despejada que notaba ahora la vista.

Una tarde, mientras trabajaba en un ensayo para la clase de Arte de Asia Oriental, se distrajo con los ruidos que procedían de la puerta contigua. Sus vecinos estaban dando una fiesta.

En Nueva York se habría limitado a activar el silenciador, el dispositivo que bloqueaba las ondas sonoras del ambiente, generando así una pequeña burbuja de tranquilidad incluso en los lugares más ruidosos. En realidad, esto no habría ocurrido en Nueva York porque allí Avery no tenía vecinos; tan solo contaba con la compañía del cielo, que rodeaba por completo el apartamento de los Fuller.

Se tapó los oídos con las manos en un intento por concentrarse, pero el escándalo de los gritos y las risas no paraba de aumentar. Al cabo de un rato, se levantó y se dirigió a la puerta de al lado, sin importarle que fuese vestida con unos pantalones cortos deportivos, ni que llevase la melena de color miel recogida en un moño y fijada con una horquilla con forma de tortuga que Eris le había dado años atrás.

Fue entonces cuando vio a Max.

Estaba en medio de un grupo, en el patio, contando una historia con fervor. Tenía un greñudo cabello moreno que se erizaba en todas direcciones y llevaba un jersey azul a juego con unos tejanos, algo por lo que las chicas de Nueva York se habrían burlado de él sin piedad. Pero para Avery denotaba una impaciencia evidente, como si tuviera cosas más importantes de las que preocuparse que el mundano asunto del vestuario.

De pronto, se sintió ridícula. ¿Qué pretendía hacer, presentarse aquí y regañar a sus vecinos por pasárselo bien? Dio un paso atrás, justo en el momento en que el chico que estaba contando la historia levantó la mirada, directa hacia sus ojos. Él sonrió con complicidad. Después llevó la vista más allá de ella y siguió hablando sin perder el hilo de la narración.

Esto fastidió bastante a Avery. No estaba acostumbrada a que la ignorasen.

—Por supuesto que votaría por el referéndum, si pudiera votar aquí —estaba diciendo el chico. Tenía acento alemán, y su tono ascendía y descendía impulsado por un torrente de emociones—. Londres debe expandirse hacia arriba. Una ciudad es un ser vivo; si no crece, enferma y muere.

Avery supo que estaba hablando de la propuesta de ley de su padre. Tras años presionando al Parlamento británico, Pierson Fuller había conseguido por fin su referéndum nacional, con el que se determinaría si Gran Bretaña demolería su capital y la reconstruiría bajo la forma de una grandiosa supertorre. Muchas ciudades habían adoptado ya esta solución alrededor del mundo (Río, Hong Kong, Pekín, Dubái y, por supuesto, Nueva York, la primera de todas, hacía dos décadas), pero algunas de las antiguas capitales europeas se mostraban más reticentes.

—Yo votaría que no —intervino Avery. No era la opinión más popular entre los jóvenes, y su padre la habría escuchado con consternación, pero ella sentía el deseo contumaz de llamar la atención de este chico. Y, además, había dicho la verdad.

Él realizó una extraña reverencia en actitud irónica hacia ella, invitándola a continuar.

—Lo digo porque Londres ya no volvería a ser Londres —prosiguió Avery. Se convertiría en otra más de las lustrosas ciudades automatizadas de su padre, en otro mar vertical de habitantes anónimos.

Unas arrugas agradables rodearon los ojos del chico cuando sonrió.

—¿Has visto la propuesta? Hay todo un ejército de arquitectos y diseñadores para garantizar que el ambiente de Londres permanezca intacto, que sea incluso mejor que antes.

—Pero en realidad nunca ocurre así. Cuando vives en una torre, la atmósfera de conexión, de espontaneidad, no es tan auténtica. No es... —extendió las palmas de las manos, impotente—... como esto.

—¿Como colarse en fiestas ajenas? No sé por qué, me da que la gente también puede hacer esas cosas en los rascacielos.

Avery sabía que tendría que haberse puesto roja de vergüenza, pero en vez de eso, rompió a reír.

—Maximilian von Strauss. Llámame Max —se presentó el chico. Acababa de terminar su primer año en Oxford, según le explicó, donde estudiaba Economía y Filosofía. Quería sacarse el doctorado y obtener una plaza de profesor, o convertirse en escritor de enrevesados libros sobre economía.

Sin duda, Max tenía algo de anticuado, pensó Avery; se sentía como si hubiera llegado aquí procedente del futuro, a través de algún tipo de portal. Tal vez fuese su formalidad. En Nueva York todo el mundo parecía calibrar su superioridad en función de lo desdeñosos o cínicos que fueran. Max no tenía ningún inconveniente en demostrar que las cosas le importaban, con franqueza y sin ironía.

Pocos días después, Avery y él ya pasaban juntos casi todo su tiempo libre. Estudiaban en la misma mesa de la biblioteca Bodleiana, rodeados de los lomos ajados de las novelas antiguas. Se sentaban fuera del pub local, donde escuchaban la música de las bandas de estudiantes aficionados, o el canto apacible de las langostas en las noches cálidas de verano. Y ni una sola vez rebasaron los límites de la amistad.

Al principio, Avery se lo tomó a modo de experimento. Max era como aquellas vendas que se utilizaban antes de que se inventara el medilector; la ayudaba a olvidar el profundo dolor que aún sentía tras haber perdido a Atlas.

Pero, con el tiempo, dejó de interpretarlo como un mero apósito para empezar a verlo como algo real.

Una noche iban caminando junto al río de regreso a casa, dos siluetas recortadas contra el tapiz de los árboles por la luz del crepúsculo. El viento arreciaba, levantando ondas en la superficie del agua. A lo lejos, las arcadas de caliza blanca de la universidad despedían un pálido resplandor azulado bajo la luz de la luna.

Avery acercó su mano con timidez a la de Max. Notó que él se sobresaltaba un tanto.

—Creía que tenías novio en Nueva York —adujo él, como si estuviera respondiendo a alguna pregunta que ella le hubiera formulado, y quizá así había sido.

—No —dijo Avery a media voz—. Solo... estaba recuperándome por algo que había perdido.

Max detuvo sus ojos negros en los de ella, recogiendo el resplandor de la luna.

—¿Y ya lo has superado?

—No del todo.

Ahora, sentada en los amplios y lujosos asientos del helicóptero de su padre, se arrimó a Max. Los cojines estaban tapizados con un dinámico patrón de azules marinos y dorados que, si se examinaba en detalle, componía una serie de efes cursivas entrelazadas. Incluso la moqueta lucía la inicial de la familia.

Se preguntó, por enésima vez, qué pensaría Max de todo aquello. ¿Cómo afrontaría el encuentro con sus padres? Ella ya había conocido a la familia de él, este verano, durante un fin de semana en Wurzburgo. La madre de Max era profesora de Lingüística y su padre escribía novelas, relatos de misterio repletos de suculentos detalles escabrosos donde eran asesinadas al menos tres personas por libro. Ninguno de los dos hablaba inglés con fluidez. Se limitaron a deshacerse en abrazos con ella, sirviéndose del peregrino traductor automático de las lentes de contacto, el cual, a pesar de que llevaba años recibiendo actualizaciones, seguía haciendo que sus usuarios parecieran hablar como párvulos ebrios.

—Es porque los idiomas tienen muchas músicas —intentó explicar la madre de Max, lo que Avery interpretó como matices y significados.

Por lo demás, se arreglaban muy bien a base de gestos y risas.

Avery sabía que la actitud de sus padres sería muy distinta. Los quería, desde luego, pero tanto ella como ellos habían marcado siempre las distancias. A veces, cuando era más joven y veía a sus amigas en compañía de sus madres, sentía el dolor candente de los celos, del modo en que Eris y su madre daban vueltas por Bergdorf cogidas del brazo, compartiendo risitas cómplices, casi como amigas en lugar de como madre e hija. Incluso envidiaba la relación que mantenían Leda y su madre, que aunque eran conocidas por sus discusiones explosivas, después siempre se echaban a llorar, se abrazaban y hacían las paces.

Los Fuller no manifestaban su afecto de esa manera. Cuando Avery era pequeña, nunca la achuchaban ni se sentaban junto a ella cuando caía enferma. Tal y como ellos lo veían, para eso estaba el servicio. Que ellos no fueran unos sensibleros no quería decir que la quisieran menos, se recordó Avery. Aun así, a veces se preguntaba cómo sería tener unos padres con los que poder salir a dar una vuelta, con los que poder dejar a un lado las formalidades.

Sus padres sabían que estaba saliendo con un chico, y habían dicho que tenían muchas ganas de conocerlo, pero ella temía que en cuanto vieran a Max, con su indisimulado desaliño alemán, le cerraran la puerta en las narices. Ahora que su padre se presentaba a la alcaldía de Nueva York, parecía estar más obsesionado que nunca con la imagen que proyectaba la familia. Significara lo que significase eso.

—¿En qué piensas? ¿Te preocupa que no les guste a tus amigos? —le preguntó Max, acertando casi de pleno.

—Claro que les vas a gustar —aseguró ella con rotundidad.

Aunque ahora mismo no sabía qué esperar de sus amigos, sobre todo de su mejor amiga, Leda Cole. Cuando Avery se marchó, la pasada primavera, Leda no se encontraba precisamente en su mejor momento.

—Me hace muy feliz que hayas venido conmigo —añadió.

Max solo pasaría unos días en Nueva York antes de regresar para empezar su segundo año en Oxford. Para Avery significaba mucho que hubiera atravesado el océano por ella, para conocer tanto a las personas que más le importaban como la ciudad de la que procedía.

—Como si fuera a desaprovechar la ocasión de pasar más tiempo contigo. —Max estiró el brazo para acariciarle los nudillos con el pulgar. Una fina pulsera tejida, en recuerdo de un amigo de la infancia que había fallecido muy joven, se deslizó por su muñeca. Avery le apretó la mano.

Se inclinaron de lado varios grados, a merced de la corriente de aire proyectada por las fachadas de la Torre. El helicóptero, incluso con los lastres que llevaba distribuidos para enfrentarse a las turbulencias, no podía evitar zarandearse con ese viento tan fuerte. Avery se agarró e instantes después apareció ante ellos la boca del helipuerto: conectada con la pared de la Torre en perfectos ángulos de noventa grados, austera, dura y reluciente, y parecía decir a gritos que era nueva. Qué distinta era de Oxford, donde las azoteas curvadas e irregulares se elevaban hacia un cielo del color del vino.

El helicóptero descendió hasta la plataforma, revolviendo el cabello de las personas que lo esperaban. Avery parpadeó sorprendida. ¿Qué hacía allí toda aquella gente? Se apretaban unos contra otros, sosteniendo en las manos pequeños capturadores de imágenes cuyos objetivos destellaban como ojos ciclópeos. Tal vez fuesen *vloggers* o periodistas de la i-Net.

—Parece que Nueva York se alegra de tu regreso —observó Max, arrancándole una sonrisa apagada a Avery.

—Lo siento. No tenía ni idea. —Estaba acostumbrada a que de vez en cuando algún bloguero del mundo de la moda tomase una foto de su atuendo, pero no se parecía en nada a esto.

Entonces vio a sus padres, y en ese momento supo de quién

era la culpa. Su padre había decidido convertir su vuelta a casa en un acto de relaciones públicas.

La puerta del helicóptero se abrió y la escalerilla se desplegó como un acordeón. Avery intercambió una última mirada con Max antes de descender.

Elizabeth Fuller se acercó deprisa, vestida con un traje de gala a medida y zapatos de tacón alto.

—¡Bienvenida a casa, cariño! Te hemos echado de menos.

Avery optó por olvidar lo mucho que le molestaba que el reencuentro se estuviera dando en estas circunstancias, bajo el calor y con el barullo del helipuerto atestado. Se olvidó de todo salvo del hecho de que volvía a tener a su madre con ella después de tantos meses separadas.

—¡Yo también os he echado de menos! —exclamó mientras le daba un fuerte abrazo.

—¡Avery! —Su padre se apartó de Max, que le había estrechado la mano—. ¡Cuánto me alegro de que hayas vuelto!

También él le dio un abrazo a Avery, que cerró los ojos mientras le devolvía el gesto, hasta que su padre la hizo girarse con destreza para que las cámaras pudieran encuadrarla mejor. Él dio un paso atrás, con el aire elegante y satisfecho que le otorgaba su inmaculada camisa blanca, henchido de orgullo. Avery intentó ocultar su desilusión porque su padre hubiera convertido su regreso en un espectáculo y porque los medios lo hubieran complacido.

—¡Gracias a todos! —declaró con su voz potente y agradable para aquellos que los estaban grabando. Avery no sabía muy bien qué tenía que agradecerles, pero a juzgar por la expresión de los reporteros que asentían, tampoco parecía importar mucho—. Estamos emocionados de que nuestra hija, Avery, haya regresado después de pasar un semestre en el extranjero, ¡justo a tiempo para las elecciones! Estará encantada de responder a algunas preguntas —añadió su padre mientras le daba un empujoncito hacia delante.

En realidad, no le apetecía en absoluto, pero no le quedaba elección.

—¡Avery! ¿Qué es lo que se lleva ahora en Inglaterra? —gritó uno de los periodistas, un bloguero del mundo de la moda al que Avery reconoció.

—Em... —Por mucho que repitiera que ella no era ninguna *fashionista*, nadie parecía creerla.

Deslizó una mirada suplicante hacia Max (quien tampoco podía ofrecerle mucha ayuda) y se fijó en el cuello de su camisa de franela. Los botones que subían hacia el cuello eran de color castaño, salvo uno, que era mucho más claro, de un suave tono pardo. Max debía de haber perdido ese botón y lo había reemplazado por otro, sin importarle que no hiciera juego con los demás.

—Los botones rebeldes —soltó—. Quiero decir, los botones que no combinan. A propósito.

Max la miró a los ojos, con una ceja enarcada en un gesto festivo. Avery se obligó a apartar la mirada de él para no romper a reír.

—¿Y este quién es? ¿Tu nuevo novio? —preguntó otro de los blogueros, haciendo que el grupo centrara su atención con avidez en Max. Este encogió los hombros con ademán afable.

Avery no pudo evitar darse cuenta de que el gesto de sus padres se había endurecido después de que se fijaran mejor en Max.

—Sí. Este es mi novio, Max —anunció.

Su declaración levantó un cierto tumulto, y antes de que Avery tuviera ocasión de añadir nada más, Pierson la rodeó con un brazo protector.

—¡Gracias por su apoyo! Estamos muy emocionados por volver a tener a Avery en Nueva York —repitió—. Y ahora, si nos disculpan, agradeceríamos un poco de intimidad familiar.

—¿Botones rebeldes? —Max se colocó a su lado—. Me pregunto de dónde te habrás sacado eso.

—Deberías darme las gracias. Acabo de convertirte en el chico más estiloso de Nueva York —bromeó Avery al tiempo que lo tomaba de la mano.

—¡Exacto! ¿Cómo voy a soportar ahora tanta presión?

Mientras caminaban hacia el deslizador que los esperaba, en la cabeza de Avery resonó el último comentario de su padre: «Un poco de intimidad familiar». Sin embargo, ahora mismo ellos no eran una familia, porque les faltaba alguien muy importante.

Avery sabía que no debería estar pensando en él, pero no podía evitar preguntarse qué estaría haciendo Atlas, en la otra punta del mundo.

LEDA

¿A que es agradable? —tanteó la madre de Leda Cole, con el tono avivado por un optimismo irreductible.

Leda deslizó una mirada breve e indiferente alrededor. Ilara y ella estaban sumergidas hasta la cintura en unas aguas cálidas, rodeadas de los irregulares cantos rodados de la Laguna Azul. El techo de la planta 834 se elevaba sobre ellas, coloreado de un jovial añil que contrastaba con el humor de Leda.

—Mucho —masculló esta, sin darle la menor importancia al gesto dolido que contrajo las facciones de su madre. Hoy no quería haber salido. Estaba de maravilla en su habitación, en compañía de su flamante y solitaria tristeza.

Leda sabía que su madre solo intentaba ayudarla. Se preguntaba si esta salida forzosa habría sido una recomendación del doctor Vanderstein, el psiquiatra que las trataba a las dos. «¿Por qué no os regaláis una "escapada de chicas"?», podía oírle decir Leda mientras simulaba unas comillas con los dedos. Ilara habría recibido la idea con entusiasmo. Habría hecho cualquier cosa por acabar con el persistente mal humor de su hija.

Un año atrás habría funcionado. Eran pocas las veces que Ilara podía compartir su tiempo con Leda; esta habría agradecido tener la oportunidad de salir un rato con ella. Además, a la Leda de antes siempre le entusiasmaba ir a un *spa* o un restaurante nuevos antes que nadie.

La Laguna Azul había abierto hacía tan solo unos días. Tras el inesperado terremoto del año anterior, el cual provocó que media Islandia se deslizase hacia el mar, una empresa de desarrollo le había comprado la laguna, ahora sumergida, al desconcertado Gobierno islandés a precio de ganga. Habían pasado meses extrayendo hasta el último guijarro de roca volcánica, para después enviarlo todo a Nueva York y recrearlo allí, piedra a piedra.

Típico de los neoyorquinos, siempre decididos a hacer que el mundo viniera a ellos, como si ni siquiera consideraran la idea de salir de su diminuta isla. «Todo lo que tengáis», parecían decirles a los demás habitantes del mundo, «volveremos a hacerlo nosotros aquí, y mejor».

Leda solía mostrar ese mismo tipo de confianza templada en sí misma. Era la que lo sabía todo acerca de todos, quien levantaba habladurías y hacía favores, quien intentaba moldear el universo a su voluntad. Pero eso era antes.

Movió una mano con desinterés bajo el agua, preguntándose si la tratarían con partículas modificadoras de la luz para darle ese imposible color azul. Al contrario que la laguna original, esta no incluía una fuente termal en su interior. Solo era agua del grifo calentada, enriquecida con vitaminas y un poco de aloe, en principio una solución mucho mejor que las fétidas sustancias sulfúricas originales.

Además, a Leda le había llegado el rumor de que los administradores de la laguna liberaban relajantes ilegales en el ambiente; nada grave, solo los necesarios para hacerse con el 0,02 por ciento de la composición del aire. Bueno, ahora mismo no le vendría nada mal relajarse un poco.

—He visto que ha vuelto Avery —se aventuró Ilara, rompiendo con el nombre el escudo de aletargamiento con el que Leda se protegía.

Le había sido fácil no pensar en Avery mientras esta se encontraba en Inglaterra. Avery no acostumbraba a entablar videochats; mientras Leda le respondiese a los mensajes que de vez en cuando le escribía en línea, Avery pensaba que todo iba bien. Pero ¿y si ver de nuevo a Avery hacía que resurgieran todos aquellos recuerdos, los que se empeñaba en ignorar, los que había enterrado en lo más hondo de su ser, en la oscuridad absoluta?

«No», dijo para sí. Avery no tendría más interés que ella en rememorar el pasado. Ahora estaba con Max.

—He oído que se ha echado un novio nuevo. —Ilara jugueteó con la correa de su bañador negro—. ¿Tú sabes algo sobre él?

—No mucho. Que se llama Max.

Su madre asintió. Ambas sabían que la Leda de antes habría entrado en ebullición al oír la pregunta, que habría expuesto múltiples conjeturas y especulaciones acerca de Max, y que habría opinado sobre si era lo bastante bueno o no para su mejor amiga.

—¿Y tú, Leda? Últimamente no te he oído hablar de ningún chico —continuó su madre, aunque supiera muy bien que su hija llevaba sola todo el verano.

—Eso es porque no hay nada de lo que hablar. —Leda tensó la mandíbula y se introdujo un poco más en el agua.

Ilara titubeó, hasta que al cabo de poco pareció decidir que debía ahondar en la cuestión.

—Sé que todavía no has olvidado del todo a Watt, pero tal vez sea hora de...

—¿En serio, mamá? —bufó Leda.

—Has pasado un año muy duro, Leda, ¡solo quiero que seas feliz! Y Watt... —se interrumpió—. Nunca llegaste a contarme qué fue lo que te pasó con él.

—No quiero hablar de eso.

Antes de que su madre tuviera ocasión de insistir, Leda cogió aire y sumergió la cabeza en la laguna, sin importarle que aquellas extrañas vitaminas le apelmazasen el pelo. El agua fluía cálida y su quietud resultaba agradable, ahogaba cualquier ruido. Deseó poder quedarse sumergida para siempre allí, donde no había fracasos ni sufrimiento, errores ni malentendidos, y tampoco decisiones equivocadas. «Lávame y me quedaré limpia», recitó para sí al recordar las lecciones de la escuela dominical, aunque Leda nunca quedaría limpia, no si permanecía escondida para siempre. No después de lo que había hecho.

Primero había pasado todo lo de Avery y Atlas. Ahora costaba creerlo, pero a Leda le gustaba Atlas (de hecho, incluso llegó a pensar, tonta de ella, que lo quería). Hasta que descubrió que Avery y él estaban juntos en secreto. Se estremeció al recordar el enfrentamiento que mantuvo con Avery al respecto en la azotea, aquella noche en la que todo se torció tanto.

Su amiga Eris había intentado tranquilizar a Leda, pese a que esta le advirtiera a gritos que no se entrometiese. Cuando Eris se acercó, Leda la apartó de un empujón, de tal forma que, sin pretenderlo, la hizo caer Torre abajo.

Después de aquello, no era de extrañar que Avery quisiera marcharse de Nueva York. Y eso que no conocía todos los detalles de la historia. Solo Leda había averiguado la parte más turbia y vergonzosa de la verdad.

Eris era hermanastra de Leda.

Leda lo supo el invierno anterior, por la exnovia de Eris, Mariel Valconsuelo. Esta se lo había contado durante la fiesta de inauguración de la nueva torre de Dubái, justo antes de que drogase a Leda y la diera por muerta, dejándola abandonada en la orilla cuando subía la marea.

La verdad de la confesión de Mariel resonó en la cabeza de Leda con una contundencia enfermiza. Tenía mucho más sentido que lo que ella creía que estaba pasando, que Eris tenía una aventura en secreto con el padre de Leda. En vez de eso, Eris y Leda tenían el mismo padre; y aun peor, Eris ya sabía la verdad antes de morir. Leda lo entendía todo ahora. Era lo que Eris había estado intentando contarle, aquella noche en la azotea, lo que Leda malinterpretó tan trágicamente.

Saber que había matado a su hermana le quemaba las entrañas. Sentía deseos de golpearse y gritar hasta que la tierra la engullera. No lograba conciliar el sueño, atormentada por las visiones de una Eris lastimera que, detenida en la azotea, la miraba torvamente con aquellos ojos moteados de ámbar.

Solo había una manera de aliviar un dolor tan grande, y Leda había jurado no volver a considerarla nunca más. Pero no podía evitarlo. Con la voz temblorosa, Leda llamó a su antiguo camello.

Empezó a tomar cada vez más pastillas, mezclándolas y combinándolas con asombrosa despreocupación. Le daba igual lo que se metiera mientras le sirviera para adormecerse. Hasta que un día, como en el fondo ya debía de imaginarse que terminaría por suceder, ingirió un puñado de más.

Nadie supo de ella durante todo un día. Cuando su madre la encontró a la mañana siguiente, estaba hecha un ovillo en su cama, con los tejanos y los zapatos todavía puestos. En algún momento había sufrido una hemorragia nasal. La sangre se había escurrido por su camisa para después cuajarse y formar costras viscosas sobre el pecho. Notaba la frente húmeda y pegajosa a causa del sudor.

—¿Dónde has estado? —gritó su madre, horrorizada.

—No lo sé —admitió Leda. Sintió un aleteo en el hueco del pecho que antes ocupaba su corazón. Lo último que recordaba era que se había colocado con su antiguo camello, Ross. No tenía ni idea de qué más podría haber hecho en las últimas veinticuatro horas; ni siquiera sabía cómo se las habría arreglado para volver a casa.

Sus padres la enviaron a rehabilitación, espantados por que hubiera intentado suicidarse. Tal vez, a nivel del subconsciente, sí que lo hubiera deseado. No habría hecho más que ponerle fin a lo que Mariel había empezado.

Después, para su sorpresa, supo que Mariel también había muerto.

Tras aquel terrible enfrentamiento en Dubái, Leda configuró una alerta en la i-Net para destacar todas las menciones del nombre de Mariel. Lo último que esperaba encontrarse era una esquela. Pero un día, en rehabilitación, se encontró con la necrológica en la bandeja de entrada: «Mariel Arellano Valconsuelo, de 17 años, se ha reunido con nuestro Señor. La sobreviven sus padres, Eduardo y Marina Valconsuelo, y su hermano, Marcos...».

«Se ha reunido con nuestro Señor». Esta fórmula sonaba aún más ambigua que la clásica «ha fenecido» o «ha muerto de forma inesperada». Leda no tenía ni idea de qué le habría ocurrido a Mariel, si habría sufrido un accidente o si habría contraído de pronto una enfermedad letal. Quizá ella también hubiera empezado a consumir drogas, debido a la pena que le habría causado la pérdida de Eris, o al arrepentimiento por lo que le había hecho a Leda en Dubái.

Al conocer la noticia del fallecimiento de Mariel, un nuevo y escalofriante temor empezó a hacer presa en Leda. De alguna manera, se presentaba como una suerte de presagio, como un terrible augurio de lo que estaba a punto de suceder.

—Tengo que recuperarme —le dijo a la doctora aquella tarde.

La doctora Reasoner sonrió.

—Por supuesto, Leda. Es lo que todos queremos para ti.

—No, no me entiende —insistió Leda, casi desesperada—. Estoy atrapada en este círculo vicioso de dolor, y quiero escapar de él, ¡pero no sé cómo!

—La vida es dura, y acceder a las drogas es muy fácil. Te aíslan de la vida real, impiden que sientas las cosas con demasiada intensidad —señaló la doctora Reasoner en un tono sereno.

Leda tomó aire, deseando poder explicar que el suyo no era un simple problema de drogas. Era la negrura que se arremolinaba en ella lo que parecía arrastrarla de forma inexorable, tanto a ella como a quienes la rodeaban.

—Leda —prosiguió la doctora—, tienes que cortar los patrones emocionales que provocan tu adicción y empezar de cero. Por eso, he recomendado que tus padres te envíen a un internado una vez que termines tu tratamiento aquí. Tienes que volver a empezar.

—¡No puede mandarme a un internado! —Leda no soportaba la idea de estar lejos de sus amigos, ni de su familia, por muy desestructurada y debilitada que estuviera.

—En ese caso, la única forma que tienes de escapar de ese círculo es someterte a una conversión total y absoluta.

La doctora Reasoner le explicó que debería amputar las partes envenenadas de su vida, como si fuese una cirujana armada con un escalpelo, para después seguir adelante solo con las partes sanas. Debía cortar con todo aquello que pudiera desencadenar un comportamiento problemático, y transformarse.

—¿Y mi novio? —susurró Leda, extrayendo un suspiro de la doctora Reasoner. Esta había conocido a Watt aquel mismo año, cuando él acompañó a Leda para ingresar en la clínica de rehabilitación.

—Diría que Watt es el peor desencadenante de todos.

Pese a que el dolor no le permitiera discurrir con total claridad, Leda estaba de acuerdo con la doctora. Watt la conocía, sabía cómo era de verdad, sabía que bajo su urdimbre de engaños ocultaba sus inseguridades y sus miedos, las cosas horribles que había hecho. Watt solo veía a la Leda de antes, pero ella necesitaba centrarse en la Leda que estaba renaciendo.

Así que cuando terminó la rehabilitación, rompió con Watt para siempre.

Los pensamientos de Leda se vieron interrumpidos por la luz roja de una notificación que parpadeaba en un rincón de su campo visual.

—¡Mira! ¡Es la hora del masaje! —exclamó Ilara, que miró esperanzada a su hija.

Leda intentó forzar una sonrisa, aunque en realidad ya no daba importancia a los masajes. Eran algo más propio de la antigua Leda.

Vadeó la laguna tras su madre, dejando atrás las instalaciones de las mascarillas de barro y el bar de hielo tallado, hasta que llegaron a la zona acordonada que se reservaba para los tratamientos de *spa* privados. Atravesaron una barrera sonora invisible que acalló de inmediato las risas y las voces de la Laguna Azul para reemplazarlas por una música de arpa proyectada a través de unos altavoces.

En el recinto cubierto había preparadas dos esteras de flotación, ancladas al fondo del estanque por medio de unos lazos de color marfil. Leda se quedó helada al poner las manos en su estera. De pronto, lo único que acertaba a ver era el pañuelo beis de Eris, aleteando contra su cabello cobrizo mientras se precipitaba hacia la oscuridad. El pañuelo que Leda había malinterpretado de un modo tan lamentable, porque era un regalo de su propio padre.

—¿Leda? ¿Va todo bien? —le preguntó su madre, con el ceño fruncido en un gesto de preocupación.

—Claro —contestó Leda con firmeza, y se tumbó sobre la estera de masaje. El tejido empezó a calentarse, a medida que los sensores identificaban las zonas afectadas y personalizaban el tratamiento.

Leda intentó obligarse a cerrar los ojos y relajarse. Todo saldría bien, ahora que la oscuridad que el año anterior había traído consigo quedaba atrás. No permitiría que los errores que había cometido en el pasado acabaran con ella.

Paseó las manos por las aguas artificialmente azules de la laguna, intentando poner la mente en blanco, pero no conseguía dejar de extender los dedos con ansiedad para después cerrarlos en un puño.

«Me voy a recuperar», se repetía una y otra vez. Mientras se mantuviera apartada, alejada de cuanto pudiera reactivar sus viejas adicciones, estaría a salvo del mundo.

Y el mundo estaría a salvo de ella.

CALLIOPE

Calliope Brown tenía las manos apoyadas en la barandilla de hierro colado, desde donde contemplaba la calle, setenta plantas abajo.

—¡Oh, Nadav! —exclamó su madre, Elise, a su espalda—. Tenías razón. Es perfecto para la recepción de la boda.

Se encontraban en la terraza exterior del Museo de Historia Natural, una auténtica terraza descubierta, con las puertas abiertas de par en par al dorado aire almibarado de septiembre. El cielo presentaba la cristalinidad pulida de un esmalte. Esta era una de las últimas plantas donde se podía acceder al exterior. Si se seguía subiendo, las terrazas ya no eran auténticas, sino simples habitaciones con unas bonitas vistas, rodeadas de cristal de polietileno.

La futura hermanastra de Calliope, la hija de Nadav, Livya, quien se había quedado junto a las puertas, articuló un contenido «Oooh» de aprobación. Calliope no se molestó en girarse. Empezaba a cansarse de Livya, aunque hacía lo que podía por ocultarlo.

Nunca serían amigas. Livya era una insoportable chica obediente, de las que seguían enviando notas de agradecimiento con membrete y soltaban chillonas risas falsas cada vez que alguno de sus profesores contaba un chiste malo. Aun peor, sus ojos pequeños y destellantes le daban un aire taimado que no podía disimular. Calliope tenía la impresión de que si uno se parara junto a una puerta cerrada para confesarle un secreto a alguien, Livya estaría al otro lado con la oreja pegada con avidez en la bocallave.

Oyó que Nadav decía algo ininteligible a sus espaldas, tal vez otro «Te quiero» susurrado para Elise. Pobre Nadav. No tenía ni idea de dónde se estaba metiendo cuando se propuso en matrimonio a la madre de Calliope durante la fiesta de inauguración que los Fuller dieron en Dubái. No podía imaginarse que Elise era toda una profesional en el arte del compromiso, que la suya era la decimocuarta petición que le habían hecho en los últimos años.

Cuando Calliope era pequeña y vivían en Londres, su madre trabajaba como asistente personal para una fría mujer rica, la señora Houghton, quien aseguraba que descendía de la aristocracia. Fuese o no cierto (desde luego, Calliope lo dudaba), algo así no le daba derecho a abusar de su madre como lo hacía. Al final, la situación se tornó insostenible, momento en que Calliope y Elise decidieron marcharse de Londres. Calliope solo tenía once años.

Adoptaron una glamurosa vida nómada: viajaban en avión por todo el mundo, se servían de su ingenio y su belleza para, como decía Elise, «librar a los ricos de su exceso de riqueza».

Una de las muchas estrategias que utilizaban para ello era el compromiso. Primero Elise enredaba a alguien para que se enamorara de ella y le propusiera matrimonio, y después cogía el anillo y salía corriendo antes de la boda. Pero no recurrían solo a los falsos compromisos; con los años, Elise y su hija llegaron a idear todo tipo de embustes, en cuyas tramas incorporaban desde parientes a los que habían perdido hacía mucho tiempo hasta inversiones fraudulentas, pasando por multitud de lacrimógenas historias de pasión, todo lo que hiciera falta para hacer que la gente retirase alguna cantidad de sus criptocuentas. En cuanto el blanco les entregaba el dinero, Calliope y Elise se esfumaban.

No les resultaba fácil borrar su rastro por completo, sobre todo en los nuevos tiempos. Pero se les daba muy, muy bien. A Calliope solo la habían cogido una vez, y aún no sabía cómo había podido ocurrir.

Era la noche de la fiesta de Dubái, después de que Nadav y Elise se hubieran comprometido, después de que Elise hablara con Calliope y le planteara la posibilidad de que se quedaran en Nueva York de verdad. De seguir adelante con la boda y quedarse a vivir aquí, en lugar de coger el primer tren que saliera de la ciudad. Calliope sintió que el corazón se le inflaba en el pecho de pura alegría ante aquella idea. Últimamente sentía la extraña necesidad de establecerse en alguna parte, de llevar una vida de verdad, y Nueva York parecía el lugar perfecto para satisfacerla.

Entonces Avery Fuller se enfrentó a ella.

«Conozco la verdad sobre tu madre y sobre ti. Así que las dos vais a largaros de la ciudad», la había amenazado Avery, insoportablemente fría y distante. Calliope supo entonces que debía retirarse. No tenía elección.

Hasta pocas horas después, cuando vio a Avery y a Atlas besándose, y se dio cuenta de que sabía algo sobre Avery tan delicado como lo que Avery sabía sobre ella.

Se había encarado con Avery al respecto de vuelta en Nueva York. «No pienso irme a ninguna parte», replicó. «Y si le cuentas a alguien lo que sabes sobre mí, yo contaré lo que sé sobre ti. Puedes hundirme, pero te advierto que si yo caigo, pienso arrastrarte conmigo». Avery se limitó a mirar a Calliope con los ojos enrojecidos y cansados, como si no la viera, como si Calliope fuese tan transparente como un fantasma.

Calliope no era consciente entonces del terreno en el que se estaba metiendo al quedarse en Nueva York y urdir esta farsa. Debería haber seguido el ejemplo de su madre. Elise siempre maquinaba un trasfondo a medida del blanco en cuestión, y en el caso del entregado Nadav, el tranquilo ingeniero cibernético de voz suave, se había entregado a fondo. Lo convenció de que Calliope y ella eran dos filántropas dulces, serias y de gran corazón que llevaban años recorriendo el mundo, ofreciéndose a colaborar en todo tipo de causas.

Calliope consiguió quedarse en Nueva York y llevar una vida estable y «normal» por primera vez en años. Pero tuvo que pagar un precio muy alto: no podía seguir siendo ella misma.

Por otro lado, ¿había alguien en Nueva York que se mostrase como de verdad era? ¿No era esta esa ciudad llena de gente que no venía de ninguna parte, de gente que se rehacía a sí misma en cuanto llegaba? Calliope miró los ríos gemelos, que fluían alrededor de Manhattan como el gélido río Lete, como si en el momento en que uno los cruzaba, su pasado se volviera irrelevante y volviera a nacer convertido en otra persona.

Eso era lo que tanto le gustaba de Nueva York. Esa sensación de dinamismo incesante, ese torrente de energía impetuosa e indómita. Esa creencia que existía en la ciudad de que este era el centro del mundo, y de que Dios tendría que apiadarse de uno si estaba en otra parte.

Miró resignada su disfraz (se negaba a llamarlo atuendo, porque ella no habría elegido algo así ni por asomo): un vestido a medida hasta las rodillas y zapatos de tacón bajo. Llevaba recogida su espesa melena castaña en una coleta baja, dejando a la vista unos modestos pendientes de color aguamarina. Todos los detalles eran femeninos y elegantes, además de insufriblemente aburridos.

Al principio había intentado llevar al límite la paciencia de Nadav. Al fin y al cabo, estaba casado con su madre, no con ella. ¿Por qué iba a importarle a él que ella se pusiera conjuntos ceñidos y saliera hasta tarde? La había visto en el baile Bajo el Mar y en la fiesta de Dubái. Ya tenía que saber que la hija de Elise no era tan modosa como su madre o, mejor dicho, como su madre fingía ser.

Aun así, Nadav se había apresurado a dejar claro que esperaba que Calliope se atuviera a las mismas reglas que Livya. Con él todo eran órdenes e intransigencia. Parecía ver el mundo como si fuera un inmenso problema informático, pintado de un blanco y negro austero. Al contrario que Calliope y su madre, que se movían a lo largo de toda una escala de grises.

Durante meses, Calliope se avino sin reticencias a su papel. Mantenía la cabeza agachada, atendía en clase, respetaba el «toque de queda». Pero había pasado mucho tiempo, mucho más del que se había prestado a ninguna otra farsa, y empezaba a impacientarse. Sentía que esta actuación interminable empezaba a confundirla, a engullirla incluso.

Acomodó los codos en la barandilla. El viento jugueteaba con su cabello, le tiraba de la tela del vestido. Una sombra de duda se había asentado en su cabeza, y no parecía tener forma de disiparla. ¿De verdad merecía la pena pasar por todo esto para vivir en Nueva York?

El sol había descendido a lo lejos, una furiosa llamarada áurea suspendida sobre el perfil dentado de Jersey. Sin embargo, la ciudad no tenía visos de aquietarse. Los autobuses circulaban en filas coordinadas por la autopista Oeste. Las perlas del sol poniente danzaban sobre el Hudson, dotándolo de una delicada calidez broncínea. En el río, un viejo barco había sido transformado en un bar, donde los neoyorquinos se aferraban obstinados a sus cervezas mientras las olas los zarandeaban. Calliope sintió el deseo súbito y apremiante de encontrarse entre ellos, envuelta por las risas y mecida por el barco, en lugar de seguir allí arriba como una discreta estatua viviente.

—Estaba pensando que los invitados podrían reunirse aquí para el cóctel, mientras nosotros terminamos con la sesión de fotos —estaba diciendo Nadav. Las comisuras de su boca parecieron querer formar una sonrisa, sin conseguirlo del todo.

Elise dio una palmada discreta.

—¡Me encanta la idea! —exclamó—. Claro está, no saldrá bien si termina lloviendo, aunque...

— Ya le he solicitado una predicción a la Agencia Metropolitana de Meteorología —la interrumpió Nadav con entusiasmo—. Debería hacer una noche perfecta, igual que esta. —Extendió el brazo como si pretendiera ofrecerle la puesta de sol a modo de regalo, y Calliope supuso que eso era precisamente lo que estaba haciendo.

«Ya debería haberme imaginado que es posible comprar el clima ideal de cara a tu boda», pensó irónicamente. A fin de cuentas, en Nueva York podía comprarse y venderse de todo.

Elise levantó una mano para protestar.

—¡No deberías haberlo hecho! No quiero ni pensar lo que puede costar algo así. Tienes que cancelarlo y donar el dinero a una buena causa.

—Ni hablar —opuso Nadav, que se inclinó para besar a la madre de Calliope—. Por una vez, lo único importante vas a ser tú.

Calliope se contuvo para no poner los ojos en blanco. Como si alguna vez lo importante no hubiera sido la voluntad de Elise. Nadav no sospechaba siquiera que estaba siendo objeto de una de las técnicas más básicas de manipulación: la psicología inversa. Con algunas personas, cuanto más se les rogaba que no gastaran dinero en uno, más porfiaban en su empeño.

La organizadora de eventos del museo se asomó a la terraza para informarles de que la cata de aperitivos estaba lista. Cuando salieron en fila por la puerta, Calliope miró de soslayo hacia atrás, hacia la inmensidad del cielo. A continuación, giró la cabeza y regresó adentro con paso obediente y mecánico.

WATT

Era viernes por la noche y Watzahn Bakradi estaba allí donde se le podía encontrar todos los viernes a esa hora: en un bar.

Esta noche se había decantado por el Helipuerto. La clientela del Cinturón de la Torre debía de pensar que era un nombre muy moderno y chistoso, pero Watt manejaba otra teoría: el local se llamaba así porque nadie se había molestado en buscarle un nombre más original.

Aunque Watt debía admitir que el sitio estaba genial. Durante el día funcionaba a modo de helipuerto auténtico (en el suelo grisáceo de compuesto de carbono podían observarse las marcas de unos patines de hacía escasas horas) y por la noche, una vez que despegaba la última aeronave, se convertía en un bar clandestino.

El techo se levantaba sobre ellos como un cavernoso costillar de acero. Tras una mesa plegable, los camareros humanos mezclaban las bebidas que guardaban en unas neveras; nadie se atrevía a subir aquí un bot barman, puesto que una máquina denunciaría todas las violaciones de las normas de seguridad. Decenas de jóvenes que vestían tops que les dejaban el estómago al descubierto o parpadeantes camisetas instaimpresas se apiñaban en medio del recinto. El ambiente vibraba con la emoción, la atracción y el pulso grave de los altavoces. Lo más llamativo de todo, no obstante, eran las puertas dobles del helipuerto, que se encontraban abiertas y permitían apreciar su contorno irregular, como si un tiburón gigantesco le hubiera dado un mordisco a la fachada de la Torre. El aire fresco de la noche se agitaba en torno al costado del edificio. Watt podía oírlo a pesar de la música, un extraño murmullo incorpóreo.

Los clientes no dejaban de mirar en esa dirección, embelesados por el aterciopelado cielo nocturno, pero ninguno de ellos se aventuró a acercarse demasiado. Existía una regla tácita que recomendaba permanecer a este lado de la línea roja de seguridad, a unos veinte metros del filo desprotegido del hangar.

Si uno rebasaba ese límite, la gente podría imaginarse que consideraba la idea de saltar.

Watt había oído que, a veces, de improviso, los helicópteros podían aterrizar aquí por la noche, cuando alguien necesitaba atención médica urgente. Si se daba esa situación, corría la voz por todo el bar, que en cuestión de cuatro minutos quedaba vacío. A la gente que frecuentaba este sitio no le importaba que se produjera esa eventualidad. Era parte del atractivo, la emoción de jugar con fuego.

Cambió de postura, sin soltar en ningún momento la botella de cerveza helada. No era la primera de la noche. Cuando empezó a salir así, después de que Leda rompiera con él, se recogía al fondo de los bares a los que iba, intentando ocultar su dolor, sin conseguir otra cosa que castigarse todavía más. Al menos ahora la herida había cicatrizado lo suficiente para que no le importara colocarse en medio de la multitud. Lo ayudaba a sentirse un poco menos solo.

«Tus niveles de alcohol en sangre superan el límite legal», le avisó Nadia, el ordenador cuántico que Watt llevaba incorporado en el cerebro. El dispositivo proyectó el mensaje en sus lentes de contacto a modo de notificación parpadeante, el tipo de comunicación que empleaba siempre que Watt se encontraba en un entorno público.

«Dime algo que no sepa», pensó Watt, de un modo un tanto inmaduro.

«Es solo que me preocupa que bebas a solas».

«No estoy bebiendo a solas». Watt señaló a la clientela, sin alegría. «Me acompaña toda esta gente».

Nadia no se rio con el chiste.

Watt desplazó la mirada hacia una chica guapa de piernas esbeltas y tez aceitunada. Tiró la botella vacía de cerveza al cubo de reciclaje y se acercó a ella.

—¿Bailas? —le preguntó una vez que se hubo acercado a ella. Nadia guardaba un silencio absoluto. «Venga ya, Nadia. Por favor».

La chica se mordió el labio inferior y miró en torno a ella.

—No hay nadie más bailando...

—Por eso mismo deberíamos ser los primeros —insistió Watt, justo en el momento en que el equipo de sonido pasaba abruptamente a una irritante canción pop.

La chica, cuya reticencia se había evaporado de forma notoria, se rio.

—¡La verdad es que esta es mi canción favorita! —exclamó a la vez que tomaba a Watt de la mano.

—¿En serio? —dijo Watt, como si no lo supiera ya. Era él (o, mejor dicho, Nadia) quien había seleccionado la pieza. El ordenador se había infiltrado en la página de la chica que figuraba en los agregadores a fin de determinar su música preferida, para después tomar el control de los altavoces del bar y empezar a reproducirla, todo en menos de un segundo.

«Gracias, Nadia».

«¿Seguro que quieres agradecérmelo? Esta canción es una mierda», le espetó Nadia, con tal vehemencia que Watt no pudo reprimir una sonrisa.

Nadia era el arma secreta de Watt. Cualquiera podía explorar la i-Net a través de sus lentes de contacto digitales, desde luego, pero incluso los últimos modelos de lentes funcionaban por medio de comandos de voz, de manera que si uno quería realizar una consulta, tenía que formularla en voz alta, del mismo modo en que se enviaba un parpadeo. Pero Watt podía explorar la i-Net de forma encubierta, porque solo él llevaba un ordenador incorporado en el cerebro.

Cada vez que conocía a alguien, Nadia analizaba al instante la página de esa chica en los agregadores y después le recomendaba cómo orientar la conversación para ganársela. Si la chica era una artista gráfica y llevaba tatuajes, Watt fingiría que le encantaban los viejos bocetos en dos dimensiones y el whisky selecto. Si la chica era una estudiante extranjera de intercambio, Watt se haría pasar por un chico atento y sofisticado; y si la chica tenía fuertes convicciones políticas, Watt aseguraría que apoyaba su causa, fuera cual fuese. El guion cambiaba en cada caso, pero siempre era fácil de interpretar.

Estas chicas siempre buscaban a alguien afín a ellas. Alguien que comulgase con sus opiniones, que les dijera lo que querían oír, que no las presionara ni las contradijera. De todas las chicas que Watt había conocido, Leda era la única que no buscaba algo así, que en realidad prefería que la interrumpiesen si decía alguna sandez.

Se sacó a Leda de la cabeza y se centró en la chica de ojos destellantes que tenía ante él.

—Me llamo Jaya —se presentó la joven, que se acercó un poco más para rodear con los brazos los hombros de Watt.

—Watt.

Nadia le propuso varios temas de conversación, cuestiones acerca de los intereses de Jaya y sobre su familia, pero Watt no tenía ganas de charloteo.

—Tengo que irme pronto —se oyó decir.

«Vaya, sí que tienes prisa esta noche», observó Nadia con sequedad. Watt no se molestó en responderle.

Jaya se sobresaltó un tanto, pero Watt reaccionó al instante.

—He sacado un cachorrito del refugio —dijo—, y debo ir a ver cómo está. Tengo uno de esos bots cuidadores de mascotas, pero no me quedo tranquilo dejándolo con él. Todavía es muy pequeño, ¿sabes?

La expresión de Jaya se había ablandado de inmediato. Soñaba con ser veterinaria.

—Claro, lo entiendo. ¿De qué raza es?

—Creemos que es un border terrier, pero no estamos seguros. Al parecer, lo encontraron abandonado en Central Park. —Por alguna razón, incluso a Watt le pareció una mentira repulsiva.

—¡No puede ser! ¡Yo también he adoptado un border terrier! Se llama Frederick —exclamó Jaya—. Lo encontraron debajo del antiguo puente de Queensboro.

—Menuda coincidencia —dijo Watt con voz monótona.

Jaya no pareció reparar en el hecho de que Watt no se sorprendiera. Lo escrutó haciendo aletear sus espesas pestañas.

—¿Quieres que vaya a ayudarte? Se me dan bien los animales abandonados —se ofreció.

Esto era exactamente lo que Watt había estado buscando; sin embargo, ahora que Jaya lo había sugerido, él descubrió que no tenía el menor interés. Sentía que nada ni nadie podría volver a sorprenderlo nunca.

—Creo que no hará falta —rehusó él—. Pero gracias.

Jaya se apartó.

—Como quieras —dijo sin alterarse, y se alejó de él, airada.

Watt se pasó una mano por la cara, cansado. ¿Qué le pasaba? Derrick nunca dejaría de restregárselo si supiera que ahora se dedicaba a rechazar a las chicas guapas que se le ponían a tiro. Sin embargo, en realidad a él no le interesaban esas chicas, porque ninguna le servía para olvidar a la que había perdido. La única que de verdad le había importado.

En lugar de dirigirse hacia la salida, se encaminó en el sentido opuesto. Se detuvo sobre la línea de seguridad. Las estrellas titilaban en el cielo. Y pensar que su luz viajaba disparada hacia él, nada menos que a trescientos millones de metros por segundo. Pero ¿y la oscuridad? ¿A qué velocidad se abalanzaba la negrura sobre uno cuando una estrella moría y su resplandor se extinguía para siempre?

Por muy rápido que viajase la luz, concluyó Watt, la oscuridad siempre parecía estar ahí primero.

No pudo evitar que sus pensamientos volvieran a llevarlo con Leda. Esta vez ni siquiera intentó distraerse con cualquier otra cosa.

Era culpa suya. Debería haber estado más pendiente de ella, durante aquellas primeras semanas tras el viaje a Dubái. Leda insistía en que necesitaba pasar un tiempo a solas, después de todo lo que había ocurrido. Watt quiso respetar su voluntad, hasta que supo que Leda había sufrido una sobredosis e iba a someterse a rehabilitación.

Cuando semanas más tarde Leda volvió a casa, no parecía arder en deseos de verlo.

—Hola, Watt —dijo inexpresivamente mientras mantenía abierta la puerta principal. Llevaba un jersey de color carbón que le quedaba grande y unos pantalones cortos negros de plástico, y estaba descalza en medio del suelo de madera noble del recibidor—. Me alegro de que hayas venido. Tenemos que hablar.

Estas tres últimas palabras acuchillaron a Watt como un mal presentimiento.

—Estaba... Estaba preocupado por ti —trastabilló al tiempo que daba un paso adelante—. En la clínica no me permitían hablar contigo. Creía que estabas...

Leda lo interrumpió sin miramientos.

—Watt, tenemos que dejar de vernos. No puedo estar contigo, no después de todo lo que he hecho.

A Watt se le cayó el alma a los pies.

—No me importa —le aseguró él—. Sé lo que has hecho y no me importa, porque...

—¡No tienes ni idea de lo que dices! —estalló Leda—. Watt, Eris y yo teníamos el mismo padre. ¡Maté a mi hermanastra!

Sus palabras reverberaron en el aire. Watt se quedó en blanco. De repente, todo cuanto quería decirle parecía inapropiado.

—Necesito empezar de cero, ¿vale? —A Leda le temblaba la voz y parecía decidida a no mirarlo a los ojos—. No podré recuperarme si nos seguimos viendo. Eres uno de mis desencadenantes, el peor de ellos, y mientras siga contigo, me será imposible abandonar mis antiguos hábitos. No puedo permitírmelo.

—Eso no es verdad. Nos hacemos bien el uno al otro —intentó protestar él.

Leda meneó la cabeza.

—Por favor —le rogó ella—. Solo quiero seguir adelante. Si de verdad te importo, aléjate de mí, por mi bien.

La puerta se cerró con un clac definitivo.

—¡Eh, apártate de ahí! —gritó alguien. Aturdido, Watt se dio cuenta de que había rebasado la línea de seguridad, en dirección a la salida abierta del helipuerto.

—Lo siento —masculló según retrocedía. Ni siquiera se molestó en explicarse. ¿Qué iba a decirle a aquella gente? ¿Que le relajaba asomarse al borde? ¿Que le recordaba lo pequeño e insignificante que era, al verse rodeado por esta vasta ciudad? ¿Que su dolor carecía de importancia dentro del gran entramado del universo?

Giró sobre los talones y salió del bar, del mismo modo que se había obligado a salir de la vida de Leda hacía ya tantos meses.

RYLIN

Rylin Myers estaba sentada en el suelo con las piernas cruzadas, rodeada de varios dispositivos antiguos de videoalmacenamiento. Algunos eran discos relucientes; otros, cajas achaparradas. Sus delicados rasgos semicoreanos se fruncieron según estudiaba las distintas piezas de hardware, contemplándolas con detenimiento como si sopesase sus respectivos méritos, antes de menear la cabeza y pasar a la siguiente. Estaba tan abstraída en su tarea que no oyó los pasos de alguien que se acercaba a la puerta.

—No esperaba que fueses a trabajar con tanto empeño en tu último día. —Era Raquel, la jefa de Rylin.

—Quería dejarte organizada esta última colección antes de irme. Casi hemos llegado a 2030 —dijo Rylin entusiasmada.

Para sorpresa de Rylin, Raquel se acercó y se arrodilló en el suelo junto a ella. El rayo que llevaba tintuado en el antebrazo (configurado para emitir un destello cada sesenta segundos) se iluminó, se oscureció y volvió a desvanecerse como el humo.

—¿Qué crees que es esta pieza? —se preguntó Raquel en voz alta mientras cogía un disco decorado con un copo de nieve animado y dos chicas con trenzas.

—Esa me gusta —dijo Rylin enseguida, que cogió el disco antes de que Raquel lo apartase. Lo colocó en el montón etiquetado como «Guardar: posible adaptación».

Una sonrisa combó la comisura de la boca de Raquel.

—Te voy a echar de menos, Rylin. Me alegro de que solicitaras este puesto.

—Yo también.

Rylin se había pasado la mayor parte del último año, su año de principiante, estudiando en un instituto privado de las plantas superiores con la ayuda de una beca. Había dado por hecho que, llegado junio, tendría que hacer lo mismo que todos los veranos, buscarse un trabajo mecánico en la Base de la Torre para pagar las facturas. Pero justo cuando estaba a punto de tragarse su orgullo y suplicar que volvieran a darle un puesto en alguna tienda de aperitivos del monorraíl, se enteró de que en realidad la beca se prolongaba durante el verano, siempre que accediera a unas prácticas académicas.

Había solicitado todas las prácticas que había encontrado, con especial interés en las que guardaban alguna relación con la holografía, la creación de películas holográficas en tres dimensiones. Así, había dado con esta plaza: asistente del archivo de Walt Disney.

Se quedó asombrada al saber que ese trabajo se desarrollaba aquí, en las entrañas de la principal biblioteca pública, en el Cinturón de la Torre. Nunca había estado en este sitio, aunque ella y su mejor amiga, Lux, solían pasar horas en la biblioteca pública que les quedaba más cerca. Intercambiaban sus e-textos preferidos y después inventaban obras basadas en ellos y las representaban para sus perplejos padres, acompañándolas de estruendosas bandas sonoras improvisadas.

Cuando llegó a la oficina el primer día, Rylin encontró a Raquel sentada con las piernas cruzadas en una silla giratoria, dando vueltas de un lado a otro como una niña distraída mientras su coleta se zarandeaba y le acariciaba las mejillas.

—¿Eres la nueva becaria? —le preguntó Raquel, algo impaciente, a lo que Rylin asintió.

Raquel le explicó que Disney la había contratado para que organizara las películas anteriores a la era holográfica e identificara las que eran aptas para la adaptación.

—La holografía saturó el mercado hace cincuenta años —le dijo a Rylin—. Fue entonces cuando todo el mundo dejó de producir tanto películas en dos dimensiones como la maquinaria que se necesitaba para reproducirlas. Durante esas primeras décadas se adaptó una gran parte del contenido, pero sigue habiendo tanto material que nadie se ha molestado en rehacerlo.

Rylin sabía que la conversión de dos a tres dimensiones era un proceso caro y minucioso. Era como transformar una figura hecha de palitos en una escultura, para lo cual se debía coger una lámina de píxeles y modificarla de tal forma que ocupara el espacio. Una labor así llevaba cientos de horas de diseño informático y exigía grandes dosis de creatividad.

—¿Por qué estas cosas no pueden encontrarse en la nube? —se preguntó Rylin entonces, señalando las paredes cubiertas de cintas y discos antiguos.

—Una parte sí está: los taquillazos y los clásicos. Pero la gente dejó de molestarse en catalogarlo y subirlo todo. Ahí es donde intervenimos nosotros.

Para sorpresa de Rylin, cuanto más tiempo dedicaba a visionar las viejas películas en dos dimensiones, más las apreciaba. Los directores no tenían casi nada con lo que trabajar y, aun así, hacían maravillas con lo que estaba a su alcance. Había una cierta elegancia en el plano celuloide de aquellas obras.

—Por cierto —dijo ahora Raquel, mientras seguían ordenando las cajas de forma metódica—. Me encantó *Estrellas que caen*.

Rylin la miró sorprendida.

—¿La has visto?

Estrellas que caen era un cortometraje holográfico que Rylin había escrito y dirigido la pasada primavera, a lo largo de varias semanas de angustioso rodaje, a su regreso de Dubái. Incluía varios planos interiores oscuros de la Torre, intercalados entre distintas panorámicas de las terrazas y algún que otro primer plano de los ojos de Lux, porque, cómo no, Lux y Chrissa, la hermana de Rylin, fueron las únicas actrices a las que logró coaccionar para que participasen en el proyecto.

—Es una película preciosa —afirmó Raquel—. Conseguiste que tu amiga pareciera ser... antojadiza. ¿En la vida real también se comporta así?

—También —respondió Rylin sin más, con el pecho inflado de puro agradecimiento. Para Raquel tal vez no tuviera nada de especial el hecho de haber visionado una película de cinco minutos (y acaso, en efecto, no lo tuviera), pero para Rylin significaba muchísimo.

Tras despedirse, Rylin salió con brío por la puerta principal de la biblioteca, vigilada por sus imponentes leones de piedra tallada. Tomó el ascensor expreso A que bajaba a la Base de la Torre, se apeó en la treinta y dos y recorrió diez manzanas en dirección al centro de ocio de su vecindario. Por último, cruzó las amplias puertas dobles, atravesó un largo pasillo y salió al encuentro con el sol vespertino.

Levantó una mano para protegerse los ojos. Miró alrededor de la plataforma, la estrecha pasarela de la trigésima segunda planta que se extendía más allá de la planta situada por encima. El sol ejercía el efecto de un beso abrasador en su piel, ahora que había dejado atrás la fresca penumbra de la biblioteca, a pesar de que esta se encontrase cientos de plantas por encima. Se quitó aprisa la ligera chaqueta verde de cremallera y se adentró en el laberinto de canchas de baloncesto, en busca de una persona en concreto.

Unas cuantas canchas más allá, dio con él.

Al principio, él no advirtió su presencia. Estaba demasiado pendiente del equipo de niños de quinto curso al que entrenaba. Ahora estaban realizando ejercicios, corriendo de aquí para allá en filas zigzagueantes mientras se pasaban el balón de unos a otros. Rylin contuvo una sonrisa al apoyarse en la barandilla para mirar a su novio, enumerando en silencio todas las cosas que adoraba de él. Los marcados contornos bronceados de sus brazos cuando hacía una demostración para el grupo. El modo en que el cabello se le ensortijaba alrededor de las orejas. La viveza de su risa.

En un momento dado, él miró en su dirección y la vio, y al instante su rostro acogió una sonrisa.

—¡Mirad, chicos! Tenemos público —anunció, dirigiéndole a Rylin un absurdo pulgar hacia arriba.

Rylin se rio y meneó la cabeza mientras se recogía un mechón de cabello moreno tras una oreja. Cuando Hiral y ella rompieron por primera vez, lo último que se imaginaba Rylin era que un día terminarían reconciliándose. Lo cual era la prueba irrefutable de que uno nunca sabía en qué dirección iba a llevarlo la vida.

Rylin había empezado a salir con Hiral Karadjan cuando ambos estaban en octavo. Él vivía cerca de ella, en la trigésima segunda planta, e iba a su misma escuela. Rylin recordaba que Hiral le cayó bien enseguida; irradiaba una energía efervescente, tan palpable que casi podía verla. Con el tiempo entendió que era su alegría, un difuso arrebol de risas, como la luz que continúa rasgando el cielo cuando una estrella fugaz desaparece.

Hiral siempre se estaba riendo por aquel entonces. Y también a ella la hacía reír, arrancándole esas carcajadas sonoras e incontenibles que solo pueden articularse cuando conoces de verdad a alguien. Rylin adoraba eso de Hiral, que parecía entenderla como nadie más podía hacerlo.

Hasta que conoció a Cord.

El invierno anterior Rylin había relevado a su madre en su trabajo de doncella de los Anderton, el cual desempeñaba en la planta 969. Pese a lo mucho que había querido evitar algo así, se había enamorado hasta el tuétano de Cord Anderton. Intentó romper con Hiral, pero para entonces este estaba en la cárcel, después de que lo hubieran arrestado por tráfico de drogas. Las cosas siguieron torciéndose hasta el punto de que Rylin terminó traicionando la confianza de Cord, y echando a perder su relación para siempre.

Después, cuando menos se lo esperaba, Rylin obtuvo una beca para entrar en la escuela privada de Cord, ubicada en el tramo superior, lo que le llevó a preguntarse si tal vez tendrían otra oportunidad. Incluso llegó a asistir a una fiesta que se celebró en Dubái, con la esperanza de recuperarlo, solo para quedarse allí plantada como una tonta mientras él se besaba con Avery Fuller, la chica más acaudalada e inmaculadamente bella del mundo.

Rylin se convenció a sí misma de que era mejor así. Cord encajaba con alguien como Avery, a quien él conocía desde la infancia; alguien que pudiera acompañarlo en su vida de lujosos viajes a la nieve, de fiestas de gala y de todo aquello que hiciesen allí en la estratosfera.

Semanas más tarde, Hiral llamó a la puerta de Rylin. Y, por alguna razón (tal vez porque se sentía muy sola o porque tenía más que aprendida la lección de que a uno no siempre se le presenta la segunda oportunidad que merece), decidió abrirle.

—Rylin. Hola. —Hiral pareció asombrarse de que Rylin le hubiera abierto la puerta siquiera. A ella le ocurrió lo mismo—. ¿Podemos hablar? —continuó, desplazando el peso del cuerpo. Llevaba unos tejanos oscuros y un jersey de cuello redondo que Rylin no reconoció. Había, además, algo distinto en él, aparte de la ropa. Parecía más tierno, más joven; las ojeras que tenía antes se habían disipado.

—Vale —aceptó ella, que terminó de abrirle la puerta.

Hiral entró indeciso, como si temiera que de un momento a otro alguna bestia salvaje se abalanzara sobre él, algo que bien podría haber ocurrido si Chrissa hubiera estado en casa. Así, Rylin lo siguió despacio hasta la mesa de la cocina. El silencio que se formó entre ellos cobró tal densidad que pareció tener que vadearlo.

Vio que Hiral llevaba los ojos hasta la pata que le faltaba a la mesa (la que había roto él, durante un arrebato de ira, cuando supo que Rylin se había enrollado con Cord) y que su expresión se ensombrecía.

—Te debo una disculpa —comenzó con torpeza. Rylin iba a decir algo, pero algún instinto le recomendó que se mantuviera en silencio, que le dejara concluir su discurso—. Lo que te dije y lo que te hice cuando estaba en la cárcel...

Hiral se interrumpió y bajó la mirada mientras pasaba el dedo por un dibujo irregular que había tallado en la superficie de la mesa. Los trazos conformaban una serie de medias lunas que semejaban marcas de mordiscos, allí donde Chrissa acostumbraba a dar golpes con la cuchara cuando era un bebé. «Si esto fuera un holo», fabuló Rylin, «las marcas tendrían alguna importancia. Significarían algo». Pero esto era la vida real, donde había demasiadas cosas que no significaban nada.

—Lo siento, Rylin. Me comporté como un completo imbécil contigo. Lo único que te puedo decir es que en la cárcel me acojoné —confesó Hiral sin rodeos—. La gente que había allí...

No llegó a terminar la frase, pero tampoco hacía falta. Rylin recordó cuando fue a verlo a prisión, un penal de adultos, no un reformatorio, puesto que Hiral ya había cumplido los dieciocho. Era un lugar desgarradoramente frío, invadido por un clima de desesperación.

—Lo sé —dijo ella a media voz—. Pero eso no justifica lo que dijiste ni lo que hiciste.

Hiral pareció arrepentirse al recordar aquellos días.

—Todo fue culpa de las drogas —se apresuró a explicar—. Sé que no es excusa, pero, Rylin, estaba tan aterrorizado que seguí metiéndome cualquier cosa que pudiera pillar en la cárcel. No me siento orgulloso de eso, y desearía poder borrarlo. Lo siento.

Rylin se mordió el labio. También a ella le gustaría poder borrar muchas cosas.

—No sé si lo oirías, pero el juicio fue bien. Recuperé mi antiguo empleo. —Hiral trabajaba como ascensorista, el tipo de técnicos que reparaban los inmensos pozos de los ascensores de la Torre desde el interior, colgados de unos finos cables, a varios kilómetros por encima de la superficie. Era una labor muy peligrosa.

—Me alegro —celebró Rylin. Se sintió culpable por no haber asistido siquiera al juicio; tendría que haber estado allí, al menos para darle apoyo moral, por la amistad que antes los unía.

—En fin, solo quería venir a decirte que lo siento. He cambiado, Ry. Ya no soy ese tipo, el que se portaba tan mal contigo. Lamento haber sido ese tipo alguna vez. —Hiral mantuvo los ojos clavados en ella, y Rylin vio el arrepentimiento que ardía en ellos. De alguna manera, Rylin se sintió orgullosa de él por haberse disculpado. No debía de haberle resultado fácil.

Se acordó, de pronto, de lo que Leda había dicho el otro día en Dubái, que Rylin ya no era la misma chica que llegó a Berkeley, siempre a la defensiva e insegura. Tal vez Hiral hubiera cambiado, pero ella también. Todos habían cambiado. ¿Cómo no iba a ser así, después de todo lo que había pasado, después de todo lo que habían perdido?

Tal vez hacerse mayor fuese esto. Algo más doloroso de lo que Rylin se imaginaba.

—Te perdono, Hiral.

Nunca creyó que fuese a pronunciar estas palabras, pero una vez que las hubo dicho, se alegró de haberlo hecho.

Él la miró mientras cogía aire.

—¿De verdad?

Rylin sabía que tendría que haber añadido algo más, pero se sintió abrumada por un repentino vendaval de recuerdos: de cómo eran antes las cosas con Hiral; de las breves notas que él le dejaba en los sitios más tontos, como una cáscara de un plátano; del aniversario en que la sorprendió con una merienda al aire libre, en el parque, complementada con unas velas que no se encendían; de aquella vez que ella tuvo que realizar un largo viaje por carretera para visitar a sus abuelos, y Hiral le grabó una lista de canciones, entre las cuales intercaló varias notas de audio en las que se le oía a él contando chistes, y repitiendo una y otra vez lo mucho que la quería.

Y cuando la madre de Rylin falleció, Hiral fue el único que estuvo a su lado, ofreciéndole su apoyo y su entereza, ayudándola a tomar todas las decisiones espantosas que ninguna hija tendría que tomar nunca.

Hiral se irguió.

—Gracias por dejarme entrar. Sé que ahora estás con Cord, y no volveré a molestarte. Solo quería decirte que lo siento mucho.

—Ya no —lo corrigió Rylin—. Ya no estoy con él, quiero decir.

Una sonrisa incrédula se gestó en el rostro de Hiral.

—¿Ya no?

Rylin meneó la cabeza.

—Rylin. —Hiral titubeó, tenía la voz ronca—. ¿Crees que alguna vez podríamos... volver a intentarlo?

—No lo sé. —Una semana antes, Rylin se habría negado en redondo. Pero empezaba a darse cuenta de que las cosas nunca dejaban de cambiar, de que nada era exactamente como uno creía, y de que quizá eso fuese bueno.

—Puede —aclaró, sacándole una sonrisa a Hiral.

—«Puede» suena muy bien.

Ahora, mientras veía a Hiral correr de aquí para allá por la cancha de baloncesto del centro de ocio, Rylin se alegraba de haberle dado otra oportunidad.

Llevaban juntos varios meses, durante los cuales Hiral había cumplido su palabra. Era otra persona. Estaba totalmente limpio: ya no fumaba ni bebía, ni siquiera cuando quedaban con sus amigos de siempre. Cuando no estaba trabajando o con Rylin, venía al centro de ocio y jugaba al baloncesto con esos niños.

—¡Muy bien, equipo! ¡Apiñaos! —gritó, y al instante los chicos formaron una piña, entusiasmados. Estiraron los brazos hacia el centro y lanzaron un grito.

Cuando hubo terminado de chocar los cinco con los últimos chicos que quedaban y de despedirse de ellos, Hiral saltó al lado de la valla donde lo esperaba Rylin. La rodeó con un brazo y se inclinó para plantarle un beso en la frente.

—¡Eh, estás todo sudado! —protestó Rylin mientras fingía zafarse de su brazo, aunque en realidad no le importara.

—Es el precio a pagar por salir con una estrella del deporte —bromeó Hiral.

Enfilaron el camino que bordeaba la cancha, bordeado de bancos y plantas frondosas, con distintos puestos de hamburguesas y de fruta helada disgregados a lo largo del camino. Rylin vio a un grupo de una clase de yoga congregado en un rincón, donde elevaba saludos al sol. Como siempre, la plataforma estaba atestada de gente que chismorreaba, discutía o charlaba animadamente.

Era una de esas espléndidas tardes de otoño típicas de Nueva York, cuya luz tenue poseía una rica claridad que le confería un significado onírico a todo. Mucho más abajo, las partículas del sol destellaban sobre el tráfico de la calle Cuarenta y dos, donde los aerocoches entraban y salían de la Torre como enjambres de moscas enjoyadas.

—Esta es mi época favorita del año —comentó Rylin. El otoño, y no la primavera, siempre había sido para ella la estación en la que todo volvía a empezar. Los niños reían de camino a la escuela. El aire fluía limpio y preñado de promesas. Las horas de luz eran más cortas y, por lo tanto, más valiosas.

Hiral enarcó una ceja.

—Sabes que vivimos en un edificio climatizado, ¿verdad?

—Lo sé, ¡pero fíjate! —Rylin extendió un brazo para señalar la plataforma y el sol neblinoso, tras lo cual giró de improviso sobre las puntas de los pies y le dio un beso a Hiral.

Cuando se separaron, él tenía los ojos detenidos en ella.

—Te voy a echar de menos.

Rylin supo a qué se refería. A pesar de las prácticas que había estado realizando, habían podido pasar mucho tiempo juntos durante el verano. Todo eso estaba a punto de cambiar, ahora que Rylin iba a tener que volver a desplazarse hasta la Cima de la Torre para asistir a las clases, y a centrarse en los deberes. Y a solicitar becas para la universidad.

—Lo sé. Yo también te voy a echar de menos —dijo.

Ninguno mencionó el hecho de que Cord, el chico que se había interpuesto entre ellos la última vez, también iría a la escuela de Rylin.

AVERY

Otro año, otra fiesta de disfraces —bromeó Avery mirando a Leda, de pie junto a ella. Leda ni siquiera intentó sonreír.

Estaban en lo alto de la escalera de Cord, el lugar donde siempre recuperaban el aliento llegada la fiesta anual de vuelta a la escuela que organizaba Cord, aunque en esta ocasión algo no iba bien. O, mejor dicho, Leda no estaba bien. Por lo general, Leda se encontraba en su elemento en este tipo de celebraciones, de forma que su vitalidad parecía multiplicarse en proporción al número de personas que la rodeaban. Pero esta noche estaba apagada, incluso huraña, como si estuviera molesta con Avery porque la hubiera obligado a venir.

Desde su regreso, Avery no había dejado de preguntarle cuándo podrían quedar, pero Leda siempre se evadía con excusas vagas. Finalmente, Avery había decidido pasarse a verla de camino a casa de Cord. En lugar de pararse a llamar al timbre, no tuvo más que parpadear frente al escáner de retina de los Cole; hacía años que figuraba en la lista de la entrada. La puerta se abrió al instante para permitirle el paso.

La madre de Leda estaba en el salón, poniéndose un abrigo lujoso sobre los hombros.

—¡Avery! —exclamó con evidente alivio—. Cómo me alegro de que hayas venido. A Leda le vendrá bien verte.

«¿Le vendrá bien?», repitió Avery para sí mientras subía las escaleras un tanto confusa. Después, cuando llegó al dormitorio de Leda, lo entendió.

Era otra habitación. Ya no estaban la luminosa alfombra caqui, ni las almohadas marroquís de época, ni las mesitas pintadas a mano. Las estanterías, que antes contenían objetos de todo tipo (un florero desconchado de celedón, una lámpara solar portátil, una graciosa jirafa de peluche que cantaba el «Cumpleaños feliz» cuando le apretabas la barriga), estaban vacías. Todo tenía un aspecto deprimente y espartano en grado sumo. Y lo que más austero parecía era la propia Leda, recogida entre las sombras junto al armario.

Leda siempre había sido delgada, pero ahora estaba en los huesos, hasta el punto de que se le formaban sendas sombras bajo las clavículas. Llevaba el pelo cortado al rape, lo que le confería un aspecto más masculino que antes. Aun así, lo que más asustó a Avery fueron sus tics nerviosos.

—Te echaba de menos —la saludó Avery emocionada mientras cruzaba la habitación y le daba un fuerte abrazo a su amiga. Leda permaneció inmóvil, sin devolvérselo apenas. Cuando Avery se retiró, Leda se cruzó de brazos de forma automática en actitud defensiva.

—¿Qué ocurre, Leda? —«¿Cómo puedo haberme perdido

esto?». Avery recordó lo que le había dicho a Max días atrás, que habían sucedido muchas cosas durante su ausencia. Sin duda, muchas más de las que imaginaba.

—Tuve que cambiar algunas cosas cuando terminé la rehabilitación —explicó una lacónica Leda—. Los médicos querían que empezase de cero, sin nada que me recordara la vida que llevaba hasta entonces. Para que no retomara antiguos hábitos.

Avery se abstuvo de puntualizar que cuando los médicos le recomendaron que empezara de cero, quizá no se refirieran al mobiliario.

—¿Cenamos algo antes de ir a la fiesta de Cord? Te esperaré mientras te cambias.

Leda se apresuró a menear la cabeza.

—No importa. No pensaba ir.

—¡Pero si te mueres por ir!

—Antes sí —afirmó Leda en voz baja con los ojos entornados—. Pero ya no.

Esta no era Leda. La persona que tenía ante sí era una versión hueca de su amiga, un maniquí que tenía el aspecto y la voz de Leda pero que de ninguna manera podía ser la ingeniosa y vital mejor amiga de Avery.

Pues bien, si existía alguna forma de hacer que Leda reaccionara, era llevándola a una buena fiesta.

—Lástima —lamentó Avery en tono enérgico al tiempo que empujaba la pared con la palma de la mano para abrir el armario de Leda—. Porque te vas a venir, aunque sea a rastras. Te prometo que no te dejaré beber ni una gota —añadió levantando la voz por encima de las protestas que Leda balbucía—. Incluso chatearé por vídeo en tiempo real con tus asesores de rehabilitación si es necesario. Pero te vas a venir. Quiero que conozcas a Max.

Ahora, mientras oteaban el salón de Cord, Avery no podía evitar pensar que se había equivocado. Leda estaba allí parada, con la mirada vacía y vidriosa, sin el menor interés en nada de lo que la rodeaba.

Dos universitarias de primer curso subían pavoneándose por las escaleras, ambas disfrazadas con unas orejas de gato y sendas colas holográficas que se agitaban con pereza a sus espaldas.

—Es ella. Avery Fuller —susurró una de las dos—. Es guapísima.

—También tú lo serías, si te hubieran diseñado genéticamente para serlo.

—¿Te puedes creer que su padre va a presentarse a la alcaldía?

—Seguro que compra el cargo, igual que compró a su hija.

Avery procuró ignorarlas mientras pasaban junto a ellas, pero se agarró con un poco más de fuerza a la barandilla. Ya debería estar acostumbrada a los chismorreos; llevaba toda la vida escuchándolos.

Toda Nueva York conocía la historia de cómo se había gestado Avery: sus padres la habían fabricado a medida a partir de su reserva de ADN combinado durante un procedimiento de minería genética muy caro. El año en que nació, su foto de bebé se publicó incluso en la portada de la revista digital *Time*, bajo el titular de «Una perfecta obra de ingeniería». Avery lo odiaba.

—¿Quieres que las eche a patadas?

Avery la miró sorprendida. Una sombra de rabia enfoscaba el rostro de Leda, fracturando sus rasgos, antes serenos.

Sintió una extraña necesidad de reírse aliviada. Según parecía, la Leda de siempre aún seguía ahí.

—Estamos en una fiesta. No hay por qué montar dramas innecesarios —rechazó Avery de inmediato.

—¿Hay alguna ocasión más indicada que una fiesta para montar dramas innecesarios? —planteó Leda antes de sonreír. El gesto resultó un poco forzado, como si llevara demasiado tiempo sin realizarlo y no recordara bien cómo se hacía, pero lo importante era la intención.

«Dramas innecesarios». De pronto, en la memoria de Avery afloró lo ocurrido el año anterior en esta fecha, cuando Leda y ella se encontraban aquí, en lo alto de estas escaleras, las dos guardando el mismo secreto inconfesable: que estaban enamoradas de Atlas.

—Bueno, ¿y dónde está? —preguntó Leda.

—¿Quién? —No podía ser que Leda hubiera estado pensando en...

—Ese Klaus von Schnitzel que te has agenciado.

«Ah, vale».

—Se llama Max von Strauss —la corrigió Avery, con la esperanza de que Leda no se hubiera percatado de su titubeo—. Y no estoy segura. Salió esta tarde. Decía que tenía que hacer algo urgente. Pero me aseguró que nos veríamos aquí.

—Qué misterioso —dijo Leda, casi en broma.

Avery tragó saliva y se aventuró a formularle la pregunta que ya le había hecho antes.

—Leda. ¿Qué ocurre?

Leda separó los labios como si pretendiera tranquilizar a Avery con alguna mentira, pero después se lo pensó mejor.

—No ha sido un año fácil para mí —admitió—. He tenido que poner algunas cosas en orden.

Avery sabía muy bien qué era lo que Leda estaba intentando superar: el hecho de que había matado a Eris.

—A ella no le gustaría que te castigaras así. —No necesitaba especificar de quién hablaba. Las dos lo sabían.

—Es complicado —se evadió Leda.

—Deberías haberlo hablado conmigo. —A Avery se le cayó el alma a los pies. ¿Llevaría Leda todo el año así, evitando a sus amigos, escondiéndose del mundo en ese dormitorio desamueblado?

—No habrías podido ayudarme —le aseguró Leda—. Pero me alegro de que hayas vuelto. Te he echado de menos, Avery.

—Yo a ti también.

Avery miró hacia el salón, y entonces los ojos se le iluminaron al ver a Max, que se abría paso como podía entre la multitud. Alto e imponente, parecía estar tristemente perdido. De pronto el mundo le pareció un lugar más luminoso.

—¡Ha llegado Max! —exclamó mientras tomaba de la mano a Leda para que bajara las escaleras con ella—. ¡Vamos, me muero de ganas de que os conozcáis!

—Ahora voy —dijo Leda, que se soltó con delicadeza de la mano de Avery—. Necesito tomar un poco de aire fresco. Te prometo que después iré a buscaros.

Avery quiso protestar, pero se interrumpió al ver los ojos de Leda, húmedos y serios.

—Está bien —dijo y bajó sola las escaleras.

Cuando Max la vio, todo su rostro (todo su cuerpo, de hecho) se transformó en una inmensa sonrisa.

—Lo has logrado —celebró Avery. Tampoco era que dudase que pudiera llegar. Max siempre se presentaba en el lugar exacto donde aseguraba que estaría, justo a la hora en la que prometía que lo haría. La inquebrantable eficiencia alemana, supuso Avery, aunque Max nunca se desprendiera de su aspecto de profesor universitario que llegaba tarde a clase—. ¿No te ha costado encontrar el apartamento?

—En absoluto. Opté por aquel donde había una chica vomitando fuera —explicó Max—. No te preocupes, la he mandado a casa en un aerotaxi —añadió enseguida.

Avery meneó la cabeza, divertida. Vio que Max miraba a su alrededor escrutando a sus compañeros de clase, ataviados con todo tipo de alocados conjuntos hechos de lentejuelas y de licra de neón, con el pelo teñido temporalmente o alargado gracias a las muchas configuraciones personalizadas del multimoldeador. En comparación con las fiestas universitarias, supuso Avery, esta debía de parecer bastante tonta e incluso un poco artificial.

—Lo siento. Olvidé avisarte de que era una fiesta de disfraces.

Max miró su ropa un momento, como si necesitara comprobar que no había olvidado vestirse por la mañana.

—¡Es verdad! ¿De qué podemos decir que vengo disfrazado? ¿De vagabundo?

Avery tuvo que reírse. Sentía que todo el mundo la miraba, ardiendo en deseos de saberlo todo sobre el nuevo novio de Avery Fuller. Sabía que a la gente le sorprendía que hubiera terminado eligiendo a este, después de tantos años de intencionada soltería. Max no se parecía en nada a los chicos entre los que ella había crecido, con su holgada camisa verde y sus anodinas botas gruesas. Era desgarbado y tenía un aspecto inconfundiblemente europeo, con una nariz aguileña presidiendo un rostro que por lo demás resultaba atractivo.

—Tú, por supuesto, estás sensacional. —Max se fijó en el disfraz de Avery, un vestido negro de lentejuelas complementado con un tocado de plumas que había añadido en el último minuto—. ¿Quién eres, Daisy Buchanan?

—Claro que no —respondió Avery automáticamente. Nunca le había gustado *El gran Gatsby*. El aislamiento de Daisy (fría y solitaria, rodeada de su fortuna) le producía un cierto recelo.

—Cierto, Daisy es demasiado frívola. Tú tienes más de Zelda Fitzgerald, hermosa y brillante.

Avery agitó la mano para restarle importancia al cumplido.

—No te imaginas cuánto me alegro de que hayas venido. Estoy deseando presentarte a todo el mundo.

—Y yo estoy deseando conocer a todo el mundo —respondió Max con efusividad—. Pero antes tengo que hablar contigo, a solas. ¿Podemos?

La petición sonó pomposa. Avery se preguntó si tendría que ver con el misterioso recado de antes.

—Por aquí —indicó ella. Conocía un sitio apropiado.

Como ocurría siempre en este tipo de fiestas, un grupo de novatos se había recogido en el invernadero con la intención de envolverse en una burbuja con sus alucendedores. Una densa nube de humo flotaba sobre ellos. En cuanto vieron a Avery, se largaron sin esperar a que se lo pidieran. Avery suspiró, pulsó el botón del depurador, situado junto a la puerta, y se echó hacia atrás mientras el sistema interno del invernadero reciclaba el aire.

Siempre le había gustado venir aquí. El invernadero de los Anderton se ubicaba en la esquina, de tal manera que dos de sus paredes estaban revestidas de flexiglás de triple refuerzo desde el suelo hasta el techo y ofrecían una panorámica del glaseado cielo púrpura. Al contrario que el invernadero de sus padres, ordenado y etiquetado al detalle, este era una explosión de color. Rosas, bambúes y girasoles crecían juntos en una maraña poco sistemática, manipulados genéticamente para que florecieran bajo las condiciones de la Torre. Por la tierra había esparcidas unas cápsulas del tamaño de un guisante; eran biosensores que monitorizaban los niveles de agua y de glucosa de las plantas, e incluso su temperatura, a fin de que el invernadero realizase los ajustes pertinentes con la máxima precisión. Avery sabía que así era exactamente como lo había dejado la madre de Cord.

El aire era cálido, como si la sangre de Avery fluyera rauda hacia sus extremidades. Daba la impresión de que ya no estuvieran en la Torre, sino en alguna jungla remota por cartografiar. Avery se abrió paso hacia la ventana y Max la siguió, agachándose para pasar por debajo de una de las enormes orquídeas.

—Prefería no decirte nada hasta ahora, por si no salía, pero vengo de una reunión en Columbia —comenzó Max para después guardar una pausa, como si quisiera calibrar la reacción de Avery. Al ver que ella no respondía, continuó—: Una de las profesoras que hay aquí, la doctora Rhonda Wilde, es la principal experta a nivel mundial en Economía Política y en Estructuras Urbanas. ¡Fue consejera de mi profesor de Oxford cuando este estudiaba en la universidad! Llevo toda la vida soñando con la oportunidad de estudiar directamente con ella, y ahora la tengo.

Max tomó a Avery de las manos y la miró a los ojos.

—Lo que intento decirte es que Columbia y Oxford estarían de acuerdo en que este año estudie aquí como alumno de intercambio. Así que podría pasar todo el año en Nueva York.

Avery lo miró desconcertada por un momento. No habían hablado de lo que ocurriría dentro de unos días, cuando Max regresara a Inglaterra. Ella imaginaba que seguirían juntos, pero no quería dar nada por hecho. Max estudiaba en la universidad, al fin y al cabo.

—¿Quieres decir que no vas a volver a Oxford? —repitió Avery—. ¿Te vas a quedar aquí?

—Solo si tú quieres —puntualizó Max aprisa. El humo que quedaba en el ambiente parecía casi azul en la penumbra; se concentraba en torno a su cabeza a modo de aureola.

Avery articuló una risa seca y lo envolvió emocionada entre sus brazos.

—¡Pues claro que quiero que te quedes! —exclamó con la voz amortiguada contra el pecho de él—. Pero ¿estás seguro de que esto es lo que quieres de verdad? Te perderías tu segundo año de universidad, todas esas tradiciones que tanto os gustan, las fiestas de los compañeros y el banquete de madrugada, y también la temporada de remo...

—Merece la pena, si tengo la oportunidad de estudiar con la doctora Wilde. Y de pasar más tiempo contigo —le aseguró Max—. Pero ¿y tú? ¿De verdad te parece bien? Nunca habíamos hablado de lo que pasaría después del verano. Sé que es tu último año. Entendería que quisieras pasar el tiempo con tus amigas, sin tener encima a tu ligue de verano.

—Max. Sabes que para mí eres mucho más que un ligue de verano —le dijo Avery en voz baja, a lo que él le correspondió cálidamente con una ancha sonrisa llena de entusiasmo.

—Tú también eres para mí mucho más que un ligue de verano, Avery. Muchísimo más. Ahora eres parte de mi vida, y quiero que lo sigas siendo.

Guardó un silencio antes de añadir las dos últimas palabras, que se descolgaron por el filo de la frase como un par de gotas de lluvia.

—Te quiero.

De alguna forma, Avery sabía que en algún momento se lo diría, y aun así la declaración de Max la asaltó como un escalofrío delicioso. Dejó que las palabras flotasen entre ellos por unos instantes, respirándolas, consciente de que con ellas su relación se había transformado en algo nuevo.

—Yo también te quiero.

Pasó los brazos tras la nuca de Max para atraerlo hacia sí,

palpando los músculos de su espalda a través de la tela de la camisa. Él se inclinó hacia delante para darle un beso en la frente, pero Avery levantó la cara para recibirlo con los labios.

El beso brotó suave y tierno, casi lánguido. Pero después las manos de Max empezaron a recorrer el cuerpo de Avery con creciente urgencia, y un leve cosquilleo se propagó por sus nervios. Ella sentía que todo su cuerpo chisporroteaba bajo su piel, o acaso la piel se le hubiera quedado demasiado pequeña para contenerlo. Se le aceleró la respiración. Se abrazó a Max con más fuerza, sintiéndose igual que las enredaderas que reptaban por las paredes, como si no pudiera sostenerse sin su apoyo...

—Ah, por favor, buscaos una habitación —dijo alguien al abrir la puerta. Avery se apartó de Max, asustada. Cayó en la cuenta de que era la voz de Cord.

—Ya tenemos una, gracias. Es esta —respondió un festivo Max.

Avery se había quedado sin palabras. Se limitó a observar cómo una sonrisa incrédula se extendía por el rostro de Cord cuando este vio a quién había interrumpido.

—Lo siento, Avery, no era mi intención. Ehh, seguid, no os preocupéis.

Dio dos extraños toquecitos en la pared y quiso salir a toda prisa, pero al fin Avery había recuperado el habla.

—Cord, no sé si ya conoces a mi novio, Max.

Cord tenía el mismo aspecto de siempre, pensó Avery, corpulento e imponente con su disfraz de pirata, una faja carmesí enrollada con teatralidad en torno a su camisa blanca de cuello abierto. Llevaba en las manos un paquete de tiraciegos; otros dos chicos, Ty Rodrick y Maxton Feld, se habían parado detrás de él. Estaba claro que venían a fumar.

Sus gélidos ojos azules se adhirieron a los de ella durante un momento significativo. Avery se preguntó si él también estaría pensando en aquella noche, la única ocasión en la que se habían besado, en Dubái. Fue una tontería y una irresponsabilidad, y para Avery no tenía ninguna trascendencia; había caído en una espiral turbia y peligrosa después de perder a Atlas, y nada le importaba. Ni siquiera las consecuencias de aquel beso, ni hasta qué punto podría afectar a su relación con Cord.

Sabía que era una actitud cobarde e inmadura, pero Cord y ella nunca habían hablado de ello. Desde aquel día prácticamente no habían vuelto a verse; ella se marchó a Inglaterra a la semana siguiente, y después conoció a Max. Una parte de ella consideraba que le debía una disculpa a Cord. Porque después, bajo la cruel claridad del día, Avery entendió lo que aquel beso había sido: un intento egoísta de sacarse a Atlas de la cabeza. Cord se merecía un trato mejor.

Él sonrió y le tendió la mano a Max.

—Mucho gusto, Max. Yo soy Cord, amigo de Avery. —En ese momento, Avery comprendió de forma tácita que todo quedaba resumido en esa palabra, «amigo». Cord y ella podrían seguir tratándose con normalidad.

—Ah. ¡Este invernadero es tuyo! —Max pasó junto a Cord, en dirección a la salida—. En ese caso, sí que deberíamos buscarnos otra habitación. Tal vez una menos demandada. O más adecuada geográficamente. —Esto último se lo dijo solo a Avery, aunque lo bastante alto para que lo oyeran todos. Ella apretó los labios para reprimir una sonrisa y se lo llevó del invernadero.

El resto de la noche transcurrió en un confuso ambiente festivo. Avery presentó a Max a todo el mundo (Leda solo se quedó lo justo para saludarlo, aunque a Avery le complació que él consiguiera arrancarle una sonrisa). Por último, cuando la fiesta comenzaba a apagarse, tomaron un aerotaxi de vuelta a casa.

—Antes salías con Cord, ¿verdad? —le preguntó Max de pronto.

Avery parpadeó, sorprendida con la guardia baja, aunque Max no pareció darse cuenta.

—Es él, ¿verdad? El chico que te rompió el corazón antes de que te marcharas a Inglaterra. —Max daba la impresión de estar orgulloso de sí mismo por habérselo figurado—. Noté algo extraño entre vosotros dos, y me lo venía preguntando.

El pulso de Avery se disparó y empezó a martillearle los oídos.

—Sí —afirmó deprisa—. Cord y yo tuvimos algo. Pero no salió bien.

—Claro que no salió bien —dijo Max, como si señalara una obviedad. Le rodeó los hombros con un brazo y la estrechó contra sí—. Pero nosotros sí que encajamos.

A Avery le encantaba eso de Max, que pareciera estar tan seguro de sí mismo, de cómo funcionaba el mundo y del lugar que le correspondía a él. Que se fijara en cosas en las que nadie más reparaba. Pero ahora mismo prefería que no se fijara tanto, no fuese que descubriera que ella no había sido del todo franca con él.

No quería mentirle, pero ¿qué otra opción tenía? Max no debía averiguar quién le había roto el corazón de verdad el año anterior. De lo contrario, la rechazaría.

No importaba que hiciera mucho tiempo que Atlas y ella habían terminado. Avery estaba segura de que si alguien descubría la verdad sobre ellos, su vida entera se desmoronaría.

CALLIOPE

Calliope odiaba el dormitorio que ocupaba en el apartamento de Nadav.

Antes servía como habitación oficial de invitados y aún conservaba el mismo conjunto de muebles aparatosos, con las patas en forma de garras y con una cabeza de águila de aspecto feroz tallada en cada cajón. Las gruesas cortinas de terciopelo parecían compactar el aire de la estancia. De la pared de enfrente de la cama colgaba un cuadro antiguo de unos perros que mataban a un ciervo. A Calliope le parecía malsano, pero Nadav lo había conseguido en una subasta y no podía sentirse más orgulloso de él. Ella había adoptado la costumbre de taparlo con un jersey antes de acostarse, para que los ojos suplicantes del animal no se le aparecieran en sueños.

Lo primero que hizo Calliope al mudarse aquí fue ponerse a planear cómo redecoraría el cuarto. Compraría muebles más sencillos y espaciosos y almohadas coloridas, y le aplicaría a la pared una capa de pintura de pigmaspectro, de la atrevida gama primaria. Pero cuando una noche expuso sus intenciones durante la cena, Nadav se quedó tan estupefacto que dejó caer el tenedor ruidosamente contra el plato.

—Esa pintura es para habitaciones de críos —opuso él, a todas luces ofendido por la sugerencia.

A Calliope no le importaba que esos colores estuvieran pensados para los niños. Le encantaba la sutileza con la que su tonalidad variaba a lo largo del día, pasando de un airado rojo intenso al púrpura para después realizar la transición inversa.

—Si tanto lo odias, puedo elegir otro tipo de pintura —propuso mientras Elise la miraba a los ojos con elocuencia desde el otro lado de la mesa.

Nadav meneó la cabeza.

—Lo siento, Calliope, pero no puedes redecorar el cuarto. Tiene que servir como habitación de invitados para cuando venga mi madre.

¿Qué tenía que ver que el dormitorio fuera a ocuparlo la madre de Nadav con que no pudiera redecorarlo?

—Cuando tu madre se aloje en mi habitación, ¿dónde me...?

—Compartirás cuarto con Livya, claro está.

La única persona a la que la idea parecía disgustarle más que a Calliope era Livya, cuyos labios se apretaron en una fina línea pálida.

Calliope había terminado por acostumbrarse a la interminable retahíla de «noes» de Nadav. Cuando se apuntó al teatro de la escuela: «No, harías mejor en apuntarte al consejo estudiantil». Cuando quiso asistir a una fiesta: «No, tienes que estar en casa para el toque de queda». Cuando pidió adoptar un perrito: «No, las mascotas son una distracción innecesaria. A tu edad, debes centrarte en los estudios». Con el paso de los meses, Nadav empezó a decir que no antes incluso de que ella terminara de formular la pregunta.

Calliope se decía a sí misma que no pasaba nada, que en realidad esas cosas le daban igual. Salvo, tal vez, lo del perrito. Al menos con él se habría sentido un poco menos sola.

Ahora, de pie en medio del dormitorio, dio un suspiro malhumorado. Bien podría haberse tratado del cuarto de un desconocido. Aunque habían transcurrido ocho meses, la organización seguía pareciendo temporal, como si Calliope solo estuviera allí de acampada; las maletas y las cajas se amontonaban de cualquier modo en el armario, como si contuvieran las pertenencias de un criminal que tuviese que salir huyendo de la justicia de un momento a otro.

Se acercó al armario y apartó las hileras de perchas, de las que pendía un surtido de recatados vestidos de seda y de pantalones holgados de talle alto. Ni siquiera la ropa parecía suya; antes de que se mudaran aquí, su madre había depurado su vestuario sin piedad, desprendiéndose de todo aquello que fuese mínimamente ceñido, abierto o sugerente. Gracias a Dios, Calliope logró rescatar en secreto algunas prendas antes de que se encendiese la hoguera de las vanidades.

Se estiró hasta el extremo de la pared, más allá de un voluminoso abrigo de lana, hasta que rozó con los dedos la bolsa que le interesaba. Rebuscó aprisa en el interior y extrajo una pulsera eléctrica, un par de llamativos pendientes de pinza y su brillo labial rojo favorito, cosas que llevaba meses sin ponerse. Cuando hubo terminado de arreglarse, llevó la mirada hacia el único elemento de la habitación que sí le gustaba: la pantalla espejo que ocupaba toda una pared.

Mantuvo los focos de la habitación configurados a máxima

potencia y sonrió satisfecha de sí misma. Su belleza era tan clara, y casi tan cegadora, como la iluminación excesiva.

«Vamos allá», dijo para sí, tras lo que enfiló el pasillo sin mirar atrás.

La emoción de la aventura la embargó mientras salía del apartamento de Nadav. Porque no solo estaba saliendo a hurtadillas de la casa. También estaba saliendo a hurtadillas de su vida, mudando la piel, desprendiéndose poco a poco del personaje de Calliope Brown para adoptar otro papel. El que se estaba inventando sobre la marcha.

Sabía que era arriesgado. Pero no daba más de sí. No aguantaría pasar una sola noche más en ese apartamento frío y dorado, con sus alfombras gruesas y el tictac de los relojes. Era el tipo de apartamento en el que sabía con exactitud qué estaba ocurriendo en todo momento, porque todo sucedía con una eficiencia monótona. Ahora, por ejemplo, Nadav estaría sentado ante su escritorio modular de aluminio reciclado, revisando algún contrato o algún mensaje antes de acostarse. Livya estaría bien arropadita bajo el dosel de su cama de princesa, mientras su ordenador de sala le susurraba las preguntas del examen de aptitud académica durante toda la noche como parte de algún proceso de aprendizaje osmótico. Todo era espantosamente predecible.

Al tomar el ascensor de la Base de la Torre, inundado por las conversaciones animadas de los ocupantes, por el confuso caos de la vida real, Calliope se sintió embargada de puro alivio. Nueva York seguía aquí. No se había marchado a ninguna parte.

Una vez que llegó a Grand Central, tomó el monorraíl y terminó de salir de la Torre, en dirección al barrio del bajo Manhattan conocido como la Expansión. Esta área era tan opuesta a la realidad impecable y organizada de la Torre como la noche lo era al día; aún quedaban algunas zonas desprovistas por completo de tecnología, con suelos deformados de madera y barandillas retorcidas. Los chapiteles de las iglesias se elevaban hacia el cielo entre los hologramas luminosos.

Calliope volvió la vista hacia la Torre mientras desmontaba del monorraíl. Desde aquí parecía brillar con más intensidad que nunca. A su lado, la media luna flotaba solitaria en su bendita lejanía.

Se detuvo en la esquina de Elizabeth con Prince Street, con los ojos cerrados con fingida despreocupación. Eran casi las nueve de un día entre semana y en las calles se respiraba un ambiente tranquilo. Aun así, Calliope percibía la efervescencia alborozada de la Expansión, el pulso urgente e inquieto de lo juvenil, lo emocionante y lo ilegal.

Abrió una puerta marrón sin señalizar y pasó al interior.

Una muralla sonora se alzó a su encuentro, la de una multitud deshecha en gritos, al ritmo escurridizo de la música electrónica. Otro giro escaleras abajo y Calliope llegó a un bar, decorado de arriba abajo con luces de neón y de ledes parpadeantes, como si fuera una suerte de taberna clandestina sacada de un videojuego. El techo estaba cubierto con un manto de prismas de cristal que reflejaban los destellos deslumbrantes de los focos, descomponiéndolos en millones de hebras resplandecientes que después proyectaban de nuevo hacia abajo. Los colores cobraban tal viveza que casi dolía verlos.

Calliope no se molestó en pedir algo de beber, aunque podría haberlo hecho; ya había cumplido los dieciocho. Se limitó a recogerse en un rincón, desde donde escudriñó el local con ojos expertos. Estaba invadido por una mezcla de pazguatos, de turistas y de gente que había entrado por simple curiosidad.

Sabía que el espectáculo vespertino era para críos, pero durante la sesión nocturna el ambiente solía volverse más animado, y más violento.

Alguien hizo sonar un gong. La multitud abandonó obediente el bar para pasar al estadio contiguo, con las bebidas apretadas contra el pecho. Calliope se dejó arrastrar por la muchedumbre. Llevaba el cabello suelto en torno a sus hombros desnudos y un vestido plateado sin tirantes que combinaba con unas botas, e incluso se había aplicado un tintuaje temporal en una de sus mejillas morenas, solo por diversión. El complemento le dejaría una película pegajosa en la cara durante varios días, pero el efecto merecía la pena.

El estadio olía a palomitas de maíz y a lubricante. Calliope ocupó su asiento con impaciencia e inclinó el cuerpo, con los codos apoyados en las rodillas, mientras estudiaba los ComBots (robots de combate) que aguardaban distribuidos por todo el recinto. Junto a cada uno de ellos había un equipo de controladores que realizaban las últimas comprobaciones de los sistemas por medio de sus tabletas. Calliope sonrió al ver de soslayo que algunos espectadores actuaban de forma sospechosa. Debían de ser corredores, que gestionaban las apuestas bajo cuerda. Tal vez las ComBatallas no fueran ilegales, pero desde luego utilizarlas para apostar sí que lo era.

Las ComBatallas eran un deporte caro y relativamente absurdo, como también lo eran las carreras de coches (no parecía tener mucho sentido construir estos bots tan imponentes y complejos para después hacer que se destrozaran entre ellos). Calliope se preguntó por qué al ser humano le encantaba destruirlo todo. Esta era la versión moderna de las luchas entre gladiadores, de los enfrentamientos de osos contra perros y de la telerrealidad. Por alguna razón, la gente se deleitaba viendo explotar las cosas.

Hacía años que no asistía a una ComBatalla, desde que Elise la llevara a ver una en Shinjuku. En realidad, no sabía muy bien por qué había venido aquí esta noche. Quizá le reconfortaba el hecho de sentirse anónima en medio de la multitud alborotada. Esto era lo máximo que podía alejarse del mundo de los Mizrahi.

Dejó que su mirada se deslizase hasta el chico que ocupaba el asiento contiguo.

—¿Has apostado por alguno? —le preguntó. Por alguna extraña razón, les había imprimido un acento australiano a sus palabras.

El chico miró a su alrededor, sobresaltado, quizá al suponer que Calliope debía de haberse dirigido a algún otro apostador que estuviera agazapado tras él.

—Ah. Em, por la serpiente de tres cabezas —dijo pasado un momento.

—¿Ese trasto? El mío lo va a machacar —aseguró Calliope, consciente de que su voz disculparía la afrenta. La voz de Calliope (suave y ronroneante, con ese deje seductor) siempre había sido su arma secreta. Le permitía decir todo lo que se le pasara por la cabeza sin que nadie se lo echase en cara.

Unos dientes blancos destellaron enmarcados por una tez de ébano cuando el muchacho sonrió.

—No tienes pinta de jugadora.

—¿Y por qué no? ¿Dónde queda la diversión, si no hay un poco de riesgo que anime el cotarro?

El chico asintió, aceptando el argumento.

—¿Por cuál has apostado?

—Por ese trasto con escamas —se inventó Calliope, señalando un robot que era mitad león y mitad dragón. Unas llamitas arremolinadas brotaban de su garganta.

Había algo de fantástico en los robots de combate, a pesar de su crueldad. La normativa internacional prohibía fabricar robots antropomorfos; y en América también era ilegal que los robots pareciesen animales de verdad. Así, los ComBots terminaron por convertirse en algo casi irreal. Calliope vio un dinosaurio, un unicornio con colmillos y un tigre alado que despedía un chisporroteo eléctrico.

—¿Qué te parece si subimos la apuesta? —le propuso el chico a la vez que le tendía la mano—. Por cierto, me llamo Endred.

—Amanda. —Ya había empleado este nombre en Australia. Le resultaba fácil de recordar—. ¿Tienes en mente algo en concreto?

—Quien pierda se paga una cena.

Calliope no había venido aquí para estafar a nadie. Sin duda, no necesitaba nada de este muchacho; podía pagarse una cena sin ningún problema, ahora que tenía acceso al dinero de Nadav. Aun así, para ella, tan importante había sido siempre la emoción como el dinero. La sensación abrasadora de vivir al límite, de saber que estaba consiguiendo lo imposible. Eso era justamente lo que quería de Endred, que le prestase atención, que le brindase la oportunidad de vivir una aventura, de pasar una noche siendo otra persona, en lugar del personaje insoportablemente aburrido que llevaba interpretando los últimos ocho meses.

—Nunca paso a la cena sin haber bebido algo primero —aceptó con una sonrisa inescrutable.

—Hecho.

De repente, el estadio quedó a oscuras y el público prorrumpió en un griterío enfervorecido o cuando los dos primeros ComBots se situaron frente a frente.

El dinosaurio contra el león-dragón de ella. Calliope llevó la mano bajo el asiento para coger su barrita luminosa y empezar a agitarla de un lado a otro, voceando como el resto de los espectadores hasta que se quedó ronca, mirando con los ojos como platos cómo el dinosaurio y la criatura híbrida empezaban a darse zarpazos el uno al otro. Exhalaban llamaradas, disparaban pequeños proyectiles, se abalanzaban sobre su oponente para después apartarse enseguida. Dos comentaristas narraban la acción en una mezcla gutural y atropellada de inglés, mandarín y español. Unas luces estroboscópicas destellaban en el techo. Cuando Calliope notó que Endred clavaba la mirada en ella, no pudo resistirse a sacudir la cabeza con orgullo.

La cola espinosa del dinosaurio impactó contra el híbrido. Calliope se puso de pie de un brinco, sin dejar de sujetar con fuerza la barrita luminosa de color verde lima.

—¡Cárgatelo! —aulló al ver desencajarse las mandíbulas del león-dragón (que se separaron de forma grotesca, más de lo que podían distanciarse las fauces de ningún animal de verdad) y que de ellas brotaba disparado un torrente de fuego. El dinosaurio se tambaleó, con un tajo en el costado que dejaba a la vista una brillante maraña de cables rojos. Agitó las patas en el aire, como si su ordenador hubiera sufrido un cortocircuito, hasta que se desplomó de lado y se quedó inmóvil.

Mientras el clamor del público barría el estadio, Endred la miró con una sonrisa.

—Creo que debo felicitarte.

—Siempre distingo a un ganador en cuanto lo veo —dijo Calliope en tono provocativo.

Endred acercó una jarra de una especie de limonada espesa y le ofreció un vaso. Abajo, en la pista, un equipo de especialistas humanos había salido para retirar los restos del ComBot destrozado. Los miembros del equipo encargado del bot ganador estaban chocando los cinco entre ellos, preparados para el siguiente asalto.

Calliope probó la limonada con recelo, haciendo una mueca al comprobar su acidez.

—Bueno, Endred, cuéntame algo de ti. ¿De dónde eres?

Endred se infló de orgullo, como cabía esperar, al saberse objeto de su atención.

—De Miami. ¿Has estado alguna vez?

Calliope meneó la cabeza, aunque Elise y ella habían llevado a cabo incontables timos allí.

El chico empezó a hablarle de las calles anegadas de la ciudad; que llevaban medio siglo inundadas, desde que los bancos de arena que rodeaban Florida terminaron por deshacerse en el mar. Calliope no lo escuchaba. Como si no hubiera paseado en moto acuática de aquí para allá por aquellas calles. Le encantaba Miami, el atractivo obstinado de la ciudad, que se negara a admitir su derrota por muy inundada que estuviera, circunstancia que, de hecho, aprovechaba para erigirse con atrevimiento sobre las aguas como una moderna Supervenecia.

Sin embargo, Calliope intuía que Endred era uno de esos chicos a los que era fácil ganarse si se les dejaba hablar sobre sí mismos. Como la mayoría de los chicos, en realidad.

Mientras lo acribillaba a preguntas, colándole mientras tanto alguna que otra mentira acerca de sí misma, Calliope se sintió como una planta a la que estuvieran regando. Había olvidado lo emocionante que era jugar a este juego. Pero ahora volvía a encontrarse en su elemento, y la confianza que tenía en sí misma resurgió de forma explosiva mientras hacía lo que mejor sabía hacer: convertirse en otra persona.

—Pero si es Calliope Brown —dijo alguien de pronto a sus espaldas.

Calliope se giró despacio, intentando ocultar su nerviosismo. Era Brice Anderton, el hermano mayor de Cord. Llevaba una chaqueta negra y unas gafas de sol demasiado grandes, que levantó ahora, mientras sus ojos se paseaban con descaro por el prieto vestido de ella. Era moreno de tez, alto y tremendamente atractivo, y lo sabía.

—Me temo que te equivocas de chica —intervino Endred, ajeno a la tensión que se había gestado entre ellos—. Se llama Amanda.

—Sí. Debes de haberme confundido con otra persona —se oyó decir Calliope con su acento australiano.

—Me habré equivocado. —Brice torció la boca en un gesto festivo.

Endred quiso retomar la conversación donde la habían dejado, pero la sonrisa de Calliope empezaba a escurrirse entre sus facciones petrificadas.

—Disculpa —murmuró mientras salía a las estrechas escaleras que subían a la barra decorada con neones justo cuando las luces se atenuaban para dar comienzo al siguiente duelo.

Brice estaba apoyado con despreocupación contra la barra, como si supiera de antemano que ella terminaría viniendo.

—Calliope. Qué grata sorpresa —celebró Brice con su inconfundible actitud creída.

Calliope no se amilanó.

—Para mí sí que es una grata sorpresa. No tenía ni idea de que te gustaran las ComBatallas.

—Yo podría decir lo mismo. Nunca habría imaginado que te movieras por estos sitios.

«Estar aquí es mucho más propio de mi verdadera yo que de la pastorcilla que todos han conocido este año».

—Me considero una persona enigmática —respondió ella con ligereza.

—Y yo me considero una persona a la que le gusta resolver enigmas.

Lo más inteligente habría sido ignorarlo y marcharse a casa. Aparte de Avery, Brice era el único que podía desenmascarar a Calliope. Ya se había encontrado con él en otra ocasión, en Singapur, cuando ella estafó a su amigo y después huyó de la ciudad. La reconociera o no (algo que a ella no terminaba de quedarle claro), sus encuentros siempre tenían algo de arriesgado, un tanto magnético.

Aun así, en lugar de marcharse, Calliope se inclinó sobre la barra y colocó un pie detrás del otro. Le sostuvo la mirada a Brice.

—Hacía tiempo que no te veía. Desde el baile Bajo el Mar del año pasado, creo.

—He estado viajando mucho. A Asia Oriental, a Europa, a todas partes.

—¿Nueva York es muy aburrido para ti?

—Ya no —dijo Brice con elocuencia, con los ojos posados en ella—. Pero, ahora en serio, ¿qué hacías ahí, contándole a la gente que te llamas Amanda, hablando con ese acento falso?

Por primera vez, Calliope sintió el deseo de confesarle la verdad.

—Me aburría. Supongo que quería ser otra chica por una noche.

—¿Te gustaría ser otra chica en otra parte? —le propuso Brice—. A la vuelta de la esquina hacen unos ñoquis deliciosos, y me muero de hambre.

La idea le pareció extrañamente tentadora. Pero Calliope sabía que no le convenía aceptar. Ya se había arriesgado demasiado viniendo aquí esta noche; no podía dejarse ver con el infame y truhan Brice Anderton. No cuando llevaba tanto tiempo trabajando para convencer a los habitantes de las plantas superiores de que era una filántropa de corazón noble.

—La verdad es que tengo que marcharme a casa —rehusó, odiando parecer una adolescente sometida a un toque de queda. Una parte de ella deseaba que él intentara convencerla para que se quedase.

Brice se limitó a encogerse de hombros y dar un paso atrás.

—Está bien, entonces —dijo sin más. Desapareció escaleras abajo, de regreso a la oscuridad clamorosa del estadio de los ComBots, llevándose consigo la única chispa de emoción que Calliope había sentido en los últimos meses.

RYLIN

El primer día de instituto, Rylin salió del cuadrángulo principal de Berkeley, formando una visera con la mano sobre los ojos, pese a que sus lentes de contacto hubieran activado el modo de bloqueo lumínico, una de las pocas cosas que podían hacer en el recinto escolar. Los rayos solares libres de radiación ultravioleta le provocaban un hormigueo agradable en los brazos.

Ante ella se elevaba el edificio científico, rodeado de un destellante estanque turquesa lleno de *koi* multicolores y alguna que otra rana que croaba. Rylin se estremeció al pasar cerca de ellas. El año anterior había tenido que diseccionar una rana en clase de Biología, y aunque sabía que no era auténtica, que en realidad era una especie de criatura sintética fabricada específicamente para que los estudiantes de instituto no cometieran actos de crueldad animal, seguía sin gustarle el ruido que hacían las de verdad.

Este año ni siquiera había querido apuntarse a las clases de ciencias, pero dado que eran obligatorias, se había decantado por la opción que más inocua le parecía: Introducción a la Psicología. En realidad, se lo había sugerido la jefa que había tenido durante el verano, Raquel. «Los buenos narradores estudian Psicología», sentenció mientras tamborileaba distraídamente con los dedos sobre las cajas donde se guardaban las películas. «Los novelistas, los cineastas e incluso los actores. Hay que conocer las reglas del comportamiento humano para poder hacer que los personajes las rompan».

Rylin supuso que tenía sentido. Además, optar por Psicología le parecía mucho más agradable que las otras alternativas: nada de tubos de ensayo ni de escalpelos, solo encuestas y «experimentos sociales», significara lo que significase eso.

Se adentró en el vestíbulo de dos plantas de la sección de ciencias, pasando frente al laboratorio de Robótica, donde las chispas de unos circuitos eléctricos saltaban de un cable a otro como arañas furiosas; frente al laboratorio de Meteocultura, donde los alumnos se apiñaban en torno a un inmenso globo terráqueo holográfico, analizando los patrones climatológicos que formaban ondulaciones grisáceas en la superficie; frente a la enorme puerta de acero señalizada como «Laboratorio bajo cero: Se requiere protección térmica». La llamada «nevera», donde los estudiantes de Física Avanzada realizaban experimentos en condiciones de congelación con partículas subatómicas. Rylin prefería no saber cuánto debía costar mantener la sala a esa temperatura.

Cuando giró hacia el aula 142, al final del pasillo, le alivió ver las hileras de puestos de laboratorio para dos personas, cada uno de los cuales tenía por todo equipo un holovisor. Se sentó en una de las mesas vacías y activó la función de cuaderno de su tableta escolar, justo a tiempo.

—El comportamiento del ser humano es ilógico e irracional. Esta es la primera regla de la psicología.

Una sofisticada mujer china entró en el aula con paso resuelto, espetando a todos los alumnos al instante con una mirada fija. Sus tacones repiqueteaban en el suelo con levedad.

—La psicología, como ciencia, nació porque el ser humano lleva milenios intentando comprender por qué actúa como lo hace. La *psyche*, que significa la «mente», y el *logos*, que significa el «estudio». Llevamos buscando respuestas desde la época de los antiguos griegos, pero aún no hemos terminado de entenderlo todo.

»Soy la profesora Heather Wang. Bienvenidos a la clase de Introducción a la Psicología —anunció antes de entornar los ojos—. Si estáis aquí porque creéis que esta será una asignatura de ciencias fácil en comparación con la Física o la Química, pensáoslo mejor. Al menos, los elementos y las sustancias químicas se comportan de un modo predecible. Con las personas, por el contrario, nunca se sabe lo que puede ocurrir.

Rylin no podía estar más de acuerdo. A veces ni ella misma estaba segura de lo que pensaba hacer, por lo que menos aún podía prever las decisiones de los demás.

La puerta del aula se abrió hacia dentro y se asomó una cabeza morena. A Rylin le costó reprimir un jadeo. De todas las asignaturas a las que se podría haber apuntado, ¿por qué también él había tenido que elegir esta?

La profesora Wang lo miró con frialdad.

—Sé que es vuestro último año y que ya tenéis un pie fuera de aquí, pero no puedo permitir que nadie sea impuntual.

—Lo siento, profesora Wang —dijo Cord, con la encantadora sonrisa que solía emplear a modo de disculpa. A continuación, se fue derecho hacia la consola de laboratorio donde estaba Rylin, ignorando los varios puestos libres que encontró por el camino, y ocupó el asiento contiguo.

Rylin no dejó de mirar hacia delante en ningún momento, como si no hubiera reparado en su presencia.

—Aunque haya sido por obligación y, en el mejor de los casos, bastante tibia —prosiguió la profesora, dirigiéndose a toda la clase—, lo que el señor Anderton acaba de pronunciar es una disculpa, un buen ejemplo de los tipos de interacción social que estudiaremos a lo largo del curso. Exploraremos los distintos factores que influyen en el comportamiento del ser humano, entre ellos las normas sociales establecidas. Hablaremos de cómo se forjaron estas normas, y de lo que ocurre cuando alguien decide saltárselas.

«¿Como saltarse la norma tácita de no sentarse al lado de tu exnovia en clase cuando hay asientos desocupados de sobra?».

—Hoy estudiaremos el efecto Stroop, una demostración clásica de lo sencillo que es engañar al cerebro humano. El cerebro es el ordenador con el que interpretamos el mundo, un dispositivo cuyas funcionalidades se pueden manipular con demasiada facilidad. Recordamos la información de forma imprecisa, olvidamos lo ocurrido durante períodos muy amplios. Nos convencemos de cosas que sabemos que no son ciertas. Empecemos. —La profesora Wang dio una palmada y al instante las tabletas de todos los alumnos se encendieron para mostrarles las instrucciones del laboratorio.

Cord se inclinó sobre la mesa de laboratorio. Se enrolló las mangas, en descarada oposición a la etiqueta de la escuela, dejando a la vista los músculos de sus antebrazos.

—Cuánto tiempo, Myers.

Rylin mantuvo los ojos anclados en las instrucciones del laboratorio para no mirarlo. Había estado evitando a Cord desde que lo vio besándose con Avery en la fiesta de Dubái del año anterior. Y le había ido bastante bien, hasta ahora.

—Aquí dice que uno de nosotros tiene que ponerse el casco de realidad virtual —indicó ella. Si Cord observó que Rylin daba golpecitos en la tableta con una vehemencia inusual en ella, no hizo ningún comentario al respecto. Se limitó a mirarla con su sonrisa alegre con los labios apenas separados.

—¿Qué tal el verano?

¿Por qué se empeñaba en hacer como si nada?

—Muy bien —dijo Rylin sin más—. ¿Y tú?

—He estado viajando un poco con Brice, sobre todo por Sudamérica. Practicando windsurfing, submarinismo, ya sabes. —«No», pensó Rylin, «la verdad es que no lo sé».

Cord estaba muy unido a su hermano mayor, Brice, aunque al fin y al cabo, como en el caso de Rylin y Chrissa, solo se tenían el uno al otro. Los Anderton habían muerto años atrás al sufrir un espantoso accidente de aviación, convirtiendo a Cord en huérfano, en celebridad y en multimillonario, todo a la vez. Entonces solo tenía diez años.

Cuando la madre de Rylin falleció, lo único que ella heredó fue una montaña de facturas de gastos médicos por pagar.

—¿Y tú? ¿Has ido a algún lugar divertido? —le preguntó Cord.

«¿Que si he ido a algún lugar divertido?».

—La verdad es que no. Encontré un empleo en un archivo, como revisora de películas en la biblioteca pública.

—Ah, es verdad. He visto tus fotos. Están geniales —dijo Cord. A Rylin le sorprendió que la hubiera estado siguiendo en los agregadores.

—El sábado te eché de menos en la fiesta que di —añadió—. Tenía ganas de ver de qué habrías pensado disfrazarte;

no sabía qué sería más probable, si de Catwoman o de cantante de punk rock.

—La verdad es que no me gusta disfrazarme. —¿En serio Cord creía que ella iba a presentarse precisamente en la fiesta en la que había trabajado para él el año anterior, en la fiesta donde él le había dado el primer beso?

—¿No te gusta disfrazarte? Eso no suena muy divertido.

—No todo tiene por qué ser «divertido», ¿sabes? —le espetó Rylin, con más sequedad de la que pretendía. Sabía que en realidad no estaba siendo justa. Pero algunas veces Cord haría bien en pararse a pensar un poco antes de soltar lo primero que le viniera a la cabeza.

Además, Cord no conocía a nadie más que pudiera reconvenirlo de esa forma.

Rylin cogió el casco de realidad virtual y se lo ajustó con torpeza sobre los ojos, dejando a un lado el mundo, incluido Cord.

—Entraré yo primero —dijo, rompiendo el silencio. Un fondo blanco despejado abarcó todo su campo visual.

Un instante después, Cord pulsó algo para empezar con el experimento.

—Dime qué color ves.

La palabra «hola» apareció ante ella en un verde brillante. Rylin parpadeó, desconcertada, antes de recordar que debía decir el nombre del color.

—Verde.

La palabra desapareció, para ser sustituida por unas letras de imprenta granates que componían la palabra «púrpura».

—Púrpura —dijo de forma automática, antes de volver a sentir que se ruborizaba—. No, espera, o sea, granate...

Cord se rio. Ahora que tenía los ojos tapados, Rylin no quiso imaginarse con qué cara la estaría mirando.

—¡¿Veis lo fácil que es engañar al cerebro?! —exclamó la profesora Wang cerca de ellos.

Rylin pulsó un interruptor ubicado en el lateral del casco y de inmediato la pantalla se volvió transparente. Miró a través de las gafas, ahora libres de contenido, y vio a la profesora detenida junto a su puesto de laboratorio.

—He leído la palabra automáticamente —intentó explicar.

—¡Exacto! —afirmó la profesora—. Las neuronas dedicadas al análisis y a la identificación visual han incurrido en una disensión, ¡lo cual ha desatado el caos! ¡Tu cerebro te ha traicionado! —Le dio un golpecito en la cabeza con el dedo antes de acercarse a otro puesto.

«Solo me traiciona cuando tengo a Cord cerca», pensó Rylin con cierto rencor.

Levantó la mano para volver a pulsar el interruptor del casco, dejando que la pantalla proyectara de nuevo el programa del laboratorio.

—Vale, estoy lista.

—Rylin... —Cord estiró el brazo como si pretendiera quitarle el casco de realidad virtual de la cabeza, pero Rylin se apartó instintivamente. No permitiría que Cord le tocara el pelo como si tal cosa. Había perdido ese derecho hacía mucho tiempo.

Cord pareció darse cuenta de que se había excedido.

—Perdona —masculló, escarmentado—. Pero... es que no lo entiendo. ¿Qué ocurre? Creía que el año pasado nos estábamos volviendo a hacer amigos, y ahora me da la impresión de que tuvieras algo contra mí.

«Nos estábamos haciendo amigos, hasta que quise que fuéramos algo más, y entonces te vi con Avery».

—No te preocupes —dijo ella con rigidez—. No pasa nada.

—Claro que pasa —opuso Cord.

—Mira, acabemos con esta prueba y...

—Pasa de la prueba, Rylin.

Rylin se sobresaltó al percibir una nota de rabia en la voz de Cord. A regañadientes, se quitó el casco y lo dejó en la mesa.

—¿Qué quieres?

—¿Por qué te comportas así?

—No sé de qué me hablas —protestó ella en un tono débil, pues sabía muy bien a qué se refería Cord, tanto que de pronto se sintió avergonzada de sí misma. Incómoda, se puso a jugar con la correa del casco.

—¿He hecho algo que te haya molestado? —insistió Cord.

Se miraron a los ojos, y entonces Rylin notó que un rubor candente afloraba a sus mejillas. Decirle la verdad a Cord implicaba admitir lo que había sentido por él el año anterior, que había llegado a perseguirlo hasta Dubái. Aun así, una parte de ella insistía en que le debía una explicación, por mucho que ofrecérsela socavara su orgullo.

—Te vi con Avery. En Dubái —reveló con voz queda.

Rylin observó a Cord mientras este infería el peso de sus palabras.

—¿Viste a Avery besarme? —concluyó él al cabo.

Rylin asintió, abatida, incapaz de articular palabra. A pesar de que hubiera ocurrido hacía muchos meses (a pesar de que ahora ella estuviese con Hiral, y de que ya no debería tener importancia), Rylin volvió a sentir el bochorno de aquella noche, más pegajoso y asfixiante que nunca.

Había viajado a Dubái alentada por la absurda esperanza de encontrar a Cord y confesarle sus sentimientos. De convencerlo de que podían empezar de cero. Lo buscó durante toda la noche, pero cuando al final dio con él, era demasiado tarde. Estaba con Avery. Besándola.

—No volvió a pasar nada entre ella y yo —le aseguró Cord con calma—. Solo somos amigos.

Al final Rylin había llegado a esa conclusión, cuando Avery se marchó a Europa y empezó a salir con aquel chico belga o con quienquiera que fuese. Se sintió un poco tonta.

—No tienes por qué darme ninguna explicación —se apresuró a decirle—. Ocurrió hace mucho tiempo, y además no tiene ninguna importancia.

—Pero es que sí que tiene importancia. —La mirada de Cord se había vuelto indescifrable—. Ojalá me lo hubieras dicho —añadió con la voz atenuada.

Rylin sintió que la sangre le palpitaba bajo la piel.

—Hiral y yo hemos vuelto —dijo, impulsada por una necesidad repentina.

—¿Hiral?

Rylin sabía lo que Cord pensaba. Estaba recordando lo que Hiral había hecho el año anterior, cuando ella trabajaba para Cord.

—Esta vez es distinto —aseveró ella, sin saber muy bien qué hacía dándole explicaciones a Cord.

—Si tú eres feliz, Rylin, me alegro por ti.

Soy feliz   le confirmó ella, y lo decía en serio; era feliz con Hiral. Pero, de alguna manera, había dado la impresión de que estuviera a la defensiva.

Cord asintió.

—Mira, Rylin, ¿podemos empezar de cero?

«Empezar de cero». ¿Era posible algo así después de todo por lo que habían pasado? Tal vez, más que de empezar de cero, se tratase de continuar a partir de aquí. Sonaba bien, a decir verdad.

—Me gustaría —decidió Rylin.

Cord le ofreció la mano. Por un momento, a Rylin le sorprendió el gesto, pero luego extendió el brazo y se la estrechó.

—Amigos —declaró Cord. A continuación, cogió el casco de realidad virtual para realizar su parte del experimento.

Rylin lo miró, ya que sentía curiosidad por algo que le había parecido advertir en su tono, pero la expresión de Cord quedaba ya oculta tras la voluminosa máscara de las gafas.

LEDA

Aquella misma tarde, Leda tomó el pasillo que llevaba a la entrada principal de la Escuela Berkeley. Los demás estudiantes circulaban en bandadas coordinadas en torno a ella como pájaros uniformados, todos vestidos con los mismos pantalones azul marino o con las mismas faldas plisadas a cuadros. Leda vio como formaban corrillos, solo para trocar algún que otro chismorreo antes de disgregarse de nuevo. Los pasillos bullían bajo el ambiente frenético de la vuelta a la escuela, ocasión en que todos recalibraban sus relaciones con urgencia después de tres meses de distanciamiento.

«Gracias a Dios, algunas relaciones no cambiaban nunca», pensó agradecida cuando Avery salió de un aula ubicada al fondo del pasillo. Avery no se hacía una idea de hasta qué punto Leda la había echado en falta.

Por alguna extraña razón, celebraba que Avery hubiera insistido en llevarla a casa de Cord la otra noche. Leda no había sido precisamente el alma de la fiesta; el ruido y las luces lo inundaban todo, y no había dejado de temer que la negrura volviera a abrirse en sus entrañas, como un volcán que pudiera entrar en erupción en el momento menos pensado. Pero no había ocurrido ninguna catástrofe de ese tipo. De hecho, pensó Leda, incluso se había sentido bien al volver a hacer algo que casi parecía normal.

—¿Te vienes al Altitude? —le preguntó Avery al colocarse a su altura—. Hay una nueva clase de yoga por choque térmico que me gustaría probar. Calor extremo para los estiramientos y frío helador para la relajación.

—Tengo que estudiar esta noche —declinó Leda, ajustándose al hombro la correa de la bandolera.

—¿El primer día? ¡Si ni siquiera nos han puesto deberes aún!

—Es por la tutoría de aptitud académica. Necesito subir la puntuación por encima de tres mil.

Leda tenía pensado solicitar matrícula en Princeton. Su madre había estudiado allí y, recientemente, Leda había descubierto que cada vez quería parecerse más a ella. Era un nuevo estímulo, dado que se había pasado los primeros dieciocho años de su vida esforzándose por ser todo lo opuesto a su madre.

—A mí me encantaría que me acompañases, si te interesa hacer unas prácticas adicionales —añadió, pero Avery meneó la cabeza.

—Yo no voy a presentarme al examen de aptitud. Oxford no lo convalida.

—Ah, claro. Por Max —supuso Leda con naturalidad mientras trasponían las inmensas puertas de piedra de la escuela y se encontraban con el sol artificial. Aunque Leda debía admitir que Max la había sorprendido para bien. No era en absoluto como se lo imaginaba. Ella dudaba que pudiera sentirse atraída por él, con su pelo greñudo y su ecléctico estilo europeo, cuando lo mismo se quedaba abstraído que de pronto centraba en uno los cinco sentidos. Pero, aun así, notó en él un cierto carácter cálido y tenaz. Era el tipo de chico al que podías confiarle el corazón de tu mejor amiga.

—Yo ya quería ir a Oxford antes de conocer a Max, ¿recuerdas? —insistió Avery, sin evitar que una sonrisa bobalicona jugueteara con sus labios al mencionar su nombre.

Leda se quedó helada cuando se encontró con la inusual escena de dos policías que esperaban frente a la entrada de la escuela. La postura relajada de los agentes no la tranquilizó en absoluto. Estaban observando a los estudiantes que transitaban por el límite de la tecno-red, en busca de alguien en concreto.

Leda sabía, asesorada por algún instinto animal infalible, que estaban aquí por ella.

Uno de los agentes (¿o serían, tal vez, detectives?) captó su mirada, y en cuanto sus ojos le dijeron que la había reconocido, las sospechas que albergaba se confirmaron.

—¿Señorita Cole? —la llamó el policía, acercándose a ella. Era pálido y rollizo, llevaba un rizado bigote moreno y lucía una placa que lo identificaba como «Agente Campbell». Su compañera era una chica que se llamaba Kiles, alta, esbelta y de tez bronceada.

—Sí, soy yo —respondió Leda de mala gana.

—Nos gustaría que nos acompañara a comisaría, para que nos respondiera a unas preguntas.

—Leda... —susurró Avery, que se mordió el labio alarmada. Leda mantuvo la cabeza alta, ignorando los latidos frenéticos de su corazón. En el fondo ya se imaginaba que este momento llegaría.

Lo que no sabía era por cuál de sus muchas infracciones iba a tener que responder.

—¿Cuál es el motivo? —Leda se sintió orgullosa de lo serena y despreocupada que sonó su voz. También era cierto que se le daba muy bien hacer como si no le importaran las cosas que sí revestían importancia.

—La informaremos en comisaría —respondió Kiles. Sus ojos saltaron con elocuencia hacia Avery. Pese al nerviosismo que la embargaba, Leda sentía una profunda curiosidad. Se tratara de lo que se tratase, era algo confidencial.

—Lo siento, pero no pueden interrogar a mi amiga sin autorización —intervino Avery. Tenía esa mirada testaruda y protectora que había heredado de su padre—. ¿Tienen algún documento?

Kiles se giró hacia ella.

—Avery Fuller, ¿verdad?

El hecho de que supieran su nombre no la acobardó ni un ápice. Estaba acostumbrada a que la reconocieran en todas partes, sobre todo estos últimos días.

—Si creen que voy a permitir que se lleven a rastras a mi amiga sin ningún tipo de orden oficial previa...

—No nos estamos llevando a rastras a nadie. Confiamos en que la señorita Cole nos acompañe voluntariamente —la corrigió Kiles sin sobresaltarse.

—No pasa nada, Avery —zanjó Leda, agradecida que Avery la hubiera defendido. Sabía lo que sucedería si les decía que no a los agentes. Irían a buscar todos los papeles que hiciera falta, con lo cual sí que terminaría acompañándolos involuntariamente. Y recibiendo un trato bastante menos amable.

—Será un placer —les dijo a los policías, procurando aparentar más confianza en sí misma de la que sentía.

—¿Cómo está, señorita Cole?

Leda no se abstuvo de poner los ojos en blanco. Odiaba esa pregunta. Le recordaba demasiado a las conversaciones con su terapeuta.

—Estoy bien, gracias. —Sabía que, en realidad, a la policía le daba igual cómo estuviera. La pregunta era una mera fórmula de cortesía o, quizá, algún tipo de test.

Colocó los talones tras las patas de la silla de metal abollado y paseó la mirada sin inmutarse por la sala de interrogatorios. No vio por ninguna parte la delatora lucecita trémula, a modo de llama encapsulada, que solía señalar la presencia de una cámara de vigilancia; pero eso tampoco significaba nada, ¿no? Seguramente, la policía la estaría grabando de alguna otra manera. ¿O necesitarían contar primero con el consentimiento de sus padres, ya que todavía era menor?

Al otro lado de la mesa de metal, los dos policías la miraban parpadeando, inescrutables. Leda mantuvo los labios fruncidos, limitándose a dejar que el silencio se arremolinara en torno a ella.

—¿Es consciente de por qué está aquí? —le preguntó el agente Campbell.

—Estoy aquí porque ustedes me lo han pedido —contestó Leda con sequedad.

Campbell se inclinó hacia delante.

—¿Qué sabe acerca de Mariel Valconsuelo?

—¿Y esa quién es? —preguntó Leda con más énfasis del debido.

—¿No la conoce? —Campbell apoyó las palmas de las manos sobre la mesa, haciendo que una pantalla holográfica instantánea se encendiera ante él. Leda estiró el cuello, pero desde su perspectiva la holografía no era más que un rectángulo plano y opaco hecho de píxeles. El agente tocó la pantalla para introducir una serie de comandos y, de inmediato, surgió un holograma visible para todos ellos.

La imagen representaba a una chica hispana de edad similar a la de Leda, de cabello moreno rizado y ojos llamativos. Sus rasgos trasmitían una determinación feroz. No sonreía, como hacía casi todo el mundo en la foto de su identificación oficial.

Era el rostro que, junto con el de Eris, llevaba todo un año apareciéndosele en pesadillas.

De pronto, Leda se vio de regreso en Dubái, aterrorizada e indefensa en aquella playa, con Mariel erguida sobre ella, la mirada infestada de odio. «Mataste a tu hermana, Leda», la había acusado. Una de las luces del puerto alumbraba a Mariel por la espalda, trazando los contornos de su figura, confiriéndole el aspecto de una especie de ángel vengador con su traje negro de camarera. Un ángel enviado desde el infierno, para pedirle cuentas a Leda por toda la fealdad que deformaba su corazón.

—Parece que la ha reconocido —observó Kiles sin rodeos.

«Mierda». Leda intentó dominar sus emociones.

—Puede que la haya visto por ahí. Me suena, pero no sé de qué.

—Mariel trabajaba como camarera en el club Altitude —apuntó un condescendiente Campbell. Como si Leda tuviera que alegrarse de haber recibido esa información y darle las gracias por ella.

—Supongo que eso lo explica todo. —Leda se encogió de hombros, pero el agente no había terminado.

—También estuvo presente en la inauguración de los Espejos, en Dubai. Era una de las empleadas del club Altitude que los Fuller se llevaron con ellos para que trabajaran en ese acto. —El agente la observaba con la atención de un depredador—. Según su familia, salía con Eris Dodd-Radson, hasta que Eris falleció.

Leda se había quedado callada e inmóvil. Intentaba respirar en silencio, aspirando y espirando por la nariz, con la cadencia deliberada de una practicante de yoga. Aguardó a que los policías prosiguieran.

La agente Kiles fue quien se encargó de romper el silencio.

—¿No llegó a conocerla en ese contexto? ¿Como novia de Eris?

—Eris no acostumbraba a darme muchos detalles sobre sus parejas. —Al menos eso era cierto—. Yo no conocía a Mariel.

—¿No la conocía? —repitió Kiles—. Pero al parecer sí sabe que ha fallecido.

Cielos, pero ¿qué le pasaba a esta?

—¿Ha fallecido? —Leda enarcó las cejas, como si no quisiera tomarse la molestia de preguntar qué le había ocurrido a Mariel—. Si he hablado en pasado, ha sido solo porque Eris está muerta. Como sabrán, me encontraba en la azotea del apartamento de los Fuller cuando sucedió.

«El peor día de mi vida».

Leda se preguntó, una vez más, cómo habría muerto Mariel. No había encontrado esa información en la i-Net, y la esquela tampoco ofrecía detalles sobre lo sucedido; las necrológicas nunca recogían la causa del fallecimiento. Se suponía que era de mal gusto.

Campbell apuntaló los codos sobre la mesa, en un intento de intimidar a Leda con su envergadura.

—Mariel murió ahogada. Su cadáver apareció en el East River.

La memoria de Leda se sacudió, agitada por el tenue hilo invisible de los recuerdos, hasta que terminó de soltarse, arrastrada lejos de ella, antes de que se diera cuenta. Sintió un frío súbito.

Mariel había terminado sufriendo la muerte que había querido darle a Leda. La situación era tristemente irónica, como si se tratara de algún tipo de castigo poético administrado por los dioses.

—¿Qué tiene que ver todo esto conmigo?

Los agentes escrutaron a Leda y a continuación cruzaron una mirada entre ellos, para después volver a girar la cabeza hacia ella. Parecían haber llegado a alguna conclusión tácita, porque Kiles se inclinó hacia delante con lo que ella suponía que era una expresión alentadora.

—Tal vez no conociera a Mariel, pero desde luego ella sí que la conocía a usted. Estaba recopilando información sobre su persona. Llevaba un archivo sobre usted y todos sus movimientos.

Y tanto que lo llevaba. Mariel había estado planeando vengarse de Leda, por lo que Leda le había hecho a Eris. Pero la policía no sabía eso, ¿no? Si lo supiera, ¿no la habría traído aquí hacía ya mucho tiempo?

Leda puso todo su empeño en aparentar temor, lo cual no le fue difícil, dado que su nerviosismo comenzaba a transformarse en puro pánico.

—¿Están diciendo que Mariel me acechaba? —inquirió.

—Es lo que parece, sí. —Se hizo una pausa—. ¿Se le ocurre alguna razón por la que podría estar haciéndolo?

—¿No es evidente? Estaba hundida por haber perdido a Eris y quería sentirse próxima a ella. Así que recurrió a los amigos de Eris.

Era una jugada arriesgada, pero a Leda no se le ocurrió nada más elaborado sobre la marcha.

Se formó un silencio grave, como si el aire de la sala se hubiera cuajado. Al cabo, Campbell enarcó las cejas.

—¿Sabe? Hasta ahora, creíamos que la muerte de Mariel fue un suceso accidental. Pero recientemente hemos hallado algunas pruebas de las que se infiere que podría haberse tratado de una mala jugada. Por ello, hemos reabierto el caso para iniciar una investigación por asesinato.

¿Mariel fue asesinada? Pero ¿quién podría haber hecho algo así? ¿Y por qué? Leda parpadeó, temerosa de que, de alguna manera, los agentes atisbaran el curso de sus pensamientos.

—Intentamos entender qué le estaba pasando a Mariel antes de que falleciera. Sobre todo, teniendo en cuenta que había estado saliendo con Eris. —El agente Campbell enarcó una ceja para enfatizar la extrañeza de la situación, que dos chicas hubieran muerto de forma inesperada, poco después de que hubieran empezado a salir.

—¿Qué pruebas han aparecido ahora? —preguntó Leda con toda la inocencia que pudo.

—Eso es confidencial.

Un silencio raro e inquietante resonó en la cabeza de Leda. Fue un silencio que tronaba de un modo terminante y gélido, como el peso de una lápida, como si las aguas del East River le oprimieran el pecho, extrayéndole el aire de los pulmones. «Podrían averiguarlo».

Si la policía estaba investigando a Mariel, de alguna manera podría descubrir la relación que Leda guardaba con Eris y, aún peor, que Leda la había empujado de forma accidental.

—Mariel estaba obsesionada con usted —dijo Kiles—. No creo que se debiese solo a que era amiga de Eris. ¿Cree que existe algún otro motivo que pudiera haberla llevado a vigilarla?

—No lo sé —dijo Leda a la defensiva, deseando poder taparse los oídos para extinguir aquel silencio aterrador. Un huracán de miedo y desconcierto amenazaba con engullirla.

—Tal vez usted...

—¡Que no lo sé!

Las palabras salieron de su boca como una ráfaga de balas y rebotaron secamente por toda la sala. Leda apoyó las manos con firmeza sobre la mesa para que no se viera cómo le temblaban y se puso de pie.

—He hecho cuanto he podido por ayudarlos —dijo con la voz clara—. Pero estas preguntas no conducen a ninguna parte. No conocía a esa tal Mariel ni tengo información alguna sobre lo que podría haberle ocurrido. Si necesitan volver a ponerse en contacto conmigo, por favor, háganlo a través del abogado de mi familia. Por lo demás, creo que esta conversación termina aquí.

Leda abandonó la sala con paso airado, esperando en parte que alguno de los detectives intentara detenerla. Pero ninguno de los dos dijo nada.

Fuera de la comisaría, se apoyó en una pared, mareada por las implicaciones de lo que acababa de suceder.

La policía estaba volviendo a investigar la muerte de Mariel. Ya habían descubierto la relación que existía entre ellas dos. ¿Cuánto tardarían en averiguar la razón por la que Mariel la acechaba, que Leda había tirado a Eris de la azotea?

Y eso no era lo único que Mariel había sabido antes de morir. También estaban los otros secretos: los de Rylin, los de Avery y los de Watt. Los secretos que Leda le había revelado bajo el aturdimiento de la droga. Si la policía continuaba husmeando, podría desentrañar la relación que Mariel guardaba con los demás. Corrían peligro, y ella era la culpable.

Comprendió que iba a tener que verlos de nuevo. A todos ellos. Incluido Watt.

«Estás nervioso».

«No estoy nervioso», insistió Watt, hasta que cayó en la cuenta de que se encontraba sentado al borde del sofá de Avery Fuller. Se escurrió contra los cojines tímidamente.

«Vale», le dijo a Nadia. «Puede que esté un poco nervioso».

La noche anterior, cuando Leda le mandó un parpadeo, Watt casi se cayó de la silla del escritorio de puro asombro. Por un momento, incluso consideró la posibilidad de que fuera alguna broma retorcida de Nadia. No esperaba que Leda volviera a dirigirse a él ahora (ni nunca, en realidad), teniendo en cuenta la frialdad con que se habían despedido el año anterior.

Después Watt reparó en que era un mensaje de grupo, y en que los otros dos destinatarios eran Avery y Rylin. «Tenemos que hablar, en persona», había escrito Leda. «Creo que todos corremos peligro».

Y pese a la gravedad de la situación, pese a que probablemente debería preocuparle aquello que Leda hubiera descubierto, Watt sintió que una frágil esperanza brotaba en su pecho. Iba a ver a Leda de nuevo.

Había llegado con antelación al apartamento de Avery, con la esperanza de encontrarse a solas con Leda por un momento; al fin y al cabo, era ella quien los había convocado a todos a esta reunión de grupo. Pero aún no había llegado. Se mantuvo sentado en silencio, ignorando las miradas directas de Avery, sin saber muy bien qué demonios iba a decirle. ¿Cómo saludaba uno a la chica a la que amaba cuando llevaba ocho meses sin verla, cuando lo último que esta le había dicho era «Si de verdad te importo, aléjate de mí»?

Desplazó la mirada con nerviosismo por la habitación, todo alfombras brocadas, papel pintado con motivos azules y antigüedades talladas con aspecto de que las hubieran importado directamente de Versalles. Por lo que Watt tenía entendido, tal vez sí que fuese así. Había olvidado lo mucho que imponía el mero hecho de encontrarse tan arriba, cuando al llegar a la planta 990 había que tomar el ascensor privado que llevaba al rellano de los Fuller para luego atravesar el inmenso umbral de dos pisos. Se había sentido un poco como Hércules mientras subía la escalera de los dioses en el monte Olimpo.

Y ahora aquí estaba, en la legendaria isla celeste, la reluciente aguilera que coronaba la mayor construcción del mundo. Watt miró los ventanales que abarcaban desde el suelo hasta el techo, compuestos por un flexiglás tan increíblemente limpio que no parecía estar ahí. Tenía la impresión de que podría acariciar el cielo si estiraba el brazo. ¿Cómo sería para los Fuller el no tener ningún vecino, aparte de los que vivían debajo de ellos? ¿No se sentirían extraños, cuando la única vía de comunicación con el resto de la ciudad era la abertura que daba al pozo de su ascensor privado?

Levantó la cabeza sobresaltado al oír el timbre, pero enseguida cayó en la cuenta de que, cómo no, Leda no necesitaba llamar a la puerta. Figuraba en la lista de entrada prioritaria.

—Creía que todo esto había terminado ya. —Rylin Myers se dejó caer en el sillón de enfrente.

—También yo creía que había terminado. Hace tiempo. —La manga del vestido jersey de Avery se deslizó hacia delante cuando fue a coger un vaso de agua con limón. Una bandeja de aperitivos descansaba en la mesita baja que tenían ante ellos, intacta.

Era muy propio de Avery ofrecer un refrigerio en un momento así. Watt, sin embargo, lo encontraba inexplicablemente reconfortante, como si la hospitalidad discreta de Avery sirviera para aliviar la tensión.

Ya casi no recordaba que cuando conoció a Avery, creyó haberse prendado de ella. Pero después de salir con Leda, después de saber lo que era enamorarse de alguien de verdad, Watt comprendió que lo que había sentido por Avery solo fue un encaprichamiento. Avery y él estaban mucho mejor así, como amigos que se veían de vez en cuando.

Volvió a oír pasos, y antes de que acertase a decidir lo primero que iba a decirle («¡Algo ingenioso, Nadia! ¡Ayúdame!»), Leda entró en el salón, creando un vacío instantáneo en torno a sí.

Estaba más delgada incluso que antes, vestida con un jersey negro de cuello alto, y llevaba el pelo corto. Su aspecto centraba la atención en la estructura austera de su rostro.

Levantó su mirada de forma automática al encuentro con la de Watt. Por un momento, pareció que solo ellos dos estuvieran en el salón. Watt tragó saliva para afrontar el demencial torrente de ternura, amor y frustración que, tras tanto tiempo adormilados, despertaron en él.

Leda estaba aquí de verdad. Por primera vez en meses, estaba aquí y él no daba crédito; se sentía como si le hubieran puesto una inyección de adrenalina, como si le hubieran aplicado un parche de cafeína hasta en el último poro de la piel. Era como si hubiese permanecido en trance durante todos estos meses alejado de Leda, y volver a verla le hubiese hecho resucitar de golpe.

—Os pediría perdón por haber llegado tarde, pero creo que vosotros habéis llegado pronto —dijo resueltamente mientras se acercaba a ellos. Watt había olvidado cómo caminaba, como si hasta el menor de sus movimientos comenzara en sus cálidos ojos negros y fluyera de forma continua hasta sus bailarinas. Se sentó junto a Avery y cruzó una pierna sobre la otra, de tal manera que solo el tintineo leve de su pie revelaba su ansiedad.

—¡Hemos llegado pronto porque el mensaje que nos enviaste no podía ser más alarmante ni más ambiguo! —intervino Rylin—. ¿Qué está pasando?

—La policía está investigando la muerte de Mariel.

Un golpe de silencio los paralizó a todos cuando Leda les comunicó la noticia. Avery retorció las manos en el regazo. Los ojos de Rylin, horrorizada, se ensancharon como platos.

«Nadia», pensó Watt airado, «¿qué sabe la policía hasta ahora? ¿Y por qué no estábamos al tanto de esto?».

«Lo siento. Pero sabes que no puedo infiltrarme en el departamento de policía. Esos archivos los respaldan mediante protecciones de hardware específicas para cada ubicación».

Leda les explicó que unos detectives de la policía le habían estado haciendo unas preguntas porque se había reabierto la investigación de la muerte de Mariel, para tratarla ahora como homicidio. Estaba claro que los agentes habían establecido alguna relación entre Leda y Mariel, pero aún tenían que terminar de perfilarla.

Avery se apretó un cojín de felpilla contra el pecho.

—¿Les contaste lo de Dubái?

—¿Te refieres a que si les dije que Mariel intentó matarme? No creo que eso me dejara en buen lugar durante una investigación por asesinato. Lo único que les dije es que no tenía ni idea de lo que le había sucedido.

—¡Ninguno de nosotros tiene ni idea! —estalló Rylin—. Así que no pasa nada, ¿no? Fin de la historia.

—Lo que ocurre es que Mariel conocía nuestros secretos —apuntó Watt, que tomó la palabra por primera vez.

Las tres chicas se giraron hacia él. Avery y Rylin tenían los ojos abiertos de par en par, atónitos bajo las pestañas densas; Leda, sin embargo, se limitó a mirarlo sin alterarse. Estaba claro que ella ya había contemplado esta circunstancia.

—Conocía nuestros secretos —repitió—. Hay una relación obvia entre Mariel y nosotros. Ahora que la policía está investigando su muerte, es solo cuestión de tiempo que lo descubran. Al fin y al cabo, ya han dado con Leda.

Leda asintió ligeramente, haciendo que sus pendientes rozasen el cuello de su jersey.

—¿Quieres decir que somos sospechosos? —infirió Rylin.

Watt supo a qué se refería. Si Mariel había estado llevando un archivo sobre todos ellos, podría parecer que la habían matado para tapar lo que sabía. Esto sería, como mínimo, la prueba del móvil.

—Imposible —insistió Avery—. Ni siquiera conocíamos a Mariel. ¿Por qué íbamos a ser sospechosos?

—Porque a la policía parece preocuparle más el móvil que los medios —explicó Watt—. Es evidente que no saben quién la mató, así que están intentando determinar quién habría podido querer matarla, para empezar a trabajar a partir de ahí. Y si descubren la relación que vincula a Leda con la muerte de Eris...

No hizo falta que terminara la frase. Si la policía averiguaba la verdad sobre la muerte de Eris, que Leda los había chantajeado a todos para mantenerla oculta, sin duda la policía querría saber en qué consistía ese chantaje. Con lo cual desvelaría los secretos de todos ellos.

Avery jadeó. El sol extendió la sombra de sus pestañas sobre sus mejillas.

—Estás diciendo que, si la policía sigue investigando, podría descubrir lo que Mariel sabía sobre todos nosotros —resumió.

Un silencio quedó suspendido en el aire. Watt creyó poder verlo, como si sus miedos inconfesados se hubieran vuelto tangibles y cayeran sobre ellos como copos de nieve.

—Ahora ya sabéis por qué quería que nos reuniéramos. Tenía que avisaros —dijo Leda afligida.

—Sigo sin entenderlo. Si no tienen ni idea de quién podría haber matado a Mariel, si su única opción es conjeturar sobre los posibles móviles y trabajar a partir de ahí, ¿por qué se han molestado en reabrir el caso? —se extrañó Avery.

—Deben de haber hallado alguna prueba más —propuso Rylin—. Algo que los llevara a sospechar que fue un asesinato, pero sin que les quedara claro quién lo había cometido.

Leda se mordió el labio.

—La policía me dijo cómo murió —añadió en voz baja, atrayendo la mirada de todos los demás, porque desde luego esa información no figuraba en la esquela—. Mariel se ahogó en el East River.

—¿Se ahogó? —repitió Avery—. A mí eso me suena a accidente. ¿Qué tipo de prueba adicional podría haberlos llevado a reabrir la investigación?

En la sala estalló una tormenta de teorías.

—Tal vez encontraran la grabación de una cámara de vigilancia, en la que se veía a alguien empujándola, sin posibilidad de identificar a esa persona.

—O tal vez encontraran algún arma, y comprobaran que alguien la había usado para atacarla.

—¿Y cómo iban a saber que esa arma se usó contra Mariel? ¿Por los restos de ADN?

—¿Por qué no comprueban sencillamente los datos de la ubicación para ver quién estuvo allí aquel día?

—Los datos de la ubicación solo se almacenan durante cuarenta y ocho horas, como ya sabes. El caso sentó precedente en el Tribunal Supremo.

—Quizá registraran alguna violación en la seguridad en algún punto del río, pero no han conseguido establecer quién fue.

—¡Ya basta!

Leda había empezado a caminar en círculos como una leona enjaulada. Cada vez que llegaba a uno de los bordes de la alfombra, daba media vuelta y continuaba automáticamente en la dirección opuesta. Watt había olvidado esa característica de ella, el que siempre estuviera moviéndose y retorciendo las extremidades, como si le resultara imposible quedarse quieta del todo.

—No os he hecho venir para meteros el miedo en el cuerpo, ¿vale? ¡Sobre todo porque puede que vosotros ni siquiera estéis implicados! Mariel estaba obsesionada conmigo. Es mi problema. Los demás no tenéis por qué veros envueltos. Solo quería poneros sobre aviso, por si acaso —añadió con algo menos de vehemencia.

—También es mi problema, Leda. Si averiguan que... —Avery titubeó—. Sería desastroso que alguien se enterara de lo que Mariel sabía sobre mí.

Rylin asintió.

—Puedo decir lo mismo.

«Nadia, ¿llegamos a averiguar qué sabía Leda sobre Rylin?».

«Robaba droga», lo informó el ordenador.

Watt no necesitó preguntarle también por el secreto de Avery, porque ya sabía cuál era. La relación que mantenía con Atlas.

Miró a Leda. Su secreto (que había matado a Eris, aunque hubiera sido por accidente, y que había intentado ocultarlo) era tan grave como el de él. Tal vez, de hecho, el peor de todos.

—Estamos juntos en esto —dijo, y era cierto. Antes, las otras tres personas que había en el salón eran desconocidas las unas para las otras, pero ahora sus vidas se encontraban entretejidas de forma inextricable.

—Tengo que irme —anunció Rylin de pronto—. Enviadme un mensaje si ocurre algo. Y tened cuidado.

Leda seguía negándose a mirar a Watt.

—Gracias por dejar que nos reuniéramos aquí, Avery.

Watt asintió con la cabeza para despedirse de Avery y se apresuró a salir detrás de ella.

—Leda —la llamó, pero ella siguió alejándose por la alargada entrada de los Fuller, con el paso cada vez más ligero. Sus tacones resonaban en las baldosas de mármol blanco con cenefa negra.

«Te está evitando», le hizo saber Nadia sin necesidad.

Watt echó a correr.

—¡Leda! —insistió, aunque no fuera a servirle de nada: las puertas del ascensor habían empezado a abrirse y ella ya se estaba refugiando en el interior.

Watt consiguió escurrirse dentro del compartimento justo antes de que las pesadas puertas de latón se cerraran con un clac retumbante. No disponía de mucho tiempo, tan solo de lo poco que duraría el trayecto en ascensor, para convencer a la chica a la que amaba de que tenían que volver a verse.

—Oye, Leda —le dijo en un tono despreocupado, como si no acabara de entrar corriendo detrás de ella, después de haber estado hablando nada menos que de una investigación por asesinato. Como si no tuviera nada de extraordinario que se encontraran a solas en el mismo lugar por primera vez en varios meses. Tan cerca el uno del otro que casi se estaban tocando. Respirando el mismo aire—. Tenemos que hablar.

—No creo que sea buena idea.

—No sobre nosotros. —Watt se empeñaba en intentar modular la voz con tranquilidad, lo cual le resultaba imposible—. Me refiero a todo este asunto de Mariel. Quiero ayudarte.

—Gracias, pero estoy bien. Solo quería...

—Avisarnos, sí, lo entiendo. —Watt se inclinó hacia delante, apoyando el brazo contra la pared del ascensor a fin de arrinconarla—. Me necesitas, Leda.

—No, no te necesito —insistió ella, que se deslizó por debajo de su brazo para retirarse al otro lado del ascensor—. Además, Watt, esto no es algo de lo que uno pueda librarse pirateando un ordenador.

—Claro que sí —replicó él automáticamente, sin estar del todo seguro de por dónde empezaría—. A menos que ya hayas contratado a otro pirata. Dime quién es, para que pueda sabotear sus sistemas. —Aunque solo pretendía hacer una broma, no pudo errar más el tiro.

—No puedo permitirme pasar tiempo contigo —le dijo Leda sin rodeos—. Me arriesgaría demasiado, podría retomar mis hábitos problemáticos, y si vuelvo a perder el control, mis padres me meterán en un internado. No quiero correr ese riesgo, ¿vale? —aclaró con un nudo en la garganta.

—Mira, lamento ser una especie de desencadenante humano —suspiró Watt—. Pero debes saber que pienso trabajar en esto de todas maneras. Tú no eres la única que tiene mucho que perder, si alguien destapara esos secretos.

—Lo siento de verdad. Nunca quise que te vieras implicado. —Leda parecía más calmada. Sus facciones estaban tensas cuando entró en el ascensor, pero ahora se habían suavizado un poco.

—Estoy implicado, en cualquier caso —concluyó Watt, procurando centrarse en lo que decía y no en lo irresistiblemente cerca que tenía a Leda—. Podemos trabajar en esto por separado, o podemos unir nuestras fuerzas. Ya conoces el dicho: dos cerebros piensan mejor que uno. —En este caso, tal vez habría sido más apropiado decir que tres pensaban mejor que dos, si se contaba a Nadia.

Sonó un débil clic cuando llegaron al rellano de la planta 990 y las puertas se abrieron con un siseo. Leda no salió de inmediato.

—Está bien —accedió con su majestuoso orgullo de siempre—. Supongo que podemos trabajar juntos en esto. Cuando quieres, puedes ser útil.

Watt sabía que esa sería la solicitud de colaboración más elocuente que podría esperar de ella. Leda Cole jamás dejaba entrever su vulnerabilidad, y nunca pedía ayuda.

Él estaba exultante. Dijera ella lo que dijese, y fueran cuales fuesen las circunstancias de su reencuentro, Watt se negaba creer que hubieran roto. Él seguía siendo Watt Bakradi, y ella seguía siendo Leda Cole, y se merecían una segunda oportunidad.

Aprovecharía al máximo hasta el último minuto que consiguiera pasar con ella. Costara lo que costase, se juró a sí mismo, reconquistaría a Leda.

Gracias por haber venido conmigo —dijo Avery en voz baja mientras Max y ella recorrían la galería de techo alto del Museo Metropolitano de Arte.

—Cómo no iba a venir. Te echaba de menos —respondió Max, aunque solo hacía dos días que se habían visto. Se ajustó el ligero pañuelo de lino, que estaba adornado con un dinámico patrón de batik rojo—. Además, si me he quedado en Nueva York, es para conocer todos los lugares que te importan, y está claro que este es de los que encabezan la lista.

Avery asintió, algo sorprendida de que Max no se hubiera percatado de lo desconcertada e inquieta que estaba. Él parecía pensar que esto no era más que una visita improvisada al museo. Pero Avery había venido aquí para despejarse. Aún se encontraba aturdida, después de la reunión inesperada del día anterior, en la que Leda les había advertido de que la policía estaba investigando la muerte de Mariel. Ahora que la familia no podía acceder a la azotea porque habían sellado de la despensa, el Met era el único sitio donde Avery sentía que podía desconectar.

El museo bordeaba la burbuja de Central Park, con sus icónicos pilares orientados hacia el diamante de los campos de sóftbol y la famosa pista de hielo rosáceo que nunca se fundía, fuera cual fuese la estación del año. En principio, la pista debía ir variando de color, pero se había quedado con este tono de rosa la primera semana de funcionamiento del parque y, como siempre ocurría en Nueva York con estas cosas, ahora a nadie se le pasaría por la cabeza cambiarlo.

Avery respiró hondo. Se podía paladear la diferencia con el aire de fuera; el de aquí dentro estaba completamente esterilizado para proteger las obras de la oxidación y de la corrosión. La entrada al museo parecía, de hecho, una cámara de vacío, una especie de antesala al espacio exterior, a un nuevo y fabuloso universo de belleza artística.

—¿Cómo te ha ido esta primera semana? —le preguntó a Max, esforzándose por aparentar normalidad.

—Ha sido increíble. ¡La doctora Wilde es incluso mejor profesora de lo que esperaba! Hasta ha aceptado leer mi tesis ella misma, en lugar de asignársela a algún profesor asistente.

Avery sonrió.

—Eso es fantástico, Max.

—Y anoche asistí a la fiesta de mi pasillo —añadió, con los ojos descolocados. No dejaba de hacerle gracia que los universitarios americanos organizaran fiestas en cualquier lugar que tuvieran a su alcance, de forma que las celebraciones se extendían hacia las salas de estudio y las cocinas de las residencias—.

Te van a encantar mis vecinos, Avery. Una es una estudiante de Escultura que se llama Victoria y que está especializada en Alambre Tejido. —Titubeó al pronunciar el nombre de la modalidad, como si le preocupara no saber muy bien en qué consistía, y después dijo—: Se lo he contado todo sobre ti.

Avery acercó la mano para entrelazar sus dedos con los de él.

—Estoy deseando conocerlos.

Max se había mudado a una de las residencias de Columbia que se ubicaban en la planta 628. En el fondo, Avery celebraba que no le hubiera preguntado si podía alojarse en el apartamento de los Fuller. Sus padres no habrían accedido de ninguna de las maneras. Tenían tres habitaciones de invitados, aunque en realidad nunca las utilizaban, ni siquiera para acomodar a los abuelos de Avery cuando venían a verlos. Estos cuartos, en realidad, solo servían para aportar una superficie adicional que permitía a la señora Fuller exhibir su nutrida colección de antigüedades, de tal forma que el trío de aposentos estaba cuidadosamente tomado, entre otras obras, por una abundancia de perros de Staffordshire de cerámica, de figuras chinas de terracota y de candeleros blanquiazules de Delft. Todas las habitaciones habían aparecido, por lo menos en una ocasión, en publicaciones como *Architectural Digest* o *Glamorous Homes*. Además, pensaba Avery, sería un poco raro tener a su novio hospedado en el extremo del pasillo opuesto al que ocupaban ella y sus padres.

No le había ido demasiado bien con otros chicos que habían vivido en el piso mil.

Pero para alivio de ella, Max parecía encontrarse de maravilla en la diminuta habitación. No dejaba de insistir en que, para él, verse inmerso en la vida de la escuela suponía una parte auténtica y fundamental de este período de estudios en el extranjero. Hablaba como si ya hubiera trabado amistad con todos y cada uno de los residentes de su pasillo, y tuviera localizadas la cafetería más cercana y la taberna abierta veinticuatro horas al día.

Se adentraron en el ala impresionista. La luz se derramaba por los enormes ventanales que se levantaban desde el suelo hasta el techo, iluminando los amplios lienzos pintados a base de pinceladas imprecisas y espontáneas. Avery siempre había admirado a los impresionistas, aunque solo fuera debido a su obsesión demencial por el color. Ninguna de sus obras recogía una sola gota de blanco ni de negro. Si uno se fijaba, podía verse que también las sombras, e incluso las pestañas, se habían compuesto mediante verdes, púrpuras o distintos tonos de bronce.

—¿Estás bien? —le preguntó Max con dulzura.

«Me preocupa la investigación que se está llevando a cabo sobre la muerte de una chica a la que apenas conocía, porque se podría descubrir la relación secreta que yo mantenía con mi hermano adoptivo. Ah, y también que mentí acerca del fallecimiento de mi amiga Eris».

No podía confesarle nada de esto, desde luego. Max no lo entendería, dejaría de quererla en cuanto conociera la historia que había tenido con Atlas.

—¿Estás tensa por el asunto de las elecciones? —supuso él, de lo que Avery estuvo a punto de reírse. Con la angustia que le causaba la investigación policial, casi se había olvidado de que las elecciones a la alcaldía se celebrarían dentro de una semana.

—Anoche presenté la solicitud de matrícula en Oxford. Supongo que eso me tiene algo inquieta —ideó. «Entre otras cosas».

—Te aceptarán —le aseguró Max.

Avery asintió, aunque seguía estando nerviosa. Intuía que de esa solicitud dependía algo más que su trayectoria universitaria, porque si la aceptaban, tal vez Max y ella pasarían juntos al menos dos años más después de este. ¿Y quién sabía adónde podía llevar eso?

—¿Cómo te ha ido hoy en clase? —insistió Max.

Avery pensó en Leda, que seguía teniendo una expresión angustiada y consumida que le partía el corazón. Pensó en lo vacuo que le parecía todo sin Eris.

—Ya sabes, las típicas tragedias de instituto —se evadió.

Max desplegó una sonrisa.

—A decir verdad, no lo sabía. Yo estudié en la Academia Masculina Homburg-Schlindle. Allí había poca cabida para tragedias.

—¿No había tragedias? —jadeó Avery con fingido espanto—. ¿Cómo podíais divertiros entonces?

—Peleándonos, básicamente.

—Claro, cómo no. —Avery no consiguió imaginarse a Max enfrentándose a nadie en un duelo. A lo sumo, si otro chico lo hubiera molestado, él lo habría desafiado a una épica partida de ajedrez.

Dos chicas, que tendrían catorce años, pasaron junto a ellos. Ambas llevaban blusas con botones alrededor del cuello, de las muñecas e incluso del bajo. Cada una de las hileras incluía por lo menos un botón de distinto color que el resto.

Las muchachas sonrieron con timidez cuando vieron a Avery, juntaron las cabezas para cuchichear y se alejaron deprisa.

—¡Mira lo que has hecho! —exclamó Max en voz baja.

—No lo sé —se desentendió Avery. Todo esto le hacía sentir un poco extraña.

Max se rio.

—Esta locura de los botones la empezaste tú, así que podrías reclamar la autoría. Aunque supongo que yo soy la musa que está detrás de todo esto —añadió sin poder contenerse—. Celebro tener tan pésimo sentido de la moda.

—Claro —respondió Avery, siguiéndole el juego—. Si no, ¿de dónde iba a sacar yo la inspiración?

Continuaron pasillo adelante, dejando atrás a los impresionistas en dirección a las galerías de los primeros retratos modernos. Avery los estudió uno a uno, deteniéndose en las composiciones que tan bien conocía. Max fingía estar analizando los cuadros, pero Avery notó que en realidad la estaba mirando a ella.

—¿Cuál es tu favorito?

Ella meneó la cabeza.

—No podría elegir solo uno.

—Claro que sí —insistió Max—. Imagina que un incendio está devorando el museo y que solo tienes tiempo para salvar una obra. ¿Cuál sería?

Por alguna razón, a Avery no le hacían gracia este tipo de juegos hipotéticos. No era la primera vez que Max le planteaba una situación similar; tenía por costumbre resumir el entorno, organizar las cosas en categorías bien diferenciadas y mantenerlas así. Quería saber cuál era el cuadro favorito de Avery para que, si alguien le preguntaba por las clases de Historia del Arte de su novia, él pudiera responder: «Sí, eso es lo que estudia, y esta obra es la que más le gusta de todas».

La Historia del Arte no consistía en puntuar ni en maximizar las cosas. Consistía en un proceso de reflexión y comprensión, en la búsqueda de un hilo cohesivo entre todas las cosas increíbles que el hombre había creado a lo largo de los siglos, en su esfuerzo por contar algo, por sentirse un poco menos solo.

—Tal vez... *Madame X.* —Avery señaló con la cabeza el famoso retrato de la enigmática mujer ataviada con un ajustado vestido negro. Tenía un sutil aire frágil, como si su verdadero yo no se pareciera en absoluto al rostro que le ofrecía al mundo.

—Buena elección. Aunque no es ni de lejos tan bella como tú —la elogió Max. No había captado lo que ella había querido expresar.

«Atlas sí me habría comprendido», pensó, pero al instante se recriminó el haberse permitido esa idea. No era justo por su parte esperar que Max la conociera tan bien como Atlas. Con Max llevaba menos de un año, mientras que Atlas la había conocido de siempre.

Max se llevó la mano al bolsillo para sacar su tableta, que había empezado a vibrar. Seguía negándose a llevar lentes de contacto, una de las muchas cosas que a Avery le gustaban de él.

—Unos compañeros de la residencia van a ver una holo esta noche —le dijo, levantando la vista—. ¿Te apetece venir?

—Claro —aceptó Avery gustosa. Ahora mismo, la idea de recogerse en una sala oscura y anónima le parecía muy bien.

De vuelta a la entrada principal del museo, pasaron por la galería de antigüedades. Las estanterías contenían infinidad de pequeños objetos rotos, joyas y utensilios de mesa, reducidos ahora a meros fragmentos de arcilla descolorida.

—Nunca me ha gustado esta sección. —Avery se detuvo frente a los pedazos de algo que estaba etiquetado, sencillamente, como «Uso desconocido»—. La gente creó estas cosas, tal vez como forma de supervivencia, y ahora ni siquiera sabemos para qué servían. —Se respiraba una misteriosa atmósfera triste. Le hacía preguntarse qué opinaría la gente, dentro de unos cuantos siglos, sobre los dispositivos actuales, si algún día un arqueólogo desenterrara su varita facial y se preguntara qué uso se le daría en el pasado.

—¿Qué importa la utilidad que tenían estas cosas? —Max se encogió de hombros—. Su estudio puede ser interesante, pero no influye en modo alguno en el presente. Lo importante es centrarse en hacer del mundo un lugar mejor, hoy, cuando estamos viviendo en él.

Por un momento, a Avery le asombró que Max hablara igual que su padre.

—Y, por supuesto, pasar tiempo contigo. Esa es mi principal prioridad —añadió Max con una sonrisa que dispersó toda duda.

Avery se inclinó para rozar sus labios con los de él.

—La mía también.

CALLIOPE

Calliope no paraba de girarse de un lado a otro sobre el podio circular, aborreciendo lo que veía reflejado en el espejo.

Llevaba puesto lo que debía de ser el vestido de novia más espantoso de todos los tiempos. Era una horrenda confección de tul y satén, con el cuello cuadrado y unas enormes mangas hinchadas que se ajustaban a la altura de los codos y se extendían hasta las muñecas. Las varias capas de tul se apretujaban las unas sobre las otras en torno a la voluminosa falda. Y para colmo, el vestido incluía una capa, la cual se ataba al cuello por medio de unas cintas.

La única parte del cuerpo de Calliope que no quedaba engullida bajo la riada de telas era la cara. Se sentía como si llevase puesta una cortina.

Sobre el podio contiguo estaba Livya, envuelta por el mismo vestido monstruoso. Estaba pálida, con la tez apagada, como siempre, y el cabello descolgado en mechones finos y lánguidos que enmarcaban su rostro con forma de corazón.

—¿Qué os parecen? —preguntó Elise. A Calliope no se le escapó la ansiedad con que su madre miró a Tamar, la madre de Nadav, su futura suegra, que estaba sentada en un sillón cercano, con las manos recogidas en un nudo remilgado sobre el regazo. Ella era quien había elegido los vestidos.

—Son fabulosos —dijo Calliope sin entusiasmo. En realidad, no imaginaba que existiera un vestido con el que pudiera estar tan fea. Supuso que para todo había una primera vez.

—Son ideales —gorjeó Livya, que pasó junto a Elise como si ni siquiera estuviese allí para ir directa hacia su abuela y darle un beso en la mejilla—. Gracias, Bubu.

Calliope se abstuvo de poner los ojos en blanco al oír el ridículo apelativo.

Se encontraban en la boutique de novias de Saks Fifth Avenue, departamento que, paradójicamente, ya no se ubicaba en la Quinta Avenida, sino en Serra Street, cerca del corazón de la Torre. El probador parecía una tarta de bodas hecha tienda, con sus sofás de suave terciopelo, sus cómodas alfombras blancas y su bandeja de pastelillos colocada sobre el aparador.

Lo más llamativo de todo, no obstante, eran los espejos. Eran omnipresentes, de tal manera que las novias pudieran verse bien desde cualquier ángulo imaginable, y quizá incluso desde aquellos menos fáciles de concebir.

Por lo general, visitar este tipo de establecimientos (lujosas boutiques de moda llenas de artículos preciosos) tranquilizaba a Calliope. Veía algo en su ambiente orgulloso, en el silencio expectante que se hacía cuando las puertas se retiraban y le permitían admirar las caras maravillas del interior. Pero hoy aquel lugar parecía reírse de ella.

Livya se dejó caer en un sillón junto a su abuela y empezó a dar golpecitos furiosos con el dedo en su tableta, con el gesto amargado. El vestido se inflaba cómicamente a su alrededor, dándole el aspecto de una gran esponja exfoliante dotada de brazos esqueléticos. En otras circunstancias, la escena habría hecho reír a Calliope, pero ahora mismo solo quería llorar.

—Elise —dijo Miranda, la encargada del departamento de novias—. ¿Cree que podríamos tomar una decisión en cuanto al color? Los supertelares trabajan rápido, pero me preocupa el tiempo del que podamos disponer.

Los vestidos de muestra que Livya y Calliope llevaban puestos estaban confeccionados con hilo inteligente, un alegre material de aspecto barato patentado treinta años atrás. Los vestidos finales que llevarían el día de la boda serían de tela auténtica, por supuesto, porque, en realidad, ¿quién querría un vestido de dama de honor que cambiaba de tonalidad? Los modelos de hilo inteligente solo tenían un uso comercial.

Aunque nadie le había pedido a Livya que se moviera, se levantó dando un sonoro gruñido de resignación y regresó al podio contiguo al de Calliope. Mantuvo los brazos cruzados sobre el pecho, como para protestar por lo inútiles que le parecían todas estas ceremonias.

—Empecemos por los púrpuras. —Miranda cogió su tableta. La colorida barra que bordeaba uno de los márgenes recogía toda la escala del arcoíris, del rojo al amarillo y de ahí hacia el púrpura. A medida que Miranda deslizaba los dedos lentamente por la paleta, la tela de los vestidos de Calliope y Livya variaba de color, pasando del lila al violeta y a un granate profundo.

—Tengo que verlo con las flores —dijo una ansiosa Elise, girándose hacia la consola de mármol que había al fondo de la sala. Estaba llena de los ramos de muestra que había enviado la floristería, entre los que había desde sencillas propuestas en las que imperaba el blanco hasta aparatosas frondas multicolores. En la sala se respiraba un agradable olor a jardín.

Probaron distintas combinaciones, tiñendo los vestidos de dorado, de azul marino e incluso de rojo oscuro. Cada vez que Elise se animaba a sonreír, Tamar negaba tajantemente con la cabeza. Después Elise encogía los hombros a modo de disculpa y decía «Supongo que aún no hemos dado con la combinación correcta. ¿Lo intentamos con otra?».

Al final, Miranda dio un suspiro.

—¿Qué tal si nos tomamos un descanso? —sugirió—. Tendríamos que hacer algunos ajustes en el vestido de todas maneras, ahora que está aquí.

Tamar carraspeó, molesta.

—También en el de la madre del novio, por supuesto —añadió Miranda aprisa.

—Muy bien. —Tamar se levantó despacio con la espalda rígida. Llevaba un vestido bordado azul marino y un gorrito a juego, con los rizos congelados en un casco inmovilizado por la laca. Elise se ofreció a ayudarla, pero Tamar la rechazó con ademán imperioso. Al agitar la mano, las joyas de sus anillos (al menos uno por dedo) destellaron ostentosamente.

Cuando hubieron entrado en sus respectivos probadores, Calliope se inclinó hacia la mesa más próxima para coger la tableta de Miranda. Bajó las cejas en un gesto de concentración mientras deslizaba el dedo de un lado a otro por la barra de los colores, pintando sus vestidos, ahora de rojo chillón, ahora otra vez como estaban antes.

—Es un poco fastidioso.

Calliope experimentó de mala gana con algunos colores más antes de dejar la tableta a un lado.

—Lo siento —masculló. No estaba acostumbrada a que Livya le hablase, al menos no cuando estaban a solas. En la escuela no tenían trato, y en casa se acogían a un austero vocabulario compuesto por tres palabras, de tal modo que nunca cruzaban más que un simple «ey» desde los extremos del apartamento antes de retirarse a sus respectivas habitaciones. Parecían medirse en un duelo de silencios con el que comprobar cuál de las dos podía hablar menos.

—No, no es así.

—¿Perdona?

—Que no lo sientes. —Los ojos de Livya se agrandaron bajo las pestañas incoloras—. Mentir es de mala educación. No digas que lo sientes si no es verdad.

—No sé de qué me estás...

—Conmigo no tienes por qué fingir. Además, no te pega —le espetó Livya, limpia la voz de su habitual dulzura empalagosa.

Calliope se encogió de hombros. Su reflejo hizo lo mismo en la infinidad de espejos que las rodeaban, levantando el mentón con un orgullo sereno e inconfundible.

—Te aseguro que no sé a qué te refieres —dijo sin inmutarse.

—Claro. Porque solo eres una adorable filantropita que viene de ninguna parte, ¿verdad? —Livya ladeó la cabeza—. Tu madre y tú debéis de haber ayudado a muchísima gente a lo largo de los años, recorriendo el mundo y salvando el planeta. Refréscame la memoria, ¿por qué decías que ninguno de vuestros amigos va a asistir a la boda?

Calliope se agachó para ahuecar el tul de la falda acampanada y así evitar mirar a su futura hermanastra.

—Supondría un viaje demasiado largo para ellos —adujo, la mentira que su madre y ella habían contado una y otra vez

133

durante los últimos meses—. Además, pocos se lo podrían permitir.

—Qué lástima. Me moría de las ganas de conocerlos —lamentó una poco convincente Livya—. ¿Sabes? A mi padre le cuesta mucho confiar en la gente. Casi todas las mujeres con las que ha salido estaban con él solo por el dinero. Una de las cosas que más le atraen de tu madre es que asegure ser desinteresada. Que su único deseo es salvar el mundo. Que ella jamás lo utilizaría de esa manera.

Calliope percibió un tono desafiante en su discurso, en el modo en que Livya articulaba la palabra «asegure», pero decidió que le convenía más dejarlo estar. Notó que se le erizaba el fino vello moreno de los antebrazos.

Las chicas como Livya nunca lo entenderían. Cuando querían algo, lo único que tenían que hacer era chasquear los dedos y pedírselo por favor a sus padres. Calliope se había visto obligada a coquetear, a urdir y a manipular para ganarse hasta el último de los nanodólares que pretendía gastar.

—¿Sabes? —continuó Livya, en un tono plácido—. Esta semana he visto algo de lo más raro en el apartamento. Habría jurado que vi a una chica escabulléndose por la noche, entre semana, con un vestido plateado de mujerzuela.

Calliope se habría dado de tortas. Se había vuelto descuidada, ahora que llevaba más tiempo del conveniente interpretando al mismo personaje. Esta era la razón por la que no solían prolongar sus estafas más de cuatro meses; cuanto más tiempo permanecieran en un sitio, más probabilidades había de que las descubrieran. Aunque uno se inventara la trama más convincente del mundo, siempre terminaba enredándose entre las mentiras y los cabos sueltos.

Siempre terminaba cometiendo un desliz.

—Deberías tener más cuidado y dejar de realizar tantos exámenes de aptitud seguidos —le recomendó Calliope con admirable autodominio—. Se diría que estuvieras alucinando.

—Claro. Porque a una chica como tú, que se dedica a excavar pozos, a salvar a los pececitos y a todas esas cosas que tanto os preocupan a tu madre y a ti... A una chica como tú jamás se le ocurriría salir a escondidas —dijo Livya con dulzura.

—Exacto. —Calliope había vuelto a coger la tableta y estaba pasando el dedo con saña por la barra de los colores, cada vez más deprisa, cambiando las tonalidades de sus vestidos a un ritmo que empezaba a resultar mareante.

En ese momento se oyó salir de los probadores a Elise y Tamar. Calliope bajó la tableta de inmediato, dejando los vestidos pintados de un pálido gris ceniza.

—¡Ah! ¡Ahora sí! —se felicitó Tamar cuando regresó a la sala luciendo una cosa palmeada de color púrpura y mangas largas que se le ceñían a las muñecas. En opinión de Calliope, ahora tenía más aspecto de bruja que nunca.

Tamar se dirigió a Miranda en un tono apremiante.

—Los vestidos quedarán perfectos en este gris suave. Al fin y al cabo, la boda va a ser en otoño.

—¡Me encantan! —exclamó Elise con su habitual afabilidad. Intentó abrazar a su futura suegra, que estaba rígida y muda.

Elise se acercó y rodeó con los brazos a las dos adolescentes, apretándolas la una contra la otra, como si entre todas formaran una familia feliz.

—Mis dos niñas —les dijo en voz baja.

—Estás sensacional, mamá —respondió Calliope. El vestido de Elise era de manga larga y cuello alto, pero en lugar de parecer anticuado, era de corte elegante y coqueto, un remolino de encaje cosido a mano y salpicado de cristales diminutos que reflejaban la luz.

Livya, que no quería ser menos, también intervino.

—Te queda perfecto, Elise —aseveró en actitud remilgada y aduladora mientras forzaba una sonrisa, borrado todo rastro de la criatura amenazadora que había estado ahí hacía tan solo un momento.

Calliope miró el reflejo que las mostraba a las tres juntas, bañadas por la luz ambiental. Sus ojos se cruzaron con los de Livya en el espejo. Su futura hermanastra la observaba con avidez, su aspecto de pronto era el de un depredador, vigilante y atenta al menor signo de debilidad.

Calliope le sostuvo la mirada, negándose a parpadear.

LEDA

Leda seguía a Watt por aquella calle desconocida, preguntándose dónde se estaría metiendo exactamente.

Él le había enviado un parpadeo por la tarde para decirle que tenía que enseñarle algo acerca de Mariel. «Reúnete conmigo a las nueve en la estación del monorraíl de Bammell Lane», había insistido.

Leda había tomado aire poco a poco, como si practicara yoga, intentando despejar la mente. No estaba lista para volver a encontrarse con Watt, para permitirle desbaratar el delicado equilibrio al que a ella tanto le había costado llegar. Pero, más que ver a Watt, lo que de verdad temía era que la investigación destapase la verdad.

Y, francamente, Leda ya estaba bastante inquieta. Desde que la interrogaran en comisaría, no había dejado de tener las pesadillas de siempre, peores incluso que antes, porque ahora las imágenes de la muerte de Eris se alternaban con otras visiones momentáneas que le mostraban a Mariel, ahogándose, intentando agarrar a Leda con unas manos gélidas e implacables. Leda jadeaba y forcejeaba para zafarse de ella, pero Mariel porfiaba en arrastrarla consigo.

«Vale. Allí estaré», le respondió a Watt.

Cuando el vagón del monorraíl se alejó de la ciudad y empezó a serpentear por el aire, Leda no pudo evitar bajar la vista hacia el East River. Unos pocos barcos surcaban las aguas impelidos por sus motores silenciosos, mientras las uves de sus estelas desaparecían en la oscuridad.

Tenía aspecto de estar helado, con la luz del cuarto de luna fracturándose y disgregándose por la superficie revuelta. Con un escalofrío, Leda se acercó un poco más a Watt sin darse cuenta, intentando no pensar en las pesadillas.

Las farolas cobraron vida en torno a ella, su resplandor formaba charcos dorados en el pavimento, el cual relucía con el centelleo revelador de las partículas magnéticas que mantenía los aerodeslizadores en alto. No era que hubiese ningún aerodeslizador pasando por allí. Brooklyn llevaba años perdiendo densidad de población, ahora que se quedaba a oscuras en torno al mediodía, gracias a la gigantesca sombra que la Torre proyectaba.

Leda no terminaba de creer que estuviera aquí, con Watt, otra vez a su lado después de tantos meses. Lo encontraba un tanto insólito, como si se hubiera escurrido por el tamiz de la realidad solo para volver a plantarse donde estaba hacía un año. No dejaba de mirarlo de soslayo, como si estuviera comparando a este Watt con el que ella recordaba, ahora con el cabello más crecido y descuidado y los ojos tan brillantes como siempre.

Cuando él la vio mirándolo, le sonrió. Leda se mordió el carrillo, muerta de la vergüenza.

—¿Adónde vamos? —Sentía la necesidad acuciante de hablar de algo, de cualquier cosa, como si el silencio se estuviera cubriendo de capas y capas de mensajes que ella no sabía interpretar—. ¿O es que en realidad no vamos a ninguna parte? ¿Estamos deambulando sin más por este descampado?

—Claro, porque ahora Brooklyn es un descampado —afirmó Watt en un tono inexpresivo.

—¡Pues se le parece mucho!

—Te prometo que merecerá la pena —le aseguró él—. Tú confía en mí.

¿Confiar en Watt? Lo veía complicado, teniendo en cuenta todas las promesas rotas que se interponían entre ellos. Giró la cabeza para no mirarlo a los ojos.

Había dos chicas paradas frente al pequeño quiosco de criptocuentas que quedaba a su derecha, uno de esos terminales con pantalla táctil desde donde uno podía consultar el saldo o realizar transferencias, si no disponía de lentes de contacto. A Leda le llevó un momento reparar en que las chicas no estaban utilizando el quiosco. Solo estaban atildándose un poco y aplicándose brillo labial, con la ayuda del minúsculo espejo curvo de seguridad que coronaba la interfaz. Una de ellas, al cruzar la mirada con Leda por medio del reflejo, se hizo a un lado amablemente para dejarle un hueco.

—El último espejo antes de llegar a donde José —explicó antes de sonreírle.

—Ehh, gracias —masculló Leda. ¿Qué era eso de José?

—Allí nos vemos —respondió Watt. Leda no pudo evitar fijarse en la calidez con la que las dos chicas lo miraban. Por alguna estúpida razón, le molestó.

Siguió a Watt hasta el pórtico de un edificio de piedra rojiza. Unas cortinas gruesas de tonos oscuros tapaban las ventanas, dándole a la fachada del edificio una apariencia inerte o incluso siniestra, como si las ventanas fueran unos ojos vacíos y ciegos. La pintura de la puerta estaba descascarillada y en ella había clavada una nota que avisaba: «Ejecución hipotecaria. Prohibido el paso».

—Watt... —empezó a decir Leda, pero la protesta se quedó en sus labios cuando él empujó la puerta, que se abrió sin resistencia.

Leda entró tras él y parpadeó al ver el descolorido papel pintado. En medio de la reducida entrada, al pie de una escalera de madera, había un tipo blanco y alto que debía de tener la misma edad que ellos. Leda oyó el ruido inconfundible de la música y las risas que procedían de la segunda planta. Miró a Watt confundida.

—¿Os conozco? —les preguntó el portero en un tono adusto. Watt no se alteró.

—Ey, Ryan. Somos amigos de José. ¿Ha llegado ya?

—Vendrá más tarde —respondió Ryan con algo menos de hostilidad, aunque siguió interponiéndose con determinación entre Watt y Leda y aquello que hubiese al final de las escaleras—. Son cuarenta nanos cada uno.

—Vale. Confirmar transferencia —masculló Watt. Cruzó una mirada con el portero y asintió, dispuesto a enviar cuarenta nanodólares desde su criptocuenta hacia la de Ryan. Leda fue a hacer lo mismo, pero Watt asintió otra vez para abonar su entrada, momento en que Ryan se hizo a un lado para permitirles el paso.

—¿Qué hacemos aquí? —siseó Leda mientras subían las escaleras.

—Puede que aquí encontremos algunas respuestas acerca de Mariel, de lo que sabía y de a quién se lo había contado —explicó Watt—. Mariel venía bastante por aquí.

—Cómo no —ironizó Leda. Tropezó con un clavo que sobresalía y blasfemó entre dientes—. ¿Quién no querría pagar por el privilegio de partirse la crisma en un edificio en ruinas?

—No pasa nada porque tengas miedo —le dijo Watt en voz baja mientras le tendía la mano para que se apoyara.

Leda se la apartó. De pronto estaba enfadada con él, por conocerla tan bien.

—¿Quién es José?

—José lleva bastante tiempo haciendo esto, montando fiestas en casas abandonadas y cobrando a la gente por la entrada. Y también resulta ser el primo de Mariel —contestó Watt cuando llegaron al final de las escaleras, momento en que Leda se quedó muda.

El salón de la segunda planta había sido transformado por completo. Había barras portátiles a ambos lados de la estancia. La música sonaba por unos pequeños altavoces con forma de huevo. Una luz tenue emanaba de unas globombillas, las esferas luminosas desechables que funcionaban por medio de los nanocables contenidos en ellas, aunque solo duraban unas horas. «Porque deben de haber cortado el suministro eléctrico a causa de la ejecución hipotecaria», comprendió Leda. Muy ingenioso.

Aun así, lo más sorprendente de todo eran las decenas de jóvenes que había allí apretujados.

Todos iban bien arreglados, conforme a alguna moda agresiva y transgresora, y llevaban tintuajes y complementos dérmicos tridimensionales. Leda se fijó en los bajos desiguales, en las microminifaldas combinadas con calcetines altos, en los brillantes vestidos de vinilo coloreados de forma ecléctica. Una chica llevaba un vestido hecho sencillamente de cuadraditos de plástico unidos por unos minúsculos aros metálicos. Algunas de las muchachas levantaron la vista y murmuraron entre ellas al ver llegar a Leda y Watt.

Leda sintió que la asfixiaba un miedo súbito y húmedo.

—No puedo hacerlo. Creía que lo conseguiría, pero no puedo; apenas fui capaz de ir a casa de Cord el otro día. No estoy preparada para esto. —Arrugó el gesto y se recogió en sí misma, pero Watt se acercó a ella y la cogió por los codos.

—¿Qué ha sido de la Leda Cole que yo conocía? —le preguntó con una voz discreta y urgente—. Aquella Leda no se asustaba de nada.

«Aquella Leda se asustaba de todo», pensó Leda. «Pero se le daba mejor disimularlo».

—Yo estoy a tu lado. No dejaré que te pase nada malo, te lo prometo —añadió Watt.

Leda sabía que era una promesa vacía. Pero de pronto se acordó de Dubái, de cómo Watt acudió en su rescate cuando ella yacía incapacitada en la orilla, conduciendo un aeropatín robado a una velocidad prodigiosa. Se acordó de lo protegida que se sintió cuando se dio cuenta de que él estaba con ella.

—Vale. Nos quedamos —aceptó con renuencia antes de volver a mirar alrededor del salón.

Se levantó aprisa la holgada camisa negra y se la recogió en un nudo a un lado, convirtiéndola así en un top. Se pasó los dedos por el espeso cabello corto para dar volumen a sus rizos. Por último, se llevó la mano al bolsillo para sacar su pintalabios rojo brillante y pasárselo por los labios.

—No me mires así —le dijo a Watt, desconcertada—. Solo estoy adaptándome a la situación.

—No te miro de ninguna manera... Perdona... Quiero decir, si te miro así, es solo porque me pareces muy guapa —se justificó Watt titubeando.

Leda tomó aire y meneó la cabeza. Se negaba a permitir que Watt reviviera aquellos sentimientos. Eran los de la antigua Leda, de la que hacía mucho que no quería saber nada.

—En serio, Watt. Como vuelva a oírte decir algo parecido, me largo de aquí —le advirtió, ignorando su expresión, un tanto rebelde ahora—. Bueno, ¿cuál es el plan?

—Esperaremos a que llegue José. Mariel estaba bastante unida a él; puede que se haga una idea de lo que ella sabía.

—¿Cómo piensas averiguarlo? ¿Te vas a infiltrar en sus lentes de contacto? ¿O le vas a robar la tableta?

—Se me había ocurrido que podríamos, simplemente, hablar con él. Como me dijo una chica muy inteligente una vez, no todos los problemas necesitan un hacker para solucionarse —le dijo Watt.

Leda se ruborizó al recordarlo. Era algo que ella le había dicho la noche en que se besaron por primera vez.

—No es un plan muy sofisticado.

—A veces la sencillez es la clave del éxito —opuso Watt, que se encogió de hombros—. ¿Te apetece echar una partida de birra-pong mientras esperamos? Con gaseosa, por supuesto —enmendó, para seguidamente señalar la pared del fondo, a lo largo de la cual había una hilera de mesas de birra-pong alimentadas por sus respectivas células de carga de grafeno. En torno a las mesas se apiñaba un grupo de chicos mayores que aporreaban los tableros y aullaban por algo que había ocurrido durante el juego.

A Leda se le cerró la garganta por completo. Ni en sueños iba a jugar al birra-pong con Watt. Era una actividad demasiado lúdica, demasiado desenfadada, cuando lo que necesitaba era que entre ellos hubiera una relación estrictamente profesional.

—O, si no, también podemos quedarnos mirándonos el uno al otro en silencio —añadió él alegremente.

Leda sintió que el instinto competitivo que había tenido siempre luchaba con tozudez por emerger.

—Nada me gustaría más que ganarte al birra-pong —confesó—. Pero no hay ninguna mesa libre.

—Eso no es problema —dijo un resuelto Watt—. Coge una jarra y reúnete conmigo allí. —Se acercó al grupo de chicos antes de que ella pudiera oponerse.

Como cabía esperar, cuando al cabo de un minuto Leda regresó con una jarra de plástico llena de limonada, Watt estaba inclinado sobre la mesa, convertido en su legítimo propietario.

—¿Cómo has echado a esos tarugos? —le preguntó Leda, más impresionada de lo que le gustaría.

—Los he espantado.

—Claro, porque tú eres muy intimidante. —Leda puso los ojos en blanco—. Más bien, creo que te has servido de Nadia para hackear sus cuentas y enviarles mensajes falsos remitidos por sus allegados.

—Un buen mago nunca desvela sus trucos —sentenció un misterioso Watt. Vertió la limonada en los vasos, que estaban hechos de un metal tan fino que parecían más ligeros que el papel. Pulsó un botón y los vasos se elevaron al instante, impulsados por el potente imán de la mesa, para adoptar una forma triangular y perpendicular al suelo. Unos pequeños globos de succión impedían que el líquido se derramara.

—¿Sabías que cuando se inventó este juego no había campos de fuerza? —Watt sopesó con la mano una de las pelotas blancas, agitándola de un lado a otro—. Al parecer, había que correr sin parar detrás de las pelotas de ping-pong cuando se salían de los límites.

—No te distraigas.

Watt se rio y proyectó la pelota en un ángulo cerrado. Esta rebotó en el campo de fuerza que bordeaba el filo de la mesa antes de caer repiqueteando al tablero.

Leda notó que una sonrisa involuntaria se extendía entre sus facciones. Abrió la mano y la pelota de ping-pong empezó a flotar sobre su palma, respondiendo a los potentes sensores tridimensionales como por arte de magia.

—No te castigues tanto. Los tiros rebotados son una técnica muy avanzada. —Lanzó la pelota hacia el campo de fuerza, donde rebotó con una crepitación sonora antes de golpearse de lleno contra uno de los vasos.

—Impresionante. —Watt levantó el vaso a modo de brindis antes de dejarlo en su lugar. Leda se enrolló las mangas y volvió a coger la pelota, con una sonrisa maliciosa en la cara.

—¿Listo para la derrota?

—Nunca.

Afanados en la partida, Leda empezó a tranquilizarse, mientras el tenso nudo que tenía en el estómago se deshacía poco a poco. Por extraño que pareciera, Watt y ella nunca habían quedado para dar una vuelta sin más. Siempre se habían dedicado a maquinar el uno contra el otro, o a maquinar juntos contra otras personas, o a entrar y salir a hurtadillas de los sitios. Para cuando admitieron lo que sentían, era demasiado tarde: Leda ya sabía la verdad sobre Eris y había perdido el control, momento en que entendió que no podía permitirse estar con Watt.

Aun así, era agradable actuar como si no pasara nada. Aunque solo fuera por un momento.

De pronto, Leda se quedó petrificada. ¿Qué se pensaba que estaba haciendo? No debería estar pasando el rato con Watt, dejando que la hiciera reír. No podía consentir que volviera a acercarse a ella, por muy fácil que...

Watt detuvo la pelota de súbito y deslizó la mano por el tablero, dando la partida por terminada.

—José ha llegado.

Leda giró la cabeza y enseguida vio de quién hablaba Watt.

José cruzó el salón con un evidente aire de autoridad. Tenía algunos años más que ellos, era fornido y llevaba una barba morena muy recortada. Unos tintuajes rojos y negros se enroscaban en torno a su bíceps para desaparecer bajo la tela de la camisa.

Leda corrió al lado de Watt, que ya se había situado en el círculo de los admiradores del anfitrión. Al cabo, José se giró hacia ellos con un gesto de extrañeza, aunque amable al mismo tiempo.

Watt carraspeó.

—Hola, José. Nos gustaría hablar contigo un momento. A solas —añadió al ver que José no respondía—. Sobre Mariel.

José hizo un gesto discreto con la mano y al instante el grupo de gente que lo rodeaba volvió a integrarse en la fiesta. Llevó a Leda y a Watt a una habitación contigua, dentro de la cual solo había una pequeña piscina infantil, donde un grupo de chicas chapoteaban descalzas en los escasos centímetros de agua. Al ver entrar a José, se retiraron.

—¿Erais amigos de Mari? —inquirió José, alargando la pregunta para hacerles ver que no los creía.

Leda decidió que lo más seguro sería no mentirle.

—En realidad, éramos amigos de Eris —intervino.

—Entiendo. Eres una encumbrada —dedujo un lacónico

José, como si eso lo explicase todo. Miró el vestuario de Leda de arriba abajo, con un brillo jocoso en los ojos, antes de girarse hacia Watt—. Pero tu novio no.

—No es mi novio —aclaró Leda con impaciencia, ignorando la extraña punzada que notó en el estómago al decirlo—. Hemos venido porque queríamos saber más cosas acerca de Mariel. Frecuentaba estas fiestas, ¿no es así?

La expresión de José se ensombreció.

—Si creéis que no lamento lo que ocurrió aquella noche a cada minuto de cada maldito día... Nunca debí dejar que volviera andando a casa ella sola cuando era obvio que se sentía muy mal... —Titubeó y apartó la mirada.

«Ah», dedujo Leda. Quizá la última vez que se vio a Mariel con vida fue en una de estas fiestas.

—No es culpa tuya. Estaba muy afectada, antes de que... ocurriera —aventuró, preguntándose si no sería un comentario demasiado atrevido.

—Claro que estaba muy afectada. ¡Acababa de perder a su novia! —estalló José, que después dio un suspiro, desinflándose—. Quería a Eris de verdad, ¿sabes?

—Lo sé —dijo Leda en voz baja, a lo que añadió, aunque no pudiera estar más fuera de lugar—: Lo siento mucho.

—No consigo dejar de culparme —continuó José, más para sí mismo que para ellos—. No dejo de pensar en ella, de preguntarme qué estaría haciendo ahora si yo hubiera insistido en acompañarla a casa. Me dan ganas de ir a coger su diario, solo para leer las últimas páginas. Para volver a oír su voz.

Leda levantó la mirada de pronto.

—¿Un diario?

—Desde hacía unos meses, Mari escribía en un cuaderno de papel. Lo llevaba a todas partes —explicó José, encogiéndose de hombros—. Decía que le encantaba lo anticuado que parecía.

Leda intercambió una mirada grave con Watt. ¿De verdad Mariel sentía debilidad por la tecnología elemental, o acaso su intención era esconderse de Watt y su ordenador cuántico, de cuya existencia sabía desde aquella noche en Dubái? En ese caso, había funcionado. Watt y Nadia podían piratear cualquier cosa que funcionara por medio de electricidad, pero ninguno de ellos dos sabía nada sobre este cuaderno.

—¿Nunca llegaste a ver ninguna de las anotaciones de Mariel? —preguntó Watt, lo que despertó en Leda el deseo de abofetearlo por su falta de tacto.

José pareció ofenderse.

—Yo nunca habría violado su intimidad de esa forma. ¿Por qué tenéis tanta curiosidad? —Entornó los ojos—. ¿Cómo habíais dicho que os llamáis?

Se levantó una ardiente vaharada de silencio.

—Ya nos íbamos —intervino Leda aprisa, antes de darse media vuelta. Watt la siguió de cerca.

Mientras caminaban de vuelta a la estación del monorraíl, el aire frío traspasaba implacable la fina chaqueta de Leda. Cuando se quiso dar cuenta, estaba tiritando. Watt la rodeó con el brazo y, esta vez, ella no se lo quitó de encima.

¿Puedes comprar más paquetes de café con sabor a caramelo cuando salgas? —preguntó Chrissa, rompiendo el silencio lánguido del apartamento. Estaba tendida boca abajo sobre la colcha arremolinada con la barbilla sobre los brazos cruzados y los ojos entrecerrados mientras hacía como si estuviera estudiando para un examen de Historia con sus flamantes lentes de contacto nuevas. Rylin, sin embargo, sospechaba que en realidad solo estaba navegando por la i-Net. O echando una cabezada.

—Ni hablar. Me niego a prolongar tu adicción a la cafeína. —Rylin se agachó ante el armario que compartían y revolvió los trastos acumulados en el suelo en busca de sus botas de motorista con hebilla.

Chrissa se apoyó en los codos para dirigirle una mirada feroz a su hermana mayor.

—¿Mi adicción a la cafeína? ¡Si eres tú la que se lleva esos paquetes a clase!

—Solo porque en la cafetería se niegan a servir nada que no sean productos orgánicos aguados, vitaminados y diseñados para «meditar» —confesó Rylin, que después sonrió—. Pero está bien. Te traeré una caja.

—Además, ¿por qué Hiral y tú vais hoy al centro comercial? Los domingos es un infierno. —Chrissa arrugó un poco la nariz al pronunciar el nombre de Hiral. No le gustaba que su hermana hubiera vuelto con él, por mucho que Hiral se esforzase para ganarse su aprecio; le traía helado de plátano, le arreglaba los auriculares cada vez que se le estropeaban, la escuchaba cuando hablaba sin parar sobre la chica de su equipo de voleibol de la que estaba prendada. Pese a todo eso, Chrissa se negaba a darle su visto bueno.

Rylin intentó contener su frustración.

—¿Por qué no aceptas de una vez que estoy saliendo con Hiral, y dejas de ser tan rara con él?

—¿Rara? ¿De qué hablas? Tú sí que eres rara —se evadió Chrissa, ante lo cual Rylin puso los ojos en blanco. Se recordó a sí misma que Chrissa era joven e inmadura; aun así, le dolía que no parase de mostrarle su desaprobación.

—Sé que no te gusta Hiral —le dijo Rylin bajando la voz—. Lo sigues culpando por lo que hizo el año pasado, cuando se dedicaba a traficar. Y eso no es del todo justo, ya que fui yo quien salió perjudicada, y aun así hace mucho tiempo que lo perdoné.

—Eso no es verdad —replicó Chrissa—, y tampoco es justo que tú me acuses de algo así. Yo nunca le echaría en cara su pasado a Hiral.

—Entonces ¿por qué...?

—Es que creo que tú has madurado antes que él —reveló Chrissa sin rodeos. Apagó sus lentes de contacto y miró a Rylin con sus luminosos ojos verdes—. Pero, como está claro que te hace feliz, yo no digo nada al respecto.

Rylin no supo cómo responderle a eso. Dejó la cuestión a un lado y se puso las botas por encima de los calcetines, decorados con pequeñas sandías.

—Además, no voy al centro comercial con Hiral. Voy a clase —aclaró secamente.

—¿A clase?

—De Psicología —concretó Rylin, muy consciente de lo que venía a continuación.

—Ah —dijo Chrissa con elocuencia—. Con Cord.

Rylin ya le había dicho a su hermana que Cord era su compañero de laboratorio. Había hecho todo lo posible por aparentar indiferencia, como si el hecho no tuviera nada de extraordinario, pero Chrissa sabía lo que había ocurrido entre ellos y debía de tenerla más que calada.

—Tenemos que realizar un trabajo de campo y determinar los usos sociales en un entorno concurrido —intentó explicarle Rylin—. El centro comercial parecía el sitio más indicado.

—¿Usos sociales? ¿Y eso qué es?

—Son las normas de comportamiento. Las cosas que la gente hace de forma automática, sin pensar, porque así es como actúa todo el mundo.

—Ajá. —Chrissa se abstuvo de comentar nada sobre el hecho de que Rylin iba al centro comercial, en fin de semana, para encontrarse con su exnovio.

Rylin ya se sentía bastante culpable sin la ayuda de Chrissa. No podía dejar de preguntarse si se estaría equivocando al ocultárselo a Hiral.

Había querido decirle a Hiral que Cord era su compañero de laboratorio, lo había intentado de verdad. La noche anterior, cuando Hiral la acompañó a la fiesta de cumpleaños de Lux, había tenido la intención de decírselo. Pero siempre lo dejaba para otro momento. Cuando caminaban de regreso a casa, cogidos de la mano, comiendo las rosquillas que habían comprado en su puesto ambulante nocturno preferido, se sacó la idea de la cabeza. Entre los deberes de ella y el horario laboral de él (volvía a trabajar en el último turno, que duraba hasta la madrugada), últimamente apenas veía a Hiral. ¿Por qué arruinar una noche perfecta sacando el tema de su exnovio?

Además, en realidad, Cord y ella estaban empezando a entenderse bastante bien en clase de Psicología, a establecer algo similar a una amistad, al menos dentro del contexto de la escuela. No era una relación romántica, se repetía Rylin una y otra vez.

Y mientras más tiempo dejaba pasar sin mencionárselo a Hiral, menos relevante le parecía.

Al fin y al cabo, ya le estaba ocultando un secreto mucho más grande: el asunto de la investigación de Mariel. Esta sabía que Rylin robaba droga. Si esto salía a la luz, la policía no tardaría mucho en deducir que Hiral también estaba implicado. Él era quien vendía la droga por ella.

Hiral había puesto todo su empeño en dejar atrás todo aquello, y Rylin no quería hacérselo revivir. Sabía que no era fácil; cielos, si, de hecho, la noche anterior, había visto como su viejo amigo V se acercaba a Hiral en la fiesta de Lux, le pasaba un brazo como si nada por los hombros y le susurraba algo al oído. Lo más probable era que le hubiese ofrecido probar su última droga. Pero Hiral se limitó a menear la cabeza e ignorarlo.

Cuando llegó a la entrada principal del centro comercial del medio-Manhattan, una monstruosidad atestada que ocupaba la totalidad del piso 500, a Rylin le sorprendió ver que Cord ya estaba esperándola. Se encontraba de pie junto a las puertas, de brazos cruzados, ataviado con una sudadera holgada, unos pantalones cortos deportivos hechos de malla y unas chanclas de goma.

—¿De qué diablos vienes vestido? ¿De aguador de un equipo de baloncesto?

Cord articuló una risa alegre y despreocupada.

—¿Me he pasado? He asaltado el armario de Brice. No quería estar ridículo.

—Pues has fracasado estrepitosamente. —«Habría estado perfecto con su vestimenta de siempre, una camiseta y unos tejanos oscuros», pensó Rylin, confundida. Tardó un momento en comprender por qué había querido arreglarse o, mejor dicho, disfrazarse—. ¿Es la primera vez que te adentras tanto en la Base de la Torre?

—Ni mucho menos. He estado en Central Park decenas de veces.

Rylin parpadeó para disimular su consternación, aunque tendría que habérselo imaginado. Aun cuando estaban juntos, Cord nunca llegó a bajar al apartamento de ella. Su relación se había iniciado, desarrollado y acabado dentro de los confines del apartamento que él ocupaba en el piso 969.

—No me importa parar a comprar otra ropa, si te avergüenza que te vean conmigo —propuso Cord—. Aunque tú te ves muy bien.

Rylin se rio.

—Eso es porque esta es la primera vez en varios meses que me ves con algo que no sea el uniforme de la escuela —señaló ella.

Cord frunció el ceño, perplejo, como si no hubiera reparado en eso y la idea no le hiciera demasiada gracia.

Cruzaron las puertas dobles de la entrada de uno de los departamentos, y al instante Rylin se vio asaltada por la sobrecarga sensorial del ambiente. Había un exceso de todo: pilas de tops de cyra y estantes y más estantes de tejanos reciclados, por no mencionar las altísimas paredes cubiertas de calzado de mujer. Había zapatos con tacón de aguja, sandalias y también botas; algunos podían cambiar de color para adaptarse al resto del vestuario, mientras que otros se autorreparaban para no mostrar nunca ni la menor rozadura. Muchos incorporaban las nuevas suelas piezoeléctricas de carbono, que transformaban la energía mecánica de los pasos en electricidad que después recanalizaban directamente hacia la red principal de la Torre.

Chrissa tenía razón, hoy el centro comercial estaba saturado. Las conversaciones urgentes de los demás visitantes envolvían a Rylin como si estuviera metida en una cámara de resonancia. Las lentes de contacto le presentaban anuncios sin cesar («Tejanos rebajados a 35 ND, ¡solo durante un día! », o «¡No olvide votar en las elecciones municipales de esta semana!»). Las desactivó de inmediato, aliviada por la claridad que su visión acababa de adquirir. Llevaba un año usándolas, desde que empezara en Berkeley, pero no había terminado de acostumbrarse al torrente de información que arrojaban en los lugares públicos.

—Creo que debería comprarte esto. —Cord le mostró una camiseta sin mangas de color verde claro que decía: «¡Quiero ver los vídeos de la escuela desde la cama!».

—No creo que pegue con el uniforme de la escuela —bromeó Rylin, aunque no había pasado por alto que Cord se había ofrecido a comprársela él, en lugar de animarla a que se la pagase ella. Además, ¿de verdad había entendido Cord el mensaje de la prenda? Probablemente no había visto un vídeo de la escuela en su vida. Arriba, en Berkeley, todas las asignaturas eran impartidas por profesores de carne y hueso.

Salieron por las puertas del fondo del departamento y accedieron al centro comercial en sí, hacia la inmensa hilera de ascensores encapsulados que había en el centro del espacio interior, de dimensiones catedralicias. Los ascensores encapsulados tenían el aspecto de una sencilla serie de delicadas perlas opacas, las cuales se anclaban y desanclaban constantemente a medida que recorrían el centro comercial a lo largo de unos collares de cable de fibra. Se elevaban y se detenían y volvían a poner en marcha según los visitantes montaban y desmontaban, hasta que por último regresaban al suelo.

La tecnología de los ascensores encapsulados no era nada nuevo. Se había inventado antes que los aerodeslizadores, en algún momento del siglo pasado, y no servía para los traslados a gran escala (desde luego, no para moverse por la Torre). Pero dentro de un recinto más reducido, como un centro comercial o un aeropuerto, seguía siendo la forma más barata y eficaz de salvar distancias cortas.

—¿Preparada? —preguntó Cord, acercándose a la estación más próxima.

Dado el modo en que funcionaba esta tecnología, desplazándolos por la nanofibra, los ascensores solo se abrían por un lado. Y, por alguna razón que Rylin nunca se había planteado, todo el que entraba en una cápsula se daba media vuelta para ponerse de cara a la puerta y esperar con expectación a que los paneles deslizantes volvieran a abrirse.

Para su experimento, Cord y Rylin iban a montar en un

ascensor atestado y colocarse de cara al fondo en vez de hacia la entrada, para ver cómo reaccionaba la gente. En realidad, había sido idea de Rylin. Estaba convencida de que era una idea brillante por su sencillez.

En cuanto se colocaron en la estación, el intelimaterial del suelo registró su peso y llamó a una cápsula. Cord tocó la pantalla para indicar el destino, ubicado en el nivel superior del centro comercial, treinta pisos más arriba. A continuación, pasaron adentro.

Rylin se giró, sin darse cuenta, hacia la puerta curva de flexiglás. Cuando la cápsula se cerró y empezó a elevarse dando una sacudida, la base del centro comercial se empequeñeció enseguida, haciendo que los visitantes cobrasen el aspecto de una colonia de hormigas.

—¿Has olvidado algo? —le preguntó Cord, risueño.

Rylin se colocó de inmediato de cara al fondo, resistiéndose al impulso de girarse y contemplar las vistas.

—¿Sabes? —dijo—, cuando Lux y yo éramos pequeñas nos montábamos aquí y pasábamos horas dando vueltas de arriba abajo.

Era como entrar gratis en el parque de atracciones, una emoción que nunca se olvidaba. Rylin solía imaginar en secreto que ella era la presidenta y que subía en su aerodeslizador privado a la Casa Blanca, hasta que un día supo que la Casa Blanca no era una torre, sino un edificio plano y achaparrado. Aún hoy seguía sin entenderlo. ¿Para qué quería uno ser el líder de toda América si no tenía unas buenas vistas?

—Parece divertido —dijo Cord, aunque Rylin percibió una nota de incredulidad en su voz. Por supuesto, él no había pasado su infancia paseándose en los ascensores encapsulados; más bien, se habría dedicado a jugar con una inmensa colección de holojuegos en su carísima consola de inmersión—. ¿Quién es Lux? —añadió.

Rylin parpadeó.

—Mi mejor amiga. —Siempre olvidaba lo poco que Cord la conocía en realidad. Por otra parte, solo la veía en la escuela o en otras plantas superiores.

Antes de que Cord tuviera ocasión de responder, la cápsula dio un bandazo para recoger a más visitantes. Rylin y Cord se quedaron donde estaban, de cara a la lisa pared negra, cuando dos mujeres mayores montaron en el aparato.

Se produjo un silencio palpable. Las mujeres se habían puesto de cara a las puertas curvas de flexiglás de la entrada, pero Rylin notó que giraban la cabeza y clavaban su mirada en ella. La cápsula reanudó la marcha.

—Tanya, quería enseñarte esto —le dijo una mujer a la otra mientras sacaba su tableta. La sostuvo de tal forma que quedaba orientada hacia la pared de atrás, lo que las obligaba a ella y a su amiga a mirar en esa dirección. Rylin vio que deslizaban los pies un poco hacia el fondo. La embargó una extraña sensación de triunfo.

Muy despacio, grado a grado, las mujeres pivotaron en el mismo sentido que los dos jóvenes. Lo hicieron con incrementos minúsculos y era tan sutil la curvatura de sus espaldas que habría pasado desapercibida a simple vista. Pero cuando el ascensor encapsulado se detuvo en otra parada, cerca de la última planta del centro comercial, las mujeres ya habían terminado de volverse hacia el fondo.

Las puertas se abrieron otra vez para acoger a un niño que tendría unos doce años. Sin pararse a considerarlo siquiera, se quedó mirando hacia la parte de atrás, como si siempre hubiera hecho lo mismo.

Rylin cruzó una mirada con Cord, que le guiñó el ojo con exageración, obligándola a reprimir una risita.

Por último, alcanzaron la planta superior, donde una columnata circundaba el corazón del centro comercial. Rylin salió corriendo hacia un escaparate de pulseras deportivas. Ahora estaba riéndose, articulando unas carcajadas que le nacían en el estómago y le formaban sendos hoyuelos en las mejillas ruborizadas.

—¿Has visto eso? ¡Esas mujeres han sucumbido por completo a nuestra presión social!

—Y está claro que el efecto se observa mejor mientras más gente haya. El niño ni se lo ha pensado —coincidió Cord. La luz de los fluorescentes alumbró la calidez de sus ojos azul claro.

—Y se habrían girado mucho más rápido si no llevases esa ropa tan hortera —añadió Rylin sin poder evitarlo.

—Estoy de acuerdo —admitió Cord con fingida solemnidad—. Los dos sabemos que tú has sido el factor clave para el éxito del experimento.

—¿Eso te convierte a ti en el factor problemático?

—Más bien en el recurso cómico.

Volvieron a montar en el ascensor encapsulado, una vez más de cara a la parte trasera. Rylin contuvo la respiración cuando el aparato hizo una parada en el trayecto hacia la base. Cord y ella intercambiaron una mirada cómplice, todavía sonriendo los dos.

—¿Rylin?

Esta se giró para encontrarse de cara con Hiral, que llevaba una bolsa roja y brillante de una tienda. Sus ojos saltaron primero desde ella hasta Cord y después a la inversa.

Alarmada, Rylin comprendió lo que Hiral se estaría imaginando al ver que ella había salido con Cord, en secreto. Sintió un martillazo en el pecho.

—¡Hiral! Estamos, em, estamos haciendo un experimento para la clase de Psicología —trastabilló—. Estamos saltándonos las normas sociales y anotando las reacciones de la gente. ¡Nos habíamos puesto mirando hacia atrás en el ascensor! Es absurdo, de verdad, lo que la gente llega a hacer...

—Creo que no nos conocemos —la interrumpió Cord, con la mano extendida—. Me llamo Cord Anderton.

—Mucho gusto, Cord. Yo soy Hiral, el novio de Rylin —respondió él. Rylin se sobresaltó al ver que no la miraba a ella—. Es muy interesante, esto que estáis haciendo para clase.

El aire pareció solidificarse entre ellos, lleno de pulsaciones incómodas. Mierda. Eran los dos chicos con los que había estado, los únicos por los que se había preocupado de verdad, y aquí los tenía, frente a frente dentro de una apretada cápsula suspendida en el aire. Rylin estaba muy al tanto de cada gesto mínimo, incluso del sonido de su propia respiración, que parecía estruendosa y acelerada dentro de aquella burbuja.

—¿Por qué no te unes a nosotros, Hiral? —propuso Cord. Rylin lo miró con espanto, deseando que no lo hubiera dicho, pero según parecía, sentía curiosidad por ver cómo se desataba el desastre.

Al principio, Hiral no respondió. No hacía falta. Rylin podía ver el vendaval de emociones que zarandeaba su rostro, ensombrecido por la confusión y el orgullo herido, pero también su renuencia a entender qué demonios estaba pasando.

Rylin comprendió que Cord había tenido la idea correcta. Si Hiral se quedaba, comprobaría que Rylin no había estado haciendo nada malo, que esto era solo una actividad para clase y no tenía mayor importancia.

—¡Eso sería fantástico! La presión social se vuelve más eficaz mientras más gente haya —lo animó Rylin, balbuciendo—. Agradeceríamos tu ayuda, si no estás ocupado.

—No me importa ayudar —aceptó Hiral con recelo—. ¿Qué hay que hacer?

Cord empezó a explicarle el experimento. Rylin asentía vigorosamente, aunque había detenido la mirada en la bolsa que llevaba Hiral. Era de Element 12, una joyería exclusiva. Ahora se sentía aún peor. Hiral había salido de compras, muy probablemente con la intención de hacerle un regalo, y aquí estaba ella, intentando ocultar que había venido a pasear con su ex.

Cuando se quiso dar cuenta, la cápsula se estaba deteniendo. Los tres se giraron de cara a la parte trasera. Una pareja algo mayor que ellos montó en el ascensor y, como cabía esperar, también se colocó mirando hacia el fondo. Rylin escurrió la mirada hacia Hiral, que parecía no dar crédito.

Una vez que llegaron abajo del todo y desmontaron, Hiral meneó la cabeza.

—Nunca había reparado en la facilidad con la que la gente modifica su comportamiento. Y sin necesidad de un buen motivo.

Rylin se preguntó si no estaría refiriéndose a ella.

—Tenemos que repetir la prueba al menos treinta veces más si queremos obtener unos resultados fiables. Pero no hace falta que te quedes —añadió Rylin aprisa.

—No pasa nada. —Ahora Hiral sí la miró a ella—. No me importa quedarme.

Rylin asintió, temerosa de romper la frágil tregua que parecía haberse establecido entre los tres.

CALLIOPE

Calliope sonrió para sí con satisfacción. Tenía una cita con Brice Anderton.

O al menos ella creía que era una cita. No estaba del todo segura, lo cual, a su modo de ver, era razón más que suficiente para ir. No era nada habitual que las intenciones de un chico la confundieran.

Había dado por hecho que no volvería a saber de Brice, después de que se encontraran en el estadio de las ComBatallas. Pero, para su sorpresa, y también para su agrado, él le había enviado un parpadeo para preguntarle si podía salir por la noche.

«Claro», había respondido ella, pronunciando la palabra en voz alta para que se enviara como parpadeo. Su madre y Nadav habían quedado con uno de los proveedores de la boda, de modo que ahora estaba en casa solo con Tamar y Livya. Y tenía el convencimiento de que podría zafarse de ellas sin problema.

La respuesta de Brice no tardó en llegar. «Gracias. Tengo pensado respaldar un proyecto empresarial. Me encantaría conocer tu opinión al respecto, como cliente en potencia».

¿Un proyecto empresarial? La propuesta tendría que haberle molestado, pero lo cierto era que sentía curiosidad.

Se escabulló del dormitorio de Livya (el cuarto que debían compartir mientras la madre de Nadav permaneciera en la ciudad) y se detuvo para mirar a ambos lados. Despejado. Cruzó el pasillo deprisa, con sigilo, conteniendo la respiración.

—¡Adónde vas! —exclamó Livya, emergiendo de la penumbra del salón. Su cara pálida reflejaba una expresión de alegría fea y retorcida. «Oh, cielos», se alarmó Calliope. ¿Acaso Livya había estado esperándola, aguardando a que intentase cometer otra de sus fechorías?

—A clase. —Calliope se estremeció. Tendría que haber tenido preparada una excusa más creíble.

—A clase —repitió Livya, con evidente escepticismo.

—Tengo una sesión de repaso de Cálculo. De nivel básico. Se me hace bastante cuesta arriba. —Por un momento, Calliope temió haber exagerado, pero, para su alivio, Livya sonrió con deleite. Era obvio que celebraba la idea de que Calliope tomase clases de refuerzo.

—Suerte con el repaso. Imagino que te hará mucha falta —dijo con una sonrisa afectada antes de hacerse a un lado.

Al llegar a la esquina de la calle, Calliope se detuvo para quitarse el holgado jersey que llevaba, dejando al descubierto una camisa de manga japonesa adornada con un bordado floral. Después activó las lentes de contacto para pedir un deslizador, apoyando una mano contra la pared para mantener el equilibrio mientras se sacaba las bailarinas de color negro liso para calzarse unos zapatos de tacón con tachuelas. Al instante, volvió a sentirse ella misma de nuevo.

Cuando llegó a la dirección que Brice le había facilitado, se sorprendió al ver que se trataba de un sector comercial de la planta 839. Brice la esperaba al final de la avenida, frente a un escaparate de estilo industrial en el que Calliope no se había fijado hasta ahora. «La Chocolatería», indicaban las enormes letras de imprenta que coronaban la entrada.

—Te agradezco mucho que hayas venido. —Brice le abrió la puerta en una muestra de caballerosidad innecesaria.

—Si me hubieras dicho que veníamos a tomar un chocolate, me habría dado más prisa —respondió Calliope con jovialidad.

Durante sus viajes alrededor del mundo había visitado infinidad de chocolaterías. Las de Oriente Próximo, tan acogedoras, con sus mantas coloridas y su café turco con especias; o las de París, con sus vajillas de porcelana en espiga y su chocolate abrasador, tan espeso que podía confundirse con un flan. Sin embargo, para su asombro, el local que había elegido Brice recordaba a un laboratorio de ciencias. Todo era de un color blanco o cromado imponentes, todas las superficies parecían estar esterilizadas, con alguna que otra pantalla táctil entre ellas. Tras el mostrador de titanio, Calliope vio una serie de tubos de ensayo y de frascos, etiquetados con nombres como «sacarosa», «emulsionante» o «vanilina».

—Pidamos el tuyo —dijo Brice con una sonrisa perezosa.

Cuando puso la mano sobre el mostrador, este no desplegó la carta, como se esperaba Calliope. En vez de eso, se abrió una ranura que dispensó una píldora blanca, parecida a una pastilla de menta.

—Ahora tómatela —dijo él mientras se la ponía en la mano.

—Ay, por favor —se rio Calliope—. ¿Crees que voy a consumir droga alegremente sin saber lo que es?

—No es droga —protestó Brice justo cuando aparecía tras el mostrador uno de los empleados del local, un joven de cabello rojizo que llevaba una sencilla bata blanca de laboratorio.

—¡Brice! Me alegro de verte por aquí, como siempre. Perdón por el retraso. —Al fijarse en el comprimido que aguardaba en el mostrador, asintió—. Veo que ya tienes tu píldora coloidosómica.

—¿Mi qué? —se extrañó Calliope.

—Te la pones en la lengua y te saca un perfil gustativo del paladar —aclaró el técnico del laboratorio, o lo que fuese—. La píldora en sí es inocua, pero está recubierta de unas nanoestructuras que registran los compuestos químicos de tus distintas papilas gustativas y los transmiten a nuestro ordenador central. Esa información es lo que utilizamos para elaborar un chocolate personalizado a la perfección para ti.

—No hace falta. Ya sé lo que me gusta —dijo Calliope con convicción—. Me encanta el caramelo, y la frambuesa, pero odio con toda mi alma el chocolate salpicado de sal. Quiero decir, en serio, la sal pega con una margarita, pero con nada más...

Se interrumpió, tras reparar en que los dos la miraban con expectación. «Qué demonios», se dijo, y se puso la píldora en la lengua. Era insípida, como el aire; y, cuando se quiso dar cuenta, se había deshecho. Chasqueó los labios, perpleja.

—Interesante. Eres menos golosa de lo que imaginaba, ya que dices que te gusta el caramelo —observó el chocolatero, casi para sí—, y tienes unos receptores de quinina mucho más activos de lo habitual. Veamos... —Pasó de un vaso de precipitado a otro, tarareando en voz baja.

—¿He dicho que me gusta el caramelo? —susurró Calliope fingiéndose ultrajada.

—Ya verás —la avisó Brice—. Te apuesto desde ya a que este va a ser el mejor chocolate que hayas probado nunca.

Calliope enarcó una ceja.

—¿Ah, sí? ¿Y qué es lo que te apuestas?

—Una cena —respondió él con resolución—. Si es el mejor chocolate que hayas probado en toda tu vida, aceptarás cenar conmigo.

—¿Y si no lo es?

—En ese caso, yo aceptaré cenar contigo. —Sonrió.

—Interesantes condiciones —murmuró Calliope al tiempo que el dispensador daba salida a una trufa perfectamente redonda, limpia de todo adorno.

—Vale —dijo Brice, que cogió el chocolate—, permíteme.

Ella quiso protestar, pero antes de que llegara a decir nada, él le había introducido la trufa en la boca.

Calliope parpadeó hasta que dejó los ojos cerrados, mientras el chocolate se deshacía en su lengua, vaciando su mente de todo pensamiento. No habría sabido decir a qué sabía exactamente; no percibía ningún sabor conocido. Lo único de lo que estaba segura era de que estaba degustando un trozo de ambrosía, de que hasta la última de sus papilas gustativas lloraba de puro regocijo.

—Oh, Dios mío. —Abrió los ojos, solo para ver que Brice seguía ante ella.

—Diría que te ha gustado. —Brice miró al chocolatero—. Peter, vamos a necesitar una decena de estos.

—Te pondré unos cuantos de tus preferidos a ti también, Brice —le ofreció Peter, obviamente encantado con la reacción de Calliope—. Aún tengo la receta en el archivo.

Se sentaron en una mesa junto a la ventana. Al momento siguiente, Peter les llevó la bandeja de chocolates y unos vasos de agua con gas.

—No termino de dar crédito —se admiró Calliope mientras cogía otra trufa—. Quiero decir, le transmito los datos de mi lengua ¿y ahora se supone que me conoce?

Brice se reclinó en la silla, escrutándola.

—Solo conoce tu paladar. A mí, sin embargo, me gustaría conocerte a ti.

—¿Qué es lo que quieres saber?

—Todo. Qué tipo de música sueles escuchar. Qué poder mágico elegirías, si pudieras tener uno. Tu mayor miedo.

—Has empezado poco a poco y has terminado con un acelerón —señaló Calliope.

—Bueno, nunca sé de cuánto tiempo dispongo antes de que desaparezcas. —Bajo el tono en apariencia despreocupado de Brice, Calliope advirtió una nota distinta, algo que le produjo un leve estremecimiento al anticipar lo que estaba por suceder.

Abrió la boca con la intención de elaborar un nuevo embuste, pero en el último momento se detuvo. Estaba harta de esconderse bajo tantas capas de falsedad.

—Te vas a reír, pero mi grupo favorito es Saving Grace.

—¿En serio? ¿La banda cristiana?

—¡No sabía que eran una banda cristiana cuando empecé a escucharlos! Me gustaba su música, nada más —argumentó Calliope a la defensiva—. Además, ¡todas las canciones hablan de amor!

—Sí, de amor divino —especificó un jocoso Brice—. No imaginaba que fueras una santa.

—Créeme, tengo más de pagana. En cuanto al poder mágico... —Calliope acercó otra trufa. Por lo general, no le hacían gracia este tipo de preguntas, las que tenían que ver con las fantasías. Tal vez porque su vida ya era en sí una fábula—. La capacidad de transformarme en un dragón —decidió.

—¿En un dragón? ¿Por qué?

—Para poder echar a volar y quemar cosas. Dos poderes en uno.

Una sonrisa tensó la comisura de la boca de Brice.

—Tú siempre encuentras una ganga, ¿verdad?

—¿Y tú? ¿Qué poder elegirías? —preguntó ella, con una curiosidad auténtica.

—La capacidad de hacer retroceder el tiempo —dijo a media voz, desplazando la mirada hacia la ventana. Calliope reprimió el impulso de estirar el brazo sobre la mesa y poner su mano sobre la de él. Debía de estar pensando en sus padres.

—¿Cómo es tu madre? —dijo Brice transcurrido un momento—. Estáis muy unidas, ¿verdad?

A Calliope le llamó la atención lo perspicaz de la pregunta. Nunca había tenido una cita en la que el chico se interesase por la relación que ella tenía con su madre. Aunque también era cierto que nunca había tenido una cita sin segundas intenciones.

—Mi madre es mi mejor amiga —admitió ella, sin poder evitar sentirse un poco tonta—. Te mueres de risa con su ingenio, es optimista, y más inteligente de lo que la gente cree. Y siente verdadera pasión por la aventura.

—También sería una forma de describirte a ti.

Ruborizada, Calliope prosiguió:

—Teníamos una costumbre: que, cada vez que debíamos tomar una decisión importante, íbamos a tomar un té por la tarde, sin importar en qué rincón del mundo estuviéramos. Era algo que nos caracterizaba.

—Tiene sentido —dijo Brice, entendiéndola al instante—. Queríais seguir haciendo algo británico aunque os encontraseis viajando. Era un vínculo con vuestro hogar.

Calliope le dio vueltas a su pajita en el vaso de agua con gas. La conversación empezaba a acercarse demasiado a la verdad, algo que no le dio tanto miedo como debería.

—¿Cord y tú tenéis algún hábito de ese tipo?

—Salimos a practicar caída libre o nos vamos a algún club de estriptis —dijo Brice sin inmutarse—. Es broma. A pesar de lo que hayas podido oír, Cord y yo no somos tan malos. Bueno, y ¿cuál es tu sitio predilecto de Nueva York donde tomar té? ¿El Nuage?

—Últimamente no hemos tenido demasiado tiempo para salir a tomar té. Mi madre está ocupadísima con la organización de la boda —dijo Calliope dando un suspiro.

—Vaya. Se te ve ilusionadísima.

Calliope ya no aguantaba más. Llevaba meses fingiéndose emocionada por la proximidad de la ceremonia, asintiendo con una sonrisa y repitiendo las mismas sensiblerías una y otra vez.

—Va a ser deprimente —confesó sin ambages—. Y soporífero. Y no tendré ni un solo amigo allí...

—Me tendrás a mí —la interrumpió Brice, y Calliope calló, desconcertada—. Me han invitado —continuó, su mirada acariciando la de ella—. Tengo algunos negocios entre manos con tu padrastro. Supongo que se sintió obligado a invitarme, como gesto de cortesía. No tenía pensado aceptar... pero tal vez sí que debería.

El pulso de Calliope se aceleró.

—Tal vez sí.

—Ey —dijo Brice—. Todavía no has respondido a la tercera pregunta. ¿Cuál es tu mayor miedo?

Calliope llevaba años convencida de que su mayor miedo era que la descubrieran y la metieran en prisión. Ahora no estaba tan segura. Tal vez fuese aún más aterrador llevar una vida que no era la propia.

—No sabría decirte —se evadió—. ¿Tú tienes claro el tuyo?

—No pienso contártelo, y poner en tus manos un arma que puedas usar contra mí —bromeó Brice. Pero Calliope no se rio. Algo muy parecido a eso era lo que su madre y ella habrían hecho no tanto tiempo atrás.

Abrió la boca para decir algo, justo en el momento en que Brice se inclinó para besarla.

Sabía a calidez y al chocolate mágico, y sin ser consciente del todo, Calliope lo cogió del jersey. Sabía que era una imprudencia; era arriesgado, pero como ocurría siempre con el riesgo, traía consigo un vendaval de emociones que resultaba mucho más placentero y vivificante que cualquier cosa segura.

Más tarde, cuando paseaban por la avenida del sector comercial, Calliope se detuvo ante una enorme fuente. Miró el puesto de deseadores que había a escasos metros de allí.

—Hacía una eternidad que no veía una de estas.

Había dos niños junto a la fuente, rogándoles a sus padres que les dejaran comprar un deseador (un pequeño disco pensado para ser arrojado a una fuente, acompañado de un deseo). En este caso, se trataba de unos deseadores caros, por lo que Calliope sabía que producirían algún efecto especial cuando entrasen en contacto con el agua, como una nubecilla de tinta negruzca, un pequeño remolino o un espejismo temporal que mostraba un banco de peces.

Según parecía, en la era previa al dinero digital, la gente arrojaba monedas de verdad a las fuentes. A Calliope le parecía un derroche imperdonable, algo que solo se les habría ocurrido hacer a los más acaudalados, a aquellos que eran tan ricos que podían permitirse el lujo de tirar el dinero literalmente solo por diversión.

—¿Quieres uno? —le preguntó Brice cuando vio adónde miraba.

—Deja, no hablaba de... —trastabilló Calliope, pero Brice ya había escaneado sus retinas para efectuar la compra.

—Vamos —la animó, dirigiéndole una sonrisa inusualmente juvenil—. Todo el mundo debería pedir un deseo de vez en cuando.

Calliope rodeó con los dedos el frío disco de metal, lustrado con el color del cobre. Se preguntó de qué tipo sería. Era imposible saberlo hasta que no lo lanzabas al agua.

«Desearía encontrar mi propio camino. Poder volver a sentirme yo misma», pidió con todas sus fuerzas. Después, con callada desesperación, arrojó el deseador al agua. Esta se levantó de súbito en una cortina de burbujas.

—¿Qué has pedido? —le preguntó Brice.

Calliope meneó la cabeza, consciente de que era una tontería.

—¡No puedo decírtelo! Si lo dices, nunca se cumplirá.

—¡Así que has pedido algo sobre mí! —exclamó Brice, haciendo que Calliope le diese un empujoncito a modo de protesta.

Mientras se alejaban, las burbujas seguían retozando alegremente en la superficie.

AVERY

En la mañana de las elecciones municipales de Nueva York, el piso mil estalló en una tormenta de actividad frenética.

Pierson Fuller, protagonista absoluto, hablaba el doble de rápido de lo habitual con el enjambre de asistentes y estrategas políticos que lo rodeaban. Tenía las mejillas encendidas y se ajustaba el *blazer* una y otra vez de un modo que, a ojos de Avery, le hacía parecer un niño grande. Ni siquiera levantó la vista cuando ella pasó junto a él, pero su madre sí.

—No puedes ir así vestida al colegio electoral. Quedará fatal en las fotos. —Los ojos de Elizabeth se agrandaron con una mirada reprobatoria.

«Buenos días para ti también, mamá». Avery señaló la falda a cuadros y la camisa blanca, un tanto incrédula.

—Es el uniforme de la escuela —le recordó sin necesidad.

—Y no es nada fotogénico —insistió su madre en un tono

seco—. Ve a ponerte uno de esos vestidos que te he dejado etiquetados en el armario. Después, una vez que hayas votado, podrás venir y cambiarte para ir a clase.

—Deja que se ponga el uniforme, no pasa nada —intervino su padre antes de mirarla—. No te importa hacer un par de entrevistas después de votar, ¿verdad, Avery?

—Supongo que no —dijo indecisa.

—Buena chica. Conoces mi postura en cuanto a las cuestiones más relevantes, ¿verdad? —Pierson cogió su tableta—. En realidad, he elaborado un resumen para enviártelo. Es muy breve y sencillo.

«Porque no conviene sobrecargar mi pobre cerebro con nada demasiado complicado, ¿no es así?».

—Creo que lo tengo claro —le aseguró Avery. Se recordó a sí misma que su padre estaba sometido a una gran presión, que en realidad no le hablaba con segundas.

—Lo sé. Tú sé amable, sonríe y cíñete a los temas de la lista. ¡Les vas a encantar! —exclamó Pierson. Avery cayó en la cuenta de que entre las instrucciones de su padre no se contaba la de «sé tú misma».

Como siempre, había un deslizador esperando a la salida del pozo del ascensor privado de la familia; pero esta vez, para sorpresa de Avery, no estaba vacío.

—¡Max! No sabía que ibas a venir conmigo. —Avery ocupó el asiento contiguo e introdujo la dirección.

—¿Y perderme esta ocasión de ver el sistema democrático americano a pleno rendimiento? —exclamó él, aunque fuese obvio por qué había venido en realidad. Sabía que a Avery le aterraba este día y quería estar a su lado para apoyarla.

Max no paró de darle conversación mientras el deslizador

se adentraba en uno de los pasillos verticales que recorrían la Torre.

—Me fascina que los americanos insistan en reunirse en un lugar determinado para votar en persona. En Alemania, como sabes, la votación se considera un acto privado. Todo el mundo vota en línea. —Esbozó una sonrisa avergonzada, y un mechón de cabello se le descolgó sobre los ojos—. Pero, claro está, los americanos preferís votar juntos, todos en el mismo sitio. Como las chicas cuando entran en grupo al aseo, o como los animales, que forman manadas para protegerse.

—Yo nunca hago eso —protestó Avery, sin poder ocultar una sonrisa.

—La cual es una de las muchas razones por las que te quiero —dijo Max con firmeza.

El deslizador apareció en la planta 540, donde se ubicaba el colegio electoral más grande del Cinturón de la Torre. Técnicamente, Avery podía votar en cualquier área de Nueva York (había dejado de distribuirse a la población por regiones, puesto que ahora el proceso se asociaba a las retinas y las huellas dactilares del ciudadano). Aun así, casi todo el mundo votaba en el colegio que le quedaba más cerca, por comodidad. Lo cual significaba que las votaciones, en cierto modo, se organizaban por barrios.

Su padre le había preguntado semanas atrás si no le importaría votar en el colegio del Cinturón de la Torre. Tal vez la idea se le hubiera ocurrido al gerente de la campaña, una maniobra publicitaria de última hora para el día de las elecciones: utilizarla a ella como reclamo viviente con el que promocionar a su padre.

Se había formado ya una cola que abarcaba toda la manzana ante el centro comunitario, mientras un ambiente de expectación comenzaba a gestarse a modo de tormenta. Avery oyó a un grupo que hablaba sobre la cuestión de la asistencia sanitaria; a otro al que le preocupaba la seguridad en línea; y a otro interesado en el medioambiente. Le desconcertaba lo complicado que era el juego de la política, en el que había que intentar complacer a todo el mundo, cuando cada uno quería una cosa distinta.

—¡Es ella! —Una chica le dio un codazo a su amiga, y las dos miraron fijamente a Avery cuando esta se dirigió al final de la cola. La intensidad del murmullo se multiplicó en cuestión de segundos. De pronto, todo el mundo parpadeaba, muy probablemente para tomar instantáneas.

—Me preguntó por quién votará —dijo más de uno con sarcasmo.

«Allá vamos otra vez», pensó Avery, con el estómago revuelto por la atención no deseada que despertaba. Max avanzaba junto a ella a paso ligero. Había empezado a hablarle en voz alta acerca de su trabajo de investigación, tal vez en un intento de tranquilizarla.

Avery no había recorrido más que unos escasos metros cuando un joven que vestía un chaleco de aspecto oficial se acercó a ella.

—¡Señorita Fuller! —le dijo en actitud solícita—. Sea tan amable de acompañarme. Es usted de interés para la prensa y puede saltarse la cola.

—No, gracias. No quiero recibir ningún trato especial —rehusó Avery.

—Tonterías. Lo hacemos con todos los familiares de los candidatos —insistió el auxiliar del colegio, que la tomó del codo para ayudarla a abrirse paso entre la multitud. La gente que estaba en la cola le lanzaba miradas asesinas.

Avery mantuvo una sonrisa en la cara, pero ahora que se había convertido en el centro de atención, se había vuelto más apagada, artificial.

El empleado del colegio la hizo pasar por la puerta principal del centro comunitario, que estaba engalanado con todo tipo de adornos de motivos neoyorquinos. Al otro lado de la sala, unas ventanas simuladas evocaban el frío de un día plomizo de otoño.

—Te esperaré aquí —le dijo Max—. Buena suerte. —Se detuvo junto a una pared de pegatinas promocionales, de las que se adherían a la tela de forma temporal, mucho mejores que los pines que la gente se clavaba antes en la ropa. La mayoría de las pegatinas decían «¡He votado!»—. ¿Puedo ponerme una aunque no haya votado? —oyó Avery que preguntaba Max, lo que casi le arrancó una risa. Estaba claro que quería sentirse implicado.

Al llegar a la pared de los escáneres de retina, Avery levantó la vista y se concentró para no parpadear. Se sumió en una negrura momentánea mientras el haz de baja energía le barría el ojo, recogiendo hasta el último de los datos contenidos en la pupila, infinitamente más rica en información que la huella dactilar. La pantalla que tenía ante sí mostró su nombre completo, «Avery Elizabeth Fuller», junto con su número identificativo del estado de Nueva York y su fecha de nacimiento. Había cumplido los dieciocho durante el verano, y esta era la primera vez que acudía a votar.

Un cono de invisibilidad se proyectó a su alrededor desde arriba. No se trataba de una invisibilidad real, por supuesto, sino de una sencilla tecnología de refracción de la luz, de la que se empleaba sobre todo en la industria juguetera o en las escuelas a la hora de realizar un examen. Solo el Ejército disponía de sistemas de invisibilidad auténtica. Avery sabía que su cuerpo seguía siendo visible desde fuera del cono, aunque con un aspecto acuoso y difuso, como si se hallara tras la cortina de una cascada.

Una holografía se desplegó ante ella, proyectada por uno de los ordenadores que había distribuidos a lo largo del techo. «Elecciones municipales a la alcaldía de la ciudad de Nueva York», decía el rótulo en letras de imprenta. Debajo figuraban los nombres de los candidatos: «Pierson Fuller, Partido Demócrata-Republicano», y «Dickerson Daniels, Partido Federalista», junto con una lista de candidatos de los partidos minoritarios de quienes Avery apenas había oído hablar. Bajo el nombre de cada uno de ellos se incluía una fotografía de su cara. Allí estaba su padre, sonriendo y saludando con la mano en la pequeña instantánea cuadrada de alta resolución; y, junto a él, Dickerson Daniels, luciendo su característica pajarita roja. Avery situó la yema del índice sobre el círculo etiquetado con el nombre de su padre.

Sin embargo, su mano no parecía dispuesta a hacerle caso, porque, por alguna razón, terminó desplazándose hacia el nombre de Dickerson Daniels.

No quería que su padre fuese nombrado alcalde.

No quería vivir cuatro años de circo mediático, de incesante escrutinio por parte del público. No quería que siguieran llamándola para ponerse vestidos ya seleccionados, para sonreír y asentir como una marioneta. Quería volver a ser ella misma.

Si ganaba Daniels, ¿no terminaría la gente dejando de interesarse por ella? Las cosas volverían a ser como antes. La gente ya no se quedaría mirándola en los lugares públicos, salvo algún que otro bloguero de moda que quisiera describir sus conjuntos. Y, lo más importante, sus padres recuperarían la normalidad en su día a día. Dejarían de obsesionarse por los detalles más nimios de la imagen que proyectaba la familia, y pasarían a estresarse por otras cosas, como seguir amasando cantidades aún más absurdas de dinero.

Un sudor frío había humedecido la frente de Avery. Debían de haber transcurrido varios minutos. ¿Llevaba demasiado tiempo aquí dentro? ¿Se daría cuenta la gente? Los retratos de su padre y de Daniels seguían sonriéndole jovialmente y saludándola con la mano desde los respectivos recuadros que ocupaban en la holografía. Su mano titubeó, hasta que empezó a bajar, hacia Daniels.

Pero, en el último segundo, Avery cedió al peso de la estricta formación que había recibido a lo largo de toda su vida y pulsó el holobotón etiquetado con el nombre de su padre, con el dedo tenso, como si no hubiera terminado de madurar la decisión y una parte de ella siguiera oponiéndose.

La casilla se iluminó en un verde profundo, confirmando el voto, y los píxeles de la pantalla se recolocaron para pasar a la elección del tesorero.

Avery se agachó con las manos en las rodillas para recobrar el aliento. Tenía la impresión de haber estado peleándose consigo misma, y no podía sentirse más derrotada.

Finalmente, se calmó y examinó los demás apartados, que iban desde el Gobierno Municipal hasta la Secretaría del Ayuntamiento, pasando por la Gestión Bibliotecaria. La papeleta holográfica se enrolló con una floritura y el cono de invisibilidad se desvaneció. Avery levantó una mano para alisarse el pelo mientras salía de allí, ofreciéndoles una laxa sonrisa distraída a las varias aerocámaras que miraban en su dirección. Ahora había una bandada de ellas, sin duda enviadas por sus padres, cuyo equipo de relaciones públicas ya debía de estar publicando las imágenes en los agregadores.

Mientras se dirigía hacia la hilera de periodistas que esperaban para entrevistarla, tanto los fríos ojos metálicos de las cámaras como los ojos orgánicos de las personas allí presentes siguieron hasta el menor de sus movimientos.

—¡Faltan quince minutos! —avisó uno de los ayudantes de campaña cuando el ambiente ya no daba cabida a más expectación.

Ya de noche, Avery se encontraba en el piso mil, en casa, donde su padre había improvisado un gabinete de campaña en la que su madre y él llamaban la «sala grande». Era la sala donde solían dar las fiestas, casi del tamaño de un salón de baile, y no albergaba ningún tipo de mueble. Ahora mismo estaba atestada, tomada por el bullicio de los voluntarios, los asistentes de publicidad y los amigos de sus padres. Se había levantado un escenario en uno de los lados, poblado por varias pantallas táctiles de gran diagonal que mostraban los votos depositados a lo largo y ancho de la ciudad mediante luminosas barras rojas y azules. Los datos se introducían en el sistema en tiempo real, mientras los últimos votantes se dirigían a los colegios electorales.

A menos que se produjera algún cambio drástico en los siguientes diez minutos, parecía que el padre de Avery estaba a punto de ganar.

—Avery —le susurró su madre, que apareció a su lado—. ¿Dónde te habías metido? ¡Te has perdido la sesión fotográfica!

—Lo siento, mamá. —Avery había llegado tarde a propósito, un insignificante y testarudo último acto de rebelión. Pero ahora estaba aquí, y llevaba el vestido que su madre había seleccionado, una falda suelta de un intenso tono de carmesí, ya que el rojo era el color característico de los demócratas-republicanos.

—¡Avery, sonríe! —la reprendió su madre—. Las cámaras...

—Que sí —dijo Avery con cansancio, con los dientes apretados en una sonrisa.

Las cámaras, cómo no. A la espera, listas para capturar las instantáneas, para documentar las perfectas vidas de la perfecta familia feliz.

—Discúlpame —añadió, se dio media vuelta, sin mirar, y terminó tropezándose con Max.

—Te estaba buscando. —Le puso las manos sobre los hombros con ternura.

Avery cerró los ojos y apoyó la cabeza en su pecho unos segundos, refugiándose en la fuerza constante e inquebrantable de Max. Olía a detergente de lavandería y a desodorante acre.

—Gracias —le dijo con la mejilla pegada a su jersey.

—¿Por qué?

—Por todo. Por ser tú.

—No se me da muy bien ser nadie más —respondió él en broma, pero Avery notó que estaba preocupado por algo.

Se retiró y contuvo una risa al fijarse en su jersey. Era de un encendido rojo navideño.

—¿Mis padres te han dicho que te vistas del color del partido? Max no lo negó.

—Soy muy bueno a la hora de acatar órdenes. Y, como sabes, tengo un buen motivo para querer caerles bien a los Fuller —admitió con las manos apoyadas aún en los hombros de ella.

—¿Ah, sí?

—Sí. —Max sonrió—. Resulta que estoy enamorado de su hija.

—¡Diez segundos! —avisó uno de los miembros de la campaña.

Todos los presentes se juntaron enseguida y empezaron a contar hacia atrás, como si fuesen a recibir el Año Nuevo. Subido al podio, el padre de Avery se ajustó la corbata, preparándose para dar el discurso de la victoria; su madre se hallaba junto a él, con una plácida sonrisa de orgullo en la cara.

De pronto, todo se había vuelto demasiado cegador y ruidoso para Avery, bañado de una fina pátina reluciente de irrealidad, como si la escena fuese un espectáculo holográfico que ella estuviera presenciando desde la distancia. Como si no tuviera nada que ver con ella.

La sala prorrumpió en vítores, y en ese momento ella fue vagamente consciente de que su padre había ganado. Ojalá al final no hubiera votado por él.

—¡Gracias, gracias! —dijo su padre exultante—. Gracias a todo mi equipo por el trabajo incansable y decisivo que habéis realizado durante toda la campaña. Nunca lo habría logrado sin vosotros.

»Cabe recordar que hace no tantas décadas, casi nadie apostaba por Nueva York. Nos convertimos en una ciudad de desplazados, en el hazmerreír de la comunidad global cuando sacamos de su casa a toda la ciudadanía de Manhattan y emprendimos el proyecto de construcción más ambicioso jamás concebido.

«Cómo no», pensó Avery. Su padre nunca dejaba pasar una oportunidad de hablar de la Torre, y de la función que él desempeñaba en ella.

—Gracias a todos los aquí presentes por vuestro apoyo, por vuestros donativos, y, claro está, ¡por vuestros votos! —Todos se rieron servilmente, y entonces Pierson carraspeó—. Y, lo que es más importante, quisiera darle las gracias a mi adorada familia por su apoyo infatigable.

Se produjo un nuevo estallido de aplausos. Max tuvo la cortesía de dar un paso atrás, dejando algún espacio en torno a Avery, que notó cómo se concentraba en ella un chaparrón de miradas. Una multitud de zettas (las pequeñas aerocámaras con las que los *paparazzi* fotografiaban a las celebridades) formó un enjambre a su alrededor. Avery reprimió el impulso de apartarlas a manotazos; eso solo le habría servido para que le hicieran fotos poco favorecedoras.

Sabía que sus padres la querían, pero en momentos como este, le costaba sentir que fuese algo más que una mera empleada de la empresa familiar, una abanderada del apellido Fuller. Un adorno hermoso, dorado y viviente que sus padres habían hecho fabricar a medida diecinueve años atrás precisamente con este propósito.

—A toda mi familia —añadió Pierson.

Avery notó algo en su voz que le hizo levantar la vista, y después ya no pudo apartarla.

Subió al estrado con naturalidad, como si hubieran estado esperándolo. Y así era, entendió Avery. Se trataba de otra maniobra publicitaria, tan bien ideada y escenificada como la visita al colegio electoral del Cinturón de la Torre que ella había hecho por la mañana.

Estaba distinto. Cómo no iba a estarlo, pensó Avery. Durante todo este tiempo, había seguido imaginándoselo tal y como era cuando se vieron por última vez, conservado en la cámara criogénica de su memoria, pero la vida no era así. La vida te dejaba huella.

Vestía tejanos de lavado oscuro y una camisa blanca con cuello abotonado, sin ningún toque de color rojo a la vista. Llevaba el cabello castaño claro más corto de lo que Avery se lo había visto nunca. Resaltaba los contornos fuertes y atrevidos de su rostro, su nariz larga y su mentón cuadrado, lo que le hacía parecer mayor.

Sus ojos se cruzaron con los de ella, para después desplazarse hasta Max, mientras un millón de emociones barrían su cara demasiado rápido para que Avery acertara a interpretarlas.

—¡Mi hijo, Atlas! —exclamó Pierson Fuller—. ¡Quien, si no me equivoco, ha introducido el último voto!

—Pero no el decisivo. —Atlas sonrió y la sala volvió a inundarse de risas.

Su padre estaba diciendo algo más: que Atlas se quedaría aquí hasta la investidura para ayudar a Pierson a poner en orden algunas cuestiones de trabajo, puesto que él no podría atender sus asuntos personales mientras estuviera en el cargo.

Pero sus palabras se disolvieron bajo el clamor de la sala. Todos parecían hacer presión hacia delante, llamando a Atlas a voces, felicitando al padre de Avery, descorchando botellas de champán.

—¡Me muero de ganas por conocer a tu hermano! —dijo Max, que se giró hacia ella—. ¿Sabías que iba a venir a casa?

Avery le dio forma a un «no» con los labios, pero no estaba segura de haber llegado a pronunciarlo.

No podía moverse. Sabía que tenía que hacer algo, que tenía que acercarse con una sonrisa y presentarle a su hermano adoptivo, quien además resultaba ser su exnovio secreto, a su novio actual. Pero estaba anonadada.

El mero hecho de tenerlo allí, delante de ella, después de tanto tiempo, la había arrollado con la fuerza de un huracán. Su mundo había sido arrasado por completo.

¿Por qué no la había avisado nadie? ¿Por qué no la había

avisado Atlas? Saltaba a la vista que esto llevaba tiempo planeándose. ¿Querían darle una sorpresa... o tal vez estaba en lo cierto el año pasado, cuando le preocupaba que su padre sospechase lo que de verdad ocurría entre ellos dos?

No daba crédito. Después de todo este tiempo, ahora que por fin había dejado atrás todo aquello, Atlas había vuelto.

LEDA

Leda acomodó los pies en el sofá de color crema que dominaba el salón de sus padres. Era rígido y picaba, por lo que no invitaba a tenderse en él, aunque seguía siendo su lugar preferido del apartamento. Tal vez porque se ubicaba en medio de todo.

Esta noche estaba sola en casa, viendo una holo antigua, relajándose con aquellos diálogos que se sabía de memoria. Antes, en la escuela, Avery le había preguntado si le apetecería asistir a un acto de campaña en el que sus padres la obligaban a participar, pero Leda había declinado la invitación. Ya contaba con la compañía de Max y, además, no parecía muy divertido.

Se preguntó qué estaría haciendo Watt esta noche, y se regañó a sí misma por pensar en él. Y, aun así... se lo había pasado bien dando una vuelta con él el otro día. Aunque esa vuelta los hubiera llevado a una fiesta improvisada en Brooklyn, con el fin de investigar la muerte de una chica que conocía los secretos más inconfesables de todos ellos.

Desde entonces no habían dejado de mandarse parpadeos, en los que discutían sobre lo que deberían hacer en cuanto al diario de Mariel. Los dos daban por hecho que estaba en el apartamento de los Valconsuelo, aunque no se ponían de acuerdo en lo referente al siguiente paso. Watt quería colarse en el apartamento e intentar robarlo, pero Leda insistía en que era demasiado arriesgado. ¿Y si, en vez de eso, se hacían pasar por amigos de Mariel —sugirió ella— y se inventaban alguna excusa por la que necesitaban registrar su cuarto?

Sin embargo, cada vez que ella mencionaba la cuestión, Watt cambiaba de tema para preguntarle: si lo echaba de menos («no»), si creía que le sentaría bien un corte de pelo («también no»), a qué clase iba («deja de infiltrarte en mi tableta de clase; tengo que concentrarme»). Cuando él interrumpió su sesión de tutoría del examen de aptitud académica, Leda le recomendó con fingida frustración que buscara las respuestas del examen si quería congraciarse con ella.

«¿Y privarte del gozo de saber que sacaste la nota más alta por ti misma? Ni hablar», se opuso Watt. Leda meneó la cabeza, reprimiendo una sonrisa.

Al menos ya no le aterrorizaba quedarse dormida. Seguía teniendo pesadillas, pero no tan espantosas, y le costaba menos despertarse y salir de ellas; sobre todo ahora que cuando abría los ojos veía los parpadeos pendientes de Watt. Había algo de reconfortante en el hecho de que lo tuviera a su lado. Por primera vez desde hacía meses, no se sentía sola.

Un timbrazo sonó por todo el apartamento y Leda levantó la cabeza al instante. No era el pedido que le había encargado a la Bakehouse, porque este se habría entregado de forma automática en la cocina. Se recogió el pelo en un moño alborotado y fue a abrir la puerta.

Watt aguardaba al otro lado, cargado con una enorme bolsa de doble asa que lucía el logotipo de la Bakehouse.

—¿Una entrega para la señorita Cole?

Leda se tragó una risa.

—¿Acabas de piratear mi pedido recién hecho?

—Pasaba por aquí —respondió él, algo que los dos sabían que era mentira—. Pero no te preocupes, he pirateado cosas mucho peores.

Leda cayó en la cuenta demasiado tarde de que llevaba puesta la holgada sudadera de la escuela y las mallas de tecnotextil.

—Perdona. Me habría vestido, pero no esperaba compañía. Aunque tampoco estoy segura de que deba considerarte compañía si apareces sin invitación previa.

—En algunas culturas es una grosería insultar a quien se presenta en tu puerta para traerte comida.

—La diferencia es que tú estás haciendo de robot humano de reparto, y que me has traído la comida que he encargado yo.

—¿Me has llamado «robot humano»? Otra grosería. —Los ojos negros de Watt chispearon con alborozo.

—No es una grosería si es acertado. —Leda cogió la bolsa del pedido y se quedó quieta, pensando en cómo enfocar el siguiente comentario para que sonase de lo más natural—. Ya que estás aquí, podrías quedarte. Siempre pido de más.

—Me encantaría —aceptó Watt, haciéndose el sorprendido, aunque Leda sabía que eso era exactamente lo que él pretendía.

Watt la siguió al salón, puso la bolsa de la Bakehouse en la mesita baja y colocó las cajas desechables sobre la superficie de falso mosaico. Cuando se fijó en la holo, sonrió.

—¿Estás viendo *La lotería*? —se burló. Leda fue a quitarla, pero él levantó una mano en señal de protesta—. ¡Ah, venga ya! ¡Al menos espera hasta que ganen!

—Eso no ocurre hasta el final —le recordó ella, algo sorprendida por que Watt hubiera visto esta holo. Su madre y ella la habían visto muchas veces, cuando Leda era muy pequeña.

—Menos mal que tenemos toda la noche —contestó Watt. Leda se preguntó a qué se referiría con eso.

Estiró el brazo sobre la mesa para alcanzar una porción de pizza, que después miró un tanto confusa.

—Esta no es mi pizza.

—Modifiqué el pedido. De nada —confesó Watt con descaro.

—Pero...

—No te preocupes, tu incomprensible pizza vegetal sigue aquí. —Deslizó una caja hacia ella—. Pero, en serio. ¿Quién puede pedir una pizza sin *pepperoni*?

—Eres incorregible. Lo sabías, ¿verdad?

—Ya somos dos.

Leda puso los ojos en blanco y le dio un bocado a la pizza de queso de cabra y espárragos, su preferida. Por alguna razón que se le escapaba, celebraba que Watt hubiera venido a verla esta noche, fueran cuales fuesen sus motivaciones. Le gustaba tenerlo cerca. Como amigo, por supuesto.

Se giró hacia él, espoleada por una curiosidad repentina.

—¿Cómo lo haces? Lo de hackear las cosas, quiero decir.

La pregunta pareció coger desprevenido a Watt.

—Nadia es quien lo hace casi todo. Me sería imposible trabajar tan rápido sin ella.

—A Nadia la fabricaste tú —le recordó Leda—. Así que no le adjudiques todo el mérito a ella. En serio, ¿cómo lo haces?

—¿Por qué lo quieres saber?

—Por nada. —Porque quería entender esta parte de la vida de Watt, esta faceta para la que demostraba tener tanto talento. Porque era importante para él.

Watt se encogió de hombros, se limpió las manos con una de las servilletas sintéticas y apartó las cajas del pedido para despejar la mesa baja. Tocó la superficie, cuyo falso mosaico se desvaneció de inmediato para dejar a la vista una pantalla táctil.

—¿Puedo entrar en el sistema del ordenador de sala?

—No me refería a... No hace falta que hackees nada ahora mismo —balbució ella, confundida.

—¿Y desaprovechar esta oportunidad de darme tono contigo? Ni hablar.

—Conceder acceso —dijo Leda, un tanto desconcertada, y de forma automática el ordenador de sala autorizó la entrada de Watt en el sistema.

Watt enarcó una ceja, con los dedos posicionados sobre la pantalla táctil.

—Bien, ¿a quién le tocará hoy? ¿A alguna de tus amigas? ¿Al chico alemán con el que sale Avery?

Leda consideró la idea de pedirle a Watt que hackeara la página de Calliope que figuraba en los agregadores, o la de Max, o incluso la de Mariel, que todavía se conservaba en las cachés automáticas de la i-Net. Hasta hacía no tanto tiempo, habría aprovechado sin dudarlo la ocasión de destapar nuevos secretos. Así era como Watt y ella se habían conocido: fisgoneando y espiando a la gente.

Sin embargo, Leda había aprendido por las malas lo que sucedía cuando uno se ponía a investigar secretos que no tenía por qué desvelar.

—Muéstrame cómo accediste al pedido de la Bakehouse —le pidió ella.

Watt se arremangó. Leda no pudo evitar entretenerse mirando sus antebrazos.

—Eso es fácil —presumió él. El holomonitor que tenían ante ellos pasó rápidamente de una pantalla a otra mientras Watt sincronizaba el sistema de la casa de Leda con aquello que él emplease—. No hay muchos certificados de autenticidad, por lo que ni siquiera me hace falta pasar por los canales secundarios.

Leda observó fascinada cómo sus dedos danzaban sobre la mesa. Le resultaba cautivador verlo allí sentado, tan tranquilo y rebosante de confianza en sí mismo.

Había olvidado lo atractivo que le parecía cuando se ponía a piratear cosas para ella.

—¿Cómo llegaste a ser tan diestro con los ordenadores? Quiero decir, es un lenguaje completamente distinto —le preguntó, con una admiración que le costaba admitir.

—A decir verdad, los lenguajes informáticos me resultan mucho más fáciles de interpretar que el lenguaje verbal. Al menos los ordenadores siempre te hablan claro. Las personas, en cambio, rara vez dicen lo que piensan. Sería más adecuado que se expresaran por medio de jeroglíficos.

—Los jeroglíficos no eran un lenguaje hablado —dijo Leda distraída, aunque sorprendida asimismo por la idea.

Watt se encogió de hombros.

—De alguna manera esperaba que, al estudiar Informática, podría dejar huella, hacer del mundo un lugar mejor, aunque no fuera de un modo significativo.

«Hacer del mundo un lugar mejor», pensó Leda, que no esperaba esa solemnidad de él. Tal vez la doctora Reasoner estuviera equivocada cuando le insistía en que la compañía de Watt terminaría por resucitar a la sombría Leda de antes.

Tal vez no fuera un desencadenante para ella.

Cuando Watt la miró a los ojos, Leda se ruborizó y bajó las manos para alisar la servilleta que tenía sobre el regazo. Se sentía como si todo su ser fuese energía pura, un torbellino indomable. Como si su cuerpo se hubiera transformado en un manantial de chispas.

Se le aceleró el pulso. Tenía a Watt tan cerca que podía apreciar la forma de arco que tenían sus labios, aquellos que tantas veces había besado. Se preguntó, en parte celosa, cuántas chicas lo habrían besado desde entonces.

Watt se inclinó hacia ella. Algo empezaba a caldearse en la distancia que los separaba, pero Leda ya no sabía cómo sofocarlo, o quizá tampoco quería.

Cuando ella inclinó la cabeza hacia atrás para besarlo, Watt se retiró.

Leda contuvo la respiración, mientras se debatía entre el alivio y una profunda desilusión.

—Leda. —Watt la miraba de un modo que hacía que la sangre le quemase la piel—. ¿Qué es lo que quieres, realmente?

Una pregunta muy sencilla que, sin embargo, no era nada fácil de responder. ¿Qué era lo que quería? Leda se imaginó asomándose al interior de su cerebro y desenrollando sus enmarañados pensamientos como si de una madeja se tratara, en un intento de descifrarlos.

Llevaba toda la vida queriendo ser la mejor. La más lista, la más triunfadora, porque desde luego nunca sería la más guapa, no con Avery cerca de ella. Ese fue el motivo por el que contrató a Watt, ¿no? Para poder seguir ascendiendo por la interminable escalera que la llevaba hacia aquello que perseguía.

Ahora solo quería escapar de la oscuridad que anidaba en

ella. Y eso implicaba mantenerse lejos de Watt. O, al menos, así lo creía antes.

—Será mejor que me vaya —dijo Watt sin esperar a que le respondiera.

—Watt... —Leda tragó saliva, sin saber muy bien qué iba a decirle; y tal vez él se diera cuenta, porque meneó la cabeza.

—No pasa nada. Nos vemos. —Sus pasos resonaron mientras salía del apartamento.

Leda se hundió en el sofá dando un suspiro de derrota. Deslizó la mirada hacia la bolsa del pedido, que acercó con apatía, momento en que vio que había otra caja en el fondo, todavía sellada. Se la puso en el regazo y retiró el cierre.

Era un trozo de tarta de chocolate, recubierto por entero de un denso glaseado de queso crema. Su favorita, la tarta que sus padres encargaban siempre por su cumpleaños. Pero ella no la había pedido esta noche.

«Watt». Meneó la cabeza y cogió el pequeño tenedor plegable sonriendo para sí.

En cuanto sonó el timbre de tres tonos que indicaba el final de la clase, los alumnos inundaron los pasillos de Berkeley. La riada fluía hacia la salida principal, donde asaltarían los deslizadores que los esperaban o se detendrían al límite de la tecno-red virtual de la escuela, mascullando con rabia para sus lentes de contacto mientras respondían a los mensajes acumulados. Allí parados, parecían conformar la capa exterior de una ondulante burbuja humana.

Rylin se adentró en la marea creciente de estudiantes, en dirección al edificio de ciencias. Se había perdido la clase de Psicología y debía recuperar las horas de laboratorio si no quería suspender.

Esta mañana había enviado un mensaje a Berkeley para avisar de que no se encontraba bien. Tenía listo el medilector trucado (Chrissa y ella lo habían modificado años atrás para que las declarase enfermas al escanearse el cuerpo con él), pero los administradores de Berkeley no le solicitaron ninguna prueba de su supuesta enfermedad. Les valía con su palabra, lo cual suscitó en ella un sentimiento de culpabilidad con el que no contaba. Hizo cuanto pudo por ignorar ese malestar y concentrarse en Hiral.

No había vuelto a verlo desde que coincidieran en el centro comercial el pasado fin de semana, encuentro que transcurrió mucho mejor de lo que ella esperaba. Hiral se había quedado para ayudarlos a Cord y a ella con su experimento, después de lo cual fueron a tomar unos batidos los tres juntos al célebre bar de combinados del área de restauración. Para sorpresa de Rylin, y también para su alivio, parecía que Cord e Hiral habían congeniado. O al menos eso querían hacer ver los dos, con el fin de complacerla a ella.

Aun así, desde aquel día, Hiral guardaba una inusual distancia. Decía que estaba ocupado, que había algunas «cosas» de las que tenía que «encargarse», pero se negaba a dar detalles, y Rylin no lo presionaba para que lo hiciera. No le parecía que estuviera enfadado con ella por lo de Cord. En realidad, no conseguía sacarse de la cabeza el desagradable recuerdo del modo en que Hiral se comportaba en el pasado, cuando empezó a pasar droga con V.

Ya no se dedicaba a eso, se recordó a sí misma. Estaba segura. Lo que Chrissa le había dicho el pasado fin de semana le estaba nublando las ideas.

Por lo tanto, hoy Rylin se había tomado la mañana libre para pasar unas horas con Hiral antes de que empezara su turno de tarde. Había preparado unos tacos para el desayuno y se había hecho un ovillo con él en la cama, con el brazo extendido sobre su pecho y la cabeza apoyada en su hombro. Y aunque

Hiral no había dejado de sonreír ni de decir las cosas más acertadas, Rylin seguía sintiendo que tenía la cabeza en otra parte, que, aunque lo tuviera con ella, en realidad estaba muy lejos.

Entró en el aula de Psicología, donde la profesora Wang estaba de pie tras el escritorio, metiendo algunas cosas en su bandolera verde bosque.

—Hola, profesora. Siento haberme perdido la clase antes, no me encontraba bien. —Rylin desplazó la vista por el equipo que había en su consola de laboratorio, un conjunto de parches y cables cubiertos con corazoncitos rojos que los catalogaban como dispositivos médicos.

La profesora sacudió la mano, ignorando la excusa.

—Hay otro alumno que tampoco ha asistido a esa clase, así que no tendrás que realizar la práctica tú sola. Es mucho mejor cuando estas preguntas las hace un humano en lugar de un programa informático. —Asintió enérgicamente—. Ya está aquí.

Cord entró en la clase con decisión, y con una sonrisa que se ensanchó aún más al ver a Rylin en el puesto que ocupaban siempre.

—Rylin. Parece que los dos estamos castigados esta tarde.

La profesora Wang cerró su bandolera con un clic decidido.

—Sí, no se me escapa lo irónico de la situación, que los dos hayáis faltado a clase la misma mañana —observó con serenidad.

—Tenemos suerte —dijo Cord con despreocupación—. Debe de ser verdad eso que dicen, lo de que el momento en el que ocurren las cosas es lo que importa.

La profesora los miró con gesto impasible, primero a Rylin y después a Cord, y Rylin sintió que en ese mismo instante pudo ver todo lo que había sucedido entre ellos. Al fin y al cabo, su trabajo consistía en estudiar a la gente.

—Ya sabéis cómo va. Cuando hayáis terminado, enviad los resultados por vía electrónica. Nos veremos mañana en clase. —Cruzó el aula y cerró la puerta al salir.

Cord se giró hacia Rylin en el acto.

—Bien, Myers, cuéntame. ¿Dónde te habías metido esta mañana?

—Estaba enferma. —Prefería no decirle a Cord que había pasado la mañana en la cama con Hiral—. ¿Y tú? ¿Has hecho novillos? —Intentó entonar la frase igual que lo hacía él, pero era incapaz de imitar su aire despreocupado.

—Sí —admitió él sin inmutarse—. Deberías venir conmigo la próxima vez. Ya hace mucho tiempo de la última.

Rylin se puso colorada y empezó a teclear aprisa en la tableta para no tener que responderle. Cord decía que había estado «haciendo novillos» cuando iba al garaje que su padre tenía en West Hampton y salía a dar una vuelta en los coches de conducción manual ilegales por la autopista de Long Island. El año anterior había llevado allí a Rylin una vez para enseñarle las velocidades de vértigo que alcanzaban aquellos vehículos. Terminaron conduciendo hasta la playa, donde se pusieron a levantar un castillo de arena como si fueran niños pequeños.

Después durmieron juntos por primera vez, allí mismo, en la playa, bajo un aguacero, porque no podían esperar un segundo más a poner las manos el uno alrededor del otro.

Se preguntó si Cord también estaría pensando en aquel día, hasta que cayó en la cuenta de que era ella quien no debería acordarse. Eran amigos, y nada más.

Amigos que habían mantenido una relación de pareja.

—Prueba del detector de mentiras —leyó Rylin en voz alta, dejando que el pelo se le descolgara hacia delante para taparse la cara—. Los alumnos se servirán de las reacciones somáticas y de los biosensores para determinar si el compañero dice la verdad. La estadística...

Rylin guardó silencio a partir de ahí, y quizá Cord estuviera leyendo lo mismo y al mismo tiempo, porque no le pidió que continuara.

«La estadística concluye que una persona miente al menos dos veces al día. Engañar (para protegerse a uno mismo, para proteger los sentimientos ajenos o para defender los propios intereses) es tan frecuente que incluso existe un dicho: "Mentir es humano". Aun así, es posible detectar la falsedad de otra persona con algo menos de un 30 % de exactitud. Durante esta prueba recrearemos las condiciones que aplican las fuerzas de la ley durante los procedimientos oficiales de detección de mentiras...».

—Tú serás la primera víctima —declaró Cord. Rylin no protestó. Sintió que un miedo helado se retorcía en su estómago, como una suerte de criatura escamosa que estuviera despertando a la vida. Si la sometían a un interrogatorio sobre la muerte de Mariel, ¿le haría pasar la policía por algo parecido a esto? No importaba, se dijo; tampoco sabía nada acerca de lo que le había ocurrido a esa chica.

Pero ¿y si descubrían lo que Mariel sabía sobre ella, que había estado robando droga? Tal vez pudiera negarlo, pensó Rylin desesperada; al fin y al cabo, era su palabra contra la de una chica muerta.

Al menos, quizá con esta prueba adquiriría algo de práctica para cuando tuviera que mentir bajo presión.

Puso las muñecas ante sí y dejó que Cord se las limpiara con una almohadilla antiséptica, decidida a no mirarlo a los ojos. Cord retiró las protecciones que cubrían el dorso de los parches que actuarían como sensores y puso uno en cada una de las muñecas y otro en el centro de la frente de Rylin. El contacto de los dedos de Cord con la piel de ella era preciso y metódico.

«La estadística concluye que una persona miente al menos dos veces al día». ¿Cuántas veces había mentido Rylin hoy, a Hiral, a la escuela, a Chrissa? Y estas eran solo las últimas. Cuando empezó a enumerar todos los embustes y medias verdades, sintió que se mareaba.

Le había mentido a Hiral acerca de Cord, y a Cord acerca de Hiral, y a la policía acerca de lo que le había pasado a Eris. También le había mentido a Chrissa, en su intento de protegerla. Y, más que a nadie, se había mentido a sí misma, al justificar su comportamiento. A cada momento se repetía que no le quedaba otra alternativa. ¿O sí?

Los biosensores se pusieron en funcionamiento, y de inmediato las constantes vitales de Rylin aparecieron en la tableta que tenían ante ellos, donde unas líneas rosas y amarillas representaban un pulso, una dilatación capilar y un nivel de sudoración acelerados. Los dispositivos oficiales del Gobierno eran infinitamente más precisos que este, eso lo sabía; y también rastreaban los movimientos rápidos de los ojos y las reacciones neuronales del cerebro.

—Tu ritmo cardíaco ya es un poco elevado —señaló Cord, con un asomo de curiosidad en la voz—. Comencemos con un par de preguntas de control. ¿Cómo te llamas?

—Rylin Myers. —Las líneas se mantuvieron horizontales.

—¿Dónde vives?

Intuía que él quería que ella respondiera algo como «Nueva York» o «la Torre», pero no pudo resistirse.

—En la planta treinta y dos.

Cord asintió, y las comisuras de la boca se le fruncieron.

—¿En qué universidad tienes pensado estudiar el próximo año?

Rylin intentó sentarse más derecha para ver las preguntas que había escritas en la tableta, pero Cord tenía la pantalla girada de tal forma que ella no podía verla. ¿De verdad esa pregunta formaba parte de la prueba?

—En la Universidad de Nueva York —contestó ella, despacio—. También solicitaré plaza en otras, pero la de Nueva York es mi opción prioritaria. Es la que incluye el programa de Holografía más completo del país. Además, no quiero marcharme de Nueva York, no cuando a Chrissa le quedan todavía dos años de instituto.

Aunque no mencionó a Hiral, este era otra de las razones por las que quería quedarse en la ciudad. A menudo le decía lo orgulloso que estaba de ella por aspirar a entrar en la Universidad y estudiar aquello que amaba. Aunque siempre se quedaba callado cuando ella sacaba el tema.

En cualquier caso, aunque accediera a la Universidad de Nueva York, no sabía muy bien cómo iba a costearse la carrera. Sin decirle nada a nadie, había solicitado becas de Holografía, de Liderazgo y de todo lo que se le había ocurrido. No era un asunto del que le agradase hablar con Cord, quien no había tenido un solo problema económico en toda su vida. No lo entendería.

—Verás como entras en la Universidad de Nueva York —le aseguró él—. Cuando los profesores de la facultad vean *Estrellas que caen*, será imposible que no te admitan.

—¿Has visto *Estrellas que caen*? —En la escuela no había hablado de la película con nadie. ¿Cómo se había enterado Cord de eso?

—Claro que la he visto. Me encanta —confirmó él. Rylin no pudo evitar emocionarse—. Aunque tengo que preguntarte una cosa —continuó Cord—: ¿cuál de los personajes era el que estaba inspirado en mí? ¿El vecino o el tipo nuevo que aparece al final?

Rylin puso los ojos en blanco, conteniendo una sonrisa. Cómo no iba a pensar Cord que él aparecía en la película.

—¿Y tú en qué universidad tienes pensado estudiar? —le preguntó al caer en la cuenta de que no lo sabía.

—No estoy seguro. Creo que me limitaré a presentar una solicitud general y a ver quién me acepta. —Se encogió de hombros con indecisión—. Todavía me queda tiempo para pensármelo.

Rylin se sobrecogió por un instante, puesto que sabía muy bien qué originaba las dudas de Cord: la sensación de no tener claro qué hacer, qué paso dar a continuación, cuando uno no contaba con unos padres que lo aconsejaran. Era la sensación aterradora de tener que tomar una decisión crucial que afectaría al resto de tu vida y de saber que, tanto si era correcta como si era equivocada, toda la responsabilidad recaería sobre ti.

—Perdona, sigamos. —Cord deslizó el dedo por la pantalla para pasar a la siguiente pregunta—. ¿Cuántas veces has estado enamorada?

—¿Cómo? ¿Qué clase de pregunta es esa? —balbució ella.

—¡No lo sé, Rylin, es lo que dicen las instrucciones! —Cord le mostró la tableta a modo de prueba y, en efecto, ahí estaba la pregunta, escrita con las negritas características del programa del laboratorio—. Imagino que Wang querrá echarse unas risas a costa de los del último año —añadió, aunque Rylin manejaba otra teoría.

—O tal vez haya redactado estas preguntas solo para nosotros. Para castigarnos por no haber venido a clase.

—Desde luego, parece algo propio de ella. Tiene una cierta vena masoquista.

Rylin ahogó una risita. No pudo evitarlo, la situación era muy surrealista, ella aquí con Cord, intentando llevarse bien con él a pesar de que cada dos por tres algo le recordaba que su relación era demasiado complicada y embarazosa.

—¡Seguro que hasta nos está grabando!

Para su alivio, Cord también rompió a reír.

—Seguro que sí. ¡Debe de estar usándonos como cobayas para alguno de sus experimentos!

Las risas parecieron disipar la tensión que se respiraba entre ellos, y Rylin incluso relajó el pecho. Pero aún no había respondido a la pregunta. No podrían continuar con la prueba hasta que contestase.

—Dos —dijo sin pensárselo mucho, con la voz reducida a un mero susurro. Cord levantó la cabeza de pronto, sorprendido.

No hacía falta que Rylin se explicase. Había estado enamorada dos veces: una de Hiral y otra de Cord.

—Rylin —dijo Cord a media voz, al tiempo que se inclinaba hacia delante para retirarle de la mejilla un mechón de pelo.

Rylin permaneció quieta. Sabía que debía apartarse, que debía decirle a Cord que parara...

La puerta se abrió de golpe y Rylin se echó atrás de inmediato, aspirando alarmada. Dirigió una mirada culpable hacia la puerta, por donde solo había entrado un bot de limpieza.

—Escucha, Rylin —volvió a empezar Cord, impulsado por una cierta desesperación—. Antes no estaba bromeando, cuando le dije a la profesora Wang que lo importante es el momento en el que ocurren las cosas. Para nosotros las cosas nunca han ocurrido a su debido tiempo.

—¿Y crees que ahora sí? ¡Cord, estoy saliendo con otro chico!

—¡Ya lo sé! Pero ¿me equivoco o todavía hay algo entre nosotros?

—Te equivocas —le confirmó Rylin, con la respiración cada vez más atropellada—. Entre nosotros no hay nada.

Cord clavó la vista en la tableta, donde las líneas de las constantes vitales de Rylin se agitaban y fluctuaban, coloreadas de un intenso rojo cambiante.

Rylin no dijo nada. Se despegó los parches de un tirón y corrió hacia la puerta. No le hacía falta ser una experta en psicología para saber interpretar aquellos gráficos puntiagudos y descontrolados.

Significaban que había mentido al decir que no había nada entre Cord y ella.

Más avanzada la tarde, Rylin se encontraba sentada en la mesa de la cocina, con la cabeza entre las manos. Chrissa tenía prácticas de voleibol, con lo cual Rylin solo contaba con la compañía de un plato de espaguetis intacto y de su sentimiento de culpabilidad. ¿En qué demonios estaba pensando? ¿Por qué se había comportado así con Cord? ¿Por qué había estado a punto de permitir que la besara? ¿Y por qué la tableta indicaba que mentía, cuando ella estaba convencida de que había dicho la verdad?

Se preguntó si no habría estado mintiéndose a sí misma. Si, tal vez, en el fondo sí que creía que seguía habiendo algo entre Cord y ella.

Se hallaba tan sumida en sus pensamientos que apenas se dio cuenta de que llamaban a la puerta.

—Ey —la saludó Hiral cuando ella fue a abrir—. ¿Estás muy ocupada?

—La verdad es que no. —Rylin regresó adentro y él la siguió.

—Solo quería decirte que lo de esta mañana ha sido genial.

—Sí. Ha sido genial —dijo ella aprisa. Se tocó el collar que llevaba, el que Hiral le había comprado en Element 12 la semana anterior. Le pesaba demasiado, como una promesa rota. Esta mañana, cuando estaban hechos un ovillo en la cama (antes de ir a la extraña clase de recuperación del laboratorio y de la acalorada discusión con Cord), parecía pertenecer a una lejana vida pasada.

Hiral suspiró.

—Quería hablar contigo sobre el año que viene. —Por el modo en que planteaba la cuestión, despacio y titubeando, Rylin intuyó cómo iba a proseguir.

Se acercó a Hiral y puso las dos manos en torno a la de él.

—Te preocupa lo de la Universidad de Nueva York, ¿verdad? Temes que, si entro en el programa de Holografía, empezaré a dedicarme a él en cuerpo y alma y ya no tendré tiempo para estar contigo. —Contrajo el rostro, consciente de que la situación actual ya era así en parte, puesto que tenía que saltarse las clases para verlo—. Hiral, te prometo que eso no va a ocurrir.

—Lo sé, Ry. Y estoy muy orgulloso de ti por querer entrar en la universidad. Pero... —Hizo una pausa—. Me preguntaba... Todavía no has enviado la solicitud a la Universidad de Nueva York, ¿verdad?

—No. —Rylin no estaba segura de adónde quería ir a parar Hiral.

—Puede que lo que tengamos que hacer sea largarnos de aquí, cuando acabes el instituto. Podríamos marcharnos de Nueva York, ¡como decíamos que haríamos! Podríamos irnos a Sudamérica, o tal vez al Sudeste asiático, a algún lugar lejano donde no haya tecnología por todas partes. Donde podamos estar juntos, donde solo estemos nosotros, la luz del sol y el aire limpio, como siempre quisimos.

¿De verdad ella había dicho que eso era lo que quería? Rylin recordaba muy pocas de las cosas de las que Hiral y ella habían hablado años atrás. Se imaginó en la situación que él le proponía (marcharse de Nueva York, dejar atrás la ciudad y empezar de cero) y no vio que eso fuese a servirles de nada.

A lo largo del último año habían ocurrido muchas cosas que le habían hecho cambiar. Había descubierto nuevos horizontes dentro de ella, nuevas metas, gracias a Berkeley, a la holografía... y a Cord. Había aprendido a permitirse tener esperanza de nuevo, algo que se tenía prohibido desde antes de que su madre falleciese. Porque, si uno no tenía esperanza, si uno se despreocupaba de todo, ya no corría el riesgo de que le hicieran daño.

Por otro lado, tener esperanza ayudaba a disfrutar más de las cosas cuando salían bien.

—Hiral, me alegro de que pienses en el futuro...

—¿Porque nunca esperaste que lo hiciera?

Rylin lo miró extrañada. No pretendía parecer condescendiente.

—Lo siento. —Hiral le puso la mano bajo la barbilla para que ella la levantase y lo mirase a los ojos—. Solo quiero que tengamos un futuro juntos. Pero seguir en Nueva York es complicado para mí, por todo lo que ha ocurrido. Por la vida que llevaba antes.

La gravedad que Rylin adivinó entre sus palabras le revolvió el estómago.

—¿Qué ocurre, Hiral? ¿Hay algo que quieras contarme?

—No —respondió él demasiado precipitadamente.

Rylin lo miró a sus cálidos ojos castaños, aquellos que tan bien creía conocer. No necesitaba ningún biosensor para saber que Hiral le estaba mintiendo.

—¿Y tú, Ry? —preguntó él, devolviéndole la pregunta—. ¿Hay algo que quieras contarme tú?

Rylin se preguntó si Hiral se habría imaginado lo de Cord, si podría ver su sentimiento de culpabilidad escrito en su cara. Tal vez debería confesárselo todo y acabar de una vez con los secretos que los distanciaban.

—No —susurró, sin embargo.

No se veía capaz de hablarle de Cord. Fuera lo que fuese aquello que lo angustiaba, Hiral ya tenía bastantes preocupaciones encima. Lo que le había pasado a ella con Cord no tenía importancia, no había sido más que un beso frustrado. En realidad, no había nada que contar.

Aun así, en su fuero interno, Rylin sabía que esa era otra mentira que sumar a una lista cada vez más larga.

CALLIOPE

Calliope había asistido a muchas bodas para tener dieciocho años. A decenas de ellas, a decir verdad, alrededor de todo el mundo, siempre relacionadas con una estafa u otra. Recordó con cariño el año en que Elise y ella se dedicaron casi en exclusiva a escenificar falsas bodas. «La gente siempre baja la guardia en las bodas», le había explicado su madre con palpable emoción. «Los sentimientos están a flor de piel, se bebe demasiado y, sobre todo entre los multimillonarios, se intenta superar a los demás luciendo las joyas más prohibitivas». Por todo esto, las bodas constituían una ocasión única para birlar las carteras de más alta clase.

Hoy, sin embargo, Elise estaba apagada. Apenas había abierto la boca durante las interminables sesiones en la peluquería y el salón de belleza, ni durante el tiempo que habían pasado realizando ajustes y reajustes en su enorme vestido blanco, introduciendo con paciencia cada uno de los botoncitos forrados en seda por su correspondiente ojal. Calliope se preguntaba si no se lo estaría pensando dos veces. Si no se estaría arrepintiendo de llevar esta estafa hasta el final.

Se encontraban ahora en el Temple Brith Shalom, ubicado en la planta 918. Había una inmensa jupá, un dosel de motivos florales, con rosas que se entrelazaban a los lados hasta derramarse en una gloriosa profusión. Calliope sabía que las flores le serían donadas al hospital una vez que la ceremonia finalizase. Casi todos los elementos empleados en esta fiesta terminarían siendo cedidos: las rosas, la comida sobrante, e incluso el vestido de Elise, que sería entregado a una campaña para ayudar a las novias con menos recursos. Calliope deseaba en secreto que la bebida que no se consumiera se la donaran a los estudiantes de instituto con padres estrictos, a los chicos que no contaban con una licorera que asaltar durante sus fiestas.

Bajo la jupá, Elise y Nadav se hallaban ante un rabino rollizo, que mantenía una mano tendida hacia ellos a modo de bendición silenciosa. Calliope estaba a un lado con Livya, ambas ataviadas con sus aparatosos vestidos escalonados de damas de honor y sosteniendo un ramo de flores blancas. Centenares de rostros se alineaban en los bancos de la sinagoga, fundiéndose unas con otras sus sonrisas expectantes.

Calliope no dejaba de mirar de un lado a otro, intentando distinguir a Brice entre el mar de caras, sin suerte. No había vuelto a verlo desde la cita en la chocolatería; durante la última semana, en la casa solo había habido tiempo para dedicarlo a los preparativos de la boda. Aunque esto no le había impedido mensajearse con él cuando Livya no estaba controlándola.

Al pensar en Brice (en el modo en que la había besado, con calidez, con seguridad y sabiendo a chocolate), una sonrisa íntima jugueteó entre sus labios. Livya se percató de esto y la lanceó con una mirada torva. Calliope agachó la cabeza en el acto, intentando imprimir en sus facciones un gesto más recatado.

—Bienvenidos. Nos hemos reunido hoy aquí para ver a Nadav y a Elise dar sus primeros pasos en esta nueva vida juntos —recitó el rabino.

No utilizaba ningún tipo de bot micrófono, observó Calliope, pero su voz retumbante se proyectaba hasta el último rincón del templo. Era de la vieja escuela.

—El amor que comparten es un amor que perdurará para siempre, un amor sustentado sobre los pilares de la generosidad. Nadav y Elise se conocieron gracias a su naturaleza filantrópica. Ambos anteponen las necesidades ajenas a las propias.

«Qué bonito», pensó Calliope abatida. Ojalá fuese verdad.

—Antes de que pasen a la jupá, me gustaría invitar a Nadav y a Elise a participar en la ceremonia del *bedeken*, del velo, en la que el novio cubre el rostro de la novia. Este acto simboliza que él la ama por su belleza interior, no por su aspecto.

Livya tosió con discreción, solo una vez. Calliope hizo como si no la hubiera oído.

Un vacilante Nadav puso el velo de encaje sobre la cabeza de Elise. Los pliegues opacos del tejido aletearon ante ella. Calliope sintió una extraña punzada de pánico al ver a su madre con aquella apariencia anónima. Podría haber sido cualquier otra mujer la que se estuviera casando.

—Y ahora el *hakafoth*, la vuelta. La novia caminará en círculo siete veces alrededor del novio como símbolo del nuevo ciclo familiar que ella va a iniciar con él.

Calliope vio como el espectro de su madre empezaba a dar vueltas en torno a la plataforma de la jupá, seguida del frufrú de sus faldas. Nadav irradiaba un júbilo incontenible.

«El nuevo ciclo familiar». Calliope miró a Livya con disimulo. Su hermanastra tenía el labio superior replegado en un gesto de desdén, con las fosas nasales ensanchadas, el tipo de expresión que uno pone cuando huele a podrido.

—Y ahora, elevemos una bendición para esta amorosa pareja —solicitó el rabino, que pasó a entonar una oración judía tradicional en hebreo. Todos parecían estar recitando la letra; Calliope fingió que también la mascullaba.

No pudo evitar pensar en la última boda a la que había asistido, en la propiedad que una familia tenía en Udaipur, con invitaciones acabadas en oro y miles de velas suspendidas en el aire como por arte de magia, impregnado su olor en el ambiente. Aquella ceremonia sí que fue divertida. Se recordó deambulando por el enorme recinto, con una flor entrelazada en el cabello, fingiendo ser primero una persona y después otra, cambiando de acento según lo necesitaba, como si fuera una llave de paso. Sin duda, no había nada como la emoción del anonimato. De presentarse en una fiesta convertida en un bloque liso y dejar que la situación dictara a quién había que dar forma.

Ahora, aquí de pie, viendo el mar de caras que la observaban, lo único en lo que podía pensar era en lo surrealista que parecía todo.

Apenas fue consciente de cómo su madre deslizaba un anillo por el dedo de Nadav y recitaba el voto matrimonial: «Con este anillo, te recibo como marido, y hago de tu alma la mía». Después Nadav dijo lo mismo, para después engalanar en dedo de Elise con un voluminoso anillo de *pavé*; por último, se besaron y el templo prorrumpió en aplausos.

—¡Una última tradición! La ruptura de la copa —proclamó el rabino, con una mano levantada para pedir silencio. Un ayudante le entregó una copa de vino envuelta en terciopelo (hecha de cristal antiguo, del que podía romperse, no de flexiglás)—. La ruptura de la copa nos recuerda que el matrimonio puede contener tanto dicha como pesar. Representa el compromiso que la pareja adquiere de darse apoyo mutuo para siempre, incluso en los tiempos más difíciles.

Calliope tuvo un mal presentimiento. «Para siempre» era un plazo muy largo cuando se trataba de una promesa. Y tanto Elise como ella habían roto ya muchas de las promesas que habían hecho.

Elise y Nadav colocaron la copa en la base de la jupá y cada uno de ellos situó un pie encima de ella. Por último, al mismo tiempo, aplicaron su peso sobre los talones, reduciéndola a añicos.

—¡Calliope! Te estaba buscando.

Calliope se giró despacio, apartándose unos pasos de la pista de baile. Por fin había dado comienzo la recepción, en el Museo de Historia Natural, donde aguardaba con una cierta ansia acuciante a que Brice se encontrara con ella.

—Si es que en realidad eres tú. ¿Estás ahí, bajo ese vaporoso hongo atómico que llevas por vestido? —añadió él, mirándola de soslayo a propósito. No se había afeitado, en un descarado desacato a la etiqueta de la ocasión, pero la sombra de la barba oscura incipiente le sentaba bien. Sin darse cuenta, Calliope paseó la mirada por su mentón, deseando poder estirar el brazo y acariciárselo.

—No me han dado mucho para elegir. Me... convencieron para que me lo pusiera. A la fuerza —le explicó.

—Yo quisiera convencerte para que te lo quitaras.

—Cuando lo hagas, podríamos quemarlo después.

—¡Ni se te ocurra! ¿De dónde íbamos a sacar otra tienda de campaña inflamable?

Mientras ella se reía agradecida, Brice le pasó un brazo por el codo y la llevó con él a la pista de baile sin decir nada más.

La famosa ballena holográfica del museo daba vueltas perezosas por encima de ellos. Sobre el escenario, una orquesta de dieciocho miembros tocaba un jazz tranquilo. Una serie de antiguos candelabros de hierro marcaba el camino a la terraza, donde había varias lámparas caloríficas suspendidas a modo de soles en miniatura.

Calliope sabía que debía salir de allí. Livya no le había quitado ojo en toda la noche, retándola a dar un paso en falso, a cometer algún error que la despojara de su disfraz. Livya jamás llegaría a hablar siquiera con un chico como Brice, menos aún a bailar con él.

—¿Ha sido la boda tan soporífera como temías? —le preguntó él mientras se desplazaban hacia el centro de la pista. Brice bailaba igual que hablaba, dando los pasos con valentía y aplomo.

—Hasta ahora —murmuró Calliope con una sonrisa—. Me alegro de que hayas venido.

—Yo también. —Él deslizó las manos un poco hacia abajo, para juguetear con el enorme lazo que Calliope llevaba cosido a la espalda.

—¡Para! —susurró ella, apartándole los dedos de un manotazo—. Me vas a meter en un lío.

—Eso espero. Cuando uno habla de meterse en un lío, suele referirse a algo emocionante —arguyó Brice, que, sin embargo, deslizó las palmas más hacia arriba.

—Lo sé —dijo Calliope con impotencia—. Pero yo no debería estar...

—¿Bailando? —Brice intentó hacerle dar una vuelta, pero los crepitantes pliegues del vestido de Calliope estuvieron a punto de hacer que él tropezara. Se rio—. Quien diseñara este vestido de dama de honor no quería que salieras a bailar, eso está claro.

La música ganó volumen cuando de pronto la orquesta empezó a tocar una de aquellas alocadas canciones de las listas de éxitos que la gente adoraba. Calliope se aventuró a mirar a Nadav, que estaba conversando con alguien a quien ella no conocía. Tenía la mandíbula tensa; debía de haberle indicado a la orquesta que no tocase este tipo de temas, aunque los músicos parecían haber desoído esa indicación. Livya estaba parada a su lado, como una efigie pálida e inamovible, escrutando la pista con su mirada censuradora.

Calliope sabía que no podía unirse al baile, al menos no de la forma que ella quería. Porque la chica que se suponía que era (la dulce y modesta Calliope Brown) jamás disfrutaría con una música semejante, mientras el pelo se le revolvía y sus pechos rebotaban de arriba abajo. Aunque ahora mismo los pechos tampoco se le veían mucho, sepultados como estaban bajo un millar de volantes.

—¡Vamos! —exclamó Brice, que no paraba de dar saltos entre la multitud. Calliope se preguntó, con la mosca detrás de la oreja, si este tema no lo habría pedido él, si no habría llegado incluso a sobornar a la orquesta para que lo tocara. Porque tal vez pensara que así lograría que ella se desprendiera del rígido papel que le habían impuesto.

Y tenía razón.

Calliope echó la cabeza hacia atrás, dejando que unos mechones se soltaran del moño y colgaran libres en torno a su rostro, y se entregó al ritmo de la canción. Empezó a bailar como si estuviera sola, sin cortarse ni avergonzarse, con una sonrisa tan amplia que le presionaba la mandíbula. Brice la tomó de las manos y empezó a brincar con ella, ambos coreando la letra de la canción y...

—¡Calliope!

Livya estaba abriéndose paso por la pista de baile hacia ella.

—Tu madre te busca. Está lista para partir la tarta.

Calliope dejó de saltar al instante. Tomó aire aprisa para serenarse y se recogió los mechones sueltos tras las orejas.

—Gracias por avisarme —le dijo a su hermanastra—. Vamos.

Miró a Brice con un gesto de disculpa y él asintió con ademán comprensivo.

—Tráeme un trozo —le respondió en un tono travieso.

Calliope advirtió que Livya se negaba a mirar a Brice. Se limitó a encaminarse hacia la parte delantera de la sala, donde Elise se había colocado junto a una gigantesca tarta escalonada.

—Calliope —le dijo su hermanastra según salían de la pista—. Ya sé que eres nueva aquí y que no tienes por qué saberlo todo acerca de todo el mundo. —«Prueba», pensó Calliope, «apuesto a que sé bastantes más cosas que tú»—. Pero Brice Anderton no te conviene.

«Menos mal que no era contigo con quien coqueteaba».

—¿No me conviene? —repitió Calliope, todo inocencia.

—Solo te digo que te andes con ojo. Una buena chica como tú debería cuidarse de los chicos como él. De los chicos con «reputación».

Aquí era donde Calliope debería haber dejado de escucharla. Pero una parte de ella se sintió muy dolida. ¿Quién era Livya para decirle lo que podía o no podía hacer?

—A mí no me parece tan malo —protestó.

Livya bosquejó una sonrisa engreída.

—Te he venido vigilando. Después de que desaparecieras la otra noche...

—¿De que desapareciera? —se extrañó Calliope.

—Le pregunté a tu profesora de Cálculo, y me dijo que esa tarde no hubo ninguna clase de repaso. ¿Qué es lo que estuviste haciendo realmente? —la presionó Livya.

Calliope no respondió. La alegría desbordante y agotadora que la había embargado al reencontrarse con Brice parecía haberse disipado de súbito, sin dejar tras de sí nada más que una rabia plúmbea.

Livya entrelazó sus dedos a propósito con los de Calliope. Para quienes las vieran, debía de ser una escena entrañable, las dos chicas cogidas de la mano. Sin embargo, las uñas de Livya parecían querer hundirse en la blanda palma de Calliope como una garra ávida.

Calliope nunca había odiado tanto a su personaje como ahora; cielos, ni siquiera aquella vez que tuvo que entrar a trabajar de enfermera y ponerse a lavar bacinillas para que su madre pudiera colarse en aquel hospital belga. Al menos entonces se le permitió decir lo que quería.

Le entraron ganas de gritar, soltar su mano de la de Livya de un tirón. Pero decidió hacer de tripas corazón. «Esto no es real», se aseguró a sí misma. «Yo en realidad no soy esta persona fría e insensible. Tan solo estoy interpretando un papel. Esto no es real».

—Gracias por el consejo —dijo en un tono inexpresivo.

—Faltaría más. Soy tu hermanastra, Calliope. Ahora formamos una familia —le recordó ella con afectación, aún estampada en su cara la sonrisa espantosa—. Y estoy dispuesta a hacer lo que haga falta por el bien de mi familia.

Calliope no pudo dejar semejante amenaza sin respuesta.

—Yo también —dijo, sonriéndole a su vez.

Gracias de nuevo por lo de esta noche —le dijo Avery a Max, deteniéndose en el rellano del ascensor privado de la familia. No estaba lista para entrar.

No quería correr el riesgo de encontrarse con Atlas.

No terminaba de creerse que ahora volviera a vivir en su apartamento. Había deshecho el equipaje en su antiguo cuarto y salía a trabajar todos los días con su padre, readaptándose tranquilamente a la vida que llevaba antes, como si no hubiera pasado nada de tiempo desde que se marchara a Dubái. Como si nada hubiera cambiado.

«Sin embargo, todo ha cambiado», pensó Avery enfurecida. Ella había cambiado. Y no era justo que de pronto él volviera a estar aquí, cuando ella se había esforzado tanto para olvidarlo.

—¿Te encuentras bien, Avery? —le preguntó Max al percibir su indecisión.

—Es solo que me gustaría poder quedarme contigo esta noche —dijo ella, sin mentirle. Las últimas noches había dormido con Max en la residencia. Desearía seguir quedándose allí todas las noches, pero su madre le había lanzado una indirecta al respecto por la mañana, y Avery prefería no tentar a la suerte.

—A mí también. —Max la envolvió en un abrazo, apoyando la barbilla sobre su cabeza—. Lamento que todo esto de las elecciones haya sido tan angustioso. No me había dado cuenta de lo mucho que te estaba afectando. En Alemania no nos obsesionamos tanto con las familias de los candidatos.

—Eso suena bien —Avery sonrió—. La próxima vez, mi padre debería presentarse a la alcaldía de Wurzburgo.

Durante la semana que había transcurrido desde la jornada electoral, sus padres habían cuidado más que nunca la imagen que proyectaban como familia principal de Nueva York. «La realeza de Nueva York», se les llamaba en los agregadores. Peor aún, a Avery la habían nombrado «princesa de Nueva York».

Tenía el buzón inundado de solicitudes de entrevistas, lo cual era absurdo, porque ella no era una autoridad en nada, salvo, tal vez, en ser una adolescente. O en ocultarles una relación ilícita a sus padres.

Aun así, los blogueros querían que les pusiera al tanto de todo, desde su crema facial favorita hasta las tendencias de moda que seguía más de cerca. Sus padres, al ver que siempre intentaba declinar estas invitaciones, estaban indignados. «¡Eres la cara joven de mi administración! ¡Diles lo que quieran saber!», exclamaba su padre, que concertaba citas con todo el que quisiera escucharla.

Mientras tanto, el número de seguidores que Avery tenía en los agregadores se había disparado desde unos pocos miles hasta medio millón. Ella quiso configurar su página en modo privado, pero sus padres se negaron en redondo. «Podemos contratar a un becario, para que publique cosas y responda a los comentarios por ti», propuso su madre. A Avery le costaba creer que hablase en serio.

—Luego nos vemos —susurró antes de darle un último beso a Max. Después montó en el ascensor que llevaba al vestíbulo, conteniendo la respiración.

En cuanto la puerta se abrió, Avery comprobó para su pesar que no había esperado lo suficiente. Atlas estaba en casa.

Salió de la cocina, y las sombras caían con suavidad sobre los contornos de su cara, tan familiar y, sin embargo, tan desconocida. Un silencio onduló entre ellos como una cortina.

—Ey, Aves —aventuró él.

—Ey. —No estaba dispuesta a extender su respuesta más allá de un monosílabo.

Era muy consciente de que esta era la primera vez que se encontraban a solas desde que Atlas había vuelto a casa. Lo había visto, desde luego, pero siempre parapetada detrás de sus padres o de Max.

—Iba a hacer pasta. ¿Te apetece? —propuso Atlas para disipar el silencio.

—Es casi medianoche —carraspeó Avery, consciente de que eso no servía como respuesta. Se sentía como una recién nacida que estuviera descubriendo la existencia de sus cuerdas vocales.

—He trabajado hasta tarde.

Avery se preguntó de pronto si habría trabajado hasta tarde a propósito, si él también intentaba permanecer fuera de casa tanto como pudiera. Porque no quería encontrarse con ella.

Lo siguió con cautela hacia la cocina y se quedó junto a la entrada, como si pretendiera salir corriendo de un momento a otro.

—¿Desde cuándo cocinas?

Atlas sonrió, de aquel modo impreciso que Avery adoraba antes, pero el gesto no alcanzó sus ojos.

—Desde que empecé a vivir solo en Dubái y me cansé de la comida para llevar. Aunque la pasta tampoco tiene demasiada complicación.

Avery vio cómo Atlas cocinaba en un instante los fideos, troceaba unos tomates y rallaba un trozo grande de queso. Se movía con una soltura y una ligereza que para ella eran nuevas. Se sentía igual que se sintió la última vez que Atlas volvió a casa, como si este hubiera recorrido una distancia indescriptible, y hubiera visto y hecho cosas que lo separarían de ella para siempre.

Y, al igual que la última vez, sintió el impulso instintivo de acercarse a él. Como si, al aproximarse lo suficiente, llegaría a entender parte de lo que él había hecho.

—¿Cómo era? —Avery se inclinó sobre la encimera, recogiéndose las mangas del jersey hasta las muñecas.

—Ruidosa. Ajetreada. No tan distinta de Nueva York, aunque fuera de las torres hacía mucho más calor.

—No me refería a Dubái. —Meneó la cabeza—. Sino a... vivir fuera.

—Tú también has vivido fuera, si no me equivoco —señaló él.

—No es lo mismo. —Cuando Avery salía de viaje, siempre lo hacía con la misma identidad; nunca dejaba de ser Avery Fuller. Comprendió que envidiaba el anonimato de Atlas.

—Ahora que me acuerdo. Quería darte un regalo —dijo de pronto Atlas, que se limpió las manos bajo el haz esterilizador ultravioleta. Antes de que Avery tuviera tiempo de decir nada, él había desaparecido por el pasillo en dirección a su cuarto.

Regresó enseguida, cargado con algo voluminoso a su espalda.

—Perdona por no haberlo envuelto —se disculpó, haciéndole entrega de un bulto colorido.

Avery empezó a desenrollarlo y, al terminar, contuvo la respiración.

Era un tapete cuadrado tejido a mano, más o menos del tamaño de la mesa baja del salón. Un vibrante remolino de colores, de hilos azules, amarillos y naranjas que conformaban un patrón intrincado en el que mientras más se fijaba uno, más detalles aparecían. Avery vio pavos reales, árboles en miniatura, fogosas explosiones solares y, en el centro, un radiante loto blanco que flotaba en medio de un estanque turquesa. Los bordes estaban cosidos con hilo de oro.

—Atlas —dijo ella a media voz—, es impresionante. Gracias.

—Sé que no es una alfombra mágica de verdad, pero es lo más parecido que encontré.

Avery clavó los ojos en él.

—¿Te acuerdas? —Todas las Navidades, ella le pedía una alfombra mágica a Santa Claus. Estaba tan encaprichada que sus padres decidieron encargarle a un ingeniero que fabricase una de tamaño infantil, confeccionada en un tejido metálico que la elevaba hasta cuatro centímetros por encima del suelo, como si de un deslizador se tratara. Nunca entendieron por qué Avery odiaba aquella cosa.

Esto sí que se parecía a lo que tendría que ser una alfombra mágica.

Atlas la miraba con atención.

—¿Adónde irías, si fuera mágica de verdad?

—No lo sé —admitió ella con una sonrisa. Las fantasías en las que salía volando en una alfombra mágica nunca la habían llevado más allá de la parte en que dejaba atrás el piso mil—. Supongo que me emocionaba más el vuelo en sí que el destino.

—Sé a qué te refieres.

Avery contempló otra vez el tapete, la hermosura de sus fibras entretejidas.

—Gracias —repitió, dando un paso adelante sin reparar en ello y dándose cuenta demasiado tarde de lo cerca que la cara de Atlas estaba de la suya.

Fue en ese momento cuando él se inclinó para besarla.

Una parte de ella se lo esperaba, pero le fue imposible apartarse. Su cuerpo parecía haberse desconectado por un instante. No podía moverse, ni pensar, ni hacer nada que no fuera quedarse allí y dejar que Atlas la besara. Sentir la boca de él sobre la suya había hecho despertar algo en sus entrañas, como una campana.

Y, por un reprobable momento, Avery supo que le estaba devolviendo el beso.

Acto seguido, su sistema nervioso volvió a cobrar vida bruscamente, y Avery se apartó dando tumbos, con la respiración entrecortada.

«¡Atlas! ¿Qué demonios haces?», quiso gritarle, pero sus padres estaban en casa, por lo cual, sin saber muy bien cómo (haciendo acopio de las últimas trazas de voluntad que conservaba), logró reducir su voz a un susurro.

—¡No puedes hacer eso, ¿entiendes?! ¡Ahora estoy con Max!

Notaba el aire viciado, de la misma calidad que adquiría el aire de la Torre antes de que regularan los niveles de oxígeno; como si una mera chispa bastase para provocar un incendio y arrasarlo todo.

—Lo siento. Supongo que estaba... No importa. Hagamos como si no hubiera ocurrido.

—¿Como si no hubiera ocurrido? ¿Cómo esperas que lo haga?

—No lo sé —dijo él en un tono cortante—, pero hasta ahora lo has hecho muy bien.

—Eso no es justo. —Avery reparó, al borde de la histeria, en que aún tenía el tapete en una mano. Lo levantó ante sí a modo de arma—. Fuiste tú quien decidió terminar conmigo, ¿recuerdas?

—Solo digo que se te ha dado muy bien fingir que lo nuestro nunca ocurrió. Tienes convencido a todo el mundo, incluso a mí. —Le hablaba mirándola a los ojos, sin parpadear—. Cuando te vi con Max, casi me convencí de que me lo había figurado todo. De que solo había sido un sueño.

—No es justo —insistió Avery. Las lágrimas humedecieron las comisuras de sus ojos—. No puedes hacer esto, Atlas. Acabaste conmigo, literalmente. Estaba tan hecha polvo que creía que necesitaría toda la vida para recuperarme. Entonces conocí a Max... —Se interrumpió para tomar aire con dificultad—. No puedes echarme en cara que sea feliz con él.

Atlas arrugó la cara.

—Aves, lo siento. Claro que quiero que seas feliz. No he venido para meterme entre tú y Max.

—Entonces ¿por qué demonios has tenido que besarme?

Atlas cerró las manos con fuerza sobre el filo de la encimera.

—Ya te lo he dicho, olvídalo. Considerémoslo un error estúpido, ¿de acuerdo? Te prometo que no volverá a ocurrir. ¿Qué más quieres de mí?

—Quiero que te olvides de que alguna vez haya pasado nada entre nosotros, ¿entiendes? ¡Porque yo ya lo he olvidado!

Atlas dio un paso atrás, hasta el extremo de la distancia que la advertencia de ella había tendido entre ambos.

—Dalo por hecho.

De regreso en su cuarto, Avery no pudo resistirse a desenrollar el tapete junto a las ventanas. Debía admitirlo, su habitación necesitaba algo así; todos los tonos eran neutros, marfileños y grisáceos, con algún que otro toque azul claro. El tapete aportaba un glorioso oasis de color en medio de un desierto de aburrimiento.

Atlas le había traído el regalo más acertado que se podía imaginar, pero al mismo tiempo lo había echado a perder poniendo sus sentimientos patas arriba.

Se sentó en la alfombra mágica, cerró los ojos y deseó que pudiera llevarla a cualquier parte menos aquí.

WATT

Leda no dejaba de mirar hacia atrás nerviosamente mientras enfilaban la calle de Mariel.

—No me puedo creer que estemos haciendo esto. Mejor dicho, no me puedo creer que tú estés haciendo esto. Yo no tengo más remedio, pero tú... —Miró a Watt, que la escuchaba desconcertado—. No hay ninguna razón para que hagas esto por mí.

Watt creía que era bastante obvio por qué estaba aquí: aprovecharía cualquier oportunidad de estar junto a Leda, fuera cual fuese la situación. Aunque tuviera que ponerse a hacer preguntas acerca del asesinato de una chica.

No había vuelto a ver a Leda desde que se pasara por su apartamento con el pedido de la Bakehouse. Habían estado toda la semana intercambiando parpadeos, discutiendo qué hacer en cuanto al diario de Mariel, con cuidado de no hacer mención alguna al beso que no habían llegado a darse en el

222

sofá de Leda. Watt estaba tan contento de que ella siguiera dirigiéndole la palabra que incluso había accedido a la idea inicial de ella: presentarse en el apartamento de los Valconsuelo y pedir que los dejaran entrar.

—Hemos llegado —indicó, deteniéndose ante la puerta número 2704.

El apartamento de los Valconsuelo se ubicaba en la planta 103, en la calle Baneberry Lane. Queda solo ciento cuarenta pisos por debajo de donde Watt vivía con su familia, pero la diferencia era palpable. Aquí abajo las calles no eran tanto calles de verdad como amplios pasillos inundados de compuestos de carbono y bordeados de pernos. Las lámparas de los techos eran fluorescentes e implacables en su luminosidad. Ni siquiera a Watt, que no había llegado a conocer mucho a Eris, le resultaba fácil imaginársela aquí. Se estremeció al pensar cómo serían las cosas para Rylin, que residía en la planta 32.

—Vale —dijo Leda, con la voz extrañamente apagada. Puso los dedos sobre el timbre y los mantuvo allí, indecisa. Watt comprendía su recelo. Esto era bastante más serio que colarse en una fiesta.

Sin decir nada, puso su mano sobre la de Leda para ayudarla a apretar el timbre. Lo oyeron resonar al otro lado de la puerta, proyectando un eco por el apartamento. Leda sacó su mano de debajo de la de Watt, aunque él notó que ella no quiso darse demasiada prisa. Tuvo que sonreír, a pesar de las circunstancias.

Abrió la puerta una mujer que vestía un cómodo vestido morado. Su cabello formaba un pico de viuda en medio de la frente, y sus ojos castaños estaban rodeados de arrugas afables, de las que aparecían tras haber pasado la vida sonriendo. Pero ahora mismo no sonreía.

—¿Puedo ayudaros?

—Hola, señora Valconsuelo. Éramos amigos de Mariel —se apresuró a decir Watt.

La señora Valconsuelo se los quedó mirando por un momento, como si intentara reconocerlos.

«No te cree», avisó Nadia a Watt. «Tiene las fosas nasales ensanchadas y las manos tensas, las señales típicas de la desconfianza».

Nadia estaba en lo cierto; deberían haber sabido que no iba a servirles de nada mentirle a una madre. Las madres llevaban incorporado un detector de patrañas muy difícil de hackear.

—Quizá habría sido más acertado decir que éramos amigos de Eris. Con Mariel solo coincidí en una ocasión —se corrigió, para después darle un codazo en el costado a Leda. Esta parpadeó como si acabara de resucitar.

—Sentimos mucho molestarla. Eris… —Leda titubeó por una fracción de segundo al pronunciar el nombre— tenía algo que me pertenecía, algo que tomó prestado, y llevo un tiempo buscándolo. Al parecer, Eris podría habérselo dejado a Mariel. No se lo preguntaría, si no fuera importante para mí.

—¿Qué es? —preguntó la señora Valconsuelo.

Leda levantó la barbilla de forma casi imperceptible; era el ademán que adoptaba siempre que se disponía a mentir. Temblaba tanto y se la notaba tan vulnerable que Watt se extrañó de que la señora Valconsuelo no se diera cuenta.

—Un pañuelo —decidió Leda, provocando que Watt se compadeciera de ella, porque él sabía muy bien a qué pañuelo se refería. El que el padre de Leda le había dado a Eris, el obsequio que había desatado toda esta catarata de malentendidos—. Para mí tiene un gran valor sentimental; si no fuera así, no se lo pediría.

—Lo entiendo. —La señora Valconsuelo se hizo a un lado para dejarlos entrar.

Un silencio opresivo llenaba el apartamento. Watt intuyó que aquí no había imperado siempre el mismo sosiego; era la típica vivienda en la que con toda seguridad antes se oían risas a cada momento. Aquí el silencio era un desconocido que deambulaba por las habitaciones dando pasos ensordecedores, una visita tan inoportuna y molesta como la de Leda y él.

Siguieron a la madre de Mariel por el pasillo hasta que llegaron a una puerta tapada por una capa de pegatinas de colores estridentes. La señora Valconsuelo no quiso llevar la mirada al interior del dormitorio de su hija.

—Podéis echar un vistazo. Todo está como ella lo dejó, salvo lo que la policía tocase cuando estuvo aquí. —Dicho esto, la señora Valconsuelo se alejó a toda prisa por el pasillo, como si la cercanía de aquellos dolorosos recuerdos le abrasara las entrañas.

De modo que la policía ya había estado aquí. Watt y Leda podían dar por hecho que, encontraran lo que encontrasen, si encontraban algo, la policía ya lo había visto. Al menos, así sabrían lo que la policía sabía.

Intercambiaron una mirada y entraron en el dormitorio de la chica muerta.

Las lámparas del techo se encendieron al percibir sus movimientos. En el aire flotaba un enjambre de motas de polvo. El cuarto era como Watt se lo imaginaba: una cama estrecha con un edredón colorido; un escritorio pequeño dotado de un tablero blanco crema y de controles táctiles, muy probablemente el elemento más costoso de la habitación. Había una silla arrimada a la pared, visible apenas bajo la montaña de chaquetas que se sostenían de mala manera sobre el respaldo. Daba la impresión de que Mariel acabase de salir y fuese a entrar otra vez por la puerta de un momento a otro.

—¿Nos dividimos la habitación? —sugirió Watt, exponiendo como propia la idea de Nadia.

—Bien pensado. Empezaré por el armario.

Recorrieron el dormitorio deprisa, mirando debajo del colchón, dentro de los cajones, en el armario. Watt notó que Leda no se movía tan rápido como él. Se entretenía pasando las manos por el edredón o cogiendo las distintas prendas y volviendo a colocarlas después tal y como estaban.

«Ojalá logremos resolver la muerte de Mariel», pensó para Nadia, azuzado por la frustración. Por mucho que se devanara los sesos, presentía que ya contaba con todas las piezas del rompecabezas, que tenía la explicación de la muerte de Mariel ante sus narices, aunque no conseguía verla. ¿De verdad había sido un asesinato? En ese caso, ¿quién lo había cometido y por qué? ¿Qué pruebas hacían sospechar a la policía que alguien se la había jugado?

«No estás aquí para resolver ningún crimen», le recordó Nadia. «Sino para averiguar qué estaba haciendo esa chica cuando murió. Y si la policía podría haber descubierto la relación entre ella y tú».

Nadia tenía razón, por supuesto. Pero una parte de Watt seguía deseando poder entenderlo. Quizá si averiguase quién mató a Mariel, podría avisar a la policía y ponerle fin a la investigación.

—Esto se me hace muy extraño —reconoció Leda al cabo, con una fotografía enmarcada entre las manos.

—Lo sé. —Hasta ahora Watt solo veía en Mariel a la chica que atacó a Leda en Dubái. Pero allí en su dormitorio, entre los objetos que formaban parte de su día a día, ya no le parecía tanto una diosa vengativa como una adolescente más. Como una chica confundida que sentía un profundo dolor tras haber perdido a la persona a quien amaba.

—No, no lo sabes. Esto no es culpa tuya —dijo Leda, con la voz quebrada. Watt la miró con extrañeza. Seguía sosteniendo la fotografía enmarcada, mirándola con rabia, como si pudiera extraer algún secreto de ella. Era una foto, observó Watt, de Mariel y Eris.

—Es culpa mía —insistió con fiereza—. ¡Si yo no hubiera empujado a Eris, nada de esto habría ocurrido! Mariel y Eris seguirían estando juntas, y Mariel no nos habría seguido hasta Dubái. Y tú y yo también seguiríamos estando juntos.

Leda encogió un poco el cuerpo, sin dejar de apretar el marco. Watt corrió hacia ella y la estrechó entre sus brazos. Leda no se aferró a él, pero tampoco lo rechazó.

—No es culpa tuya que Mariel intentara vengarse de nosotros en plan bíblico —negó él—. Deja de echarte a las espaldas todas las culpas del mundo. Te aseguro que hay demasiadas.

Un suspiro hizo temblar el delgado cuerpo de Leda. Watt contuvo el impulso de abrazarla más fuerte.

—¿Por qué te empeñas? —preguntó ella.

—¿En qué?

—En ser tan agradable, en hacer como si todavía te preocuparas por mí.

—Porque todavía me preocupo por ti. Ya lo sabes.

—Pues no deberías —le recomendó ella con sequedad, a la vez que daba un paso atrás—. No soy buena para ti, Watt.

—Deja de hablar así. Te conozco, Leda, conozco a la chica que eres de verdad...

—¡Por eso mismo! ¡Me conoces demasiado bien! Conoces a la chica que soy de verdad, a la chica que nadie más ve. Eres la única persona con la que he hablado de que Eris y yo estábamos emparentadas —añadió en voz baja.

La revelación conmovió un tanto a Watt.

—Sí, te conozco, Leda —afirmó él con ternura—. Quiero creer que te conozco como nadie más te conoce. Que veo una bondad en ti que los demás no ven porque están demasiado ocupados, o porque no les importa.

Leda levantó la mirada. Las comisuras de sus ojos y sus labios se habían destensado. En ese momento, dirigió la vista más allá de Watt y, emocionada de pronto, exclamó:

—¡Watt, mira! —Leda se acercó a la estantería que quedaba a espaldas de él y sacó un diario. Tenía una tapa ajada diseñada en blanco y negro, como las de los cuadernos que Watt usaba en primaria.

—¿Qué hacéis aquí todavía?

La madre de Mariel los observaba desde la entrada, con una mano en la cadera.

—¿Os ayudo a buscar el «pañuelo»? —preguntó con intención. Sin duda, habían alargado la visita en exceso.

De alguna manera, Leda logró esconder el diario tras su espalda.

—No lo he encontrado. Puede que al final Eris nunca llegara a prestárselo a Mariel. Lamento haberla molestado.

—Gracias —masculló Watt, que salió a toda prisa con Leda de la casa de los Valconsuelo.

En cuanto hubieron doblado la esquina, Leda empezó a hojear el cuaderno. Nadia hizo saltar las alarmas en la cabeza de Watt, aunque tampoco necesitaba que le avisara. Estiró el brazo ante Leda para cerrarlo de golpe.

—¡Aquí no! —susurró, el pulso desbocado—. ¡En público no!

Leda asintió a regañadientes.

—¿Vamos a mi casa? —preguntó con impaciencia.

—La mía queda más cerca.

Se dirigieron a paso ligero hacia el ascensor de la Cima de la Torre, y salvaron a la carrera las dos manzanas que había hasta el apartamento de Watt. Oyó un murmullo procedente de la cocina, pero pasó de largo a toda velocidad para llevar a Leda a su dormitorio y cerrar la puerta sin perder un segundo.

Incluso en aquellas circunstancias, Watt se alegró de que su habitación estuviera limpia, a pesar del desorden. En el escritorio se amontonaba un batiburrillo de material informático, el cual se reflejaba en el monitor de pantalla plana anclado a la pared. La ropa se apretujaba sobre las aerovigas cerca del techo como un nubarrón textil.

Leda se dejó caer en la cama de Watt con naturalidad, haciéndose a un lado para dejarle sitio. Él se sentó junto a ella con cautela, al borde de la cama, temeroso de asustarla. Después se la quedó mirando, con el corazón vapuleándole el pecho, cuando ella empezó a leer.

El diario recogía los movimientos de Leda, con una minuciosidad obsesiva. Leda pasó una tras otra las páginas que Mariel había rellenado con su letra angulosa y apretada, en las que había registrado adónde iba, cuándo y con quién. Era obvio que Mariel había estado espiándola.

Normal que la policía hubiera interrogado a Leda, si había visto este cuaderno.

Watt reprimió una ligera sensación de pánico. Tendría que haber protegido a Leda de todo esto; por otro lado, ¿cómo iba a saber lo que estaba ocurriendo? Ni Nadia ni él podían infiltrarse en aquello que no incorporase algún tipo de tecnología. Documentar las cosas así, a mano y en papel, proporcionaba mucha más seguridad que cualquier cortafuegos.

Leda frunció los labios y pasó a la última sección del cuaderno. Watt se quedó helado al ver su nombre allí.

—Estas entradas son las de después de Dubái —jadeó Leda, horrorizada.

En ellas Mariel había hecho anotaciones acerca de todos, no solo sobre Leda. La sección dedicada a Avery era la más extensa (de lo que no cabía extrañarse, ya que Eris había muerto en su apartamento). Watt arrugó el entrecejo al comprobar el esmero con el que Mariel había seguido los movimientos de Avery a partir del fallecimiento de Eris. Había tomado notas sobre la campaña de su padre, sobre sus apariciones en público e incluso sobre las pocas fotografías que había publicado durante el semestre que había pasado en Oxford.

Sobre Rylin y Watt no encontraron tantos comentarios, pero también había muchas menos cosas acerca de ellos que fuesen de dominio público.

«Aquí no hay nada que te incrimine», observó Nadia, y Watt comprendió, confundido, que era cierto. El pecho se le infló de esperanza cuando Leda pasó a la última página.

Era una especie de hoja de ideas, donde Mariel había escrito los nombres de ellos cuatro con un rotulador de punta gruesa, entre una maraña de flechas que se extendía por toda la página para conectarlos unos con otros. Estas líneas se solapaban y retorcían como culebras, acompañadas de comentarios mordaces a lo largo de ellas, como «ATLAS», que vinculaba a Leda con Avery, o como «DROGAS», que vinculaba a Rylin con Leda.

Watt se mareó al ver la flecha que lo unía a él con Leda. La complementaba el nombre de «NADIA», escrito con la letra caótica y furiosa de Mariel.

«Tampoco es para tanto», lo tranquilizó el ordenador al percibir la agitación de sus pupilas. «Si acaso, podría parecer que

"Nadia" es solo el nombre de una chica que se interpuso entre Leda y tú».

Leda levantó la cabeza. Tenía las manos apretadas con fuerza sobre los bordes del diario.

—Es para volverse loco. Todas estas notas minuciosas, estas conjeturas sobre las relaciones que nos unían... Es como si Mariel estuviera buscando un punto débil. ¡Como si estuviera pensando cómo destrozarnos!

—¡Es que esa era su intención! —coincidió Watt—. Pero no tiene importancia. Leda, no pasa nada.

—¿Que no pasa nada? ¡Este cuaderno está lleno de anotaciones donde aparecen nuestros nombres, y sabemos que la policía lo ha visto!

—¿Y qué? Aquí no hay nada por lo que puedan acusarnos. No es más que un puñado de anotaciones crípticas tomadas a mano. Lo único que saben es que Mariel nos vigilaba. —La tomó por los hombros y la miró a los ojos—. No escribió cuáles eran nuestros secretos, ni que tú empujaste a Eris. Eso es lo que importa. Aunque nos interroguen por la muerte de Mariel, da igual. Ninguno de nosotros está implicado. No van a encontrar nada.

—No escribió cuáles eran nuestros secretos —repitió Leda titubeante—. Tienes razón. Aquí no hay nada que nos incrimine.

—Estamos salvados, Leda. Salvados de verdad.

Leda inclinó la cabeza con ademán meditabundo. Su pelo, ahora corto, se rizaba en torno a sus orejas, los rizos entre los que antes Watt introducía los dedos, cuando le echaba la cabeza hacia atrás para besarla. Y, entonces, para asombro de Watt, ella articuló una risa, una carcajada de felicidad, de alivio, más profunda y efusiva de lo que cabría esperar, teniendo en cuenta lo menuda que era. Watt echaba de menos aquella risa.

Se habría enamorado de ella en ese mismo instante, otra vez, si no la amara ya hasta con el último átomo de su ser.

—Estamos salvados de verdad —repitió ella, perpleja.

Watt notó algo en su voz que le llamó la atención. Había cambiado, pensó él, intentando precisar en qué sentido. Y entonces cayó en la cuenta: se había desprendido de su coraza.

Hasta ahora, Leda se había mantenido ausente, a una distancia prudencial e insalvable del mundo y, sobre todo, de él. Pero ahora había bajado ese escudo y había desconectado la valla electrificada, de modo que ningún tipo de barrera se interponía ya entre ellos. Watt creyó estar viendo a Leda por primera vez en varios meses.

Contuvo la respiración mientras ella se inclinaba para besarlo.

El beso llegó como una sobrecarga de nitrógeno, de electricidad, que zarandeó hasta el menor de los nervios de su cuerpo. Ella apoyó las manos en los hombros de él y las deslizó por debajo de su jersey, y cada vez que la piel de Leda entraba en contacto con la de Watt, la sensación parecía lo más trascendental del mundo, como si la huella de su mano fuese a quedar allí tatuada. El pulso de Leda se había descontrolado tanto como el de él.

A Watt le fascinó lo correcto que todo parecía de pronto. ¿Por qué había desperdiciado todos estos meses dando tumbos como una peonza, intentando con todas sus fuerzas olvidarse de Leda, cuando le bastaba con tocarla para entender lo sencilla que era la vida en realidad?

Cuando al fin ella se separó de él, Watt la miró confundido.

—Creía...

—He cambiado de opinión. A veces las chicas hacemos esas cosas, ¿sabías? —Leda le sonrió con cariño y se inclinó para besarlo otra vez.

RYLIN

Bandeja de entrada —masculló Rylin por enésima vez mientras se dirigía con cautela a la parada del monorraíl. Obedientes, las lentes de contacto le mostraron los mensajes recibidos, entre los cuales, al igual que antes, no había ninguno nuevo de Hiral.

Corría la noche del jueves, y Hiral tendría que haber estado en el trabajo. Sin embargo, aquella tarde le había enviado un mensaje enigmático a Rylin para preguntarle si podría reunirse con él aquí.

No se quitaba de encima la sensación de que Hiral llevaba toda la semana muy raro. Había estado esquivando sus mensajes, y casi ni la miró a los ojos cuando una mañana ella le llevó sus magdalenas preferidas antes de ir a clase. Fuera lo que fuese aquello que lo apesadumbraba, era obvio que se negaba a confiárselo a ella.

Aunque tampoco podía decirse que ella sí que se lo confiara todo a él.

Al acceder al andén, lo vio allí, vestido con una sencilla sudadera gris y unos tejanos, una mochila colgada descuidadamente de un hombro. Tal vez hubiera preparado una merienda, como parte de una excursión sorpresa a las afueras, quiso convencerse Rylin. Pero no consiguió creérselo.

—Ey, hola. —Se inclinó para darle un beso.

—Gracias por venir —dijo él con brusquedad, poniéndose las manos en los bolsillos—. Me alegro de que te hayas pasado.

—Claro que me he pasado —respondió ella, pero él no le devolvió la sonrisa.

Rylin miró el tablón de las salidas, y un nuevo temor le retorció el estómago. Este monorraíl solo iba al aeropuerto.

—Hiral —dijo ella, despacio—. ¿Qué ocurre?

—Me marcho. —Parecía preferir emplear el menor número de palabras posible, como si cada sílaba adicional le causara un dolor insoportable.

—¿Cómo que te marchas? ¿De qué hablas?

—No pensaba decírtelo, pero tenía que despedirme.

—¿Despedirte? —Rylin dio un traspié hacia atrás, contra una máquina expendedora iluminada con el icono de un café. El olor amargo de los posos emanaba de la bandeja. El presentimiento de Rylin se había transformado en algo más grave, en algo que sabía que no iba a poder enmendar.

—Me marcho de Nueva York para siempre. He encontrado un empleo en Undina, como recolector de algas. Mi vuelo sale dentro de dos horas —dijo Hiral con voz queda.

—¿Pero qué mierda me estás contando? —rabió Rylin, casi desgañitándose—. ¿Tomas la decisión de marcharte sin consultarlo conmigo? ¿Es que no vamos a hablarlo siquiera un momento?

Hiral frunció el ceño, confundido.

—Lo hablamos, pero me dejaste claro que no querías marcharte.

—¡Eso no fue una conversación! —Esto no podía estar pasando. ¿De verdad Hiral, aquel chico al que conocía de toda la vida, pensaba romper con todo?

—Perdóname por no haberte avisado, pero creía que esto era lo correcto.

El monorraíl entró en la estación levantando un súbito remolino de aire que hizo bailar la coleta de Rylin sobre su nuca. Hiral se giró hacia el convoy para verlo avanzar por el carril, y después la miró de nuevo a ella.

—De modo que te has rendido —dedujo Rylin poco a poco—. Ni siquiera vas a darme la oportunidad de luchar por nosotros.

—Rylin —respondió él—, ¿de verdad quieres luchar por nosotros?

—¡Pues claro que quiero!

Las puertas se abrieron y los viajeros bajaron al andén, afluyendo en torno a Rylin e Hiral, cada uno con su propio destino. Rylin no fue apenas consciente de su presencia, aunque no dejaran de tropezar con ella. Tenía los ojos ensamblados en los de Hiral.

—No creo que eso sea cierto —opuso él con pesadumbre—. Creo que sabes, tan bien como yo, que lo nuestro ha terminado.

—¡No! ¡No puedes decidir así como así que lo nuestro ha terminado! —exclamó ella, llamando la atención de algunos pasajeros. ¿Por qué Hiral tenía que estar ahí plantado, mirándola con esa resignación derrotista?

A Rylin empezaba a tocarle las narices que los chicos que

entraban en su vida tomaran decisiones sin molestarse en consultarlas con ella. La besaban cuando no quería que la besaran, o no la besaban cuando eso era todo lo que quería; ligaban con ella y después la dejaban; la obligaban primero a robar y a vender droga y después a perdonarlo todo; tiraban de ella hacia aquí y hacia allá, hasta que terminaban dándola de sí. ¿Cuándo había podido ella manifestar su opinión? ¿Cuándo se molestaría alguien en escucharla?

No permitiría que Hiral se apropiara sin más de la relación que mantenían, sin tenerla en cuenta a ella.

—No puedes hacerme esto. No puedes largarte porque sí después de todo lo que hemos pasado —insistió, con algo menos de vehemencia ahora.

—Es precisamente por todo lo que hemos pasado por lo que tengo que marcharme. ¡Porque te mereces algo mejor! —exclamó Hiral—. Perdóname por no haberte avisado de mis intenciones, ¿vale? Pero no quería que intentaras convencerme para que me quedara, porque si lo intentabas, sabía que me costaría decirte que no. —Exhaló un largo suspiro—. Créeme, tengo que irme.

—¿Por qué?

Los pasajeros empezaron a montar en el vagón del monorraíl, llevando consigo sus maletas o sus bebés, sus penas o sus esperanzas. Muchos sonreían emocionados, como si no vieran el momento de llegar a su destino, fuera cual fuese.

Hiral titubeó.

—Estaba metido en un marrón. El año pasado, antes de que me arrestaran, contraje unas deudas con V y su proveedor, unas deudas que, en realidad, nunca terminé de pagar.

Aunque estaba dolida y enfadada, Rylin notó que le hervía la sangre por la situación de Hiral.

—¿Que nunca la terminaste de pagar? ¡A ti te arrestaron y a ellos no! ¿Es eso justo?

—¿Quién ha dicho que esto tenga que ser justo? —preguntó él. Rylin se dio cuenta de lo mucho que a Hiral le estaba costando sincerarse—. Les debía un montón de dinero. Intenté devolvérselo poco a poco, pero para ellos nunca era bastante rápido. No paraban de presionarme para que volviera a traficar. Me amenazaron con que, si no conseguía el dinero, se las arreglarían para incriminarme, para mandarme otra vez a la cárcel, y con que esta vez no me declararían inocente. Iría a prisión. Tal vez durante años.

—Ay, Hiral —suspiró Rylin, tomándolo de las manos—. ¿Por qué no me lo habías contado?

—Estaba desesperado por ser digno de ti. Más que ninguna otra cosa, quería cumplir la promesa que te hice cuando nos reconciliamos. Te juré que nunca más volvería a hacerte daño.

El monorraíl seguía detenido allí, silencioso y expectante, sus luces fantasmales reflejadas en torno al interior curvo de su superficie. Un latigazo de pánico azotó a Rylin. Las puertas permanecerían abiertas solo durante un minuto más.

—Podemos solucionarlo —propuso de forma impulsiva.

Hiral meneó la cabeza y soltó sus manos con cuidado de las de ella.

—Tu lugar está aquí, Ry. Con Chrissa, y en la universidad, donde estudiarás Holografía. Donde te convertirás en la mujer que mereces ser.

Rylin comprendió entonces que él tenía razón, por mucho que le doliera.

Hiral sonrió con valentía.

—Además, creo que Undina me va a gustar.

Rylin intentó imaginárselo allí, en aquella enorme ciudad

flotante modular que se ubicaba al margen de la Polinesia, viviendo en los cuarteles de los empleados, pasándose el día arrancando algas de unas enormes redes, con el cabello desgreñado y acariciado por el sol. Trabando amistad con los demás jóvenes, que se contaban por millares, puesto que en Undina siempre hacía falta mano de obra. Además, era una nación soberana, donde no se pedía requisito alguno para obtener la ciudadanía, lo que la convertía en el destino natural de todo el que quisiera empezar de cero.

De todo el que quisiera desprenderse de la vida que llevaba hasta ahora sin mirar atrás.

Rylin supo, con un pellizco en el corazón, que Hiral no iba a cambiar de parecer.

—Te quiero —le susurró.

—Lo sé. Y yo también te quiero a ti. Pero también sé que no soy suficiente para ti.

Las luces del tren empezaron a destellar; enseguida abandonaría la estación. Hiral la miró desolado.

—Espero que algún día volvamos a vernos —dijo aprisa—. Y aunque eso no suceda, nunca dejaré de pensar en ti.

—Hiral, me... —trastabilló Rylin cuando él la atrajo hacia sí para besarla por última vez. Después cruzó corriendo las puertas del tren, que empezaban a cerrarse.

La vista de Rylin se empañó. Vio que Hiral le decía adiós con la mano desde el otro lado del flexiglás mientras el monorraíl salía embalado al reencuentro con la noche, y él quedaba reducido a una silueta más en la ventana. Segundos después, desapareció.

Pasó mucho tiempo hasta que finalmente Rylin decidió irse a casa.

WATT

Me alegro mucho de que decidieras quedarte. —Watt estaba apoyado contra la puerta, reacio a despedirse de Leda. No quería que se marchara, no quería que este momento mágico que se había producido entre ellos se acabase.

—Lo sé. Pero, en serio, tengo que irme —dijo ella con una sonrisa. Se advertía un nuevo rubor en sus mejillas, un resplandor traslúcido que le brillaba por toda la piel. Cuando estaba así, cuando la felicidad la embargaba, se convertía en la persona más bella y atractiva del mundo.

—Leda...

Ella lo miró expectante mientras él tragaba saliva. Se le había secado la garganta.

—Gracias por volver a confiar en mí. Por volver a aceptarme.

Leda suspiró y se dejó caer en la cama de nuevo. Levantó una pierna y la cruzó sobre el tobillo con aire meditabundo.

—¿Alguna vez te he contado por qué mis padres me enviaron a rehabilitación? —le preguntó en voz baja.

Watt meneó la cabeza.

Leda se mordió el labio y bajó la mirada a la vez que encorvaba los hombros hacia delante como para protegerse de un golpe.

—Cuando supe que Eris era mi hermanastra, empecé a ir a un sitio bastante siniestro, hasta que una noche sufrí una sobredosis. Ni siquiera recuerdo qué me metí. Creía que no era tanto, pero, en fin...

La voz pareció estremecérsele al hacer memoria.

—Cuando me desperté, estaba en mi cama, todavía vestida. Creía que me habría cortado en algún momento, porque tenía manchadas de sangre la camisa y las manos. No me acordaba de nada, Watt. —Mantuvo la cabeza agachada para no mirarlo—. No tenía ni idea de dónde había estado en las últimas veinticuatro horas.

—Leda. Lo siento. —Watt recordó la mirada hueca y angustiada que tenía Leda cuando salió de rehabilitación y rompió con él. Él nunca había sido del todo consciente de la vuelta de campana que había dado su vida.

«Watt». La voz de Nadia afloró a su conciencia. «Tienes que averiguar cuándo ocurrió aquello».

Estaba tan afectado por el relato de Leda que no se paró a cuestionar al ordenador.

—¿Cuándo ocurrió aquello?

—No lo sé. Un par de días antes de que entrara en rehabilitación. En la primera semana de febrero, supongo.

«Mariel falleció en esa semana», le recordó Nadia a Watt con la máxima delicadeza. «Hay un lapso del que Leda no recuerda nada, tras el cual se levantó manchada de sangre, justo en los días en que Mariel fue asesinada».

Una alarma saltó en la cabeza de Watt, como si el mundo se hubiera desencajado de su eje descontroladamente para después pararse de golpe.

«No».

—¿Watt? ¿Qué ocurre?

Leda había caído en una espantosa espiral de drogadicción tras averiguar que Eris era su hermanastra, lo que ocurrió más o menos cuando Mariel falleció.

Tal vez Watt lo hubiera visto venir, negándose a aceptarlo, como si la realidad acechase tras una esquina que él se negara a doblar. Recordó todas aquellas veces en que se había parado a pensar en la muerte de Mariel, en todos aquellos momentos de incertidumbre en que la historia no terminaba de tener sentido, y en que se quedaba dándole vueltas, confundido ante el rompecabezas. La respuesta siempre había estado ahí, pero no la había visto porque no había querido verla.

«No», dijo de nuevo para sí. No la había visto porque era imposible verla. Leda podía ser muchas cosas (cruel, testaruda, apasionada), pero no era una asesina a sangre fría. La había visto empujar a Eris, pero sabía que nunca tuvo la intención de matarla, que fue un accidente.

No obstante, ahora que la duda había brotado en su cabeza, no podía evitar que empezase a crecer. ¿No haría Leda cualquier cosa por proteger a sus seres queridos? Si creía que Mariel pretendía actuar contra sus amigos (si creía que se proponía arruinarles la vida a Avery, a Rylin y a Watt), tal vez la matase, cegada por los efectos de las drogas, y después su memoria borrase lo ocurrido, un mecanismo de protección diseñado para que no tuviera que enfrentarse al trauma.

«Nadia», pensó Watt. «¿Quieres decir que Leda asesinó a Mariel pero no lo recuerda?».

«Yo solo te estoy señalando las pruebas. No pretendo sacar ninguna conclusión».

Watt empezaba a marearse, pero tenía que preguntárselo.

—Leda, ¿crees que podrías haber matado a Mariel?

¿Cómo has dicho? —Debía de haberlo oído mal.

—Mariel murió en la misma semana durante la que tú estuviste... ausente —vaciló Watt—. Cuando volvimos de Dubái, cuando compraste todas aquellas drogas.

—¿Quieres decir que fingí una sobredosis para poder matar a Mariel? ¿Crees que he estado mintiendo todo este tiempo? —exclamó Leda, que se incorporó indignada.

—No, no —negó Watt con urgencia—. No estoy insinuando que hubieras planeado matarla. Pero tal vez estabas tan aturdida que no eras dueña de tus actos. Puede que te la encontraras fuera de la Torre, que recordaras lo que había intentado hacerte, y que te entrara tanto miedo que terminaste tirándola al agua. O puede que te atacase —añadió, con los ojos iluminados de pronto, más partidario de esta teoría—. Puede que se te echara encima, con la intención de terminar lo que empezó,

¡y que la mataras en defensa propia! Pero no lo recuerdas porque tienes una laguna en la memoria.

«No», pensó Leda, desesperada. No podía ser.

Hasta el último de los nervios de su cuerpo se había tensado al máximo. Mareada, puso las manos en las rodillas. Un abominable monstruo ctónico se retorcía en las profundidades de su cabeza, un temor espeluznante y sin rostro (¿y si Watt tenía razón?), pero ahora no quería pararse a mirarlo; no debía hacerlo, pues de lo contrario rompería a gritar. Se enfrentaría a él después, cuando no pudiera ver los ojos de Watt.

—Leda, tranquila. Pasara lo que pasase, todo saldrá bien. —Watt fue a tenderle la mano, pero ella se apartó de él. Nunca se mostraba tan feroz y cruel como cuando se sentía acorralada.

—¿Cómo te atreves? —jadeó—. Precisamente tú.

—¡Leda, intento ayudarte!

—Antes me dijiste que ves una bondad en mí que los demás no ven porque no les importa —le recordó ella, con la voz rota—. Y, sin embargo, me crees capaz de matar a otra persona.

—Solo quería preguntarte si cabía la posibilidad —explicó Watt con impotencia. Leda levantó las manos.

—¿Y por qué me lo preguntas? Está claro que no tengo ni idea; según tú, lo he olvidado todo. Pregúntaselo a ese ordenador que llevas en el cerebro. ¡Total, así es como resuelves todos tus problemas!

La acusación estremeció a Watt, pero ella no se dio cuenta; estaba temblando.

—No te preocupes. Me voy —anunció con una voz gélida y distante que no parecía la suya.

Tonta de ella, en parte esperaba que Watt saliera corriendo detrás. Pero él prefirió no insistir y dejarla irse hecha una furia.

Al llegar a casa, Leda se echó en la cama. Estaba helada, igual que en Dubái, cuando Mariel dejó que se ahogara, como si unas garras de hielo se abrieran paso por sus entrañas. Su respiración se volvió superficial y entrecortada.

Todo se agolpó en su cabeza. Cerró los ojos, intentando encontrarle algún sentido.

¿De verdad cabía la posibilidad de que hubiera matado a Mariel y lo hubiera olvidado?

Leda retrotrajo su memoria a aquella noche. Lo ocurrido en Dubái la había abrumado tanto que lo único que quería era olvidar que había matado a su hermanastra. Extirparse ese recuerdo de raíz y empezar de cero.

«Qué imprudencia y qué estupidez», se recriminó. Olvidar no servía para solucionar nada. Le vino a la cabeza algo que Eris solía decir cuando bebía hasta perder el conocimiento: «Si no lo recuerdas, no cuenta».

Pero ahora no se trataba de una competición para ver quién bebía más ni de un morreo baboso en medio de una pista de baile, algo de lo que arrepentirse y reírse al día siguiente. Si esto había ocurrido de verdad, había cometido un asesinato.

¿Era ella capaz de algo así, de matar a una chica a sangre fría? ¿Aunque esa chica la odiara y la hubiera dejado tirada al darla por muerta?

Fuera lo que fuese aquello que hizo aquel día, Leda solo conservaba un vago recuerdo. Recordaba que estaba en clase, dándole vueltas angustiosamente al asunto de Eris; que se escapó al parque para ver a su camello, Ross; que su mirada se había vuelto vacía, cuando se miró a un espejo que había en alguna parte, mientras rebuscaba en su bolso para sacar otra pastilla; luces, intermitentes y cegadoras, tal vez las de una discoteca. Todo lo demás era un insondable pozo de olvido.

El instinto le prohibía terminantemente que fuera más allá. Tenía miedo de las verdades con las que pudiera encontrarse. Aun así, insistió en dragar su memoria y reflotar los recuerdos sumergidos.

Imaginó que veía a Mariel junto al río. Que le gritaba y que la arrojaba al agua. Se pellizcó una pierna y siguió apretando hasta que se le saltaron las lágrimas, decidida a recordar, pero su memoria permanecía obstinadamente en blanco.

Quería con todas sus fuerzas que algo así fuera imposible. Pero querer algo no bastaba para que se cumpliera.

Deseó poder llorar. Así parecía casi peor, como si su dolor procediera de una tierra incógnita, más allá del llanto. Un dolor inmensurable, que se abría como un abismo oscuro dentro de ella. Parpadeó una y otra vez, sin saber muy bien si se le habían secado los ojos.

Se estiró sobre la colcha y se quedó allí quieta, con la mirada perdida en la oscuridad, durante lo que podría haber sido tanto una hora como un minuto, porque el tiempo siempre se distorsionaba de forma incomprensible cuando uno sufría. En la casa imperaba una calma absoluta, una quietud que se aposentó en torno a Leda como una niebla fina y fría. Le helaba los huesos. Tenía la impresión de hallarse a miles de kilómetros de distancia de todo ser vivo y cálido, aunque sus padres debían de estar también en el apartamento, a escasos metros de ella.

Más que ninguna otra cosa, le dolía que hubiera sido Watt quien la había acusado. Justo cuando había empezado a verlo con otros ojos, cuando había decidido darse otra oportunidad con él, Watt le había demostrado que sus temores tenían todo el sentido del mundo.

Él sabía de lo que ella era capaz y no había dudado en dar

por hecho que había sacado su peor cara. Pero, en realidad, ¿podía culparlo por ello?

Alguien llamó con delicadeza a la puerta.

—Leda, cariño. ¿Estás levantada? —la llamó su madre desde el pasillo. Leda tuvo la impresión de que la voz de su madre procedía de otro mundo, de un mundo donde ella no era una asesina despreciable.

Ojalá su madre pudiera llevarla consigo a ese mundo, para que allí pudiera escapar del horror que estaba viviendo en este.

—¿Dónde estabas? —preguntó Ilara.

—Por ahí. Creo que estoy mala —respondió Leda, deliberadamente ambigua. Su madre fue a abrir la puerta, pero Leda levantó la voz y la afiló a modo de arma—. Por favor, déjame.

Para su alivio, Ilara prefirió no hacerle más preguntas y se retiró.

«Mejor así», se dijo Leda. Enfrentarse al monstruo que habitaba dentro de ella era una tarea que solo podía acometer por sí misma.

CALLIOPE

Calliope estaba sentada tan contenta en el suelo del armario de su madre, observando con los ojos entornados cómo Elise preparaba el equipaje de la luna de miel.

Por alguna razón que se le escapaba, siempre le había relajado ver a su madre hacer las maletas. Tal vez se debiera al modo en que Elise cogía las prendas y los accesorios (una fluida falda de crepé de China, unos tejanos capri, unos pendientes colgantes) y los organizaba en pilas con esmero. O al modo en que los envolvía, con un delicado papel que no se arrugaba, e introduciendo con cariño cada zapato en su propia bolsa acolchada. Encontraba reconfortante aquel ritual, sobre todo porque antes hacer las maletas quería decir que la farsa tocaba a su fin. Era el paso previo a la última fase, cuando se marchaban de la ciudad para siempre.

Calliope bostezó y extendió las piernas ante sí. Había un

banco forrado de lino que se extendía a lo largo del armario, pero en lugar de sentarse en él, había optado por la alfombra de color ostra, tan suave y blanda. Estaba inusitadamente encantada de que Elise y Nadav hubieran decidido posponer la luna de miel unos días. Le agradaba poder pasar un rato a solas con su madre.

Sencillamente, no estaba acostumbrada a verla casada de verdad. Si bien había estado prometida catorce veces, Elise siempre se había marchado de la ciudad mucho antes de que se llegara a celebrar la ceremonia, con el anillo y todos los regalos que podía llevarse consigo. Solo en una ocasión había seguido con la boda hasta el final (con un lord polaco, que tenía un título nobiliario auténtico), y Calliope estaba segura de que Elise solo lo había hecho para poder tratarse de «lady» a sí misma en secreto el resto de su vida. Era su forma de dedicarle un último «jódete» a su antigua jefa, la señora Houghton.

—No te olvides de los bañadores —le recordó Calliope a su madre, intentando serle de ayuda.

—No me harán falta, cariño.

—¿No hay ni siquiera bañeras de hidromasaje en el desierto de Gobi?

—Vamos al norte de Mongolia —la corrigió Elise—. Para visitar el centro de reculturación del mamut lanudo. Colaboraremos como voluntarios en la estepa, ayudando a retirar el permafrost que cubre sus pastos.

Cielos, su madre había repetido tantas veces el mismo discurso que había terminado por creerse su propia fabulación.

—Lamento que no pudieras convencer a Nadav para que te llevara a Bali, o a las Maldivas. —Ya que su madre iba a ser la esposa de este tipo, qué menos que sacarle unas vacaciones en la playa.

—Ah, no me importa. Además, después pasaremos unos días en Japón, para descansar.

—¿En Japón, para descansar? ¡Pero si lo odias!

—Japón puede ser muy relajante. Con sus jardines zen y su ceremonia del té.

A Calliope le sorprendió lo mucho que le molestaba que su madre fuese a tomar el té sin ella.

—Cuando estuvimos en Japón quisiste que nos marchásemos antes de lo previsto —le recordó—. Decías que era una ciudad muy ruidosa y caótica, y por la que era imposible moverse si no hablabas japonés.

—Nadav habla japonés.

Le costaba creerlo, pero a su madre parecía hacerle ilusión de verdad esta luna de miel. Tal vez solo pretendiera dejar atrás la locura que había sido la boda, y al iceberg que tenía por suegra. No podía culparla por ello.

Volvía a sentirse culpable por haberle pedido a su madre que hiciera un sacrificio, que aceptase establecerse en Nueva York y renunciase a la vida nómada que llevaban para cambiarla por una cómoda vida en familia. Lo más probable era que Elise estuviera empezando a hartarse. ¿No estaba contando los días que faltaban para que todo terminase?

¿No estaba contándolos también Calliope?

Por un momento anheló la compañía de Brice; pero después se acordó de Livya y de la aciaga advertencia que le había hecho durante la boda. Le sería imposible salir con Brice, al menos mientras su hermanastra siguiera sin dejarla a sol ni a sombra.

«No importa», se dijo, intentando no hundirse. El coqueteo con Brice había sido solo eso, un coqueteo. No había significado nada.

Se levantó y se acercó al tocador, en cuyo tablero de mármol su madre estaba ordenando varios pijamas de color marfil. Carraspeó:

—Mamá, ya no estoy segura de que valga la pena.

—¿A qué te refieres, cariño?

—Es culpa mía que estemos aquí. Soy yo quien quería quedarse y llevar una vida normal en algún sitio, alargar esta farsa un año más. Pero esto no tiene sentido. No merece la pena hacer todo esto con tal de seguir en Nueva York. Ni en ninguna otra parte. Esto ya ni siquiera nos divierte. Nos pasamos el día fingiendo que somos cursis, correctas y aburridas, ¡solo para que puedas mantener tu absurda relación con Nadav!

—No es absurda —dijo Elise en voz baja, aunque Calliope no la oyó bien al principio.

—No tienes por qué pasar el mal trago de la luna de miel. ¿Por qué no cogemos y nos vamos? Además, nos estamos arriesgando mucho. Creo que Livya...

Elise la tomó de las manos.

—Yo no quiero irme —le dijo a media voz.

Calliope parpadeó, descolocada por aquel mazazo de realidad. No podía ser.

—Pero tú no... Quiero decir... —balbució.

—Lo quiero.

Calliope recordó las ocasiones en que su madre se había mostrado emocionada como una quinceañera, en que había mirado a Nadav con los ojos iluminados durante la boda. ¿Habrían sido de verdad todas esas sonrisas?

—¿Después de todas las veces que me has dicho que no me encariñe de las víctimas?

Hablaba demasiado alto, pero Elise no la reprendió.

—Quiero a Nadav —afirmó sin más—. Es un matrimonio auténtico. Para mí no es solo una farsa, ya no.

«Solo es un trabajo», le decía siempre su madre en un tono seco y desapegado. «Es algo temporal e impredecible. Preocuparte por los demás solo te servirá para sufrir. No permitas que eso te pase a ti». Y ahora Elise, tal vez la más avezada timadora del mundo, decidía romper la norma más importante de su propio reglamento, ¿y por quién? Por un timorato ingeniero cibernético.

Calliope se la quedó mirando, perpleja, al comprender de pronto el drástico cambio que se había producido en Elise.

Sin duda, Elise había cambiado mucho a lo largo de los últimos años. A medida que viajaban de una ciudad a otra y llevaban a cabo todo tipo de estafas, se había visto obligada a modificar su aspecto una y otra vez; se ensanchaba la nariz y después se la volvía a estrechar, se cambiaba el color del cabello y de los ojos, alteraba la curvatura del mentón. Siempre estaba guapa, pero cada vez que salía del quirófano con otra cara y otros iris, Calliope tenía que volver a acostumbrarse a su nueva imagen.

Ahora era distinto. Ahora Elise se había convertido en otra persona.

—¿Cómo...? Quiero decir, ¿cuándo...?

Elise se acomodó en el banco dando un suspiro y tiró de Calliope para que se sentara a su lado.

—No lo sé —admitió. De pronto su expresión parecía aniñada e inocente; la luz destellaba en sus pendientes perlados—. Tal vez fuese porque llevaba mucho tiempo con él, mucho más del que he estado con ningún otro hombre. Pero me importa de verdad.

—¿Aunque te tenga por una filántropa santurrona?

—Sí, aunque me tenga por una filántropa santurrona —repitió Elise, con tal naturalidad que Calliope no pudo evitar reírse. Se reía de lo demencial que le parecía toda esta situación y, al momento siguiente, Elise se estaba riendo con ella.

—No lo entiendo —confesó Calliope al cabo—. ¿Cómo puedes quererlo si ni siquiera puedes ser tú misma a su lado? Quiero decir, él cree que de verdad te apetece dedicar la luna de miel a hacer labores de voluntariado, ¡a recoger bostas de mamut lanudo!

—Ya me he ido de vacaciones a la playa muchas veces. No tengo la necesidad de repetir —aseguró Elise, en un tono que invitaba a creer que realmente le daba igual. «Supongo que esto es el amor de verdad», imaginó Calliope, que uno esté dispuesto a dejar a un lado las apetencias propias por la persona amada.

Se preguntó si ella llegaría a sentir algo parecido alguna vez por alguien. La cara de Brice porfió por emerger en su cabeza, pero ella se apresuró a ignorarlo.

—¿De verdad te merece la pena? —preguntó—. ¿Merece la pena seguir con este teatro eternamente para poder quedarnos en Nueva York?

— Merece la pena por Nadav —la corrigió Elise—. Venir a Nueva York era tu ilusión. A mí también me gusta esta ciudad, pero en realidad para mí el sitio es lo de menos, siempre que esté con él.

Qué disparate que algo así pudiera ser cierto. «Cielos», pensó Calliope de nuevo, asombrada. El dulce y desmañado Nadav, tan bondadoso pero tan gruñón. ¿Quién se iba a imaginar que Elise terminaría enamorándose de él?

—Si de verdad lo amas, me alegro por ti —decidió, postura que su madre le agradeció con una sonrisa.

En ese momento Calliope recordó lo que Livya le había dicho, primero en Saks y después en la boda. Se le cayó el alma a los pies.

Se miró las manos, entrelazadas en el regazo, las uñas recortadas a modo de perfectas medias lunas y limpias por completo de esmalte, porque, cómo no, el esmalte de uñas, aunque fuera transparente, era inapropiado.

—Creo que Livya sospecha algo.

—¿A qué te refieres? —inquirió Elise con cautela.

—Se encaró conmigo cuando estábamos comprando los vestidos, y también durante la recepción. Dejó caer que éramos dos cazafortunas, y que no somos quienes decimos ser. —Calliope guardó una pausa para dejar que su bien entrenada memoria eidética entrara en acción—. Dijo que casi todas las mujeres que habían salido con Nadav hasta ahora estaban con él solo por el dinero, y que una de las razones por las que te quiere es porque dices ser muy desprendida.

Su madre la escuchó con sorprendente calma.

—Cualquier chica diría lo mismo de una desconocida que se casa con su padre millonario. En realidad, tampoco parece que Livya sepa demasiado.

Calliope se estremeció.

—Me ha pillado saliendo de casa a hurtadillas. Dos veces. —Prefirió guardarse para sí que había sido para ver a Brice.

—Pues tendrás que dejar de salir a hurtadillas —la reconvino Elise—. Si es que Livya nos tiene tan controladas. No conviene que levantemos sospechas.

No hacía falta que Elise le diera más explicaciones. Nadav se regía por una moralidad severa e intransigente. Si averiguaba la verdad acerca de ellas (que eran dos estafadoras de guante blanco que habían dejado una estela de corazones rotos a su paso; que, de hecho, en un primer momento, Elise sí que quiso ganarse a Nadav para hacerse con su dinero), no solo las echaría de su casa, sino que no tendría ningún problema en meterlas en la cárcel.

—Prométeme que te portarás bien. No vayas a arriesgarlo todo por un chico —le suplicó Elise.

Y, aunque había intentado convencerse de que no le importaba, de que solo había sido un coqueteo, Calliope no recibió con agrado la petición de su madre.

—No es solo un chico.

—Lo siento, cariño. Pero tienes que dejar de salir a escondidas, de contestar con sarcasmo y de ser tan testaruda. Tú agacha la cabeza y sé la chica dulce y generosa que le he dicho a todo el mundo que eres —le pidió Elise—. Todo habrá terminado en menos de un año, cuando te gradúes. Después podrás marcharte y ser quien quieras ser. Por favor, prométeme que lo harás por mí.

Calliope suspiró resignada, observando como su reflejo la imitaba en el espejo del armario. Era la primera vez que no sonreía al mirarse.

—¿Y por qué motivo decías que le habías contado a Nadav que éramos filántropas?

—Porque estaba claro que ese era el tipo de mujer que le gustaba —le explicó Elise en voz baja antes de suspirar—. Lamento que todo se haya complicado tanto. Quién me iba a decir que, de toda la gente a la que hemos timado, él iba a ser el hombre con el que terminaría.

—O, mejor dicho, que de todos los personajes que hemos interpretado, estos iban a ser aquellos en los que nos quedaríamos atrapadas —exclamó Calliope—. ¿Por qué no pudiste convencerlo de que éramos otra cosa? Las herederas excéntricas de una valiosísima naviera, o unas artistas bohemias, ¿o, por qué no, dos nobles francesas? Disfruté mucho aquella vez que éramos dos condesas.

—Eras una condesa pésima —señaló Elise, y las dos sonrieron con tristeza mientras recordaban aquellos días.

—Pobre Nadav, enamorado de alguien que no existe.

—Tal vez yo pueda cambiar —dijo Elise con un inesperado vigor—. Tal vez pueda convertirme en la mujer de la que está enamorado, si me tomo el tiempo necesario.

Calliope dudaba que esos fueran los cimientos más sólidos sobre los que construir una relación, pero ¿qué sabía ella? Ella tampoco había tenido nunca una pareja de verdad.

—Además —prosiguió Elise—, de esta forma, si el próximo año vas a la universidad, sí que tendrás un hogar al que regresar.

—¿A la universidad? —Esa era una posibilidad que Calliope no se había planteado siquiera.

—¿Qué piensas hacer, si no? ¿Ponerte a estafar a la gente tú sola? —Elise meneó la cabeza—. Yo no quiero eso para ti.

A Calliope tampoco le atraía la idea. Sin embargo, no terminaba de verse en la universidad, al menos no asistiendo a clase. Pasando el rato en las cafeterías o a la caza de algún chico, quizá. Dejándose caer por las fiestas y rompiendo corazones, casi con toda probabilidad. Uniéndose a una hermandad de chicas, ascendiendo a la cima de la jerarquía y gobernándola con mano de hierro, seguro. Pero ¿entrando en las aulas y estudiando para llegar a ser alguien? No sabría ni por dónde empezar.

—Me pensaré lo de la universidad —se evadió.

—Toc, toc —dijo Nadav, que abrió la puerta del vestidor. Calliope se abstuvo de poner los ojos en blanco. Cómo no, Nadav era de esas personas que decían «toc, toc» en lugar de llamar de verdad.

—¿Estás terminando de hacer el equipaje? Ah, hola, Calliope —añadió.

—Solo le estaba dando unos consejos sobre moda a mi madre —dijo mientras se levantaba deprisa.

—Bien. Me alegro de que alguien se encargue de eso, ya que, desde luego, yo no estoy cualificado. —«Otra broma patética de padre». Nadav miró a Elise y sonrió con indulgencia—. Solo quería recordarte que el avión sale a las seis.

—Estoy deseando despegar —dijo Elise con calidez. Miraba a Nadav con tanto cariño que Calliope estuvo a punto de caerse de espaldas.

Su madre y ella habían vivido incontables vidas a lo largo de los últimos años, desprendiéndose de las identidades empleadas cada vez que se mudaban, como quien se deshacía de la ropa de la temporada anterior. Pero Nadav había sacado a la luz otra faceta de Elise, la más feliz, tal vez la mejor. Y, si esto era lo que su madre deseaba, Calliope haría cuanto estuviera en su mano para ayudarla a conseguirlo.

Tampoco conocía tan bien a Brice, de modo que no estaba segura de por qué le fastidiaba tanto perderlo. Pero eso no importaba. No volvería a quedar con él.

Tenía que dejarlo, por el bien de su madre.

AVERY

Avery estaba asombrada por la multitud que había venido a presenciar el duelo de los hermanos Fuller. Aunque, técnicamente, suponía, ellos solo conformaban la mitad del duelo.

Nunca había competido en el torneo de tenis que todos los años se celebraba entre los miembros jóvenes del club Altitude. Siempre le había parecido una mascarada donde se le daba más importancia a la fiesta posterior que a la competición en sí. Todo se reducía a una exposición de faldas blancas plisadas y coletas altas y bamboleantes, por donde pasaban los camareros ofreciendo una copa, una excusa para que los miembros jóvenes se pasearan con sus raquetas por estrenar dándoselas de atletas. Pero hacía unas semanas, durante un aperitivo que se ofreció en el Altitude, Max había visto el anuncio del torneo en las pantallas parpadeantes.

—¡Dobles mixtos! Anímate, formamos un gran equipo.

—La verdad es que no me apetece —se evadió Avery.

Recordó con melancolía aquellas doradas tardes de verano en Oxford, cuando Max y ella jugaban contra sus amigos en las cuidadísimas canchas esmeralda del parque público. Los partidos eran informales y desenfadados. Ni siquiera se preocupaban del tanteo (la única cuenta que llevaban era la de los cócteles consumidos), y cuando se cansaban de jugar, se tendían en el césped para dar buena cuenta de una cesta de queso y bocadillos, mientras se dejaban bañar por un magnífico sol húmedo.

—Si te encanta el tenis —insistió Max—. ¿Qué nos dan si ganamos?

—¡Nada! Una placa con nuestros nombres a la entrada del vestuario.

—¿Me estás diciendo que tienes la oportunidad de alcanzar la gloria eterna y que piensas dejarla pasar? En serio, estoy anonadado —dijo, arrancándole una sonrisa.

—Vale, de acuerdo —accedió Avery, levantando las manos en un fingido gesto de derrota. Sabía que Max solo pretendía que se olvidara de la tensión de las elecciones y de las solicitudes de acceso a la universidad. Era una actitud muy comprensiva por su parte, aunque fuese algo desencaminado.

Al menos, pronto volvería a Oxford. La habían citado para mantener una entrevista, lo cual era buena señal; solo a los candidatos con más posibilidades se les invitaba a visitar el campus. Además, Max la acompañaría para darle apoyo moral.

Pasaría un fin de semana fuera, se repetía una y otra vez, como en los viejos tiempos. Lo necesitaba. Le vendría bien recordar el verano que había pasado allí con Max, antes de regresar a Nueva York con él. Antes de las elecciones, antes de que Atlas volviera a casa. Antes de que la besara.

No había caído en la cuenta de que Atlas también tenía pensado participar en el torneo de tenis. Sin embargo, él ya se había apuntado y su pareja era Sania Malik, la chica con la que asistió al baile Bajo el Mar el año anterior, cuando estaba intentando ocultar la relación secreta que mantenía con Avery. En un pasmoso giro de los acontecimientos, Sania iba a la misma clase que Max en Columbia, y para colmo eran amigos, lo cual hacía que todo fuese aún más raro.

Avery tenía la esperanza de que Atlas y Sania fueran eliminados del torneo. Pero para sorpresa y deleite del club, las dos parejas en las que participaban los Fuller habían ido ganando siempre, ascendiendo puestos por sus respectivos grupos, de tal modo que debían enfrentarse en la final.

Ahora, detenida ante la línea de base, Avery colocó una mano sobre los ojos a modo de visera. Nunca había visto tan atestado el graderío de la cancha central del Altitude; por otro lado, al público siempre le encantaba asistir a una buena pugna entre miembros de una misma familia. Sobre todo cuando esa pugna se daba en la familia del recién elegido alcalde.

Reconoció a muchos de sus compañeros de clase, aunque no vio rastro de Leda. Últimamente, siempre que intentaba quedar con ella, Leda decía que estaba ocupada. Avery confiaba en que «ocupada» significase «feliz» o «con Watt». De ser así, con mucho gusto dejaría de importunarla.

Empuñó la raqueta con más fuerza. Max la miró de soslayo y le guiñó el ojo.

—Es tuyo —la animó en voz baja. Habían ganado el primer set por 6 a 4, pero este estaba mucho más reñido. Atlas y Sania parecían empezar a compenetrarse mejor.

Avery asintió y miró al fondo de la cancha, a los ojos de Atlas.

Vio algo en ellos que le hizo contener la respiración. Una mirada, una súplica, algo tan efímero que Avery no tuvo ocasión siquiera de identificarlo, porque la pelota acababa de estamparse contra el suelo cerca de los pies de ella. Parpadeó, atónita. Había perdido el set.

El locutor anunció un descanso de cinco minutos para el cambio de lado. En el otro extremo de la cancha, Max ya estaba tomando su bebida electrolítica mientras conversaba desenfadadamente con Sania. Avery observó con pasmo cómo se acercaban y se hacían un selfi, como si todo esto fuese un irrelevante juego de niños.

Se acercó al puesto de hidratación de su lado y cogió una botella de agua. Atlas le sonrió arrepentido, señalando con la cabeza a sus padres, sentados en la base de las gradas, rodeados de una corte de aduladores.

—Está claro que para papá y mamá esto tiene mucha gracia —comentó él.

El comentario hirió a Avery.

—Es que tiene mucha gracia —confirmó ella sin inmutarse—. Que estés aquí, jugando un partido de tenis contra mí, como si no fuéramos otra cosa que dos hermanos que el azar ha llevado a la final. El épico duelo entre los hijos del nuevo alcalde. Para partirse —le espetó, enroscando con rabia el tapón de la botella de agua.

El arrebato pareció entristecer a Atlas.

—Fuiste tú quien dijo que nos olvidásemos de que alguna vez hubiera pasado algo entre nosotros. Que actuásemos como dos hermanos cualesquiera.

Dos hermanos cualesquiera. Como si pudieran volver a serlo.

—Lo siento, es solo que... —empezó a lamentarse con impotencia en el preciso momento en que sonaba el tono de aviso.

No era justo que Atlas le hiciera esto. Le estaba yendo bien hasta que él había aparecido para ponerlo todo patas arriba. ¿No podía haberse quedado en su lado del mundo?

Aunque tampoco le estaba yendo tan bien, replicó una vocecilla dentro de su cabeza. No le iba bien desde que había vuelto a poner el pie en Nueva York, cuando todos sus problemas de siempre acudieron a recibirla en tromba.

Oyó un zumbido leve junto a su cabeza cuando se colocó en la línea de base. Otra zetta a la caza de una buena instantánea para los espectadores que seguían el encuentro a través de los agregadores. «Muy bien», pensó, enfurecida de pronto. Si querían ver a la famosa y perfecta Avery Fuller, estaba dispuesta a darles el gusto.

Lanzó la pelota al aire y la trituró con su servicio. La bola dejó atrás a Sania sin que la pobre tuviera ocasión de reaccionar. Avery halló una cierta complacencia en la expresión de asombro de Atlas.

Continuó jugando así, azuzada por una adrenalina abrasadora y mareante. Jugaba con tal rabia que ya no pensaba ni en Atlas, ni en Max, ni en las risas de sus padres, ni en las caras desdibujadas del público. Le agradaba mantener el cerebro bloqueado, limitarse a actuar como un ejército de nervios afilados recogido en un precioso envoltorio.

Ganó un juego tras otro prácticamente sin la ayuda de Max, que intentó dar algún que otro golpe, sin conseguir otra cosa que entorpecer su ira bélica. Al final, se hizo a un lado y dejó que jugara ella sola. En el otro extremo de la cancha, Sania había hecho lo mismo.

Pero eso era lo que quería, ¿no? Un partido de individuales, Atlas contra ella.

Ganó los juegos restantes uno tras otro, ensartándolos de

forma ininterrumpida hasta que cuando quiso darse cuenta se hallaba ante la bola de partido. Cuando la pelota vino hacia ella, Avery la disparó hasta el fondo de la cancha con todas sus fuerzas. Atlas, que a duras penas mantuvo erguida la raqueta, envió la bola derecha hacia la red.

Avery obligó a sus labios a perfilar una sonrisa. Se acercó a la red para darles las gracias a Sania y a Atlas, intentando ignorar los aullidos del público enardecido.

Atlas no dijo nada cuando se estrecharon la mano. Apenas llegó a tocarla.

—¡Madre mía! ¡Eso sí que es hacer presión! Creo que hasta ahora no conocía esta faceta tuya. —Max le pasó el brazo por los hombros y se inclinó hacia ella, que notó en el oído la calidez de su aliento—. Ha sido de lo más excitante, verte tan ansiosa por ganar.

Avery asintió y sonrió de forma mecánica. Max aún debía de pensar que la había ayudado a distraerse de todo lo que la asfixiaba. Ella no tuvo el coraje de confesarle que ahora se sentía todavía peor.

La multitud invadió la cancha para felicitarla, un millar de rostros sonrientes que parecían mirarla con lascivia. Cerca de allí habían levantado una carpa blanca (solo en el Altitude se consideraba necesario levantar una caseta en el interior) donde unos camareros repartían las copas de champán rosado que llevaban en unas bandejas con grabados.

Avery no pudo evitar deslizar la mirada hacia Atlas.

Cuando sus ojos se encontraron, él le sonrió con tristeza, y así Avery encontró su victoria tan deliciosa como un puñado de ceniza. Al contrario que el resto de los allí presentes, Atlas la conocía de verdad. Sabía lo que significaba el comportamiento que había tenido en la cancha, y lo inquieta que se sentía. Y sabía que el motivo era él.

No soportaba seguir mirándolo. Se levantó de puntillas para besar a Max, dejando que la raqueta cayera al suelo ruidosamente mientras lo abrazaba con teatralidad y prolongaba el beso durante mucho más tiempo del necesario.

Cuando al cabo se apartó, sus ojos volvieron a saltar derechos hacia los de Atlas, que se dirigía ya hacia la salida del Altitude. Avery entendió, avergonzada, que eso era precisamente lo que pretendía.

—¿Lista para entrar? —le preguntó un jovial Max, señalando la fiesta de la carpa con la cabeza.

Avery asintió y se aferró a su mano como si fuera un salvavidas. En este momento necesitaba a Max para convencerse de que seguía aquí, de que seguía siendo ella. De que aún era la Avery Fuller que a ella le gustaba, y no la chica hundida que Atlas había dejado atrás hacía ya tantos meses.

LEDA

Últimamente nada era como a Leda le gustaría que fuera. Vivía atrapada en una neblina de equivocaciones, un vaho que parecía impregnarlo todo, que le atenazaba la garganta de la forma más sigilosa. Sentía que el suelo se bamboleaba, como la cubierta de un barco, como un pozo de arenas movedizas.

Era igual que el año anterior, cuando regresó de Dubái sabiendo que Eris era su hermanastra. Aunque, en realidad, ahora era aún peor, porque no tenía ni idea de lo que había hecho. ¿Habría matado de verdad a Mariel y lo habría borrado de su cabeza? ¿Por qué la vida seguía haciéndole esto, cargándola con una revelación cruel tras otra, hasta que ya no aguantara más?

Lo único que quería era olvidar. Disipar el nubarrón con aires nuevos.

Así, el lunes a la hora del almuerzo, en lugar de sentarse con Avery en la cafetería, se retiró al jardín secreto.

En realidad, no tenía nada de secreto, solo era el nombre que le habían puesto los niños de primaria. Recogido en el margen interior del campus, se extendía largo y estrecho por detrás de la cafetería de la escuela de abajo, alimentado por los enormes focos solares del techo. Técnicamente se integraba en el proyecto de sostenibilidad de Berkeley, para que la escuela cumpliera con la normativa de entrada y salida de oxígeno. Pero, además, Leda había comprobado que era la mejor zona del campus donde estar a solas, sobre todo cuando querías aprovechar ese momento de intimidad para fumar.

El otoño siempre había sido su época preferida del año para visitar el jardín. En primavera los tonos se volvían demasiado apastelados, y en invierno era todavía peor, con todas aquellas plantas rojas y blancas con forma de bastón de caramelo y aquellos hombrecillos de pan de jengibre holográficos que correteaban de aquí para allá para divertir a los párvulos. Pero ahora el jardín contenía una rica explosión de colores otoñales, no solo pardos, sino también rojos y naranjas, con algún toque de verde ocre. Las hojas producían crujidos agradables cuando las pisaba. Unas calabazas globosas (modificadas a nivel genético para que fueran menos densas que el aire) flotaban a la altura de sus caderas, atadas al suelo por medio de sus retorcidos tallos verdosos. Según pasaba junto a ellas, se mecían pausadamente.

Dobló un recodo, más allá de la enorme colmena dorada y de una fuente que borboteaba, para acomodarse bajo una rejilla de ventilación. Apenas si se veía desde el suelo, ya que el techo se elevaba nueve metros, de modo que uno tenía que saber muy bien lo que estaba buscando para fijarse en que estaba ahí arriba.

Le temblaban las manos mientras rebuscaba en el bolso para sacar el alucendedor blanco brillante, la pequeña y compacta pipa con la que se podía fumar casi de todo. Un cosquilleo le agitaba el pecho. Puso la pipa en contacto con la superficie calorífica del borde de la varita facial, con la que tostó levemente la hierba que contenía. Nada del otro mundo, tan solo la clásica mezcla de maría y serotonina, porque sabía Dios que ahora mismo necesitaba una caladita de felicidad.

Aspiró hondo, dejando que el humo se enroscase con delicadeza en sus pulmones y la imbuyese de un calor instantáneo. De pronto, deseó tener a alguien a su lado. No a Watt; seguía dolida después de que la hubiera acusado, y no le había respondido a ningún mensaje desde que saliera escopetada de su cuarto. No sabía cuándo se vería con ánimos para volver a hablar con él.

Aun así, en este momento no le habría importado contar con alguna compañía, siquiera por oír otra voz. De un tiempo a esta parte, nunca se encontraba a gusto; cuando estaba sola, preferiría que hubiera alguien con ella, y cuando se veía en compañía de otros, desearía no tener a nadie cerca.

Oyó los pasos de alguien que se acercaba. Leda se llevó el brazo a la espalda en el acto para esconder el alucendedor y masculló una blasfemia, porque el tufillo sería imposible de disimular.

Al ver quién era, articuló una risa incrédula.

—¿Desde cuándo te saltas el almuerzo para venir a fumar? —le preguntó a Rylin, con una nota desafiante en el tono.

Rylin se acercó y le cogió el alucendedor. Dio una calada lenta, con la serenidad de una fumadora experimentada, y exhaló el humo con despreocupación, dándole la forma de una perfecta O verde. «Qué cabrona», pensó Leda con rabia.

—No sé si se puede decir que me he saltado el almuerzo cuando en realidad he venido aquí a comer —contestó Rylin, que traía en la mano una bolsa reciclable de la cafetería. Se sentó en el escalón más bajo de la fuente, con la falta plisada extendida sobre el regazo a modo de abanico, y desenrolló el papel ceroso del bocadillo.

Leda sonrió con desgana. Aunque estudiaban en la misma escuela, no se habían visto mucho durante el último año, salvo, por supuesto, durante la reunión de emergencia convocada en la casa de Avery. Deseó que hubieran mantenido una amistad más sólida tras la breve tregua de Dubái. Aunque no pensaba confesárselo, en parte Leda se veía reflejada en la actitud responsable de Rylin, en su carácter, tan reservado, y en lo mucho que la impacientaban las convenciones de la sociedad.

Se sentó a su lado y recogió las piernas por detrás, al estilo sirena, sosteniendo todavía el alucendedor en una mano. Cuando Rylin le ofreció la mitad de su sándwich sin pronunciar palabra, Leda lo aceptó y asintió en señal de agradecimiento. No había reparado en lo hambrienta que estaba.

Permanecieron así durante un rato. El silencio solo era roto por los crujidos del pan de *pretzel* y por algún que otro siseo apático del alucendedor que habían puesto a un lado. Leda volvió a ofrecerle la pipa a Rylin, pero, para su sorpresa, esta meneó la cabeza.

—Ya no fumo mucho, después de...

—¿Después de que Cord rompiera contigo por robarle la droga? —dedujo Leda, que enseguida se arrepintió del modo en que lo había dicho—. No pretendía...

Rylin agitó la mano para restarle importancia.

—Sí, por eso. Y también porque a mi exnovio lo arrestaron por traficar.

—Lo siento. No tenía ni idea. —Leda retorció el alucendedor hacia delante y hacia atrás entre las manos.

Rylin la miró.

—¿Estás bien, Leda?

La sencillez de la pregunta estuvo a punto de hacerle perder el control. No era algo que la gente hiciera con la frecuencia necesaria, mirarse los unos a los otros y preguntarse: «¿Estás bien?».

—¿Has cateado los exámenes de aptitud académica o algo de eso? —supuso Rylin.

—¿Los exámenes de aptitud académica? —La presentación de solicitudes a las distintas universidades era un tema que ahora le sonaba ajeno, como si nunca se hubiera interesado por ello. Le ocurría lo mismo con muchos otros asuntos. La revelación de Watt parecía haber dividido su mundo en dos mitades: aquella en la que era sencillamente Leda y aquella en la que tal vez fuera una asesina.

«No», se corrigió. «Tal vez fuera una asesina» no era la forma correcta de expresarlo. Sabía que ya era una asesina. Ya había matado a Eris.

Sin embargo, en lugar de asimilar lo que había hecho, había intentado ocultarlo como mejor había podido: chantajeando a otros para que le guardaran el secreto, drogándose hasta perder el conocimiento. Se había empeñado en darle la espalda a la verdad, aun cuando la verdad la había arrastrado, literalmente, al borde de la muerte.

—¿Es por la investigación de Mariel? —probó Rylin de nuevo.

Leda la miró. Se extrañó al darse cuenta de que no le importaba hablar de ello con Rylin. Ya estaban unidas de forma inextricable por los secretos que la una sabía de la otra. Además, Rylin (más que Avery, con su vida de ensueño, y más incluso que Watt, que iba por la vida con un ordenador implantado nada menos que en el cerebro) entendería lo que era eso de sentirse perdida.

—Más o menos —admitió Leda, que dejó la pipa a un lado—. He cometido algunas cagadas muy gordas, la verdad.

—Menuda noticia. Como todos, Leda.

—¡Pero son errores que no puedo borrar! ¡No puedo enmendarlos! ¿Cómo puedes vivir contigo misma después de haber hecho algo así?

—Vives contigo misma porque no te queda otra. —Rylin se quedó mirando la destellante superficie azul de la fuente—. Te perdonas por lo que has hecho. Solo te mata cuando intentas escapar de ello. Si lo miras a los ojos y le echas valor, se convierte en una parte más de ti, y ya no puede hacerte daño.

Leda bajó la vista. Había doblado el papel ceroso, ahora vacío, una y otra vez, hasta formar un triángulo minúsculo.

—Tú tenías una hermana, ¿no? ¿Cómo es eso?

—¿Lo de tener una hermana?

—Sí.

Rylin se mordió el labio.

—Una hermana es una mejor amiga que llevas incorporada. Me conoce mejor que yo misma, porque hemos crecido juntas, y porque ha estado a mi lado en los mejores momentos y en los peores —dijo—. A veces nos peleamos, pero no importa lo que pueda decirle, porque sé que Chrissa siempre me va a perdonar.

La explicación de Rylin hirió a Leda donde más le dolía. Tener una hermana debía ser exactamente así. Sin embargo, ella había matado a la suya.

—Tengo que irme —dijo de pronto. Había algo importante de lo que debía ocuparse.

Pero, antes de que llegara a la salida del jardín secreto, se detuvo.

—Otra cosa —añadió—. ¿Cómo es que has venido a esconderte aquí a la hora del almuerzo en lugar de sentarte con Cord?

—Han... Han pasado algunas cosas... —tartamudeó Rylin.

—Lleváis todo el año rondándoos el uno al otro. ¿Por qué no le das una oportunidad? Aunque solo sea por mí. —Leda sonrió—. Me levantaría mucho el ánimo.

Aquella misma tarde, Leda tomó el monorraíl en dirección al cementerio de Cifleur, ubicado en Nueva Jersey.

Hacía frío fuera, donde la Torre se erigía sobre el agua como una sombra. Se paró a mirar la máquina expendedora de flores que había en la entrada, pero todas las opciones le parecían muy trilladas, siempre coronas blancas adornadas con lazos de raso. Al instante, Leda inició sesión en sus lentes de contacto y pidió algo mucho más apropiado para Eris: una profusión de enormes flores coloridas, entre las cuales se incluían algunas lucecitas que parpadeaban como luciérnagas. Un dron dejó caer el pedido en sus manos en cuestión de minutos.

Leda solo había visitado la tumba de Eris en una ocasión, el día del entierro. Le dolió darse cuenta de que había pospuesto demasiado esta segunda visita.

—Ey, Eris —comenzó con la voz deshilachada. Estas cosas no se le daban bien—. Soy Leda. Aunque, em, igual ya lo sabías.

Un holograma cobró vida ante ella, haciendo que Leda diera un paso atrás. Era una animación de Eris, que, de pie ante la lápida, agitaba la mano y sonreía como si fuera la reina de algún baile de graduación que se hubiera parado a saludar a sus súbditos. Leda dedujo que la imagen se activaba con la voz, al pronunciar el nombre de la difunta.

Tomó aire, intentando obviar lo raro que se le hacía tener delante a esta Eris virtual.

—Te he comprado unas flores —dijo mientras depositaba el ramo, que desprendía un aroma embriagador y melifluo que a Eris le habría gustado. En realidad, conociendo a Eris, habría arrancado un capullo de rosa del arreglo, se lo habría colocado detrás de la oreja y se habría olvidado del asunto.

Esta semana habría sido el cumpleaños de Eris. Leda deseó con toda su alma tenerla aún con ella. Le habría organizado una fiesta, en la que no habría faltado el champán burbujeante que tanto le gustaba; cielos, habría contratado un dirigible lleno de champán.

Se arrodilló con torpeza ante la lápida, como si estuviera en una iglesia. Se fijó hasta en el menor detalle de la Eris holográfica, desesperada por encontrar algo que tuvieran en común, alguna prueba del ADN que compartían.

Recordó el día en que la conoció. Estaban en el séptimo curso, cuando Leda todavía era una chica callada e invisible, antes de que reuniera la confianza en sí misma que necesitaba para dirigirse a Avery. Leda y Eris formaban parte del club de teatro infantil, que entonces estaba interpretando *La sirenita*. Eris, como cabía esperar, había sido elegida para el papel protagonista.

Media hora antes de la primera actuación, Leda estaba comprobando la mesa de utilería entre bastidores cuando oyó la voz de Eris, procedente de un vestuario.

—¿Hay alguien ahí? ¡Necesito ayuda!

—¿Qué ocurre? —Leda abrió la puerta y se encontró con Eris allí parada, desnuda de cintura para arriba.

—No puedo abrochármelo. —Eris le tendió el sujetador hecho de conchas relucientes con total naturalidad. Ya entonces era todo curvas y sonrisas. Tras ella resplandecía una cola holográfica, proyectada a partir de un haz de proceso único instalado en la parte trasera de una diadema.

—Voy a por una barrita instantánea. —Leda salió corriendo del armario, muy consciente del aparatoso disfraz de anémona de mar que llevaba.

Con el paso de los años, empezaron a verse con mayor frecuencia, vinculadas la una a la otra como estaban a través del nexo de Avery. Aun así, en realidad, Leda nunca había llegado a entender a Eris. Esta parecía revolotear por ahí como una luciérnaga, siempre impulsada por alguna idea alocada e impráctica, arrastrando a sus amigos a meterse en líos de los que solo ella salía indemne. Se enamoraba y se desenamoraba sin miramientos, se reía cuando era feliz y se deshacía en lágrimas delante de todo el mundo cuando algo la afligía. Esta actitud resultaba imprudente a ojos de Leda, que siempre andaba buscando la forma de ocultar sus sentimientos. Sin embargo, ahora comprendía que, en cierto modo, era un comportamiento muy valiente, dejarse guiar de esa manera por el corazón.

¿Cómo habrían sido las cosas si Eris no hubiera muerto? ¿Si, en lugar de empujarla, la hubiera cogido de la mano y se hubiera parado a escucharla de verdad? Tal vez habrían unido sus fuerzas e ido juntas a hablar con su padre. Tal vez ahora estarían haciendo todas esas cosas de las que hablaba Rylin: dándose apoyo mutuo, confiando la una en la otra y compartiendo sus miedos y sus secretos.

Fuera un accidente o no, Leda había matado a su hermanastra y después había obligado a todos los testigos a que la ayudasen a taparlo. ¿Qué clase de hermana podía hacer algo así?

—Eris. Lo siento. Nunca quise hacerte daño. Me cuesta creer que yo esté aquí y tú no. Ojalá... —Leda titubeó, porque eran tantas las cosas que deseaba que nunca habría terminado de enumerarlas—. Ojalá pudiéramos volver a empezar.

Había puesto mucho empeño, durante mucho tiempo, en mantener en el olvido lo que le había hecho a Eris, en amputarse esa parte de sí misma y en volver a empezar. Pero el daño seguía estando ahí, sepultado en sus entrañas como una cicatriz. La tristeza de verdad dejaba ese tipo de señales en uno.

La única forma de reponerse de ese tipo de desconsuelo consistía, en líneas generales, en dar un paso torpe tras otro, en un intento caótico de hallar algún tipo de paz, de redención o de perdón, si se tenía la suerte de alcanzarlos.

No podía cambiar lo que había ocurrido, no podía devolverles la vida a Eris ni a Mariel. Tan solo podía obrar como mejor supiera en lo sucesivo. Fuera como fuese eso.

El holograma pareció parpadear por un momento, casi como si pretendiera asentir. Leda no soportaba seguir mirándolo; pasó la mano a su través para disiparlo. Ahora estaba ella sola, entre las sombras mudas del cementerio. Lo que se merecía.

Cerró los ojos y permaneció arrodillada ante la lápida de Eris, con la cabeza inclinada mientras rezaba. Hacía mucho tiempo que no rezaba de esta manera.

Pero, si alguien necesitaba elevar una plegaria ahora mismo, era ella.

iOs echamos de menos, chicas! —exclamó la imagen holográfica de Elise, proyectada sobre la mesita baja como una aparición fantasmal (si es que los fantasmas podían aparecerse vestidos de safari y en alta resolución). Nadav y ella estaban en el campamento de mamuts lanudos de Mongolia, protegidos con sus pañuelos y sus sombreros sucios, con una sonrisa de oreja a oreja.

Al menos estas llamadas diarias de la feliz pareja terminarían pronto. Calliope ya no las soportaba.

—¡Nosotras también os echamos de menos! Parece un trabajo muy gratificante.

Livya se deslizó por el sofá para separarse de Calliope de forma imperceptible, vestida con el uniforme escolar y luciendo su habitual sonrisa empalagosa.

—Es una pasada que aprovechéis la luna de miel para ofrecer vuestra ayuda, en vez de para divertiros vosotros solos —declaró Calliope, que nunca se quedaba atrás.

—Lo sé. Todo ha sido idea de tu madre. —Nadav intercambió una mirada con Elise—. No conozco a nadie con un corazón tan grande.

«Eso será si el tamaño del corazón es proporcional al del escote», pensó Calliope, intentando ver el lado cómico. «En ese caso, es sin duda enorme».

—Livya —continuó Nadav—, ¿está ahí tu abuela?

—¡Aquí la tengo! Di hola, Bubu —afirmó Livya con afectación mientras cogía la videocámara y la orientaba hacia la madre de Nadav.

—Hola, Nadav. Ten cuidado y no te constipes con el frío que hace allí —le recomendó una implacable Tamar. No se molestó en saludar a Elise.

Tamar se quedaría aquí, alojada en el cuarto de Calliope, hasta que Nadav y Elise regresaran; literalmente, era la niñera de las dos chicas de dieciocho años. A juicio de Calliope, la situación era ridícula. Peor aún era que ahora tuviese que compartir cuarto con su hermanastra. La primera noche, cuando Calliope vio la cama de tamaño doble de Livya, prefirió inflar el colchón instantáneo, aduciendo que roncaba mucho. Ni aunque la ahorcaran compartiría cama con Livya. Seguramente, amanecería con un puñal clavado en la espalda.

Aunque dormían en la misma habitación, Calliope y Livya apenas si habían cruzado palabra desde la boda. Se comportaban como dos reinas que gobernasen sendos territorios en conflicto desde un palacio común.

—¡Buenas noches, chicas! —Nadav había puesto la cara justo delante del proyector, de manera que, desde el lado de ellas, parecía una cabeza flotante.

—¡Tened cuidado! —Calliope se despidió con la mano justo cuando sus lentes de contacto recibían un parpadeo. «¿Sigues bajo arresto domiciliario?».

Lo enviaba Brice.

Calliope se apartó a un lado e inició sesión en su tableta. De ninguna manera se le ocurriría responder con otro parpadeo. Livya la oiría murmurarlo y sabría lo que estaba haciendo.

«Por desgracia», tecleó.

Brice le había enviado varios parpadeos desde la boda, y a todos ellos Calliope había contestado que estaba castigada sin salir. De esta manera parecía una niñata patética, pero en el fondo esa era la verdad.

Calliope no se veía capaz de responderle como sabía que debía hacerlo, como Elise querría que lo hiciera, con alguna evasiva sarcástica, haciendo que Brice creyera que ella ya no estaba interesada en él. Porque sí que lo estaba.

Aunque no pudiera verlo, al menos podían seguir comunicándose.

«Todavía me debes una cena. No te olvides de nuestra apuesta», contestó Brice.

Calliope se tragó una sonrisa, la cual sin duda la habría delatado.

«Oficialmente, no hicimos ninguna apuesta. No recuerdo que llegáramos a estrechar la mano».

«En el estado de Nueva York, los acuerdos verbales son vinculantes».

«En ese caso, le debo a mucha gente muchas cosas que nunca cumplí», dijo sin poder resistirse.

«No cambies de tema», la reprendió él. «Tu madre y Nadav están de viaje. Solo es una cena. No pierdes nada».

Calliope titubeó, con la tableta pegada al pecho. Sabía que

era un juego peligroso. Si no actuaba con precaución, alguien podría publicar una foto de ellos o, peor aún, comentarle a Nadav que había salido con Brice. Por otro lado, ¿por qué iba a suceder algo así? Brice y Nadav no tenían amigos en común. Seguramente no pasaría nada, mientras Livya y Nadav no se enterasen.

Se levantó y se dirigió hacia la puerta del salón.

—Vas a salir —dijo Livya, con la voz inflamada por un tono acusador.

Calliope se echó el cabello por encima de los hombros en ademán despreocupado.

—Voy al hospital para leer unos cuentos en el ala infantil. Si quieres, puedes venirte conmigo —añadió. Era una treta arriesgada, pero Calliope sabía que Livya tenía clase de violín esta noche.

—Quizá la próxima vez. Si hay una próxima vez —respondió su hermanastra con un retintín que dejaba clara su incredulidad. Calliope no dejó que eso le chafara los planes.

Nunca había estado en el Captain's Bar del Mandarin Oriental. Lo cual era extraño, porque Calliope se jactaba de conocer todos los bares ubicados en los hoteles de las ciudades que había visitado. Sin embargo, este no era uno de esos locales que ella frecuentaba. Exploró con una mirada discreta los amplios sofás de cuero y las tazas de plata bruñida, cubiertos por unas sombras cálidas. En un rincón, una mujer ataviada con un largo vestido negro cantaba una balada con voz grave, un tema conmovedor y empapado de nostalgia.

Sí, todo tenía aspecto de sofisticado y caro, aunque desde luego no podía describirse como juvenil ni glamuroso. Este era uno de esos establecimientos pensados para hablar en serio, o para beber en serio, o para ambas cosas.

Apoyó los codos en la barra barnizada y tomó otro sorbo de su copa de champán mientras esperaba a Brice. Él le había mandado un parpadeo para avisarle de que se retrasaría unos minutos. Tampoco era que a Calliope le molestase demasiado. En parte encontraba divertido estar sentada ella sola en un bar, el modo en que las piernas le colgaban por el filo del taburete, lo que le hacía sentir que estaba flotando. El murmullo de fondo, los movimientos coreografiados de los camareros que iban de aquí para allá. Las burbujas de la copa de champán cabriolaban en ansiosas columnas hacia la superficie, lo cual le recordó a las burbujas que dejara atrás el deseador. El anonimato le producía un hormigueo que le agradaba.

—Siento llegar tarde. —Brice ocupó el taburete contiguo.

—No importa. A decir verdad, me gusta estar sentada a solas en los bares de los hoteles.

—¿Por el maravilloso público? —Brice señaló con la cabeza a su alrededor, donde no había casi nadie.

Calliope se encogió de hombros.

—En un hotel nadie espera nada de ti, a nadie le importa quién eres ni de dónde vienes. Los bares de los hoteles siempre han sido para mí como embajadas en miniatura. Lugares donde uno puede pedir asilo, si lo necesita.

—No creo que tú tengas nada de lo que escapar —bromeó Brice, a lo que Calliope no respondió. Al fin y al cabo, ¿no había escapado de todos y cada uno de los lugares por los que había pasado?

Brice llamó por señas a un camarero.

—Dos picados de jengibre —pidió, para a continuación deslizar a un lado el champán de Calliope—. Cuando uno viene al Captain's Bar, viene de verdad.

Calliope agitó la cabeza, dejando que sus pendientes tintinearan.

—Creo que fue Napoleón quien dijo que el champán nunca es una mala idea.

—Acabas de citar a un dictador infame. Por qué será que no me sorprende —señaló él con el semblante inexpresivo, haciendo reír a Calliope.

Las bebidas llegaron en dos enormes picheles de plata. De un intenso color ámbar, estaban preparadas a base de hielo picado con una ramita de jengibre clavada encima.

Calliope se inclinó para probar el cóctel. Era dulce y picante al mismo tiempo.

—¿Sabías que estas tazas son parte de un tesoro sumergido? —comentó de forma espontánea—. Al parecer, llevaba siglos olvidado en el lecho marino cuando los mandarines recuperaron los restos del galeón español que lo transportaba.

—Un relato fabuloso. Aunque sería todavía mejor si fuese cierto. —Brice enarcó una ceja—. Se te da muy bien inventar historias.

De pronto Calliope se sintió como una tonta. No debería actuar así, dejando que la embustera compulsiva que llevaba dentro se apoderase de ella. Era demasiado profesional para eso.

—Estaba pensando que podríamos cenar en el Altitude, si te parece bien —continuó él, al cabo de un momento.

Calliope se mordió el labio. El Altitude era uno de los lugares menos indicados para presentarse con Brice. Allí había demasiada gente que conocía a los Mizrahi, gente que podría comentarle de pasada a Nadav o a Livya que la habían visto con Brice.

Iba a poner alguna excusa, a decirle que ya había estado dos veces en el Altitude esta semana y que estaba un poco cansada del sitio. Pero la respuesta se le quedó atascada en la garganta.

—A decir verdad, es mejor que no.

Brice tamborileó con los dedos en la mesa. Tenía unas manos fuertes y sorprendentemente encallecidas.

—Vale —dijo sin alterarse.

—Es solo que... mi familia no quiere que me vea contigo. No quiere que me comporte así, en realidad —añadió, señalándose la ropa, un escotado top negro sin espalda ni mangas y un rojísimo lápiz de labios—. Quiere que sea como mi hermanastra.

—¿Y desde cuándo eres tú una de esas chicas que siempre acatan las reglas?

—Es complicado.

—Es que no entiendo por qué te empeñas en ser quien no eres —insistió él.

—No lo entenderías. —«No te haces una idea de lo que es vivir en una farsa interminable. De lo que es vivir en una fabulación (entre falsas identidades, entre falsas alarmas, entre falsas esperanzas), solo para tener algo que ni siquiera sabes si de verdad es lo que quieres».

—Pues explícamelo. —Brice la escrutó, con esos profundos ojos azules llenos de intriga, y en ese instante Calliope comprendió con sobresalto que quizá, solo quizá, ella podría importarle de verdad. Se sintió ilusionada y aterrorizada al mismo tiempo.

—Mi madre se enamoró de Nadav, que resulta ser un hombre muy estricto. No quiero que se dé cuenta de que no soy como él piensa y se arrepienta de haberse casado con mi madre —dijo entre titubeos—. Solo quiero que sean felices.

—¿Tan estricto es que no te permite salir con nadie? —preguntó Brice, incrédulo.

—Contigo no —concretó Calliope, preocupada por que hubiera podido ir demasiado lejos.

—Una vez más, mi reputación me precede. —Pese al tono animado de Brice, ella había advertido un asomo de tristeza—. ¿Adónde has dicho que ibas esta noche, a cuidar los cachorros de la perrera?

—Caliente. A leerles cuentos a los niños del hospital. —Calliope se dio cuenta, al decirlo en voz alta, de lo absurdo que sonaba. Pero ¿de qué otra forma habría podido salir del apartamento, si no?

—¿Tu madre ha salido con otros hombres antes que con Nadav? —preguntó Brice.

«Ni te imaginas».

—Con alguno —se evadió Calliope—. Nada serio.

—¿Qué le pasó a tu padre?

Calliope recogió la mirada en la bebida, removiendo la superficie distraídamente con la ramita de jengibre.

—La verdad es que nunca hablamos de él. Se marchó cuando yo todavía era un bebé.

—¿No sientes curiosidad?

—No —dijo a la defensiva, para después suspirar—. Aunque antes sí la sentía. Cuando era pequeña, mi madre y yo jugábamos a un juego: cada vez que le preguntaba dónde estaba mi padre, ella me daba una respuesta distinta. Un día me decía que era médico y que estaba ocupado curando alguna enfermedad terrible. Al día siguiente era un astronauta que vivía en la colonia de la luna, o un actor famoso, que no podía venir porque estaba rodando una nueva película.

—Ahora sé de dónde te vienen tus dotes de actriz —dijo Brice con fingida ligereza.

—La respuesta siempre era distinta, sin importar las veces

que le hiciera la misma pregunta. Pero de todos esos cientos de respuestas, ninguna era verdad. Supongo que con el tiempo dejó de importarme. ¿Qué más daba, en el fondo? Estábamos nosotras dos solas y nos iba de maravilla sin él. Pero ahora ya no estamos nosotras dos solas —añadió con una voz más apagada.

—Conozco esa sensación —le confesó Brice por lo bajo—. Ahora me he acostumbrado a que estemos solo nosotros dos, solo Cord y yo. Por eso me negué a que los tíos que tenemos en Brasil nos adoptaran cuando nuestros padres fallecieron.

—¿En serio? —Calliope no lo sabía.

—Sí —dijo él con sequedad—. Querían que dejáramos atrás nuestra vida, que nos mudásemos a Río. Pero no los necesitábamos, ¿sabes? Ya entonces tenía claro que a Cord y a mí nos iría bien sin nadie más.

Claro estaba, los Anderton podían mantenerse por sí mismos en el aspecto financiero. Aun así, Calliope los compadeció, dos niños que debían abrirse camino en la vida ellos solos, sin la ayuda de ningún adulto. Ninguna fortuna compensaba algo así.

—No pretendía molestarte con lo de Nadav —se disculpó Brice—. Me parece magnífico que te preocupes tanto por la felicidad de tu madre.

—Gracias.

De pronto Calliope temió haberle dado demasiados detalles. Siguió conversando sin efugios, destapando su verdadero yo tal vez más de lo imprescindible. Para ella suponía un alivio inesperado quitarse la pesada coraza del personaje público y contar la verdad por una vez.

—Creo que no termino de entender por qué te empeñabas tanto en ser anónima, cuando podías ser la genuina Calliope Brown. —Brice pronunció su nombre con rimbom-

bancia, como un locutor de deportes, sacándole una sonrisa—.
Por cierto, ¿cómo es que te pusieron el nombre de Calliope?

—Quería... Mi madre quería que fuera una diosa —explicó
Calliope, que no había cometido un desliz por los pelos, porque «Calliope» era un nombre que había elegido ella misma.
Su verdadero nombre lo guardaba en secreto, como si estuviera
imbuido de algún poder intrínseco y místico.

—Ese ese caso, te sienta muy bien.

Siguieron bebiendo un rato más, dejándose envolver por
los ruidos del bar, conversando sobre otros temas un poco menos trascendentes, como el trabajo de Brice o las recientes elecciones a la alcaldía. Al cabo, Calliope cayó en la cuenta de que
su pichel estaba vacío.

—En fin, al Altitude no —dijo Brice—. ¿Dónde cenamos,
entonces? ¿Qué tal el Revel?

Calliope fue a asentir, pero algún instinto perverso hizo que
se lo pensara mejor.

—En realidad, había pensado que podríamos probar en el Hay
Market.

Brice se rio.

—Hay una lista de espera de dos meses para entrar en el
Hay Market. No creo que logremos entrar, ni aunque soborne
al *maître*.

Calliope ya lo sabía. El Hay Market era el nuevo local de
moda de la Torre, y por eso mismo lo había sugerido. Quería
entrar en un restaurante glamuroso y exclusivo del brazo de un
chico peligrosamente apuesto, un chico que empezaba a gustarle demasiado.

Además, le apetecía darse un poco de postín.

—Vas a poder entrar porque lo vas a hacer conmigo —le
prometió.

Brice iba a protestar, pero Calliope se llevó un dedo a los labios mientras avisaba al restaurante.

—Voy a necesitar una mesa para dos, ahora mismo. A nombre de Alan Gregory —indicó, dando comienzo a la actuación con absoluta naturalidad. Su voz había adquirido en el acto un tono comedido y profesional, muy alejado de su habitual textura grave y ronca.

Ah, qué bien le sentaba contar estas mentirijillas, danzar en torno a los límites de la verdad. Obligar a los demás a acatar su voluntad, aunque solo fuera por un momento.

—Querrá el menú de degustación completo, por supuesto —dijo, ignorando las protestas que la anfitriona balbucía—. No, junto a la ventana no. La mesa de al lado de la chimenea. Gracias.

Brice meneó la cabeza, con un brillo de admiración en los ojos.

—Tú vas siempre hasta el final, ¿verdad?

—¿Seguirías tú aquí si no fuese así?

—¿Y se puede saber quién es Alan Gregory?

—El crítico gastronómico del *London Times* —dijo Calliope con una mueca de autocomplacencia.

Intrigado, Brice se bajó del taburete y la siguió hacia la puerta.

—¿Y qué ocurrirá cuando el chef salga y vea que yo no soy Alan Gregory?

—Supongo que tendrá que conformarse con Brice Anderton —contestó Calliope mientras adoptaba su acostumbrada sonrisa teatral—. Como yo.

Siento que el plan de esta noche haya terminado convirtiéndose en un desfile de moda —se disculpó Calliope mientras se ponía otro vestido largo, el decimoquinto, si no había perdido la cuenta.

—Créeme, verte vestirte y desvestirte una y otra vez es un plan magnífico para esta noche. —Max la miró con un descarado gesto de aprobación, y una oleada de calor invadió a Avery desde la parte inferior de la espalda hasta las mejillas.

—¿Me abrochas? —Señaló su espalda y, obediente, Max le subió la cremallera.

Estaban en el dormitorio de Avery, ahora inundado de percheros que contenían decenas de vestidos de gala: las distintas opciones para el baile de investidura, que se celebraría ese mismo mes. Hasta el último diseñador de América y un buen número de modistas internacionales le habían enviado un vestido de muestra para que se lo probara.

Avery no estaba acostumbrada a probarse ropa de esta manera. Por lo general, cuando salía de compras, proyectaba los diseños en un escáner holográfico de su cuerpo; después, si el resultado le convencía, realizaba el pedido de las prendas. Esta vez era distinto, porque ella no había encargado ninguno de estos vestidos. Los diseñadores los habían confeccionado a medida para ella con la intención de probar suerte, todos ellos confiando en que el suyo fuera el elegido.

Y Avery tenía que decidirse ya, porque mañana vendría un fotógrafo al piso mil para hacerle un reportaje. Según parecía, iba a ser la imagen principal de la descarga de *Vogue* de la semana siguiente.

Se giró hacia la pared de su dormitorio, la cual había configurado en modo de espejo, y estudió el espectacular vestido de pasarela que tenía tendido ante sí. Era de un llamativo naranja fluorescente.

—Parezco una señal de peligro. —Ahogó una risa.

—La más hermosa señal de peligro de la historia de las intersecciones. —Max la envolvió entre sus brazos por la espalda. En sus ojos cálidos se reflejaba la luz ambiental.

—Gracias, Max. Por todo —le dijo ella en voz baja. En él había encontrado la estabilidad que necesitaba durante el caos de la campaña.

Se alegraba de que fuera a estar allí la semana siguiente, cuando ella acudiese a la entrevista de Oxford. Le vendría bien contar con su serenidad imperturbable.

—Te quiero —le dijo de improviso, para a continuación girarse y besarlo.

Lo besó en los pómulos, en la frente y en el hoyuelo de la

barbilla, donde se recogía una sombra de barba. Al principio, los besos llegaron a modo de llovizna. Después confluyeron en su boca, los brazos de él le envolvieron la espalda, cuando la lluvia empezaba a arreciar.

El ruido de unos pasos al otro lado de la puerta los obligó a separarse rápidamente.

—¿Mamá? —preguntó ella, titubeante.

Los pasos se detuvieron.

—¿Necesitabas algo? —oyó que preguntaba Atlas, cuya voz sobrecogió a Avery, porque no tenía ninguna intención de invitarlo a pasar.

—No importa. Perdona...

Pero Max ya había corrido hacia la puerta para abrirla con una sonrisa expectante.

—¡Atlas! —exclamó, ajeno a la tensión que se había gestado entre los hermanos—. ¡No sabía que habías vuelto! ¿Cómo estás?

La incomodidad de Atlas saltaba a la vista. Había volado a San Francisco esta misma semana, en principio por cuestiones de trabajo, aunque Avery estaba segura de que su intención había sido alejarse de ella. No había vuelto a verlo siquiera desde el duelo en las canchas de tenis del Altitude.

Giró el torso despacio hacia la puerta, y las voluminosas faldas naranjas se agitaron ampliamente en torno a ella como una campana.

—Ey, Max —dijo Atlas en un tono llano; y como ella lo conocía desde que eran niños, y podía identificar hasta el último asomo de emoción que conformaban sus facciones, Avery supo lo que Atlas quería decir de verdad con aquellas dos palabras. Representaban un tratado de paz con ella.

Max miró a Avery.

—¿Te importa si vuelvo a casa ahora, Avery? Tengo mucho que estudiar antes de los exámenes. No es que no esté disfrutando con el desfile de moda, pero ambos sabemos que soy un negado para estas cosas. Estarás mucho mejor en manos de Atlas.

—Claro, lo entiendo. Buena suerte. —Se inclinó hacia él para plantarle un beso en la comisura de la boca, ignorando a Atlas de forma deliberada—. Avísame si quieres que me pase más tarde para descansar un rato de los libros. —Un evidente tono insinuante caldeó el modo en que dijo «descansar un rato de los libros».

—Eso suena muy bien —aceptó Max con una sonrisa traviesa. Y entonces se marchó, dejando a Avery y a Atlas a solas en el dormitorio.

—No tienes por qué quedarte —le dijo ella enseguida—. Seguro que tienes cosas más importantes que hacer.

—No me importa —respondió él. A Avery le pareció detectar una cierta entonación desafiante en el comentario, pero no podía asegurarlo.

Apartó la mirada. Su reflejo parecía una flor en medio de la pantalla espejo, estridente y repulsiva, cubierta bajo todos aquellos metros de pesada tela naranja. De pronto, sintió la necesidad acuciante de quitarse el vestido, como si la estuviera aplastando literalmente. Se llevó la mano a la espalda en busca de la cremallera, pero no podía girar el brazo para cogerla. Dio un bufido de pura frustración.

—Eh, tranquila —murmuró Atlas, que le bajó la cremallera. Tuvo mucho cuidado de que su piel no se rozara con la de ella.

Al girarse, Avery vio algo sonrosado en la parte interior del brazo de Atlas, y ahogó un grito.

—¿Qué? —preguntó él.

—¿Qué te ha pasado? —Sin pensar, Avery le palpó la cicatriz, una furiosa media luna roja cerca del codo. Atlas se mantuvo inmóvil mientras ella deslizaba los dedos por encima.

Avery conocía su cuerpo a la perfección, aun cuando había transcurrido tanto tiempo. Lo tenía memorizado desde hacía mucho, hasta la menor de las cicatrices y pecas de cada centímetro cuadrado de su piel. Pero esta no la reconoció.

—Me quemé —dijo en voz baja.

De repente Avery cayó en la cuenta de lo que estaba haciendo, de que estaba tocando a Atlas de un modo íntimo. Retiró las manos y se apartó. El vestido aún le colgaba abierto por la espalda; cruzó los brazos sobre el pecho.

—¿En Dubái no usan dermorreparadores?

—Tal vez quisiera dejármela. Tal vez me pareció que molaba —dijo él con despreocupación.

Avery se dirigió al armario para quitarse ese horrible vestido y se puso una blusa y un pantalón deportivo antes de regresar al cuarto. Atlas seguía allí.

—¿Estás bien, Aves?

Oír el apelativo con el que él siempre se había dirigido a ella la puso triste. Tragó saliva.

—¿Te acuerdas de las fortalezas que construíamos de pequeños?

Atlas y ella solían levantar complejas fortalezas en el salón, juntando los muebles, coronándolos con montones de mantas y almohadas. Si su madre los sorprendía, montaba en cólera («¿Vosotros sabéis lo caras que son estas almohadas de seda? ¡Ahora habrá que lavarlas en seco!»), mientras ellos se miraban el uno al otro e intercambiaban una risita. Cuando se refugiaban dentro de aquellas fortalezas, era como si pudieran escapar de cualquier cosa.

—¿Por qué lo dices?

—Me gustaría poder meterme en una ahora mismo, para evadirme de todo esto. —Avery extendió los brazos hacia los lados, señalando las distintas prendas de alta costura, todas diseñadas a medida para su cuerpo, y todas, sin embargo, insoportablemente asfixiantes.

Atlas la miró a los ojos por el espejo.

—No me había dado cuenta de lo mucho que odias que papá sea el nuevo alcalde.

Avery se devanó los sesos en busca de las palabras adecuadas.

—Se me presta demasiada atención. Me siento atrapada en un limbo, como si siempre tuviera un vacío en el estómago. Ya nadie ve quién soy en realidad, ni siquiera nuestros padres —declaró con impotencia—. A veces siento que estoy a punto de derrumbarme.

—Sabes que eres demasiado fuerte para eso —dijo Atlas a media voz.

—Es solo que a veces pienso en la Avery que mamá y papá ven, tan radiante y perfecta, y desearía poder ser esa chica. En lugar de la Avery falible que soy en realidad.

—Tu supuesta imperfección es lo mejor de ti.

Avery no supo qué responderle a eso, de modo que no dijo nada.

—Nuestros padres tampoco me han visto a mí nunca como soy de verdad, ¿sabes? —le reveló Atlas pasado un momento—. Durante años, cada vez que me miraban, veían un montón de cosas, como un instrumento publicitario, una forma de tenerte contenta y quizá incluso un activo para el negocio, pero no me veían a mí, como soy de verdad. Créeme cuando te digo que sé lo que se siente cuando quieres estar a la altura de la idea que mamá y papá se habían hecho de ti. Tal vez yo lo deseara incluso más que tú —añadió, mientras los rasgos de su rostro se volvían más angulosos—, porque mi vida no siempre ha sido esta.

Avery se sumió en el silencio, sobrecogida. Atlas no hablaba casi nunca de cómo eran las cosas para él en el pasado, antes de que lo adoptaran.

—Cuando mamá y papá me trajeron a casa, pensaba que era el niño más afortunado del mundo. Pero me preocupaba que un día se levantaran y decidieran que ya no me querían, y que me devolvieran como si fuera un par de zapatos.

—Nunca habrían hecho eso. —Avery se compadeció de él, de aquel niño inseguro que tenía miedo de algo así.

—Lo sé. Pero, al contrario que tú, yo tenía el recuerdo de una época anterior a que ellos me ofrecieran su amor. Motivo por el cual detestaría decepcionarlos. Esperan mucho de mí, pero también me lo han dado todo. —Suspiró—. En parte, esa es la razón por la que el año pasado estuve fuera de casa tanto tiempo, para ver cómo me sentía al ser yo mismo y no un Fuller.

—¿Y cómo te sentiste? —Avery no acertaba a imaginarse quién sería ella si no fuese Avery Fuller. Si pudiera viajar por el mundo sin llamar la atención, como una persona normal y corriente.

—Sentí como si una especie de niebla se hubiera disipado. Como si pudiera verlo todo mucho más claro —describió Atlas con una sonrisa—. Aves, prométeme que dejarás de preocuparte de mamá y de papá. Que harás lo que tú estimes correcto. Me refiero a ti y a Max —añadió incómodo; y en ese instante, la conexión que había surgido entre ellos se rompió.

»Lo siento, tengo que irme. —Atlas se pasó una mano por el pelo, dejándoselo revuelto de una forma graciosa—. No soy de gran ayuda con estos temas. Además, sabes que no importa lo que te pongas. Aunque te presentaras en esa fiesta vestida con una caja de espuma plástica, seguirías estando perfecta.

Antes de que Avery hubiera tenido tiempo de responderle, él se había ido. La energía de su presencia continuó arremolinándose por el cuarto, batiéndose contra ella.

¿Por qué tenía que esforzarse continuamente para que los demás la entendieran, mientras que Atlas, de alguna forma instintiva y elemental, siempre parecía saber lo que le pasaba? ¿Por qué le costaba tanto conseguir que todo el mundo la viera igual que él?

Se dejó caer bajo el dosel de la cama y extravió la mirada en el techo, decorado con un holograma de su mural italiano favorito. Los píxeles cambiaban de posición sin cesar, de un modo casi imperceptible, pincelada a pincelada, como si un artista invisible estuviera allí suspendido, alterando la composición una y otra vez.

Deseó seguir furiosa con Atlas. Porque, sintiera lo que sintiese ahora, era infinitamente peor.

RYLIN

Rylin se reclinó en la silla giratoria, estiró las piernas y miró con el ceño fruncido la holo que estaba montando poco a poco. Llevaba toda la tarde en la sala de edición de la escuela. Ahora mismo era el único sitio en el que podía intentar encontrarle algún sentido a todas las cuestiones que la vida le planteaba.

Aún estaba confundida por la repentina marcha de Hiral. Y lo echaba de menos. Porque era su novio, sí, pero también porque le gustaba tenerlo en su vida. Le entristecía que después de todo aquello por lo que habían pasado (la muerte de la madre de Rylin, el abandono de los estudios de Hiral, su arresto y su posterior puesta en libertad) terminaran así, con una despedida brusca y apresurada en la estación del monorraíl.

No se quitaba de la cabeza que Chrissa había llevado razón desde el principio. Rylin estaba convencida de que podría empezar de cero con Hiral. Pero los secretos y las mentiras habían terminado por arrollarlos de nuevo.

Este fin de semana, mientras porfiaba por imponer algún orden entre sus ideas, le dio por coger su holocámara plateada. Cuando quiso darse cuenta, había empezado a grabar.

Grabó a Chrissa, y a la familia de Hiral. Escaneó las instantáneas que habían tomado al comienzo de su relación (adaptarlas al formato holográfico tridimensional había sido un proceso laborioso, tanto que se había visto obligada a tomar prestado el transmutador de Raquel en la biblioteca). Grabó a algunas parejas jóvenes en el centro comercial y a unas cuantas parejas mayores en el Ifty. Salió a la plataforma de la planta treinta y dos y filmó la puesta de sol, las llameantes nubes anaranjadas envueltas en un profundo púrpura ennegrecido, como un suspiro silente.

Mientras organizaba el material en bruto en la reconfortante penumbra de la sala de edición, empezó a concebir este improvisado proyecto cinematográfico como lo que en realidad era. De alguna manera, estaba componiendo una memoria, o tal vez un tributo, a los días que había compartido con Hiral. Esta holo era un homenaje a su relación, tanto al aspecto positivo como al negativo.

Siguió recordando cosas, pequeños incidentes en los que no había vuelto a pensar desde hacía años. Como la primera vez que intentó cocinar una tarta para Chrissa y, al quemarse con el horno, Hiral le acunó la mano sobre el pecho con una bolsa de hielo mientras le daba bocaditos de masa cruda con una cuchara. O la vez en que se quedaron encerrados juntos en el monorraíl, durante el único apagón que se había producido en la historia de la Torre, y estuvieron cogidos de la mano con fuerza hasta que volvieron a encenderse las luces.

De alguna manera, le resultaba más fácil entender su relación así (en forma de viñetas, de momentos visuales desconectados los unos de los otros) que en conjunto. Tal vez cuando terminase se la enviase a Hiral. Él comprendería lo que quería decir.

Continuaba organizando el metraje cuando alguien abrió la puerta de la sala de edición.

Rylin entrecerró los ojos para adaptar la vista al resplandor. Por alguna razón, no se sorprendió al ver a Cord; había intuido su cercanía antes incluso de que entrara, como si se hubiera producido una leve alteración en la temperatura.

Cord se había quitado la corbata y desabotonado el cuello de la camisa, lo que le daba un aspecto informal y desaliñado, además de tan descaradamente atractivo que Rylin tuvo que contener la respiración.

—¿Qué haces en el campus a estas horas? —No estaba acostumbrada a ver a Cord acercarse a la sala de edición.

—La verdad, Myers, es que te andaba buscando. He intentado mandarte un toque varias veces, pero siempre se configuraba como mensaje, de modo que, o bien seguías dentro de la tecno-red, o bien te encontrabas fuera del planeta. Imaginé que esta opción era la más probable.

Rylin no respondió. El corazón le había dado una vuelta de campana, el cuerpo estaba tenso de pura emoción. Había puesto todo su empeño en no pensar en Cord después de haber roto con Hiral. Necesitaba tiempo para asimilar todo lo que había ocurrido para centrarse en sí misma. Ya llevaba un tiempo sin pareja. Tal vez estos días de soledad le vinieran bien. Desde luego, no quería convertirse en una chica de esas que se pasaban la vida saltando de un chico a otro.

Cord se acercó a ella y entrelazó las manos a la espalda, adoptando aquella pose meditabunda con la que los entendidos estudiaban las obras de arte. Su mirada se deslizó hacia la holo que parpadeaba ante ellos.

—¿Esta también la protagoniza Lux? ¿De qué trata? —preguntó.

«Solo es un homenaje a la relación de la que acabo de salir». Rylin se levantó despacio, para verla desde la misma perspectiva que él.

—Es un proyecto nuevo. Trata de... los finales —explicó mientras el holograma pasaba al primer plano de las manos entrelazadas de una pareja.

—¿Los finales?

—Hiral y yo hemos roto. Se ha marchado de Nueva York, de hecho.

Muy despacio, Cord acortó la distancia que los separaba. Se detuvo a una distancia mínima de ella, tan cerca que Rylin podía verse reflejada en el azul claro de sus iris, que podía distinguir la sombra difusa que bordeaba su mentón.

—Yo en realidad no creo en los finales —dijo lacónico—. Al menos, no creo que se les deba llamar «finales». Ese término tiene una connotación tajante que resulta demasiado deprimente.

—¿Cómo los llamarías tú?

—Oportunidades. Un cambio de valores. El comienzo de algo nuevo.

Rylin parpadeó y cerró los ojos. Se estremeció de calor y de frío al mismo tiempo.

—Rylin —dijo Cord—, no voy a besarte.

Ella dio un paso atrás, tenía el cuerpo rígido por el orgullo herido, pero la expresión de Cord le dio que pensar.

—Quiero hacerlo... Es lo que más me gustaría —le aseguró con la voz ronca—. Pero me niego a ser el típico imbécil que se aprovecha de ti ahora que acabas de salir de otra relación.

Sus miradas se entrecruzaron durante un largo, nublado y cálido momento. El ruido de fondo se disolvió en un profundo silencio. Los pensamientos de Rylin, su sangre, parecían fluir con lastimera lentitud.

Se levantó de puntillas para besarlo.

La conturbó el tierno roce del deseo que sintió cuando la boca de Cord tocó la suya. Quiso que fuera superficial, pero había pasado demasiado tiempo; ambos se entregaron al beso. Rylin lo atrajo hacia sí en un abrazo instintivo. Sintió que se mareaba, embriagada por la situación, porque Cord estuviera aquí de verdad y fuese suyo.

Pero ¿de verdad eso era bueno?

Ya había pasado por esto con anterioridad, y no había terminado bien, de modo que ¿por qué narices esperaba que ahora todo fuese distinto?

Aunque tuvo que hacer acopio de toda su voluntad, Rylin cortó el beso bruscamente.

—Cord —susurró, intentando ignorar la presión de sus manos, apoyadas aún en su espalda—. ¿Qué estamos haciendo?

—Enrollándonos, aunque por alguna razón inexplicable prefieras que paremos —resumió él, que de nuevo bajó su boca hacia la de ella. Rylin dio un paso atrás.

—¿Tú y yo, juntos de nuevo? Es una locura. —Por mucho que lo quisiera, Rylin sabía que no soportaría volver a pasar por ello, por la infinidad de pequeñas heridas que se habían causado el uno al otro, por los malentendidos, por el dolor y por la pérdida. ¿No era esa la definición precisa de la demencia, hacer lo mismo una y otra vez y esperar siempre un resultado distinto?

—Claro que es una locura. Estoy loco por ti, Myers. Lo estoy desde el día en que irrumpiste en mi apartamento el pasado otoño. —Al ver que ella no sonreía, espiró—. ¿Qué ocurre? ¿De qué tienes miedo?

Rylin apoyó la frente contra su pecho para no tener que mirarlo a los ojos.

—De que estemos siendo unos imprudentes. De que nada haya cambiado, y de que volvamos a hacernos daño otra vez.

—Los dos nos equivocamos la otra vez, Rylin. Ahora sé que aquella noche tendría que haberte dado la oportunidad de explicarte. Tendría que haberme dado cuenta de lo mucho que te amaba cuando todavía no era demasiado tarde. —Contuvo un suspiro—. Es lo que me recomendó Eris, ¿sabes?

Rylin levantó la cabeza de inmediato al oír esto último.

—¿Eris?

—La noche en que falleció. Me dijo que tú eras la chica que de verdad encajaba conmigo, que debería luchar por ti.

—Ni siquiera me conocía —gimió Rylin.

—Eris soltaba muchas verdades —dijo Cord, como si eso lo explicase todo—. Aseguraba que le bastaba con ver cómo yo te miraba para saber lo importante que eras para mí.

—Oh —suspiró Rylin. Tal vez debería haberse extrañado de esto, pero por alguna razón le agradó saber que Eris, una chica a la que ella ni siquiera llegó a conocer, creía en ella y en Cord.

Y también Leda creía en ellos. Rylin se acordó del comentario que le había hecho el otro día, acerca de que eso la animaría. Por chocante que pareciese, también a Rylin le gustaba la idea.

—Rylin, te juro que, si me das otra oportunidad, no volveré a cometer los mismos errores estúpidos. No puedo prometerte que no vaya a cometer otros errores, e igual de estúpidos —añadió Cord con pesar—, pero me esforzaré al máximo.

Rylin sonrió con cautela.

—Me parece justo. Siempre que no repitamos los de antes.

—Dios, cómo te echaba de menos. —Cord empezó a besarla otra vez, una lluvia de besos leves y cálidos, cada uno de ellos arropado con una revelación.

—Echaba de menos tu risa. —Beso—. La forma que tienes de quitarme mis tonterías de la cabeza. —Beso—. Ese sujetador turquesa que llevas en secreto bajo la ropa oscura, solo porque nadie va a darse cuenta.

Rylin fue a protestar, pero no tuvo ocasión de decir nada, porque Cord ya le estaba dando otro beso y prosiguiendo con la lista; y así, Rylin cedió y echó la cabeza hacia atrás. El pulso se le había desbocado y el cuerpo era un afilado canto a la vida.

—Echaba de menos ese gesto que pones cuando estás grabando, con la nariz toda arrugada. —Beso—. El modo en que se te escapa el pelo de la coleta y cuelga suelto en torno a tu cara, como ahora, cuando te beso.

Rylin fue a arreglárselo, pero Cord meneó la cabeza.

—No, déjalo. Estás preciosa.

Ella le sonrió bajo la penumbra.

—¿Me coges a solas en un cuarto oscuro y me regalas los oídos? Si no te conociera bien, Cord Anderton, diría que te has propuesto seducirme.

—¿Funciona? —preguntó él, provocando la risa de Rylin, que cerró los brazos plena de felicidad alrededor de sus hombros.

Se besaron, más despacio ahora, mientras el resplandor rasgado del holograma danzaba sobre ellos.

WATT

Gira a la izquierda aquí —susurró Nadia a los audiorreceptores de Watt. Por lo general, habría dejado que le diera indicaciones visuales, por medio de flechas brillantes superpuestas en su campo de visión, pero ahora no quería perderse ni un solo detalle del campus del MIT, el Instituto de Tecnología de Massachusetts. Los altos edificios de piedra bordeaban ambos lados de las calles enlosadas, que seguían siendo vías peatonales en su totalidad; Cambridge siempre se había negado a levantarlas e instalar las esquirlas magnéticas que se necesitaban para mantener los aerodeslizadores en suspensión. El resplendente sol del invierno pendía sobre la cúpula blanca del edificio principal, cuyas hileras de elegantes columnas se erigían vigilantes sobre el patio. Watt se sorprendió de lo mucho que le gustaba la arquitectura clásica. Aquel orden tajante tenía algo que le atraía. Aquí era, pensó, donde uno aprendía cosas de verdad.

La invitación a la entrevista en el MIT le había llegado hacía tan solo dos días. Hasta ahora era lo único que le había hecho reponerse de la conmoción, la que había sufrido cuando, sin saber cómo ni por qué, la había pifiado con Leda una vez más.

Por otro lado, albergaba el deseo de venir al MIT desde mucho antes de saber siquiera quién era Leda.

Esta tarde había tomado el hipercircuito desde la estación de Pensilvania. Hasta ahora, Watt no había montado nunca en los trenes de alta velocidad basados en la tecnología de sustentación magnética, y se había pasado todo el trayecto mirando por la ventana las paredes difuminadas del túnel, maravillado. Aunque habían viajado a unos mil quinientos kilómetros por hora, no se habían producido sacudidas, bandazos ni alteraciones apreciables en la velocidad. De hecho, ni siquiera parecía que estuvieran moviéndose.

«Allá vamos», pensó mientras tomaba la escalera del edificio de Matriculación y accedía a una anodina sala de espera. Varias miradas confluyeron en él al instante, tasándolo.

Los otros candidatos tenían el mismo aspecto que él, observó Watt, alarmado de pronto, salvo por el hecho de que todos vestían traje, incluso las chicas. Repasó el atavío que había elegido para la entrevista (un *blazer* de mezcla de lana y una camisa de cuello abotonado conjuntada con unos caquis) y enseguida sintió que estaba llamando la atención.

«¡Soy el único que no lleva corbata!», dijo con desesperación a Nadia. Tendría que haberle preguntado a Leda lo que debía llevar. Aunque, claro, ella le había retirado la palabra. Tal vez ya no volviera a dirigírsela nunca más, después de la acusación que había vertido sobre ella.

«Leda volverá a perdonarme, ¿verdad?».

«No lo sé, Watt», contestó Nadia. «No dispongo de ningún conjunto de datos al respecto».

Watt asintió, cayendo en la cuenta demasiado tarde de que tal vez los demás observaban que estaba balanceando la cabeza sin motivo alguno. Se había prometido a sí mismo que no pensaría en Leda. Eso tan solo le serviría para terminar más disgustado y angustiado de lo que ya estaba.

La atmósfera que se había impuesto en la sala de espera no podía ser más tensa, como una cuerda que fuera a partirse de un momento a otro. Watt se sentó en un extremo desocupado del sofá y miró con disimulo a su competencia. Los otros estudiantes tenían un brillo ambicioso en los ojos e irradiaban la implacable confianza en sí mismos que les daba el hecho de ser los primeros de la clase, los más aventajados de su terreno, los que siempre ganaban.

Watt ya no sentía ese aplomo.

Esperó mientras hacían pasar a otros candidatos (Anastasia Litkova, Robert Meister), cambiando de postura nerviosamente, tirando de los hilos sueltos del sofá. Nadia propuso que repasaran algunas de las preguntas, pero Watt pensó que eso solo serviría para empeorar las cosas. Al cabo de un rato, un joven que llevaba un chaleco granate se asomó a la sala y preguntó:

—¿Watzahn Bakradi?

—¡Yo! —exclamó Watt, que dio un traspié en su ansia por levantarse. Una chica vestida con un traje de chaqueta y pantalón azul marino a medida puso los ojos en blanco al verlo y siguió mascullando una especie de mantra para concentrarse.

Watt siguió al chico del chaleco por un pasillo penumbroso, donde sus pasos eran amortiguados por una alfombra gruesa, hasta que llegaron a un despacho austero y bien iluminado. Se relajó al ver una mesa de madera y dos sillas. Al menos, no habría de entrevistarse con un jurado, el cual estaría compuesto de varios seleccionadores que lo acribillarían a preguntas.

—Watzahn. Debo admitir que estaba esperando comenzar con esta entrevista —dijo Vivian Marsh, directora de Matriculación del MIT. Tenía los ojos profundos y una melena castaña y lisa que le rozaba los hombros. Watt ya se había encontrado con ella en otra ocasión, el año anterior, tras una sesión informativa que se celebró en el instituto.

La puerta que quedaba tras ellos se cerró cuando el secretario de Matriculación salió del despacho, dejando a solas a Watt y a Vivian.

Watt acercó una silla y tomó asiento. La mesa estaba despejada, salvo por el bolígrafo y el papel que había junto a su silla (¿esperarían que tomase notas?) y el curioso instrumento que Vivian tenía a su lado, un recipiente abultado por sus dos extremos y estrecho por el centro, lleno de arena.

«Es un reloj de arena. La forma con la que se medía el paso del tiempo en el pasado», le informó Nadia mientras Vivian levantaba el reloj y le daba la vuelta. La arena empezó a caer de un receptáculo al otro.

—Solo para cerciorarme de que no me paso de la media hora de la que disponemos —explicó ella, aunque Watt supo ver lo que el reloj era en realidad: una técnica de intimidación.

Se incorporó en la silla, decidido a no dejarse amilanar.

—Sus notas son impresionantes —comentó Vivian sin preámbulos. Watt fue a darle las gracias, pero antes de que llegara a abrir la boca, ella siguió hablando a una velocidad avasalladora—: De lo contrario, no estaría aquí, por descontado. Así que ¿qué más?

—¿Qué más? —repitió Watt como un bobo. «¡Nadia! ¡Ayúdame!». Nadia y él no habían practicado con ninguna pregunta ambigua o abierta de este tipo. Estaba preparado para responder de memoria a cuestiones como «¿Por qué quieres ingresar en el MIT?» o «¿Cuáles son tus principales virtudes?». Pero «¿Qué más?».

Vivian se inclinó un poco hacia delante.

—Watzahn. Hay miles de candidatos con promedios académicos similares al suyo. Y la mayoría de ellos encabezan multitud de actividades extracurriculares, o al menos participan en ellas, lo que quiere decir que aportarían experiencia a la hora de delegar tareas o de trabajar en equipo para desarrollar un producto final. Pero aquí solo veo que el año pasado se apuntó al club de Matemáticas —dijo, y los ojos se le pusieron un tanto vidriosos mientras repasaba el expediente de Watt—. ¿Qué hace en su tiempo libre? ¿Qué es lo que lo apasiona?

«Ah, lo típico, ya sabe. Utilizo un ordenador ilegal, acepto algún que otro encargo como pirata para sacarme un dinerito extra, investigo la muerte de una chica a la que casi ni conocía. Intento recuperar a la chica que perdí».

—Me interesa mucho el campo de la ingeniería informática —aventuró.

—Sí, eso ya lo ha puesto en su solicitud —afirmó Vivian con impaciencia—. Pero ¿por qué usted? ¿Qué es lo que lo convierte en una persona especialmente cualificada para construir un ordenador cuántico?

Watt consultó sus lentes de contacto, donde Nadia había proyectado sus puntos fuertes para ayudarlo.

—Puedo sumergirme en los detalles del código sin perder la noción del conjunto. Soy creativo pero al mismo tiempo analítico. Soy paciente pero también sé cuándo hay que espabilar, ser ingenioso y espontáneo.

—¿Qué tal si vemos esa agilidad de ideas en funcionamiento? Voy a proponerle un sencillo problema de cálculo mental —decidió Vivian—. ¿Listo?

Cuando Watt asintió, Vivian pasó a exponer el caso.

—Una pelota de golf normal mide cuarenta y ocho milímetros de diámetro. En Nueva York, los ascensores miden veinte metros de largo por tres metros de ancho y por cuatro metros de alto. ¿Cuántas pelotas de golf...? ¿No va a apuntar los números? —se interrumpió, señalando el bolígrafo y el papel.

Ah, claro. Tal vez a la gente normal le hiciera falta. Watt consideró la idea de seguir su sugerencia; por otro lado, ¿de qué le servía ser normal? Los entrevistadores del MIT no buscaban gente normal.

—Tres millones doscientos treinta y nueve mil noventa y nueve —resolvió en lugar de tomar notas—. Era lo que iba a preguntarme, ¿verdad? ¿Cuántas pelotas de golf caben en un ascensor?

«Gracias, Nadia», pensó aliviado. Por fin, una pregunta a la que había sabido responder con exactitud.

Tardó unos instantes en percatarse de que Vivian no parecía demasiado impresionada.

—¿Quién se lo ha dicho? —inquirió—. Alguien le ha dado la respuesta con antelación. ¿Quién ha sido?

—¿Cómo? Na... Nadie —trastabilló Watt—. Lo he calculado sobre la marcha.

—Nadie es tan rápido —opuso Vivian, y Watt se sintió como un completo imbécil, porque ella tenía toda la razón. Ningún humano era tan rápido.

—Veamos —dijo él—. Le describiré el proceso mental que he seguido. —Escribió las sucesivas operaciones; en realidad, era un sencillo problema de multiplicar. El truco estaba en acordarse de restar las pelotas que había que contar por duplicado y por triplicado, en los lados y las esquinas del cubo imaginario. Pero Vivian aún tenía el rostro lívido.

—En el MIT no hay lugar para tramposos. Si algún día llegara a trabajar con ordenadores cuánticos, comprobará lo increíblemente potentes que son. —«Ni se lo imagina», quiso decirle él—. Su capacidad de procesamiento desafía al entendimiento humano. ¿Sabe en qué ámbitos se usan los ordenadores cuánticos hoy en día? —concluyó con sequedad.

—En el Departamento de Defensa, en la NASA, en las instituciones financieras...

—Exacto. Lo cual significa que gestionan un tipo de información extremadamente sensible: los números de la seguridad social de los ciudadanos, las claves bancarias, cuestiones de defensa nacional. Datos que no pueden verse comprometidos bajo ningún concepto. ¿Comprende por qué la gente que trabaja con ellos debe hacer gala de una integridad intachable? —Vivian meneó la cabeza—. Nunca permitiría que alguien que hace trampas se acercara a un ordenador cuántico.

—No he hecho trampa —insistió Watt, aunque, por supuesto, no era cierto. Había hecho trampa solo por haberse presentado con Nadia a la entrevista—. Lo que ocurre es que el cálculo mental se me da muy bien. Por eso me apunté al club de Matemáticas —añadió con impotencia, luchando contra la desesperación que lo ahogaba.

—Eso espero. Porque si sospechara que ha hecho algo moralmente cuestionable, no lo habría invitado a visitar hoy nuestro campus.

Watt procuró no retorcerse de la angustia. Había hecho multitud de cosas moralmente cuestionables, como mentir sobre la muerte de Eris o infiltrarse en los archivos de la policía en busca de información sobre Mariel, por no hablar de que había fabricado a Nadia. Confiaba en que su expresión no revelase el ritmo frenético al que le latía el corazón. De pronto, ya solo oía el siseo blando e imparable de la arena al caer de un extremo al otro, cada uno de cuyos granos indicaba que ya faltaba un poco menos para terminar con esta entrevista decisiva.

—Bien, prosigamos —dijo Vivian en un tono resuelto—. ¿Cuál es su libro favorito?

¿Libro favorito? A decir verdad, Watt no había vuelto a leer un texto completo desde que tenía trece años. Siempre le pedía a Nadia que se los resumiera.

«*Orgullo y prejuicio*», sugirió Nadia, y en ese momento Watt recordó vagamente que debía de haberlo leído en algún momento para la clase de Inglés, de modo que sin duda sería una buena opción. Decidido, repitió el título en voz alta.

—En serio —dijo una inexpresiva Vivian—. Jane Austen.

Nadia le facilitó una sinopsis de la novela, pero Watt se temía que las sugerencias de Nadia no estaban ayudándolo demasiado. Tenía que luchar con un nuevo e impreciso miedo que le había hecho un nudo en la garganta y seguir hablando con naturalidad, algo que no le dejaba pensar claramente.

—Me encanta ese libro, el marcado orgullo de Darcy y los profundos prejuicios de Elizabeth —balbució. Pero, un momento, ¿lo habría dicho mal?—. Y, cómo no, ella también es muy orgullosa, y también él tiene muchos prejuicios —añadió patéticamente.

Vivian lo escrutó unos instantes. La decepción se agolpaba en sus ojos.

—Creo que hemos terminado —concluyó a media voz mientras apartaba el reloj de arena—. Puede irse.

Watt reaccionó entonces.

—No es justo. He solicitado matricularme en una carrera de Informática. ¿Qué importancia tiene lo que lea o deje de leer?

—Señor Bakradi, la mitad de los estudiantes que entran aquí aseguran que *Orgullo y prejuicio* es su libro preferido. ¿Cree que eso es así en realidad o que se debe a que yo he marcado esa novela como favorita en la cabecera del perfil público que tengo en los agregadores?

«Mierda».

—No quiero que me diga cuál es mi libro favorito, ¡sino el suyo! —Dio un suspiro de frustración—. Tengo claro que es inteligente y que se le dan bien los números, pero eso no basta para trabajar con ordenadores cuánticos. La finalidad de la entrevista era que yo llegara a conocerlo como persona. Esperaba algo más de personalidad, de sustancia. Buscaba a alguien que se mostrara tal y como es, no que tomara un atajo y me dijera lo que creía que yo quería oír. Lamento que no haya salido bien, pero seguro que encontrará su sitio. —Vivian esbozó una sonrisa incierta, la primera que mostraba en toda la entrevista—. ¿Puede decirle a Harold que haga pasar al siguiente candidato?

Watt no se movió. Le resultaba imposible. Tal vez no la hubiera oído bien. No podía ser que la cita hubiera terminado ya.

«Watt», lo instó Nadia. Al ver que seguía estupefacto, el ordenador proyectó un impulso eléctrico por su espina dorsal para obligarlo a reaccionar.

De alguna manera, mientras el mundo se le caía encima, Watt consiguió darle las gracias a Vivian. En la sala de espera, los candidatos que seguían esperando levantaron la cabeza expectantes, contando los minutos transcurridos y comprendiendo que no había superado la selección. Mantuvieron la mirada adherida a él mientras salía de allí, como una manada de depredadores que acechara a una presa herida, viéndola dejar tras de sí un reguero de sangre.

Sin saber muy bien cómo, se sentó en un banco de fuera y apoyó la cabeza entre las manos. Notaba una presión extraña en el pecho. Le costaba respirar.

«Lo siento, Watt. Supuse que era el enfoque más adecuado. Multitud de estudios coinciden en que la gente prefiere verse reflejada en la otra persona durante una entrevista, en que la afinidad genera un aprecio que...».

«No es culpa tuya». Watt no podía echarle en cara a Nadia que él hubiera fracasado de una forma tan estrepitosa.

No, sabía que la culpa era suya, de nadie más.

«Buscaba a alguien que se mostrara tal y como es», le había dicho Vivian. «No que tomara un atajo y me dijera lo que creía que yo quería oír». Pero esa era la vía que Watt tomaba siempre: burlar el sistema y decirles a los demás lo que querían oír, lo mismo a los profesores, que a las chicas o que a sus padres. Para eso quería a Nadia. Pero ¿por qué le había ido tan mal?

¿Dependería de Nadia en exceso? Se había acostumbrado a tenerla ahí para todo; el ordenador era el prisma por el cual él veía, analizaba y respondía a su entorno. Cayó en la cuenta de que no recordaba cuándo fue la última vez que había mantenido una conversación sin que Nadia estuviera ayudándolo discretamente, sugiriéndole qué decir o buscándole referencias para que no quedase como un cretino. Salvo, quizá, con Leda.

Tal vez debiera dejar de depender de Nadia y abrir un maldito libro.

Permaneció allí sentado un largo rato, bajo el frío sol del invierno, viendo cómo las nubes se perseguían las unas a las otras por el bruñido cielo azul. Sabía que debería regresar a Nueva York, pero no estaba preparado. Porque, en cuanto saliera del campus, tendría que hacerse a la idea de que sería la última vez que lo vería.

Llevaba toda la vida soñando con estudiar en el MIT. De alguna manera, por culpa de su insensatez, ese sueño se le había escapado de las manos. Y lo había dejado ir en menos de los treinta minutos que se medían con un reloj de arena.

Tal vez sí que fuese posible que uno se pasara de listo.

AVERY

El decano de Oxford, jovial y rubicundo, mostraba una sonrisa radiante mientras mantenía abierta la puerta de su estudio.

—Señorita Fuller. Gracias por compartir su parecer acerca de la influencia románica en las supertorres del siglo veintidós. Debo decir que ha sido una de las entrevistas más animadas que he mantenido en años.

—El placer ha sido mío, decano Ozah —aseguró Avery. Una vez fuera, se ciñó a los hombros la chaqueta a cuadros. Al ver a la persona que la esperaba frente a la puerta del decano, bosquejó una sonrisa.

El sol intermitente se filtraba entre las ramas para incidir en la cara de Max, resaltando sus pómulos marcados y su nariz prominente. Con aquel holgado abrigo negro y el cabello revuelto por el viento, parecía un centinela salido de una novela histórica.

Había bastado una mañana, pensó ella con ironía, para que Max volviera a adoptar su descuidado aspecto oxoniense.

—¡Avery! ¿Cómo ha ido? —exclamó mientras se le acercaba aprisa. Acopló sus ojos a los de ella, como si pretendiera leer la transcripción de la entrevista en su rostro.

—No es por presumir, pero creo que la he clavado.

Max la tomó de las manos para hacerle dar una torpe vuelta de bailarina.

—¡Claro que la has clavado! —proclamó él, tan alto que Avery tuvo que pedirle que bajara la voz—. ¡Sabía que lo conseguirías!

Avery dejó que la levantara en el aire y le diera vueltas hasta que la capucha del abrigo se le cayó sobre los hombros. Se apoyó contra su pecho sin parar de reír. Max le recogió un mechón de pelo tras la oreja, haciendo que Avery se sintiera bella aun despeinada por el viento.

—Estoy muy orgulloso de ti —añadió antes de introducir una mano en el bolsillo de la chaqueta, sonriendo—. Menos mal que he traído algo para celebrarlo.

Sacó una aplastada bolsa de papel de la pastelería favorita de Avery.

—¿Calabaza o crema de mantequilla?

—Crema de mantequilla —decidió Avery mientras cogía el bollito. Los cristales de azúcar destellaban como diamantes bajo la fría luz vespertina. Max siempre era muy considerado—. Te quiero —declaró al instante a la vez que masticaba un bocado de hojaldre.

—¿Hablabas conmigo o con la crema de mantequilla? —bromeó Max—. ¿Sabes qué? Mejor no me respondas.

Mientras paseaban de regreso a la ciudad, Avery le habló de la entrevista con mayor detalle. Había estado en su elemento, participativa, entusiasmada e incluso un poquito provocativa; y el decano se había rendido a sus pies. Habían conversado acerca de todo tipo de temas, desde el futuro del mundo académico hasta los manuscritos ilustrados del medievo, pasando por los mejores locales de Oxford donde degustar un plato de cordero al tandur. Estaba segura de que podría entrar en esta universidad si lo deseara.

¿Si lo deseara? ¿Por qué se lo planteaba en esos términos? Claro que quería entrar.

El sol poniente bronceaba el ambiente y envolvía la ciudad en un resplandor alegre. Avery intentó desprenderse de esta inexplicable incertidumbre. La entrevista había terminado por fin y ahora estaba aquí con Max, disfrutando de unos bollitos, en una ciudad que adoraba. Y, lo mejor de todo, se encontraba lejos de Nueva York, al margen de los planes de la investidura, sin tener que cruzarse con Atlas cada dos por tres. No había zettas que revolotearan en torno a su cabeza ni nadie que la parase por la calle para solicitarle una entrevista. Entonces ¿por qué seguía tan angustiada?

—¿Adónde podríamos ir? —preguntó. Tal vez si seguía caminando lograra zafarse de esta extraña inquietud—. ¿Quieres que vayamos a ver a Luke y Tiana?

—Estaría bien —dijo él con indiferencia—. Pero antes me gustaría llevarte a un sitio.

La guio entre el bullicio de la calle mayor, por una avenida más tranquila en la que Avery no se había fijado hasta ahora. Una quietud mágica pareció envolverlos. La calle corría bordeada de edificios bajos de colores agradables. Los adoquines brillaban con tal intensidad que parecían cantar a su paso.

Por último, le hizo subir un tramo de escaleras que llevaba

a una pesada puerta tallada a cuyos lados colgaban sendas lámparas doradas.

—Después de ti —dijo.

Avery hizo como si no se hubiera figurado nada cuando empezó a subir las escaleras. Alguno de sus amigos debía de haberse mudado aquí, y Max le habría pedido que lo ayudara a organizar una fiesta sorpresa para ella. Una suposición un tanto atrevida, teniendo en cuenta que, oficialmente, ni siquiera había sido admitida aún en Oxford, aunque a Max le encantaba festejar las cosas que aún no habían ocurrido.

Se detuvo un momento para poner la correspondiente cara de asombro y empujó la puerta, que se abrió con solo tocarla.

No oyó el «¡sorpresa!» que se esperaba. Parpadeó, confundida, y pasó al recibidor.

Era un apartamento viejo y desvencijado aunque acogedor, con suelos de parqué desgastado y paredes de color amarillo desvaído. Había algún que otro mueble descolocado, un tapete grueso y una librería cubierta por una fina capa de polvo. Atravesó la estrecha cocina y salió a un patio pequeño, donde había dispuestas una mesa plegable y unas sillas a juego.

—¿Qué te parece? —Max la siguió afuera.

Avery miró despacio a su alrededor, fijándose en los detalles.

—¿Quién vive aquí?

—Nosotros. Quiero decir, si te parece bien —se corrigió Max de inmediato—. Esta mañana he presentado una oferta.

Avery se mareó de pronto. Se dejó caer en una de las sillas metálicas plegables.

—Max —dijo con impotencia—, ni siquiera sabemos si voy a entrar...

—¿No acabas de decir que has clavado la entrevista? Vas a entrar —aseguró—. Imaginé que lo lógico era adquirirlo en propiedad, en lugar de pagar un alquiler; nos quedaremos en Oxford los próximos cuatro años, por lo menos, mientras estés en la universidad. Tal vez más, si accedo al programa del doctorado, o si tú decides hacer un posgrado.

—No sé si quiero hacer el doctorado —protestó Avery.

—¿Por qué no? Te sobra inteligencia para obtenerlo —la animó él—. Es una casa magnífica para nosotros, Avery.

—Sí, lo es —dijo ella con la boca pequeña, mirando a su alrededor. El apartamento parecía muy... apropiado para Max. Pero no estaba segura de que fuese del agrado de ella.

—Sé que está un poco incompleto. Faltan unas alfombras y algo de decoración. Y ahí es donde entras tú —dijo Max con una sonrisa—. Pero imagínatenos aquí, acurrucados en el salón mientras hacemos los trabajos de grado. Dando una cena para los amigos. Saliendo aquí en una cálida noche de verano para ver las luciérnagas. Hasta se puede atisbar un tramo del río, si miras hacia allí —añadió, señalando emocionado con el dedo.

Avery sintió que el aire se le quedaba atrapado en los pulmones. Max solo era dos años mayor que ella, pero tenía las cosas muchísimo más claras. Había planeado el resto de su vida o, mejor dicho, de la vida de ambos, al milímetro.

El silencio de ella no pareció desconcertarlo.

—A menos que no quieras vivir aquí. Es decir, si aún no te sientes preparada...

Aun paralizada por la conmoción, lamentaba la idea de herir los sentimientos de Max. Su cara acogió una sonrisa.

—Claro que quiero vivir aquí —le aseguró, para después guardar silencio al caer en un detalle—. ¿Dices que has comprado esta casa? Max, por favor, al menos deja que yo pague la mitad.

—No te preocupes. Tengo unos ahorros. Quería hacerlo, por ti. Por nosotros. —Se inclinó hacia ella con una solemnidad silenciosa—. Te quiero, Avery Fuller —declaró, y aunque ambos estaban sentados, aunque él no tuviera una rodilla hincada en el suelo, Avery intuyó que estaba a punto de hacerle algo parecido a una proposición de matrimonio.

»Este año que hemos pasado juntos ha sido perfecto. Tú eres perfecta. Eres el sueño que llevaba toda la vida deseando cumplir y que creía que nunca se haría realidad. Y ahora que te he conocido, solo pienso en lo mucho que deseo estar contigo a cada momento.

Avery sintió un nuevo aleteo de inquietud.

—Yo no soy perfecta, Max. —No era justo por parte de él pedirle algo así, convertirla en una suerte de ideal irrealizable para después, como no podía ser de otra forma, sentirse decepcionado cuando ella no estuviera a la altura de sus expectativas. Ninguna relación podía sobrevivir bajo una presión tan enorme.

Atlas siempre había sabido que a ella no le gustaba hablar de «perfección».

—Vale, nadie es perfecto. Pero para mí tú eres lo más parecido que puede haber a una chica perfecta —insistió él, sin haber entendido lo que ella quería decir; y por alguna rebuscada razón, necesitaba que la entendiera. Como había hecho siempre Atlas.

También sabía que no debería estar pensando en Atlas en este momento.

—Yo no soy perfecta —repitió. Había visto en los ojos de Max algo que la asustaba, aunque no estaba segura de por qué—. Soy impaciente, y suelo ponerme a la defensiva y preocuparme por nimiedades, y no merezco ese tipo de devoción ciega. Nadie lo merece.

Max palideció.

—¿Qué dices? ¿Me estás pidiendo que no te quiera?

—No, es solo que... —Apoyó la cabeza entre las manos, sin saber muy bien cómo gestionar el miedo indescriptible que la atenazaba—. No quiero decepcionarte.

—Y yo no quiero decepcionarte a ti, Avery. Pero estoy seguro de que lo haré, millares de veces, como también estoy seguro de que tú me decepcionarás a mí. Mientras seamos sinceros el uno con el otro, siempre saldremos adelante.

«Mientras seamos sinceros el uno con el otro». Avery acalló la vocecita que una y otra vez le recordaba todo lo que no le había contado a Max: la verdad sobre la muerte de Eris; la investigación sobre Mariel; la relación que había mantenido con Atlas.

Sin embargo, nada de eso importaba ya, dijo para sus adentros. Aquellos eran los secretos de la Avery de antes, la cual se había quedado en Nueva York. Ahora estaba empezando de cero.

Max se llevó la mano al bolsillo.

Durante un instante angustioso, Avery temió que fuese a sacar una alianza, y el corazón empezó a golpearse salvajemente contra su pecho, porque no tenía ni idea de cómo reaccionar en ese caso.

Al instante siguiente soltó el aire, porque Max solo sacó un juego de antiguos chips de acceso de latón con los que entrar en la casa automáticamente. Max levantó la cabeza y la miró a los ojos. Avery se preguntó si él habría advertido su alivio en esa exhalación.

—Te quiero —dijo sin más—. Lo único que deseo es hacerte tan feliz como tú me haces a mí. Quiero ver tu primera sonrisa del día cuando te despiertes, y la última cuando te vayas a dormir. Quiero compartir mis miedos, mis esperanzas y mis sueños contigo. Quiero construir una vida contigo. —Deslizó hacia ella por la mesa de hierro forjado uno de los dos chips de acceso.

—Yo también te quiero —susurró Avery, porque era verdad.

—¿Estás llorando? —Max deslizó un dedo por su cara, interceptando la lágrima que se había descolgado por su mejilla—. Lo siento, sé que el apartamento necesita mucha reforma. Si no te convence, podemos buscar otro —añadió rápidamente, pero Avery negó con la cabeza.

No estaba segura de por qué lloraba. Quería a Max. Se entendían de maravilla, y nunca surgían entre ellos conflictos, roces ni obstáculos. Sacaba lo mejor de ella. Entonces ¿por qué el amor que sentía por él no era tan libre e impetuoso como el que él sentía por ella?

¿Por qué ella no estaba tan absolutamente convencida de lo que quería como parecía estarlo él?

—Lloro porque soy muy feliz —respondió antes de inclinarse para besarlo, deseando que fuese así de sencillo.

LEDA

Esa misma tarde, Leda estaba tumbada en la cama, parpadeando ociosamente entre los agregadores de sus contactos, cuando recibió un mensaje de su madre. Iba dirigido a Leda y a su padre. «Saldré tarde del trabajo. ¡No me esperéis para cenar!».

La madre de Leda, abogada corporativa, había estado trabajando muchos fines de semana últimamente. Puesto que Jamie, el hermano mayor de Leda, había empezado la universidad este año, Leda y su padre pasaban mucho tiempo a solas en casa, y desde que Eris falleciera, no se llevaban demasiado bien. Bajo el pretexto de que tenían «muchas cosas que hacer», engullían la comida tan rápido como podían antes de salir disparados en direcciones opuestas.

La situación la entristecía. Antes, hacía no tanto tiempo, se sentía muy ligada a su padre, cuando en noches como esta él la habría mirado con una sonrisa culpable y le habría preguntado si le apetecía bajar a su restaurante italiano favorito en lugar de quedarse en casa. Se entretenían con el segundo postre mientras se contaban lo que les había pasado durante el día y trazaban un plan con el que solucionar cualquier problema que la preocupase.

Tras la muerte de Eris, Leda no había sabido cómo acercarse a su padre. La relación se volvió tensa y empezaron a distanciarse cada vez más. Ahora se comunicaban con el desinterés cortés e impersonal de dos desconocidos que se cruzaran por la calle.

Pero en esta ocasión Leda no iba a ignorar el mensaje de su madre como hacía siempre.

Tal vez no hubiese averiguado la verdad con la antelación suficiente para reconciliarse con Eris, pero todavía no era demasiado tarde para su padre y ella.

Cruzó el pasillo en dirección al despacho que él tenía en casa y se detuvo frente a la puerta. Varias voces se superponían las unas sobre las otras al otro lado; debía de estar manteniendo una videoconferencia. Llamó de todas maneras.

—¿Leda? —oyó que respondía su padre, interrumpiendo la conversación—. Pasa.

El despacho de Matt Cole resultaba de lo más acogedor, lleno de colores llamativos y oscuros muebles de madera. Un baúl de secuoya barnizado, suspendido en el aire, hacía las veces de escritorio. Ante una antigua estantería vibraba una holopantalla, dividida en ocho rectángulos, cada uno de los cuales mostraba la cara de un participante de la videollamada. Leda se preguntó cuáles de ellos estarían en Asia, en Europa o en Sudamérica.

—Necesitaría ver una versión revisada mañana por la mañana. Muchas gracias a todos —concluyó su padre antes de agitar la mano de un lado a otro ante sí para poner fin a la conferencia—. Ey, Leda —dijo, girándose hacia ella con cierta indecisión—. Me quedan un par de asuntos por despachar antes de la cena.

—En realidad, hay algo de lo que quería hablar contigo.

Leda miró la estilizada silla negra que había ante el escritorio, pero decidió que era demasiado formal, donde se habría sentado si fuera uno de los clientes de su padre. Eligió, por tanto, la pareja de sillones que ocupaban una de las esquinas del despacho.

Su padre la siguió con cautela. Leda tomó asiento, acomodando los pies descalzos en la alfombra calefaccionada, y cogió la instantánea enmarcada que adornaba la mesa contigua. El retrato de boda de su madre.

Ilara estaba radiante con el vestido de novia, una pieza minimalista confeccionada en crepé de seda marfileña. El cuello conformaba una V marcada, pero aun así podía llevarlo perfectamente. Era tan delgada y tenía tan poco pecho como Leda. En esta foto parecía embargada por una felicidad plena, pensó Leda, con los ojos avivados por una dicha efervescente, casi traviesa.

—¿Ocurre algo?

Leda dejó la foto en su sitio mientras el corazón le vapuleaba en el pecho. Sabía que esto era lo que debía hacer, pero aun así tenía miedo. Una vez que pronunciara las siguientes palabras, ya no podría desdecirse.

—Quiero que hablemos sobre Eris. Sé que era mi hermanastra.

Su padre no parecía saber qué decir. Había desviado la mirada hacia la imagen de su madre, que seguía sonriendo jubilosa y ajena a todo desde el marco de peltre martillado.

—Oh, Leda —lamentó su padre—. No sabes cuánto lo siento. Nunca quise hacerte daño.

«Pero me lo hiciste», pensó Leda, aunque le pareció demasiado cruel como para echárselo en cara. «Nos hiciste daño a todos». Así era como ocurría siempre, ¿no? Uno nunca se proponía hacer daño a sus seres queridos, pero tarde o temprano se lo terminaba haciendo.

—¿Cómo lo has sabido? —preguntó él.

Leda recordó cuando yacía en la arena de Dubái, aterida y mareada; el rostro de Mariel tallado enigmáticamente en la penumbra mientras le revelaba que Eris era su hermana.

—Eso no importa —dijo—. Pero no lo supe hasta después de que hubiera fallecido. Ojalá lo hubiera sabido antes. Las cosas habrían sido... distintas, entre nosotras.

Su padre se inclinó hacia delante mientras se agarraba con fuerza las rodillas con las manos.

—Tardé años en saberlo, Leda. Acababa de averiguarlo; su madre me lo contó solo unos meses antes de que Eris muriese. —Hablaba con urgencia, como si para él fuese fundamental que Leda lo creyese.

—Tendrías que habérmelo dicho, antes de... —«Antes de que lo malinterpretase todo y apartase a Eris de un empujón, con demasiada fuerza. Antes de que perdiera la oportunidad de llegar a conocerla de verdad, como hermana».

—Lo siento —repitió su padre en vano. Leda pudo ver una profunda tristeza en sus ojos. Y era real.

Se le hizo un nudo en la garganta.

—La extraño mucho —dijo con un hilo de voz—. O, al menos, me gustaría haber pasado más tiempo con ella. Desearía recordar algo más personal que su sonrisa, pero es todo lo que tengo. Así que me quedo con eso. Siempre estaba sonriendo, no con falsedad, como hace mucha gente, sino con toda franqueza.

Levantó la cabeza para mirar a su padre. Estaba inmóvil y callado.

—O su forma de bailar. Bailaba fatal, ¿sabes?, venga a agitar los brazos y los codos, tan patosa, sin ningún sentido del ritmo. Cualquier otro habría hecho el ridículo, pero ella no, porque era Eris. Cuando entraba en la pista de baile, nadie podía mirar a otra parte.

El rostro de su padre se había puesto pálido, y en sus ojos brillaban unas lágrimas a punto de derramarse.

—Me aferro a esos recuerdos —se obligó a proseguir Leda—. A los fáciles y superficiales, porque son los únicos que tengo. Esos y el de cómo murió.

—Leda —dijo su padre con la voz rota, extendiendo los brazos; Leda se acercó a él y se recogió en el abrazo. Se quedaron así un buen rato, inclinados el uno hacia el otro, sumidos en un silencio cuajado de arrepentimiento. Leda notó las lágrimas de su padre, que la alarmaron; no estaba segura de que hubiera visto llorar a su padre con anterioridad. La sensación la impresionó.

Dejó que llorara, que sus lágrimas le mojaran el jersey, sintiéndose como si ella se hubiera convertido en la madre de él, como si fuera ella quien tenía que consolarlo. Notó que una cerradura se desbloqueaba en su pecho. Al menos ya no tendrían que fingir que todo estaba bien entre ellos cuando no era así.

—¿Lo sabe tu madre? —preguntó Matt al cabo.

—No se lo he dicho, si te refieres a eso. No es un secreto que me corresponda a mí desvelar. —Leda enganchó sus ojos a los de su padre—. Aunque creo que deberías contárselo.

—¿Por qué? Solo conseguiría hacerle daño, y no cambiaría nada. Eris ya no está. Y Caroline y yo... terminamos hace mu-

cho tiempo —se apresuró a añadir, nombrando a la madre de
Eris.

Leda entendía su angustia. Era devastador que uno tuviera
que mostrarle su peor cara a aquellos a quienes quería. Saber que
ya nunca volverían a mirarte de la misma forma. No obstante,
le preguntó:

—¿No te asfixia, ocultar algo como esto?

—Hay veces, Leda, en que la verdad solo sirve para hacer
daño. En que desvelar un secreto es mucho más egoísta que
seguir guardándolo —insistió su padre—. Sé que no es justo
involucrarte en esto, y lo lamento. Algún día, cuando hagas
algo que desearías poder deshacer, algo de lo que te arrepien-
tas de verdad, algo que te cambie para siempre, entenderás lo
que quiero decir.

Leda sabía muy bien lo que su padre quería decir, mucho
mejor de lo que él podía imaginarse.

CALLIOPE

Corría la madrugada del lunes y Calliope se disponía ya a escabullirse del apartamento de los Mizrahi.

No soportaría pasar otra mañana allí. Elise y Nadav habían regresado de la luna de miel la semana anterior, cogiditos de la mano y deshaciéndose en muestras de cariño el uno con el otro. Calliope celebraba que su madre hubiera encontrado al hombre de su vida, se alegraba de verdad, pero eso no significaba que le apeteciera ser testigo de tanto derroche de amor todo el tiempo. Aun así, Nadav estaba obsesionado con la unión entre familiares, más ahora que conformaban una familia propiamente dicha. Cada almuerzo, cada conversación, cada función de la escuela... todo constituía de pronto un acontecimiento familiar, por lo cual se esperaba que Calliope tomase parte, que tuviese siempre a punto su bobalicona sonrisa forzada. Sentía que la situación la asfixiaba.

Su única vía de escape era salir con Brice. Sabía que no debería seguir viéndolo, pero se le hacía imposible no quedar con él. Les había dicho a Elise y a Nadav que continuaba trabajando como voluntaria en el hospital. Hasta ahora la excusa parecía estar funcionándole, aunque de vez en cuando Nadav insistiera en llevarla hasta allí. Calliope se limitaba a sonreír y a entrar en el hospital, para salir transcurridos unos minutos.

No obstante, cada vez que volvía a casa después de haberse visto con Brice (después de esas breves horas en que se permitía ser ella misma), se reintegraba con los Mizrahi, en el papel que tanto detestaba. Al menos ahora volvía a dormir en su propio cuarto, aunque el espeluznante cuadro del ciervo abatido siguiera colgado de la pared.

Esta mañana, cuando se despertó horas antes de que sonara la alarma, la asaltó un impulso perentorio de salir de allí. Necesitaba una mañana para sí misma, y al demonio con las consecuencias. Tras enviarles un mensaje a su madre y a Nadav para avisarles de que había quedado muy temprano con un compañero a fin de trabajar en un proyecto de clase, se puso unos tejanos frambuesa, un fino top negro y unos pendientes danzarines, después de lo cual se recogió el cabello en una desmañada trenza de pez. Ni en sueños pensaba ponerse ahora el uniforme de la escuela.

Se encaminó derecha a Grand Central por la línea E, y se sintió mucho mejor nada más traspasar el inmenso arco tallado.

Siempre había sentido fascinación por las estaciones de ferrocarril. Hallaba en su atmósfera algo que la aliviaba, sobre todo cuando era tan temprano, cuando solo las habitaba un silencio enigmático, casi manso. Los bots aspiradores pululaban por el suelo, señoriales en su aislamiento. Las magdalenas recién hechas empezaban a salir de las panaderías, mientras su aroma flotaba por los pasillos. Calliope se dirigió a una máquina expendedora y pidió un café con leche helado con un toque de avellana, y sus pasos resonaron en la inmensidad de la nave.

Al igual que en la Grand Central original, el suelo se componía de un travertino italiano de color cremoso y aspecto distinguido. Unas columnas dóricas se elevaban en las esquinas de todas las intersecciones. Los hologramas direccionales parpadeaban por todas partes, a fin de ayudar a los pasajeros a orientarse entre la infinidad de líneas de ascensor, los monorraíles, los helipuertos, los trenes submarinos del hipercircuito que confluían aquí, en una maraña orquestada a la perfección. Este era el corazón de la telaraña que mantenía interconectada la ciudad y el mundo entero.

Cayó en la cuenta de que llegaba justo a tiempo para ver la salida del sol. Se sentó en el pasillo del Metro-North y se giró con expectación hacia los gigantescos ventanales que recorrían la pared este.

Hacía mucho tiempo que no contemplaba el amanecer, y más aún que no se levantaba con ese propósito. Por lo general, cuando presenciaba el comienzo de un nuevo día era porque en realidad el anterior aún no había terminado para ella.

Se reclinó en la silla y se deleitó con el crepúsculo como si fuera una actuación escenificada tan solo para ella. Y, por un momento, así lo sintió, como si el sol, o tal vez la ciudad, se engalanara para ella, para recordarle lo maravilloso que era estar viva, ser joven y vivir en Nueva York. Había algo exquisito en el hecho de estar despierta mientras la ciudad aún dormía. Era como si solo ella presidiera sus misterios sagrados.

Poco a poco, la estación comenzó a resucitar a su alrededor. Los primeros trenes llegaban procedentes del litoral europeo, los madrugadores convoyes de aquellos que habían querido estirar las últimas horas del fin de semana que habían pasado en París o en Londres. La megafonía empezó a emitir avisos, cada vez más alto y con mayor frecuencia, originando un clima de emoción sincopada. Una magia indescriptible parecía bañarlo todo; por otro lado, los medios de transporte eran la única magia verdadera que quedaba en el mundo, ¿no? La capacidad de trasladarse a cualquier parte, de convertirse en cualquier persona, con solo comprar un billete.

Tal vez a Calliope le fascinaran las estaciones de ferrocarril porque durante buena parte de su vida habían sido su mecanismo de evasión.

Se sobresaltó al ver un rostro familiar entre la multitud. Era Avery Fuller, que caminaba de la mano con su larguirucho novio alemán. Debían de volver tras haber pasado el fin de semana fuera, justo a tiempo para ir a clase. Calliope vio cómo se abrazaban para después alejarse en direcciones opuestas, cada uno, al parecer, hacia una línea de ascensor distinta.

Calliope se extrañó al ver que Avery se dirigía derecha a ella. Se arregló la ropa rápidamente, como si estuviera posando (el café helado sostenido en una mano con despreocupación, una pierna cruzada sobre la otra), y orientó su perfil hacia la salida del sol. Imaginó que Avery pasaría junto a ella sin decirle nada, o incluso que le soltaría alguna indirecta.

Lo que no se esperaba era que Avery se detuviese.

—¿Puedo? —preguntó, señalando el asiento contiguo.

Calliope encogió los hombros con indiferencia. No era de las que cedían en una confrontación, o lo que fuera esto. Pero, tras su fachada inmutable, el corazón le latía a mil por hora. No habían hablado mucho desde el año anterior, cuando Calliope se encaró con Avery tras la fiesta de Dubái y le dijo que sabía lo que se traía con Atlas.

—¿Vas a alguna parte? —preguntó Avery, con su maleta de polipiel estampada suspendida agitadamente tras ella. Su cabello, que caía suelto en torno a sus hombros como en un anuncio de champú, despedía un brillo vigoroso. Tenía un aspecto sofisticado y moderno con su camisa blanca y sus vaqueros sencillos, sin una sola arruga y para nada desarreglada, al contrario de como terminaba Calliope siempre tras un viaje. La envidió por ello, solo un poco.

—Solo he venido aquí a pensar. —Tal vez se debiese a lo temprano que era, o a lo raro que le parecía que Avery Fuller hubiera decidido sentarse a charlar con ella sin motivo alguno, pero Calliope sintió el deseo de sincerarse—. Me gustan las estaciones de tren. Ver a toda esa gente que va de un sitio a otro, corriendo para llegar a unos destinos que yo nunca conoceré. —Se interrumpió—. Me ayuda a serenarme.

Avery la escrutó con evidente curiosidad.

—Es tu Tiffany's.

—¿Mi qué?

—El lugar adonde vas para relajarte —aclaró Avery—. ¿No has leído *Desayuno con diamantes*? ¿Ni has visto la holo?

—No me suenan de nada —dijo Calliope con desdén.

Para su sorpresa, Avery se rio. Fue una risa clara, segura, el tipo de risa que hacía que uno quisiera incorporarse en el asiento y unirse a ella.

Calliope la miró desconcertada.

—¿Y de dónde venías? —aventuró.

—De Oxford, de mantener una entrevista para la universidad. Me ha acompañado mi novio. Pero tenía que volver porque esta semana...

Ah, vale. Calliope recordó que el baile de investidura era esta semana.

A medida que la estación de tren se llenaba, cada vez más personas parecían percatarse de la presencia de Avery. Calliope notó que los cuchicheos brotaban y se propagaban como un huracán en cuyo ojo se encontrara Avery. Reparó en el gesto duro e impasible que se había instalado en su rostro, y en ese momento entendió algo que no se esperaba.

A Avery Fuller no le hacía ninguna gracia ser el centro de atención.

—Debe de ser liberador —supuso Avery en voz baja, como si le hubiera leído la mente.

—¿El qué?

—Poder hacer lo que quieras, poder ser quien quieras. —Se giró de súbito hacia Calliope, con un levísimo rubor en las mejillas—. ¿Cómo es? ¿Lo de viajar así por el mundo?

¿De verdad Avery Fuller, la chica que vivía en el piso mil, le estaba preguntando cómo era lo de ser una estafadora?

—Seguro que tú también has viajado por todo el mundo —imaginó Calliope, desconcertada—. Quiero decir, este fin de semana lo has pasado en Inglaterra.

Avery agitó la mano para restarle importancia.

—Siempre viajo con mi verdadera identidad, y a menudo con mis padres. Por lo cual la gente siempre espera algo en concreto de una. ¿Cómo es lo de convertirse en una persona distinta cada vez que visitas un sitio nuevo?

Calliope la escuchaba con todos los sentidos alerta. Nunca, jamás, había hablado de esto con nadie. Para ella era un tema tan intocable que temía estar blasfemando.

Se frotó las palmas en los tejanos.

—¿Por qué lo quieres saber?

—Simple curiosidad —dijo Avery, aunque Calliope detectó una cierta tensión en su voz. «Ni siquiera Avery Fuller sabe siempre lo que quiere», pensó atónita. Ni siquiera Avery Fuller sabía siempre qué opción tomar al llegar a una bifurcación en el camino, al encontrarse con dos versiones de sí misma.

Calliope carraspeó mientras medía las palabras.

—A veces es liberador, pero también te sientes sola. Siempre que voy a un sitio nuevo, tengo que olvidarme de la que fui la última vez y convertirme en esa persona que se requiere para afrontar la nueva situación. Me paso el día reseteándome.

—¿Nadie te reconoce nunca?

Calliope levantó la mirada aprisa, preguntándose si Brice le habría dicho algo, pero Avery no parecía haberse referido a nada en concreto.

—Perdona —lamentó Avery—. Supongo que lo que quería decir es ¿qué cambios incorporas? ¿Solo el acento?

Calliope recordó de pronto la infinidad de horas que dedicaba a practicar acentos con su madre. Se ponía delante de Elise, con las manos entrelazadas, como una actriz durante una audición. «Cuéntame algo», le indicaba Elise, y entonces Calliope le relataba alguna trivialidad sobre lo que había desayunado o sobre el próximo peinado que quería hacerse. «¡Tolosa!», exclamaba entonces Elise, o «¡Dublín!», o «¡Lisboa!». Cada vez que nombraba una ciudad, Calliope debía adoptar ese acento con total fluidez, sin perder el hilo de la historia.

—El acento, desde luego. Pero también es muy importante el aplomo, y la actitud que le eches. Por ejemplo, ahora mismo tu postura es la de una chica que está acostumbrada a ser el centro de atención allí adonde vaya. Sin ánimo de ofender —añadió enseguida.

Avery asintió despacio.

—¿Y si quisiera cambiar de actitud?

—Arrellánate en el asiento. En lugar de mirar a la gente a los ojos, sírvete de la visión periférica. Encoge el cuerpo y réstale importancia a lo físico —le sugirió Calliope—. Te sorprenderá lo fácil que es evitar que te miren. Apuesto a que nunca lo has intentado.

Avery pareció considerar la idea por un momento.

—Eres muy valiente —dijo al cabo, aunque a Calliope le habría extrañado sobremanera que Avery hubiera empezado a desvestirse allí mismo, en medio de la estación de tren. ¿Valiente? Era egoísta e impulsiva, pero nunca se había tenido por valiente.

—Supongo que solo eres valiente si te sale bien. Y una imprudente si te sale mal.

—¿Y cuándo te ha salido mal? —preguntó Avery.

Calliope parpadeó. «Me ha salido mal aquí en Nueva York, al hacerme pasar por quien no soy», quiso responderle, pero después pensó en Brice y se animó un poco. Él sabía cómo era de verdad, fuera quien fuese, aunque se ocultara bajo todas aquellas capas de mentiras.

—He tenido mis momentos —se evadió, aunque en realidad Avery ya no parecía escucharla. Había extraviado la mirada en el crepúsculo, meditabunda.

—Nos vemos luego en clase —se despidió Avery de pronto al tiempo que se levantaba—. Seguro que estaremos hechas polvo.

—He tenido noches y mañanas peores. Y me atrevería a decir que tú también. —A Calliope le agradó ver que le había sacado una sonrisa a Avery. Por un instante, hasta pareció que eran amigas.

Cuando Avery se marchó, Calliope dejó de contemplar el sol naciente para observar la multitud de personas anónimas que circulaban por la estación, los saludos que intercambiaban, las risas y las lágrimas, los viajeros que chateaban por medio de toques, los que aguardaban con la única compañía de sí mismos. Ella estaba más que acostumbrada a estar sola. Pero de pronto le asombró que hubiera tanta gente en esta vasta ciudad, también sola.

RYLIN

También puedes llevarme a algún sitio de Nueva York, ¿sabes? —Rylin descorrió la cortina de su cubierta privada para contemplar las vistas.

—¿Y eso qué tiene de divertido? —se rio Cord con aparente indiferencia.

Viajaban a bordo de la *Lanza del cielo*, la más lujosa y célebre de las naves espaciales que operaban con fines turísticos. Aunque tampoco podía decirse que estuvieran en el espacio, insistía Cord. Permanecerían todo el tiempo a una altitud de trescientos kilómetros, sin abandonar en ningún momento la reconfortante órbita baja de la Tierra.

—Quiero decir, no hace falta que estés siempre organizando grandes escapadas románticas —insistió Rylin.

El año anterior la había llevado de improviso a París, ¿y ahora esto?

—Quizá me gusten las grandes escapadas románticas —arguyó él.

—Lo sé. Pero, el próximo fin de semana, mejor preparemos unos tacos y veamos una holo. Algo más... cotidiano —concluyó ella con una sonrisa—. Supongo que me siento rara volando a ninguna parte.

Habían despegado de Nueva York hacía unos minutos, a última hora de la tarde, y aterrizarían en el mismo punto dos horas después, tras haber dado la vuelta a la Tierra. Técnicamente, ya habían entrado en la órbita del planeta, de manera que ahora la nave no consumía combustible. La *Lanza del cielo* funcionaba también como satélite de alta velocidad, impulsada por el efecto de honda ejercido por la gravedad terrestre.

La «suite panorámica», una de las varias decenas que se incluían en la primera clase, era en esencia un salón privado, equipado con un sofá de color piedra y un par de sillones. No se incluía ninguna cama, había observado Rylin nada más entrar, con una confusa mezcla de alivio y decepción.

La verdadera sensación la aportaba el flexiglás que cubría la mayor parte del suelo y una pared entera. Rylin no podía apartar la mirada. La vista que se desplegaba ante ella la mareaba y la maravillaba a partes iguales. El planeta en sí parecía un secreto, natural y preñado de promesas, que se revelara a sí mismo solo para ella.

Más allá del reluciente manto de retales, el resplandor áureo y arqueado del sol asomaba tras la curva que describía el planeta. Ese era uno de los principales atractivos del crucero nocturno: volar en dirección al amanecer y pasar al otro lado. Rylin deseó haber traído la videocámara.

—Lo importante no es el destino, sino el viaje. —Cord se

situó tras ella, la rodeó con los brazos y apoyó la barbilla en su hombro.

Sin embargo, Rylin sentía que en su vida lo importante siempre había sido el viaje, y no tanto el destino. Ahora por fin tenía un propósito y no quería dar ningún paso a menos que estuviera segura de que avanzaría en la dirección correcta. No necesitaba relajarse y disfrutar del paseo. Quería llegar al lugar adonde se dirigía y disfrutar de la estancia.

—Además, esta noche quería hacer algo especial. ¿No es agradable, encontrarse tan lejos de Nueva York? —Cord señaló la ciudad, reducida ya a una mota titilante a punto de desaparecer en la distancia—. Te hace considerar las cosas en perspectiva.

—Sí, el planeta parece diminuto desde aquí arriba —convino ella.

—Es que es diminuto.

—¡Lo será para ti! —Rylin se giró hacia él, conteniendo la respiración al ver lo cerca que estaba Cord. Sintió que la sangre se le agolpaba en las yemas de los dedos, en los labios—. Para mí, es enorme.

—Por ahora. Me he propuesto cambiar eso.

Rylin titubeó. Sabía que tal vez tendría que haber protestado, hacerle ver que de nuevo pretendía alimentar su relación a base de dinero, como hizo la otra vez. Pero no quería estropear aquel momento. Le gustaba Cord tal y como era, no solo por las cosas caras que venían en el lote.

—Tienes la nariz arrugada, y ese gesto pensativo. —Cord sonrió—. Sea lo que sea, no te lo tomes tan en serio.

—O quizá tú no te tomes las cosas lo bastante en serio. —Rylin había hecho el comentario en broma, aunque no terminó de expresarlo del modo adecuado. Cord pareció ofenderse.

—A ti sí te tomo en serio —opuso.

—Lo siento. —Rylin volvió a girarse hacia el mirador, todavía meditabunda—. Ojalá mi madre estuviera aquí. Le encantarían estas vistas.

—¿Tú crees? —Cord parecía escéptico, como si no se imaginara a la madre de Rylin aquí arriba, aunque Rylin entendió que le resultara imposible. Para él, la madre de ella solo era el ama de llaves.

Prefirió no ponerse a la defensiva.

—Le encantaba vivir aventuras. Siempre soñó con llegar a ver París.

Cord no parecía saber qué contestar a eso. Siempre le costaba encontrar las palabras adecuadas, pensó Rylin con pesar, cuando la conversación se ponía seria como ahora. Para tratarse de alguien que también había sufrido la pérdida de muchos seres queridos, no se le daba muy bien hablar de ello.

Se puso cómodo en el sofá y la dejó contemplar el panorama en silencio. Al cabo, Rylin se sentó a su lado y apoyó la cabeza en su hombro.

—Cuéntame qué me he perdido durante este último año —le pidió.

—¿Por dónde quieres que empiece?

—Por el principio —se burló ella, provocando la sonrisa de Cord.

—Me parece bien. Supongo que la primera historia sería la de lo que le pasó a Brice de camino a Dubái.

Rylin echó la cabeza hacia atrás para escuchar las anécdotas que Cord había acumulado a lo largo de los últimos meses: el viaje que Brice y él habían hecho a Nueva Zelanda; cuando sus primos de Río vinieron a verlos y se quedaron en casa varios días de más; la broma que Cord le gastó a su amigo Joaquin.

Rylin le prestó toda su atención, aunque en realidad no le importaba haberse perdido ninguna de esas cosas.

Cord acostumbraba a centrarse en los momentos más espectaculares, como este crucero en la *Lanza del cielo*. Pero una relación no se sustentaba ni se hundía a base de capítulos memorables. Se construía continuamente, durante las conversaciones pausadas que se prolongaban hasta altas horas de la noche, entre las risas que surgían al compartir una bolsa de *pretzels*, en medio de las silenciosas sesiones de estudio de después de clase. Eso era lo que fascinaba a Rylin.

Cayó en la cuenta de que Cord había concluido su relato y la miraba de un modo que le hizo sonrojarse.

—Te echaba de menos, Myers —dijo—. Te sonará raro, pero sobre todo echaba de menos nuestras conversaciones. Había un montón de cosas de las que solo hablaba contigo.

Rylin lo tomó de la mano. Sabía a qué se refería, porque, además de pareja, también habían sido amigos.

—Yo también echaba de menos hablar contigo. —Lo había extrañado de verdad, incluso cuando salía con Hiral.

Se preguntó cómo le estaría yendo a Hiral. Tal vez la ciudad flotante donde vivía ahora fuera lo bastante grande para poder verla desde aquí arriba.

—Mira. —Cord le señaló la ventana, donde unas llamas rutilantes se arremolinaban sobre el horizonte.

Rylin jadeó. Volaban derechos hacia el amanecer.

Las lenguas de fuego se alzaban hacia la negrura. Era un espectáculo deslumbrante, cegador; Rylin quería apartar la mirada, pero era incapaz, porque allí estaba el sol, la estrella más próxima, al alcance de la mano. Se sintió embargada de súbito por una liviandad gloriosa. Contemplar la cara del sol, entendió, era como enamorarse.

—¿Sabes? —dijo Cord con una sonrisa traviesa—, al llegar a la órbita baja, lo natural es quedar sometido a gravedad cero. En este trasto la gravedad es opcional.

—¿Sí? —Un escalofrío delicioso arañó la espalda de Rylin. Podía imaginarse adónde llevaba esto—. Nunca he besado a nadie en gravedad cero.

—Yo tampoco, pero para todo hay una primera vez. —Cord llevó la mano al panel táctil del mamparo y desconectó el generador de gravedad.

Rylin no fue consciente de la fuerza con la que estaba agarrándose al reposabrazos hasta que la gravedad no desapareció y no empezó a levitar. Enseguida se soltó. Era una tonta por estar tan nerviosa; esta no era precisamente la primera noche que pasaba con Cord. Sin embargo, no podía evitar sentirse así.

Flotó hacia arriba, y su cabello se extendió y ondeó alrededor de su cabeza como una nube oscura, como si fueran los latidos de su corazón los que lo empujaran. Cord se impulsó hasta colocarse a su lado; le tendió la mano, y cuando los dedos de ella se entrelazaron con los de él, Cord la apretó contra su pecho.

Al principio, se manejaron con torpeza, mientras se acostumbraban a la ausencia de gravedad. Cuando ella le sacó la camisa a Cord por la cabeza e intentó empujarla a un lado, la prenda no se quedó en su sitio, como habría ocurrido en condiciones normales, sino que siguió revoloteando en torno a ellos como un mosquito fastidioso. Rylin le dio un manotazo. De pronto, se echó a reír, y Cord se rio con ella, instante en el cual Rylin supo con absoluta certeza que todo iba bien.

Y al momento siguiente ya no se reían, porque sus bocas estaban apretadas la una contra la otra, extinguida por completo la incomodidad inicial. Rylin se preguntó por qué había dudado antes de su relación. ¿Cómo podía haber dudado, cuando su piel despedía fuego, cuando la piel de Cord era la de ella y estaban entrelazados de esta manera, ardientes, suspendidos y entregados, todo al mismo tiempo?

La nave siguió orbitando hacia el amanecer, mientras el crepúsculo bañaba sus cuerpos con un cálido resplandor dorado.

LEDA

eda no dejaba de pensar en Watt.

No se lo explicaba, pero ya no estaba tan furiosa con él. Ahora esa rabia parecía un vestigio de una época remota, algo que pertenecía a una Leda más inflexible y resentida, la que seguía enemistada con sus padres. La que nunca había visitado la tumba de Eris.

No creía que Watt fuera una especie de desencadenante humano que pudiera sacar a flote su peor cara. Ya no. Tal vez porque se había enfrentado a sus temores (los había mirado directamente a los ojos y se había peleado con ellos hasta aplastarlos) y ahora ya no quedaba nada que le diera miedo.

Quería hablar con Watt, decirle que había conversado con su padre acerca de la aventura que había tenido con la madre de Eris. Que su familia se estaba recomponiendo y convirtiendo en algo nuevo y completo. Que, si quedaba esperanza para su familia, tal vez también quedase esperanza para ella.

Quería compartir todo esto con Watt, hacerle partícipe de sus victorias y sus derrotas, porque, a menos que también él fuera consciente de ellas, ni las unas ni las otras parecerían del todo reales.

En algún momento, había empezado a contar con Watt para todo, y no soportaba la idea de volver a perderlo.

Y, así, el viernes por la noche, el día anterior al baile de investidura, decidió enviarle un toque. Pero Watt no lo admitió. Tampoco respondió a sus parpadeos.

Cuando Leda tocó el timbre de su apartamento, fue la madre de Watt quien la atendió. Pestañeó, incapaz de ocultar su sorpresa.

—Hola, Leda. Me temo que Watzahn no está en casa.

Leda se puso las manos en los bolsillos, sorprendida de que la madre de Watt se acordara de ella. De pronto, se puso nerviosa.

—¿Sabes dónde podría estar?

—No estoy segura —admitió Shirin—. Le diré que te has pasado a verlo.

Al darse media vuelta, Leda se acordó de algo que Watt le había dicho tiempo atrás, que cuando algo le preocupaba de verdad, siempre iba al mismo sitio, para estar a solas. Inició sesión en las lentes de contacto para buscar la dirección y dejó que el ordenador que llevaban incorporado determinase la ruta más rápida. Leda se encaminó hacia allí, siguiendo las indicaciones que aparecían sobre su campo visual.

El Coto de Caza era un recinto ecléctico situado en las primeras plantas de la Cima de la Torre. Tenía la disposición de los salones recreativos de antaño, con el suelo de baldosas claras y el techo surcado por un río de fluorescentes de neón. Una música rock para nostálgicos sonaba por los altavoces. El local estaba atestado por una abigarrada colección de videoconsolas antiguas, de máquinas que ejecutaban juegos de disparos en primera persona y de marcianitos, y también había de aquellas en las que se debía manipular una pinza metálica para sacar un animal de peluche. Al fondo se concentraba una sucesión de holosuites exclusivas, las pequeñas habitaciones que podían alquilarse, en conjunto con unos cascos y unos guantes hápticos, para disfrutar de una sesión privada de realidad virtual. Leda vio algunos hombres entrecanos que se habían sentado a tomar un café mientras jugaban al ajedrez tridimensional en tableros táctiles.

Enfiló un pasillo y después otro, sabiendo muy bien lo que buscaba. Una vez que lo encontró, sonrió con un alivio involuntario.

Watt estaba cómodamente instalado en una videoconsola de espuma plástica con forma de viejo barco pirata de madera, sobre el que se levantaba la insignia de la calavera y los huesos cruzados. Se encontraba inclinado sobre el timón tachonado de la nave, introduciendo con rabia una serie de comandos mientras la holopantalla que tenía ante él mostraba una batería de cañones enemigos. A Leda le hizo gracia ver que el avatar de Watt era una mujer de largo cabello rojizo ataviada con un vestido y unas botas altas, un conjunto sin el menor rigor histórico.

—Veo que has elegido a la reina pirata —comentó a la vez que se sentaba junto a él.

Watt dejó a un lado el mando, atónito.

—Grace O'Malley tiene las mejores armas —carraspeó Watt transcurrido un momento—. Es cuestión de estrategia.

La miró con curiosidad, casi con cautela. El resplandor del juego se deslizaba sobre el rostro de Watt de tal modo que parecía encontrarse bajo el agua.

—¿Cómo has sabido que estaba aquí?

—El año pasado me dijiste que *Armada* era tu juego favorito —le recordó Leda.

Watt no tenía buen aspecto. Llevaba unos tejanos raídos y una sudadera vieja, pero había algo más. Se le notaba desanimado, como si hubiera quedado reducido a un sucedáneo callado y decaído de sí mismo.

—Watt —dijo Leda, pero él había empezado a hablar al mismo tiempo, pisando torpemente las palabras de ella con las suyas.

—Te debo una disculpa. Nunca tendría que haberte acusado de... Yo solo...

—No hablemos de eso ahora —le pidió ella. Una emoción confusa palpitaba en su pecho mientras se deslizaba para colocarse más cerca de él—. Últimamente no he parado de darle vueltas a la cabeza. Y por fin estoy empezando a... —«Hacer bien las cosas», quiso decir, aunque no terminó de parecerle apropiado—. Dejar aquello atrás.

—Me alegro, Leda.

Watt llevó su mano con vacilación hacia la de ella, que entrelazó sus dedos con los de él. Las olas holográficas chocaban contra ellos, tan insistentemente que casi los calmaba.

—No he entrado en el MIT —dijo él al cabo de un momento.

Leda irguió la cabeza al instante.

—¿No has entrado en el MIT? —Normal que estuviera tan hundido.

Watt tensó la mandíbula, y su mirada se volvió turbia.

—La pifié en la entrevista. Me invitaron a marcharme.

—Oh, Watt. Lo siento muchísimo. —Leda sabía que aquellas no eran las palabras adecuadas; sin embargo, ¿qué otra cosa podías decirle a alguien a quien se le ha escapado el sueño que llevaba persiguiendo toda la vida?

—Cometí un gran error. Puse todo mi empeño en ser algo que no soy. —Suspiró—. Después de haberte perdido a ti, sentí que esto ya no podría superarlo, que había fastidiado todas las cosas que me importaban por culpa de mi insensatez.

—Watt, a mí no me has perdido —le aseguró Leda—. Solo necesitaba un poco de tiempo. Tengo miedo de mí... de lo que pueda haber hecho. Pero no quiero apartarte de mi lado.

Lo miró. La sangre irrigó la piel fina que cubría los huesos de su pecho; sintió el pulso de su corazón resonar entre sus costillas. No había secretos entre ellos, comprendió, aturdida. No había nada entre ella y Watt excepto el espacio.

Él la rodeó con los brazos y ella unió su boca a la de él, consciente de que nunca se cansaría de estar a su lado.

Se reclinaron sobre la holoconsola, en la que se encendieron decenas de pantallas al mismo tiempo, a modo de fuegos artificiales. Watt se apartó.

—Lo siento —murmuró, pero Leda soltó una risita. No le importaba.

Entendió que lo único que quería era estar a solas con Watt, lejos de todo lo demás. En algún lugar donde pudieran desconectar del mundo, aunque fuera solo un rato.

—¿Prefieres que nos marchemos de aquí? —Leda se enroscó un mechón de pelo en el dedo, nerviosa de repente—. Mis padres han salido. Quiero decir, si te apetece.

—Sí. Claro —balbució Watt, como si temiera que ella cambiara de parecer.

—Vale. —Leda le cogió otra vez la mano y se la apretó. Allí estaba aquella sonrisa pícara que a ella tanto le gustaba, que inclinaba hacia arriba las comisuras de la boca de Watt.

De regreso en la Cima de la Torre, y una vez que entraron en la casa de ella y subieron las escaleras que llevaban a su habitación, Leda cerró la puerta.

Y pensar que el año anterior por estas fechas Watt solo era para ella el tipo que la ayudaba con las labores de pirateo. Ahora era su camarada, su cómplice, el chico al que amaba. Watt se había colado en su vida y se le había metido bajo la piel, algo de lo que ella se alegraba mucho, aunque supiese que era lo que él había pretendido siempre.

En fin, ya que iba a tirarse a la piscina, mejor tirarse de cabeza.

WATT

Hacía casi un año que Watt no entraba en el dormitorio de Leda.

Ahora estaba distinto, pensó, más vacío, con multitud de espacios desocupados en las paredes y las estanterías. Leda hablaba en serio cuando dijo que había intentado desprenderse de los residuos de la vida que llevaba antes.

Pero seguía siendo Leda, la chica a la que él amaba, allí ante él, menuda y temblorosa, aunque sin el menor asomo de fragilidad. Watt conocía lo implacable de su fuerza, un puñal fino como un látigo pero bien afilado.

—Leda —dijo Watt en voz baja—. No tenemos por qué, em...

En respuesta, Leda lo agarró de la camisa para acercarlo hacia sí y lo besó.

Se dejaron caer en la cama, entrelazados en una maraña febril. Leda desasió a tientas los botones y los cierres de la chaqueta de Watt y la echó a un lado. Él le pasó la mano por la espalda para bajarle la cremallera del vestido.

—Espera, ya lo hago yo —dijo ella con impaciencia, apartándose de él el tiempo imprescindible para sacarse el vestido, que cayó al suelo con un siseo.

Así, ella se quedó de cara a él, vestida solo con una ropa interior mínima. Watt sintió que su corazón retumbaba en la escasa distancia que había entre ellos.

Levantó la mano despacio para deslizar un dedo por su sonrisa. Adoraba la boca de Leda, su plenitud ansiosa. La adoraba en su totalidad: el arco del cuello, la tersura de sus brazos, la perfección con que encajaba sobre el pecho de él. Allí donde se tocaran parecía producirse una fricción candente.

Watt lamentó todos y cada uno de los minutos del último año que no había pasado con ella. Lamentó todos y cada uno de los besos que había dado a otras chicas, porque ahora sabía lo mucho que un beso podía importar.

Amaba a Leda, por su bravura, su fuego interior y su orgullo feroz y obstinado. Amaba el hecho de que experimentara la vida con mucho mayor intensidad que cualquier otra persona que él conociera. Estaba desesperado por decirle que la quería, pero no se veía capaz, porque le aterrorizaba que eso pudiera ahuyentarla. Por lo tanto, continuó besándola, una y otra vez, y otra vez, intentando verter su amor en cada uno de aquellos besos.

Deseaba, con toda su alma, que también ella lo amara.

A la mañana siguiente, Watt estaba apoyado sobre un codo, contemplando a Leda con pura admiración.

Ella se giró sobre la almohada, cálida y perfumada allí donde había estado echada. La luz tenue destellaba en sus pendientes, que, como pudo observar Watt, tenían forma de lunitas crecientes. Se preguntó si tendrían algún significado, si tal vez se los habría comprado durante un viaje o si alguien se los habría regalado. Tenía un hambre voraz que lo llevaba a querer conocer hasta el último detalle concerniente a Leda.

Contuvo el impulso de tocarla, de comprobar que de verdad seguía allí. La noche anterior no había sido solo un sueño.

Se sobresaltó al ver que estaba despierta, que sus ojos se abrían trémulamente y brillaban en la penumbra como los de una gata.

—Watt —suspiró. Él se inclinó y le dio un beso.

—Odio decir esto, pero tengo que irme.

—No me imaginaba que serías de esos que salen corriendo —murmuró ella en broma.

—Créeme, lo último que quiero es marcharme. Lo que no quiero es ser de esos que te buscan un lío con tus padres.

—Tienes razón. —Leda suspiró y se sentó, dejando que las sábanas se escurrieran de sus hombros—. ¿Watt?

Se detuvo junto a la puerta y se giró hacia ella.

—¿Sí?

—¿Vendrías conmigo esta noche al baile de investidura? —Esbozó una sonrisa vacilante—. Sé que los actos oficiales siempre han sido motivo de altibajos para nosotros, pero se me había ocurrido que quizá esta vez...

Watt sonrió mientras hacía como que se lo pensaba.

—No sé qué decirte. La última vez solo me invitaste porque querías tener acceso a Nadia.

Leda puso los ojos en blanco.

—Sabes que eso no es lo que...

—Pero a ti no puedo decirte que no —concluyó él—. Claro que iré.

De camino a casa, dejó a Nadia desactivada. Ella misma se había apagado mientras él estaba con Leda, como hacía cada vez que intimaba con una chica, y por alguna razón no se sentía preparado para romper aquel silencio.

Y por esto mismo no recibió ningún aviso de que la policía lo esperaba en su apartamento.

—Ya les he dicho que mi hijo está en casa de una amiga. —La madre de Watt se había plantado con firmeza en la entrada, y alzaba la voz por el agravio. Ante ella tenía a dos agentes de policía: un hombre rechoncho con bigote y una mujer de ojos brillantes que no debía de ser mucho mayor que Watt.

«Activar cuántica», pensó Watt con rabia mientras veía cómo Nadia ejecutaba un reconocimiento facial sobre ellos. De inmediato, el ordenador mostró una etiqueta identificativa bajo sus rostros: Harold Campbell y Lindsay Kiles.

—Parece que ya ha vuelto —observó una inexpresiva agente Kiles cuando Watt llegó a la puerta de entrada. Enarcó una ceja, como si se preguntara por qué aparecía tan temprano un sábado por la mañana, a todas luces desaliñado y desaseado.

—Señor Bakradi —intervino el agente Campbell—. Nos gustaría que nos acompañara para respondernos a unas preguntas.

—De ninguna manera —repitió la madre de Watt. Mantenía los brazos en jarras y la boca comprimida en una línea severa.

Watt estaba atónito, y un poco asustado. «Nadia, ¿qué está pasando? Creía que la policía no tenía ninguna prueba en concreto». Lo único que los agentes sabían era que Mariel

vigilaba los movimientos de todos ellos, lo cual no demostraba nada.

Nadia parecía estar tan nerviosa como él. «Estoy intentando determinar de qué trata todo esto, pero, como sabes, no puedo
infiltrarme en el sistema de la policía si no estoy en las instalaciones».

Watt se preguntó si también interrogarían a Rylin y a Avery
o si solo les interesaba él, por sus actividades como pirata informático. O, aún peor, por el desarrollo de Nadia.

—No importa. Les acompañaré encantado, si puedo ser-
les de ayuda —accedió Watt con toda la cortesía que supo,
ignorando las protestas airadas de su madre. Se pasó una
mano por el cabello desgreñado y siguió a los policías hacia la
vía principal.

Se quedó consternado al ver el deslizador policial azul que
aguardaba aparcado en la esquina. No sabía por qué, pero imaginaba que tomarían el transporte público. No le inspiraba demasiada confianza que lo obligaran a viajar en el asiento de atrás
del vehículo, desde donde no se podían abrir las puertas. Tenía
la impresión de que las cosas iban a cámara rápida, de que ya
lo hubieran juzgado y declarado culpable.

Se palpó el bulto en el que llevaba instalada a Nadia, para
cerciorarse de que seguía con él; era un gesto arriesgado, aunque hizo como si solo se estuviera rascando la cabeza. Al menos, contaría con la compañía del ordenador durante el interrogatorio, pensó con gran alivio.

Sin embargo, en cuanto entró con los detectives en la sala
de interrogatorios de la comisaría, Nadia hizo sonar las alarmas
en la cabeza de Watt. «En estas dependencias hay un sensor de
infrarrojos que detecta la actividad de los dispositivos electrónicos».

«¡Es solo para las tabletas y las lentes de contacto! No hay peligro, es normal que mi cerebro desprenda calor», aseguró él, porque la mera idea de enfrentarse al interrogatorio sin ella le provocaba náuseas.

«Es arriesgado. Voy a desconectarme», opuso ella, y sin más, se apagó a sí misma.

Mierda. Al final iba a tener que pasar este mal trago él solo.

Ocupó la silla metálica plegable del otro lado de la mesa, frente a los detectives. ¿Debería erguir la espalda o arrellanarse? ¿Y si apoyara un codo en la mesa? Tenía que aparentar el nerviosismo y la serenidad justos, porque ¿no mostraría cierta indiferencia alguien inocente ante todo esto, al saber que no había hecho nada malo? ¿O tal vez se echaría a temblar de miedo?

¿Por qué era incapaz de tomar una sola decisión sobre la postura que debía adoptar sin la ayuda de Nadia?

El agente Campbell tomó la palabra.

—Señor Bakradi. ¿Conocía a Mariel Valconsuelo?

—No sé quién es —respondió Watt, tal vez con excesivo énfasis. Si tenían sensores de infrarrojos, ¿habría también detectores de mentiras? En cualquier caso, los detectives no podrían analizar los embustes si no le colocaban unos biosensores, ¿no?

Campbell asintió para su compañera, que tocó una pantalla para que un holograma de Mariel se proyectara ante ellos. Se advertía en ella una actitud malhumorada y reacia, con la cabeza inclinada hacia arriba, como si le indignara tener que posar para que le sacaran una foto identificativa.

—Mariel salía con Eris Dodd-Radson, antes de que esta última falleciera —dijo el agente Campbell en tono elocuente. Watt no respondió.

El policía enarcó una ceja.

—¿No llegó a conocer a Mariel? —repitió.

—No que yo recuerde.

—Antes de que falleciera, Mariel estaba recopilando información acerca de usted.

Watt intentó mostrarse sorprendido ante este hecho. El agente Campbell se inclinó un poco más sobre la mesa, como si pretendiera ocupar más espacio.

—¿Tiene alguna idea de por qué?

—Igual estaba coladita por mí. —Nada más ver el gesto de los agentes, Watt supo que la irreverencia no era la opción adecuada.

—Puedo asegurarle que no —intervino Kiles con sequedad. Watt se mordió el carrillo. Nadia le habría recomendado que no dijera eso.

Con el movimiento que la agente hizo con la mano, el holograma se licuó hasta disolverse como un montón de nieve que se derritiera aprisa.

—¿De qué conoce a Avery Fuller? —prosiguió, cambiando de pronto el rumbo de la conversación.

—Somos amigos —contestó Watt con cautela.

—¿Solo amigos?

¿Sabrían que el año anterior la llevó a una fiesta del Club Universitario?

—Yo quería dar un paso más, pero, ya saben, Avery es prácticamente inaccesible —bromeó Watt, que juraría haber visto un asomo de sonrisa en el rostro de Campbell.

A la agente Kiles no le hizo tanta gracia.

—¿Qué hay de Leda Cole? ¿También son «solo amigos»?

—¿Qué tiene que ver mi vida sentimental con todo esto?

La joven agente lo miró a los ojos.

—Intento comprender cómo llegó a implicarse tanto.

Watt leyó entre líneas. ¿Cómo era posible que él, en apariencia un chico cualquiera de la Base de la Torre, hubiera establecido una relación tan estrecha con unas chicas que vivían entre la planta ciento tres y la mil?

—Supongo que las cosas, sencillamente... salieron así —dijo Watt de un modo poco acertado.

Los detectives intercambiaron una mirada grave. Al cabo, la agente Kiles levantó la mano, palma arriba, en un gesto ambiguo que lo mismo podría haber sido un adiós que una forma de manifestar sus reservas, como si no se tragara la historia de Watt.

—Gracias, señor Bakradi. Puede marcharse. Por ahora —añadió en un tono aciago.

No tuvieron que repetírselo. Se levantó en el acto y se dirigió al instante hacia la salida. Pero antes de que llegara, la agente Kiles le formuló una última pregunta.

—Por cierto, señor Bakradi, ¿sabe de alguien que responda al nombre de Nadia?

Watt sintió que un vacío abisal se abría dentro de él, un agujero negro de miedo, tan gigantesco que parecía originar su propio campo gravitatorio.

Por un momento angustioso, sopesó la idea de confesar. De llegar a un trato a cambio de que se lo contara todo: que Mariel los tenía vigilados a todos, que Leda había matado a Eris por accidente, que quizá también había matado a Mariel, aunque no estaba seguro; ya no podía estar seguro de nada. Antes de que se viera envuelto en todo esto, la vida parecía muy sencilla, un entorno binario, dividido con claridad entre lo blanco y lo negro, entre los unos y los ceros. Ahora ya no podía afirmar nada con rotundidad.

No obstante, le espantaba la idea de hacerle daño a Leda.

Dio un paso atrás con torpeza, con la esperanza de que no se notara lo aturdido que estaba.

—No conozco a nadie que se llame así.

En cuanto hubo salido de la comisaría, encendió a Nadia a toda prisa y la puso al tanto de todo lo que había ocurrido. «Tenemos un problema», concluyó con una pesadumbre que lo ahogaba.

«No saben nada, salvo que el nombre de "Nadia" aparecía escrito en aquel cuaderno», le recordó el ordenador.

«Pero ¿y si hubiera más pruebas? Me preocupa que continúen con la investigación, que no descansen hasta que encuentren algo. Y los dos sabemos que podrían encontrar muchas cosas», pensó con impotencia.

«Lo siento de verdad», respondió Nadia, lo cual era absurdo, ya que ella no tenía la culpa de nada. La tenía él.

Y sabía lo que debía hacer.

Solo había una forma de averiguar qué sabía la policía y por qué lo habían interrogado esta mañana.

«Voy a infiltrarme en la comisaría», decidió.

Nadia le respondió con un tajante «NO», proyectado en unas letras rojas y parpadeantes tan grandes que obstruían su campo visual. La ignoró.

Hacía mucho que Watt no se ponía en plan James Bond y decidía utilizar a Nadia para piratear algún sistema *in situ*. En realidad, la última vez que lo había hecho fue el día en que conoció a Avery, cuando él trabajaba para Leda y debía averiguar qué cosas le gustaban a Atlas. Parecía que hubiera pasado una vida entera desde aquello.

Sin embargo, no se quedaría tranquilo hasta que estuviera seguro de lo que sabía la policía. Y a esta información solo podía acceder desde el interior de sus instalaciones.

«¡Ni se te ocurra, Watt! ¡Es demasiado arriesgado! —le prohibió Nadia, pero él dejó que el ordenador gritara en silencio—. No estamos hablando de una cabina de peaje, ¡sino de la comisaría de la policía de Nueva York!»

Aun así, Watt ya no soportaba esta incertidumbre. «Es la única forma que tenemos de descubrir la verdad», insistió, ignorando el miedo que le erizaba el vello de los antebrazos.

«¡No pienso aprobar esto! ¡Si te cogen, podrías terminar en la cárcel!»

Watt apretó la mandíbula, decidido. «Y si descubrieran tu existencia, iría a la cárcel seguro».

Ante este argumento, el ordenador dejó de discrepar, porque los dos sabían que Watt tenía razón.

¡Voy yo! —dijo Avery cuando sonó el timbre en el piso mil.

—¡Avery, para! Es el periodista —la reprendió su madre, que meneó la cabeza con decepción—. Y ponte otra vez los zapatos.

«Claro, porque nadie debe saber bajo ningún concepto que dentro de casa vamos descalzos».

—No es el periodista, es Max —replicó Avery, aunque accedió a ponerse los zapatos de tacón bajo que su madre le había escogido. Hacían juego con su vestido ciruela entallado de manga japonesa. El cual también lo había escogido su madre.

—¿Has invitado a Max? —Elizabeth exhaló un suspiro sonoro—. Avery, este iba a ser un almuerzo familiar. Con sesión de fotos.

El comentario molestó a Avery. Sabía muy bien por qué su madre no quería aquí a Max. A sus padres les caía bien de verdad, pero siempre hacían todo lo posible por mantenerlo al margen de cuanto tuviera que ver con las elecciones. Porque Max, con su pelo desgreñado, su desaliño y su mordaz sentido del humor, no encajaba con la imagen de perfecta familia americana que ellos querían proyectar.

—Sí, he invitado a Max —afirmó una cortante Avery. Llevaba toda la semana temiendo la llegada de esta reunión y no pensaba afrontarla sin él.

El invitado era un periodista de *Vida Moderna*, una de las fuentes de noticias con mayor audiencia entre los agregadores. En la actualidad estaba redactando un perfil sobre el padre de Avery, uno de esos artículos que retrataban al entrevistado cómodamente en su casa, en este caso para mostrar cómo era el recién elegido alcalde de Nueva York «detrás de las cámaras». Se publicaría en los agregadores a lo largo del día, justo a tiempo para el baile de investidura.

Avery sabía lo que se esperaba de ella, que estuviera allí sentada con una sonrisa en la cara, como la hija modosa y fotogénica que todo el mundo pensaba que era. Que contara alguna anécdota simpática que invitara al público a simpatizar con su padre. Que actuase con elegancia pero con cercanía.

Cruzó aprisa el recibidor y la multitud de sus reflejos flotaba en los espejos que la rodeaban. Sus pasos retumbaban en los suelos recién pulidos. El ama de llaves, Sarah, estaba preparando unas tortillas y unos panqueques caseros, y la madre de Avery había dejado abierta la puerta de la cocina a propósito, para que un leve aroma a azúcar y domesticidad inundara la casa.

—Ey, hola —exclamó al abrirle la puerta principal a Max.

Se había ofrecido muchas veces a incluirlo en la lista de personas preadmitidas, pero él siempre se negaba. «¿Y privarme del placer de ver tu hermoso rostro cada vez que me dejas entrar?», argüía, a lo que Avery solo podía contestar con una sonrisa.

Y allí estaba ahora, con una camisa de cuello abotonado y unos caquis, el cabello moreno algo menos revuelto de lo habitual y un ramo de lirios recién cortados tendido ante sí. Cuando Avery fue a coger las flores, Max meneó la cabeza mientras se reía.

—No son para ti. Son para tu madre —aclaró. Siempre tan considerado.

—¿A mí no me has traído nada? —bromeó Avery.

—Solo esto. —Max se inclinó para besarla, y a ella le recorrió un escalofrío por la espalda.

—Gracias. Lo necesitaba.

—Recuerda —le susurró él al oído según cruzaban el apartamento con los dedos entrelazados—. El próximo año ya no tendrás que pasar por estas cosas. Te escaparás conmigo a Oxford y dejarás atrás todo esto.

—Lo sé —dijo Avery, aunque no parecía tan convencida como otras veces. No era culpa de Max, se aseguraba a sí misma. Pero era joven y aún tenía derecho a cambiar de opinión sobre algunos temas. Por ejemplo, quizá preferiría vivir en la residencia.

—¡Max! —Su padre entró en el salón, seguido de cerca por su madre, que esbozó una sonrisa afectada. Atlas ya estaba repantigado en el sofá, café en mano. Se levantó para saludar a Max, sin llegar a mirar a Avery a los ojos.

—Señor Fuller. Muchas gracias por invitarme esta tarde —agradeció un cortés Max, que presentó el ramo de flores—. Son para usted, señora Fuller.

—Gracias, Max. Nos alegramos de que hayas podido venir —dijo ella, y de nuevo Avery se admiró ante lo bien que mentía su madre, porque incluso ella (que la había oído quejarse de la presencia de Max hacía dos minutos escasos) había estado a punto de creérselo. Elizabeth le pasó los lirios a Sarah, que se los llevó enseguida para colocarlos en alguna mesa.

Volvió a sonar el timbre.

—Ahora sí que será el periodista —dijo el padre de Avery, que los miró uno por uno como un general que pasara revista a su tropa antes de un gran desfile—. Hasta ahora, es el principal reportaje sobre la familia. Asegurémonos de que salga bien, ¿de acuerdo?

El periodista se llamaba Neil Landry. No llegaba a los treinta años, lucía un impecable cabello moreno y una sonrisa animada. Muy agradable y bien parecido, era justo lo que se esperaba de alguien cuya carrera consistía en producir y subir vídeos constantemente.

—Señor Landry. Gracias por unirse a nosotros en este día tan destacable y emocionante. —El padre de Avery le estrechó la mano al periodista con su vigor habitual.

—Por favor, llámame Neil. —Su sonrisa resultaba casi tan cegadora como la del padre de Avery.

—Solo si tú me llamas Pierson.

El padre de Avery se colocó tras una inmensa barra, hecha a partir de un bloque de mármol de Carrara que, para su regocijo, procedía de la agencia neoyorquina de la ley seca del siglo xx. Descorchó una botella de champán para servir unas mimosas.

—¡Estamos de celebración! —exclamó con entusiasmo.

Avery sonrió, asintió e hizo cuanto pudo por prestarse al juego. Todos parecían disfrutar de la reunión, incluso Max, que sin duda estaba haciendo un gran esfuerzo para apoyar a Avery. Rieron, halagaron al periodista y dardearon al padre de Avery con bromas inofensivas. Era un baile coreografiado a la perfección, y Avery sabía qué papel le correspondía. Pero no estaba interpretándolo.

Al cabo de un rato, pasaron al comedor, ubicado en una esquina del apartamento, para disfrutar de las vistas que ofrecían los ventanales que subían desde el suelo hasta el techo en dos lados de la sala. El sol formaba un panal dorado a través de las esponjosas nubes blancas.

En el centro de la mesa, donde tendría que haber estado el ramo de lirios de Max, había un jarrón fino que contenía una sola rosa roja. Una rosa perfecta, con cada uno de los pétalos curvados como era debido y el color intensificado en una gradación precisa desde los bordes hasta el centro. Era la Avery Fuller de las rosas, una rosa diseñada a nivel genético para ser así expuesta. Una rosa que la naturaleza no podía crear por sí misma. Avery se imaginó al florista encargando esta rosa demencialmente sublime, pensando con engreimiento que reflejaba la realidad.

De pronto, sintió el deseo de hacerla pedazos. O, mejor aún, de recoger decenas de rosas deformes, retorcidas y moteadas, y de ofrecérselas a sus padres en un enorme cuenco, como regalo. Para recordarles que la perfección no existía. Que la imperfección también podía festejarse.

Cuando Sarah trajo los primeros platos, Elizabeth miró a Avery a los ojos y le hizo señas para que se sentara más derecha, con el ceño hundido en un gesto de decepción. Avery corrigió la postura. Ni siquiera se había dado cuenta de que estaba encorvada.

Tal vez estuviera empezando a poner en práctica lo que Calliope le había dicho el otro día.

Sencillamente, ya no se veía capaz de seguir adelante. La presión incesante de tener que hacerlo todo bien, de no poder permitirse el menor fallo. Retorció con rabia la servilleta de superfibra sobre el regazo. Era demasiado resistente como para rasgarse, de modo que se limitó a estrujarla, una y otra vez.

—Bien, Pierson —dijo el periodista cuando la madre de Avery terminaba de contar que Pierson y ella se habían conocido durante una recogida de fondos para la iglesia, una fábula tan inverosímil que casi resultaba cómica. Avery sabía que sus padres se habían conocido a través de un sitio de citas de la i-Net—. Durante la campaña has sostenido que afrontarías tu labor de gobierno con un enfoque corporativo. ¿Sigue siendo esa tu postura?

—Sin lugar a dudas —confirmó el padre de Avery con cordialidad—. Quiero dirigir la ciudad como si de una empresa se tratara. Dotarla de eficiencia.

—¿Y quién se encargará de tu compañía mientras te dedicas a ayudar a esta gran ciudad?

—Cuento con un consejo directivo muy experimentado. Y mi hijo, Atlas, ha venido para ayudar a garantizar que la transición se desarrolle sin contratiempos.

Un destello surcó los ojos de Neil.

—Atlas, renunciaste a la universidad con el propósito de entrar a trabajar para tu padre, ¿no es así? —Antes de dejar responder a Atlas, se había girado hacia Avery—. ¿Y tú, Avery? ¿Tienes pensado unirte algún día al negocio familiar?

—No lo sé —dijo con franqueza—. Voy a estudiar Historia del Arte en la universidad. Ya veremos qué camino tomo después.

—¿Y este es tu novio? —añadió Neil en un tono jovial, deslizando la mirada hacia Max por primera vez—. ¿Qué viste de malo en los chicos de Nueva York que tuviste que buscarte uno en el extranjero?

Avery sabía que el periodista tan solo intentaba ser ingenioso, pero no pudo evitar mirar instintivamente a Atlas, sentado al otro lado de la mesa, tan solo por un instante.

—Supongo que en Nueva York no conocí a la persona adecuada.

—Por fortuna para mí —intervino Max en un intento de apoyarla—. Soy consciente de la gran suerte que he tenido.

—¡Apuesto a que eso no les va a hacer gracia a muchos neoyorquinos! —festejó Neil sin apartar los ojos de Avery. Toda la mesa se sumó obediente a las risas—. ¿Qué opinas del apelativo que te ha adjudicado la prensa, la «princesa de Nueva York»?

Avery apretó la mano en torno a su vaso de agua, hecho de cristal antiguo y adornado con una serie de labores delicadas. Le gustaba lo frágil que le parecía al tacto. Como si pudiera estamparlo contra la pared y ver cómo saltaba en un millar de hermosos añicos.

—Es un poco tonto —admitió.

—¡Venga ya! ¿Cómo puede ser que a una chica no le guste que la llamen «princesa»? —insistió Neil.

Para sorpresa de Avery, Atlas se encargó de responder por ella.

—No creo que «princesa» sea el sobrenombre más adecuado para Avery —dijo a media voz—. Porque implica que Avery no ha conseguido nada por sí misma, que solo interesa por la familia a la que pertenece. Sin embargo, todos sabemos que Avery destaca por méritos propios. Es brillante y atenta, la persona más bondadosa y desinteresada que conozco.

—En ese caso, si no es una «princesa», ¿cómo la describirías tú? —inquirió el periodista. Avery vio que su padre los escuchaba, tal vez con demasiada atención.

—Diría que es única —respondió Atlas sin inmutarse—. Avery siempre es ella misma. Es lo que a la gente le gusta de ella.

Las lágrimas irritaron los ojos de Avery. No había pasado por alto que si alguien iba a salir en su defensa, tendría que haber sido su novio.

En ese momento, sonó el timbre, rompiendo el silencio saturado. Avery advirtió que Sarah corría a responder. Se oyó el murmullo de unas voces y los pasos de alguien que se acercaba por el pasillo. Segundos después, dos agentes de policía entraron en el comedor.

Avery notó que la sangre se le agolpaba en las venas. De pronto, sintió que se mareaba, porque sabía con una certidumbre nauseabunda que venían buscándola a ella.

—¿Señorita Fuller? —preguntó el mayor de los policías, un hombre de bigote rizado—. Nos gustaría que nos acompañara a comisaría para respondernos a unas preguntas.

—Disculpen, pero ¿cuál es el motivo de su visita? —intervino su padre.

Avery sabía que tendría que estar asustada, pero por alguna razón, el miedo no había terminado de atenazarla. De hecho, sin saber muy bien por qué, se sentía ajena a la situación, como si estuviera flotando por encima de la araña de luces.

—Es por el asesinato de Mariel Valconsuelo —informó el policía; y esa palabra, «asesinato», resonó por la sala como un cañonazo. Avery vio que Neil Landry se inclinaba hacia delante, con la nariz ensanchada con expectación. Cómo no. Que la perfecta Avery Fuller se sometiera a un interrogatorio con motivo de un asesinato podría ser el comienzo de una historia muy suculenta.

El policía dobló su gorro entre las manos en actitud respetuosa.

—Perdón por las molestias, señor Fuller. Quisiéramos oír lo que su hija pueda contarnos sobre este asunto.

—Imposible —opuso el padre de Avery sin sobresaltarse—. Precisamente hoy no va a poder ayudarlos. ¡Es el baile de investidura! Si de verdad necesitan el testimonio de Avery, pueden volver con una citación.

Al cabo, Avery reaccionó.

—No me importa —musitó, para después levantarse con la servilleta apretada todavía en su puño como si de un amuleto se tratara—. No sé nada sobre Mariel ni sobre su muerte, pero si puedo ayudar de alguna manera, estaré encantada de intentarlo.

Pierson se aplacó, aunque seguía sin estar convencido.

—De acuerdo —accedió—. Pero antes permíteme llamar a Quiros. No deberías responder a ninguna pregunta sin que nuestro abogado esté presente.

Avery asintió y salió de la casa con los policías, intentando aparentar una seguridad en sí misma que no tenía.

Había muchas cosas que preferiría mantener en secreto, acerca de la muerte de Eris, de su relación con Atlas y, sobre todo, de lo que Mariel le hizo a Leda aquella noche en la playa de Dubái.

Tal vez muy pronto todos sabrían que la perfecta Avery Fuller no era en realidad tan intachable.

CALLIOPE

Calliope irradiaba una felicidad palpable mientras entraba con Brice en el ayuntamiento, sosteniendo el vestido a un lado para no pisárselo con los talones. Era de un morado oscuro (el color de la realeza, cómo no) y estaba confeccionado en un maravilloso y ligero raso que se le ceñía a las caderas antes de descolgarse en pliegues vistosos para derramarse en torno a sus tacones de aguja negros. Junto a ella, Brice quedaba eclipsado, si bien estaba arrebatadoramente atractivo.

—Me alegro de que al final decidieras que podías venir —le dijo Brice con ternura.

Al principio, Calliope creía que le sería imposible asistir al baile. Era un evento de alta categoría y demasiado destacado, una violación demasiado flagrante de las normas a las que tendría que estar ateniéndose. En teoría, tendrían que haber venido Nadav y Elise, pero en un inesperado giro de los acontecimientos, fue Livya quien le dio a Calliope la libertad que necesitaba.

Su hermanastra había amanecido aquejada de fiebre. Le había rogado a su padre que por favor se quedara en casa para cuidar de ella. Calliope no le veía ningún sentido; todo el mundo sabía que los ordenadores de sala llevaban incorporado un juego completo de productos sanitarios y que podían monitorizar perfectamente a un enfermo e incluso alimentarlo a base de sopa. Pero, como cabía esperar, Nadav accedió a quedarse con Livya toda la noche, como el padre abnegado que era.

En cuanto tuvo conocimiento de que Nadav y Elise no vendrían, Calliope le envió un mensaje a Brice. «Creo que podré escaparme, si te apetece ir al baile de investidura».

«¡Escaparte! Qué vergüenza», le respondió él, y entonces Calliope casi pudo ver el brillo de júbilo que tendría en los ojos. «He sido una influencia terrible para ti, Calliope Brown, así que deberías darme la espalda ahora que todavía tienes salvación. Si puedes. Suelo ser bastante persistente».

«Ni se te ocurra atribuirte el mérito de mi comportamiento», contestó ella con una sonrisa de satisfacción. «Llevo rompiendo las reglas desde mucho antes de conocerte a ti».

Se alegraba de haberse decidido a venir. El ayuntamiento ocupaba varios niveles de la Torre, desde la planta 432 hasta la 438. Era una laberíntica madriguera de oficinas administrativas y salas de juntas desvencijadas, dominada por el inmenso vestíbulo abovedado del centro y por la joya de la corona: un mirador curvo ubicado en lo alto de la bóveda que ofrecía una panorámica despejada del cielo.

Este debía de ser el primer evento de etiqueta que se celebraba aquí. La Torre aún no tenía dos décadas de antigüedad, aunque estos espacios públicos del Cinturón de la Torre parecían haber envejecido más rápido que el resto de la estructura. Ya había varios elementos descoloridos y rayados, como si la vida en el ayuntamiento transcurriera con excesiva intensidad.

Esta noche, no obstante, las instalaciones se habían transformado en un auténtico país de las hadas. Hasta el último centímetro cuadrado había sido engalanado y tecnologizado a la perfección: las losas del vestíbulo estaban cubiertas con alfombras carmesíes, decoradas estas a su vez con un patrón de efes entrelazadas. Las paredes estaban embellecidas por el holograma de unos ondeantes estandartes dorados, entre los que se reproducían algunos videoclips de Pierson Fuller. Y flores, había una infinidad de flores, entretejidas en forma de perfectas esferas que flotaban sobre las distintas mesas. Cuando Calliope se adentró en el salón con Brice, los rostros de los demás invitados empezaron a aparecer y desaparecer como llamas que se encendieran para extinguirse un instante después, todos maquillados y modificados por medio de tratamientos de longevidad del ADN, todos animados por la misma emoción cansada. La atmósfera recordaba a la de una boda, como si el señor Fuller fuera a comprometerse de por vida con algo. Acaso con su ambición.

Calliope vio a Avery conversando con un grupo de periodistas a un lado del salón. Tuvo la impresión de que esta noche la belleza de Avery desprendía un calor tempestuoso, como si bajo su fachada reluciente se estuviera gestando a toda prisa un huracán.

Un fotógrafo que pasaba por allí levantó un procesador de imágenes para sacarles una fotografía, pero Calliope se giró en el acto. No quería que hubiera pruebas gráficas de que había salido con Brice. Ya se arriesgaba bastante solo por estar aquí.

Por otro lado, aunque los amigos de Nadav la vieran, Calliope dudaba que la reconociesen. Con el vestido tan escotado que llevaba y con el cabello derramado de forma sugerente sobre un hombro, no se parecía en absoluto a la niña mojigata y arisca que habían visto en la boda de su madre. Se sentía ella misma de nuevo.

Cuando salió del apartamento, Nadav estaba en la cocina, pendiente del fogón mientras preparaba una sopa para Livya. Levantó la cabeza al momento al oír los pasos de Calliope.

—¿Adónde vas? —quiso saber.

—Al voluntariado del hospital —respondió ella en un tono mecánico.

—¿Otra vez?

—Sí, ya sabes, es lo que tienen los niños. Los más pequeños solo saben ponerse malos —adujo Calliope sin alterarse. Nadav frunció los labios, ignorando el sarcasmo.

Después se sintió culpable, al recordar cómo su madre miraba a Nadav durante la boda. «No vayas a arriesgarlo todo solo por un chico», le había rogado.

Bien, pues Brice no era solo «un chico».

—Cord ha venido —señaló Brice, interrumpiendo el curso de sus pensamientos. Calliope percibió algo distinto en su tono, como si no se alegrara de ver aquí a su hermano menor. Miró en la misma dirección que él, hacia donde estaba Cord, en compañía de una preciosa chica de rasgos asiáticos que llevaba el cabello recogido en una sencilla coleta. Su cara le resultaba familiar. ¿La habría visto en la escuela?

—¿Nos acercamos a saludar? —se ofreció, pero Brice empezaba ya a alejarse en la dirección opuesta.

—No mientras esté con Rylin.

¡Rylin! Sí, así se llamaba.

—¿Te ha pasado algo con ella? —le preguntó, aguijoneada por la curiosidad—. ¿Intentaste ligártela?

—Peor. Me deshice de ella —confesó con crudeza—. Creía que estaba manipulando a Cord para quedarse con su dinero, así que hice que rompieran.

«Manipulándolo para quedarse con su dinero». Calliope se agitó, nerviosa. Había multitud de chicos que podían, con toda la razón del mundo, acusarla a ella de lo mismo.

—De todas formas —prosiguió—, está claro que la ruptura no fue definitiva. Ahora han vuelto. Y yo soy el que intentó cargarse su relación.

—Tal vez Rylin te perdone. Es obvio que los dos os preocupáis por Cord. Si le dices a ella lo que me acabas de decir a mí, puede que te entienda.

—¿Tú me perdonarías, si fueras ella? —le preguntó Brice, y ahí sí que la había pillado.

—Claro que no. Soy muy rencorosa —admitió ella con naturalidad—. Pero tal vez Rylin esté más dispuesta a perdonar.

—Tal vez —convino Brice—, pero, a decir verdad, yo no acostumbro a pedir perdón.

Calliope levantó la cabeza para mirarlo a la cara.

—¿Significa eso que no piensas disculparte si un día hieres mis sentimientos?

—No puedo aceptar esa hipótesis. ¿Por qué supones que voy a herir tus sentimientos? —preguntó.

«En una relación, tarde o temprano, el uno le hará daño al otro, aunque no se lo propongan». Por otro lado, Brice y ella no mantenían una relación propiamente dicha.

—Solo quiero estar preparada —razonó Calliope, intentando aparentar despreocupación.

Estaba acostumbrada a que fuese ella quien se marchaba, o

quien hacía el daño; sin embargo, no estaba acostumbrada a ser quien se preocupaba.

—Claro que te pediría perdón si te hiciera daño —le dijo Brice mientras la miraba con dulzura—. Considérate la excepción a mi regla de no disculparme. Eres la excepción a todas mis reglas. Al fin y al cabo, eres una diosa.

Acercó dos copas de champán y le ofreció una a ella mientras se acercaban a la pista de baile. Calliope tomó un sorbito; era un champán caro, del que sabía a mazapán y fuegos artificiales. Del que hacía que uno deseara besar a la persona que tuviese al lado.

No podía alegrarse más de haberse decidido a venir a la fiesta.

—¿Adónde crees que irás el próximo año? —le preguntó Brice.

—¿El próximo año?

—A qué universidad. ¿Te interesa la Costa Este? ¿California? Por favor, ni se te ocurra ir a Chicago; hace demasiado frío —añadió, no del todo en broma.

Calliope sintió como si alguien hubiera recogido de un tirón la alfombra con las efes entrelazadas. Nunca pensaba en el futuro. A menudo se jactaba de que sabía mejor lo que ocurriría en los próximos cinco minutos que en los próximos cinco años.

Aun así, desde que su madre sacara el tema, Calliope había empezado a considerar la idea de cursar una carrera. Incluso se había reunido con uno de los orientadores de formación en la escuela. Pero los comentarios que este le había hecho sobre su solicitud solo habían servido para desalentarla.

—No estoy segura de adónde podría ir. Los exámenes estandarizados no se me dan muy bien —adujo con vaguedad. Por no hablar de su irregular historial académico.

—No es de extrañar. Digamos que no eres precisamente una persona estándar —dijo él—. Aun así, no me cabe ninguna duda de que eres muy inteligente. Aunque ahora mismo solo emplees esa inteligencia para colarte en los restaurantes de cinco estrellas.

En ese instante, sus lentes de contacto se encendieron al recibir un toque de su madre, pero Calliope agitó la cabeza hacia un lado para rechazarlo.

—¿Qué quieres estudiar? —insistió Brice.

—No lo sé. Puede que Historia o Escritura Creativa —admitió. Se le daba muy bien inventar relatos—. ¿Por qué tienes tanta curiosidad?

Brice se acercó un poco más a ella, como si pretendiera separarla de la pista de baile para garantizar una cierta privacidad.

—Porque me gustas, Calliope. Me gustaría seguir viéndote, vayas a donde vayas.

Su madre le envió otro toque. De nuevo, Calliope agitó la cabeza.

—Me gustaría —dijo ella, y su sonrisa era cada vez más amplia.

Nunca había conocido a nadie como Brice y, desde luego, nunca le había revelado a nadie tantas cosas sobre sí misma. Debería inquietarla lo bien que la conocía. Era como si hasta el último fragmento de verdad que le había entregado fuera una bala, un arma con la que él podría atacarla algún día; y ella solo podía confiar en que no lo hiciera.

Las lentes de contacto se encendieron por tercera vez, y ahora sí, Calliope sintió un escalofrío.

—Perdona —murmuró al tiempo que sacudía ligeramente la cabeza y se giraba para aceptar el toque. El corazón le martillaba las costillas.

—Hola, cariño. —La voz de Elise sonaba tensa y ahogada. Calliope observó con angustia que su madre estaba ocultando este toque a Nadav—. Ha ocurrido algo. Es Livya.

Quizá la fiebre de Livya se hubiera agravado.

—¿Está en el hospital?

—No. Aunque ahí es donde tenías que estar tú, ¿recuerdas? —Elise suspiró—. No vas allí a leerles cuentos a los niños enfermos, ¿verdad?

—Escucha, mamá, he...

—Creía haberte dicho que te dejaras de martingalas.

—¡No son «martingalas»! —siseó Calliope, olvidando por un momento que estaba en un lugar público. Se tapó la boca con la mano para que no se la entendiera—. Me gusta de verdad, ¿vale?

Elise hizo como que no la había oído.

—Livya te ha tendido una trampa, cariño. Estoy segura de que fingió ponerse enferma para que picaras y ver si así te escabullías.

—Ay, Dios mío. —Calliope dio un tumbo hacia atrás.

—Por favor, dime que no estás en el baile de investidura.

Calliope no podía responder, porque no quería mentirle a su madre.

—Sal de allí ahora mismo —le ordenó Elise al cabo de un momento—. Te cubriré hasta que vuelvas a casa.

Sin más, cortó el toque.

Calliope meneó la cabeza. Tendría que habérselo imaginado. Ella, que siempre predecía el comportamiento de los demás, que se jactaba de su templanza, ¿cómo podía haberse dejado engañar por Livya Mizrahi?

—¿Va todo bien? —preguntó Brice.

Calliope se mordió el labio. Dejó que sus ojos resiguieran

rápidamente el recinto, fijándose en todo: las luces, los vestidos destellantes, la multitud que atestaba el salón. El eco de la música, los cuchicheos y las risitas que surgían en torno a los cócteles. Y, aun así, como le sucediera en la estación de tren la semana anterior, se sintió irrevocablemente ajena a toda aquella gente.

«Me gusta de verdad», le había dicho a su madre, y era cierto. Brice le gustaba de verdad, más de lo que había dejado que le gustara nadie hasta ahora, y también le atraía la idea de seguir viéndolo en el futuro.

Pero Elise amaba a Nadav, y Calliope le había prometido que no le fastidiaría su relación.

—Lo siento de veras. Tengo que irme —susurró. Y, sin más, giró sobre los talones y abandonó la fiesta tan rápido como pudo.

AVERY

Estoy orgullosa de mi padre por todo lo que ha hecho por Nueva York y por todo lo que tiene planeado hacer. —Avery se obligó a sonreír mientras hacía las declaraciones aprobadas con antelación por el equipo de relaciones públicas de su padre—. Sé que su labor traerá a la ciudad un desarrollo sin precedentes.

—Sin embargo, tienes pensado mudarte a Inglaterra —insistió la periodista. Una zetta flotaba cerca de su boca para captar su respuesta.

—Espero poder ir a estudiar a Oxford, si me admiten —confirmó Avery, con los dientes apretados mientras sonreía. Seguía sin entender qué tendrían que ver sus estudios con la investidura de su padre. Además, ¿cómo sabían lo de Oxford? En principio, el estado de su solicitud era confidencial. Alguno de sus amigos debía de haber difundido el rumor o, peor aún, quizá alguien la hubiera reconocido por las calles de Oxford. Lo cual significaría que esa ciudad tampoco sería el refugio que ella se esperaba.

—Nueva York lamentaría mucho quedarse sin ti —dijo la periodista con una sonrisa fingida. De tez broncínea, tenía una melena azabache que formaba lustrosas ondas—. Hablando de todo, aquí está tu hermano. Tal vez pueda unirse a...

—¿Me disculpa? —le pidió Avery en un tono cortés al tiempo que se hacía a un lado. Ni en sueños se quedaría aquí para que la entrevistaran junto a Atlas. Después de la tarde que había pasado en comisaría para que la interrogaran, se encontraba al límite. No les había dicho nada incriminatorio a los detectives, pero de todas maneras estaba conmocionada.

Nada más regresar a casa, le envió un mensaje a Watt. No sabía muy bien por qué, pero prefería decírselo solo a él en lugar de avisar también a Rylin y a Leda. Era imposible predecir cómo reaccionaría Leda ante una situación de este tipo. Además, seguía convencida de que Leda era quien corría un mayor riesgo.

Sabía que Watt miraría por ella a toda costa.

«No creo que sepan nada, ¿no?», le había preguntado. Al fin y al cabo, la policía no había vertido ninguna acusación contra ella. Daba la impresión de que pretendieran tantearla o lanzar una sonda, sin tener muy claro lo que buscaban.

«Estoy en ello», le había contestado Watt sin comprometerse. «Te avisaré en cuanto tenga algo».

Avery no sabía qué habría querido decirle con eso. Prefería no preguntárselo.

Se hallaba ahora en el ayuntamiento, que su padre había transformado en una jungla de adornos dorados y hologramas, tomada por un rebaño de neoyorquinos emperifollados. Sus padres estaban junto al escenario, saludando a la gente, luciendo sus vacías sonrisas politizadas.

Miró a su alrededor, preguntándose dónde estaría Max, aunque una parte remota de ella prefiriera no verlo. De nuevo recordó aquel día en Oxford, cuando él le entregó el chip de acceso al apartamento y describió la vida que construirían allí. Si le hubiera entregado la llave de su corazón, no podría haberse sentido más culpable e indigna.

Intentó ir a buscarlo, pero cada pocos pasos alguien la paraba. Lila Donnelly, la promotora del maratón en la luna, en el que los participantes corrían con zapatillas lastradas que simulaban la gravedad de la Tierra. Marc de Beauville, uno de los principales donantes de su padre y propietario del campo de golf de varios niveles del Cinturón de la Torre. Fan PingPing, la estrella del pop china. Todo el mundo estaba allí, los nuevos ricos y los de toda la vida, los que sentían curiosidad y los que se aburrían, la gente de negocios y los anonadados grupos de amigos que habían comprado una entrada solo porque sentían debilidad por las fiestas glamurosas.

Los saludó a todos con la cabeza, a la vez que murmuraba unas palabras de agradecimiento antes de escabullirse con su vestido de tul dorado. El tejido caía en pliegues vaporosos desde la cintura ceñida y el borde de cada una de las capas estaba perfilado por una sucesión de lentejuelas áureas y bordados relucientes. Con el cabello recogido en bucles delicados, y con los diamantes ambarinos de cinco quilates que su madre le había prestado brillándole en las orejas, era muy consciente de su aspecto destellante y espléndido. Lo odiaba.

—¡Avery! —Leda se abrió paso con decisión entre la multitud para llegar hasta ella—. Te he buscado por todas partes.

—Ey, Leda —acertó a saludarla Avery, con la sonrisa aún

empastada en su rostro, aunque ahora más flácida. Leda no se dejó engañar.

—¿Qué te pasa?

—No puedo escapar de él —dijo Avery con impotencia. La respuesta se escurrió de sus labios antes de que hubiera terminado de meditarla.

—¿Y por qué quieres escapar? —Leda la miró con el ceño fruncido—. ¿Por lo del apartamento?

Avery entreabrió la boca. Tenía la garganta seca como la lija. Sus ojos habían saltado por instinto hasta Atlas.

Leda siguió su mirada. Avery vio por su expresión que la había entendido, que la comprendía de forma tácita presa de una absoluta incredulidad.

—Ah —fue cuanto Leda acertó a decir en un primer momento—. Creía que te referías a Max.

Lo cual era lógico, porque tendría que haberse referido a Max. Ya que previamente no había especificado otra cosa, lo normal era dar por hecho que hablaba de su novio.

Ninguna de las dos pronunció el nombre de Atlas.

—Mira, Avery —dijo Leda con calma—. Max y tú estáis bien juntos, tenéis una relación tranquila y estable. Sin dramas. —Por alguna razón, el modo en que lo dijo invitaba a pensar que una vida sin tragedias tenía tanto de reconfortante como de deprimente.

—¡Entre Max y yo hay dramas! —protestó—. Y chispas, y fuegos artificiales. O como quieras llamarlo.

—Claro que sí —afirmó Leda, demasiado deprisa como para resultar convincente. Suspiró—. Eres muy feliz con Max. No quiero que pierdas eso.

—Tú también pareces feliz. —Esta vez Avery sí desplegó una sonrisa sincera—. ¿Ha venido Watt al baile?

No pasó por alto el rubor revelador que encendió las mejillas de Leda cuando oyó su nombre.

—En principio sí iba a venir, pero al final no ha podido. Le surgió algo urgente —explicó Leda, que se encogió de hombros—. Me dijo que no me preocupara.

Avery asintió.

—Me alegro de que hayáis... Ya sabes.

—Sí. —Leda oteó el salón atestado—. ¿No es increíble que estemos aquí? ¿En el último año? ¿En la investidura de tu padre?

Avery la comprendía. El tiempo pasaba volando, demasiado rápido para poder detenerlo.

—Ojalá pudiéramos volver atrás, hacer las cosas de otro modo. Enmendar todos los errores que hemos cometido.

—Ojalá —convino Leda—. Pero creo que lo único que podemos hacer es seguir adelante, lo mejor que sepamos.

Tal vez Leda tuviera razón. Tal vez la verdadera forma de madurar consistiese en apartarse de la faceta más horrible de uno. En pegarse una sonrisa en la cara y hacer como si nada de aquello (el beso, la confesión, la noche en que vio morir a su mejor amiga) hubiera ocurrido nunca.

Se preguntó si debería contarle a Leda que la policía la había interrogado esa tarde. No quería preocuparla ni que volviera a perder el control. Pero tal vez estuviera cometiendo una insensatez si se lo ocultaba. Tal vez tuviera derecho a saberlo.

Apenas separó los labios, sin saber muy bien cómo sacar el tema, Max apareció a su lado.

—Aquí estás —exclamó él, para después plantarle un beso en la frente. El esmoquin le confería un aspecto pulcro que acentuaba su atractivo.

—Iba a buscar algo de comer —anunció Leda, que aprovechó la ocasión para dejarlos a solas. Le lanzó una mirada elocuente a Avery antes de irse. Avery la miró alejarse, con esa exagerada V de la espalda del vestido que enfatizaba la pequeñez de su cuerpo y ese estampado austero blanquinegro de su falda.

—Lo siento. Estaba liada con las entrevistas. —Avery se esforzó por aparentar normalidad, decidida a no mirar hacia donde estaba Atlas. Porque incluso ahora sabía muy bien dónde estaba. No quería, pero llevaba toda la noche siguiendo sus movimientos por el rabillo del ojo, guiada por el silencioso pulso de ese radar que, instalado en algún rincón remoto de la mente, nunca deja de funcionar.

Sabía que no tendría que estar pensando en él. Ahora estaba con Max, y lo amaba. Sin embargo, Atlas había sido su primer amor, y cuando lo sentía cerca de ella, como ahora, la historia secreta que compartían parecía nublarle la razón y consumir hasta la última molécula de oxígeno que había en el salón de baile.

—Se acabaron las entrevistas. En adelante, te reclamo solo para mí. —La cogió de la mano con urgencia. El tacto de su piel cálida la reconfortó.

Durante un rato, todo fue bien. Dio una vuelta por el salón con Max, sin parar de hablar de trivialidades, charlando acerca de todas las cosas que harían en Oxford. Cuando la orquesta empezó a tocar una canción lenta, dejó que él la llevara con soltura por la pista de baile, donde sus pies seguían el son sin que ella tuviera que dirigirlos con el cerebro. Aceptó una copa de champán, pero lo encontró insípido.

Avery percibía su mirada como una pluma rozándole la espalda, como si alguien que estuviera al fondo del salón hubiera susurrado su nombre, proyectando un eco que había viajado hasta sus oídos. Levantó la mirada y la cruzó frontalmente con la de Atlas.

—Lo siento. —Se apartó de Max y le soltó la mano—. Necesito... un poco de aire fresco.

—Te acompaño —se ofreció Max, pero Avery meneó la cabeza enérgicamente.

—Será solo un minuto —insistió ella, con más sequedad de la que pretendía. Y, sin que Max tuviera ocasión de protestar, se recogió la falda del vestido con ambas manos y se dirigió hacia el arco que llevaba al ascensor del ayuntamiento. La princesa de Nueva York, huyendo de todo.

La puerta del ascensor estaba situada a un lado, de cara a una hilera de oficinas en las que ahora no había nadie. Avery sabía que esta zona había estado llena hasta hacía poco; la gente que se aburría en la fiesta había subido al mirador, se había dado una vuelta haciendo eses y había bajado otra vez. Pero ahora todo el mundo se había tomado una copa de más, y la pista de baile se estaba animando bastante; además, toda esta gente podía disfrutar de las mismas vistas desde el salón de su casa, y desde una altura aún mayor.

Ahora solo estaba Avery, que machacaba el botón con insistencia para llamar al ascensor gris.

Una vez que salió al mirador, espiró con fuerza, como si llevara demasiado tiempo buceando y por fin hubiera ascendido a la superficie. La plataforma del mirador formaba una media luna ante ella. Dio un paso adelante y llevó los dedos hacia el flexiglás. El crepúsculo invernal se oscurecía por momentos al otro lado de las ventanas. Vio su reflejo espectral encerrado en ellas, superpuesto de forma inquietante sobre el panorama.

Apoyó la cabeza contra el flexiglás y cerró los ojos, rogándole a su corazón que se aquietara. Sabía que quería marcharse de Nueva York. Pero ¿por qué no se emocionaba más ante la idea de mudarse a Oxford con Max?

Durante buena parte de su vida, había permitido que fueran otros los que decidieran lo que deseaba, sin que en ningún momento le preguntaran a ella. Sabía que era muy afortunada por tener una vida por la que muchos matarían, una vida que, por otro lado, tampoco era la suya. No era ella quien la había elegido. Sus padres la habían diseñado a medida, literalmente, para que fuera tal y como ellos querían. Se había empapado de sus convicciones poco a poco, hasta hacerlas suyas, hasta que ya no sabía lo que quería, porque todo se entremezclaba con lo que sus padres deseaban para ella.

Creía que marcharse al extranjero para estudiar Historia del Arte sería su salvación. Pero empezaba a temer que lo único que había conseguido era cambiar unas expectativas por otras. Dejaría atrás la vida en el piso mil y todo lo que esta conllevaba para sustituirla por la vida con la que Max soñaba.

Pero ¿era la vida con la que también ella soñaba?

Vio transcurrir los años ante sí como si mirara una película: llenando el apartamento con una ecléctica colección de muebles; viviendo allí mientras Max cursaba el doctorado y accedía a una plaza de profesor con posibilidad de obtener la permanencia. Una vida estable y milimetrada repleta de amigos, cultura y risas con Max.

Le encantaba Oxford, con su pintoresco encanto y sus adoquines empapados de historia. Pero no era ni mucho menos el único lugar que le encantaba. ¿Por qué tenía que limitarse a esas expectativas cuando había todo un mundo aguardando a que ella lo explorase?

Quería reírse a carcajadas. Beberse unas cuantas cervezas de más. Poner una sonrisa tan ancha que le doliera la cara. Desafinar en el karaoke. Quería ver colores chillones, oír música estridente, estar eufórica y, sí, incluso padecer el dolor de un corazón roto, si venía acompañado de amor verdadero. Con la mirada perdida en la sombría vastedad de la ciudad, sintió de pronto que ni Nueva York ni Oxford serían lo bastante grandes para contener la suma de cuanto ella quería vivir, experimentar y ser. Que no satisfarían su anhelo desmedido e incierto.

Cuando oyó que las puertas del ascensor se abrían a sus espaldas, no se molestó en girarse. Debía de ser Max.

—¿Estás bien?

«Cómo no», pensó sin extrañarse. Le había dicho a Max que necesitaba espacio, y se lo había dado.

Era Atlas quien nunca hacía lo que ella quería que hiciera.

—¿Qué haces aquí arriba, Atlas?

—Te andaba buscando. —La luna proyectaba una sombra a un lado de su rostro y un resplandor plateado al otro, transmutando sus ojos en sendos caramelos.

—Enhorabuena —lo felicitó ella con voz monótona—. Ya me has encontrado. Ahora ¿qué?

—No seas así, Aves.

Intentó dejarlo atrás pero, para su sorpresa y preocupación, Atlas la siguió al ascensor. Avery pulsó el botón para regresar al nivel principal del ayuntamiento.

—¿Cómo quieres que sea? —inquirió ella. Su voz sonaba tensa. ¿No se daba cuenta Atlas?

—No importa.

Avery apartó la mirada de él y la fijó con obstinación en las puertas cromadas del ascensor.

Se encontraban a medio camino cuando el aparato dio una sacudida y se detuvo de pronto, un segundo antes de que se apagaran las luces.

WATT

Watt se encontraba en la esquina de la comisaría central del Departamento de Policía de Nueva York, intentando no llamar la atención, pero no tenía por qué estar tan inquieto. Esta era una intersección bulliciosa del Cinturón de la Torre, por donde la gente pasaba de camino a los restaurantes, a las fiestas o adondequiera que fuese a estas horas tardías de la noche. Nadie se fijó en él. Las pupilas de los transeúntes se dilataban y encogían a medida que despachaban los mensajes que leían por medio de las lentes de contacto, mientras deambulaban por las calles cada uno en su propia burbuja de olvido. En una intersección como esta, resultaba fácil volverse invisible.

«Estamos haciendo lo correcto, ¿verdad, Nadia?».

—¿Y qué es lo correcto? —divagó ella, cuya pregunta resonó en los audiorreceptores de Watt—. Creo que cada humano maneja un concepto ligeramente distinto del bien y del mal.

La observación del ordenador lo intranquilizó. Antes de que Watt tuviera ocasión de responderle, Nadia prosiguió:

—Ya sabes que no estoy de acuerdo con este plan. Entraña un riesgo demasiado alto, el cual tal vez no te compense tanto.

«¡Podría suponer nuestra salvación!».

—O podría llevarte a la cárcel. Ahora mismo, la única persona que corre algún peligro es Leda. Tú ni siquiera te verías implicado, ¡si no fuera porque te estás implicando por voluntad propia!

«¡Esta mañana me han interrogado!».

—No merece la pena que corras un riesgo innecesario.

Watt no debería haberse extrañado. Nadia estaba programada para protegerlo, por lo cual siempre intentaba propiciar situaciones que ella pudiera controlar, situaciones pensadas para beneficiarlo a él. Sin embargo, Nadia no entendía lo que era amar a otra persona hasta el punto de que su seguridad se volvía primordial para uno. Watt haría cualquier cosa para que a Leda no le pasara nada.

Por la mañana, al volver a casa después del interrogatorio, les había asegurado a sus padres que no se trataba de nada importante. Para su alivio, lo creyeron. El resto del día lo había pasado en un estado de ansiedad febril, mientras trazaba el plan y fabricaba la digicremallera que necesitaría para hacer el trabajo.

Iba a infiltrarse en la comisaría, esta noche.

Lamentaba no haber podido acompañar a Leda al baile de investidura. Pero no podía dejar escapar una oportunidad así. El Departamento de Policía de Nueva York trabajaba ahora bajo servicios mínimos, ya que todos sus miembros habían sido convocados a la gala como invitados del alcalde. Solo los miembros más jóvenes se habían quedado en sus puestos.

—Estás ridículo —le informó Nadia, en un tono que denotaba incredulidad.

Watt llevaba pantalones y deportivas oscuros, y una camiseta negra de manga larga. «Es la ropa que siempre se ponen en las holos cuando van a entrar en algún sitio a hurtadillas».

—Odio ser yo quien te lo diga, Watt, pero no eres ningún superhéroe. ¡Solo eres un adolescente como cualquier otro!

«Sabes que yo no soy como cualquier otro», le recordó él, que se enrolló la manga derecha. Ya estaba casi listo.

—Ya tienes el pulso bastante acelerado, ¡no necesitas estímulos adicionales! —le advirtió Nadia, pero Watt la ignoró y se pegó dos parches de cafeína en la parte interna del antebrazo, cerca del codo. Experimentó un subidón de energía al instante, como si su sistema nervioso fuera un motor que de pronto se hubiera pasado de revoluciones.

«Odio que hagas eso», le recriminó Nadia después de pasar a modo transcraneal. «Es como si me embistieras con la violencia de un maremoto».

No obstante, ahora mismo Watt necesitaba esa fuerza, necesitaba hasta la última gota de adrenalina que pudiera exprimirle a su cuerpo. Porque su «plan» tenía mucho de improvisación. Nadia no podría piratear los sistemas de la comisaría hasta que él se hubiera infiltrado en ellos, de manera que el ordenador cuántico no tenía ni idea de cuántos agentes habría en el interior ni de dónde estarían. Lo único que había encontrado era un plano antiguo de las instalaciones, extraído de los cianotipos originales de la Torre.

«Allá vamos», pensó él, que se encaminó hacia la parte trasera de la comisaría con paso resuelto y confiado. Aquí había una dársena discreta, la que utilizaban sobre todo los bots de entrega, con unos enormes raíles que dirigían las ruedas de los contenedores. Watt respiró hondo y se agachó para entrar por ella.

«Es increíble que nadie lo haya hecho antes».

«Será porque a la policía no le preocupa que la gente pueda colarse, sino que pueda escaparse».

No le faltaba razón.

«Por aquí», urgió Nadia a Watt cuando accedió a un pasillo. Echó a correr siguiendo las flechas que el ordenador proyectaba en su campo visual. Cruzó otro pasillo, viró y dejó atrás una serie de despachos, hasta que de pronto irrumpió en la sala sofocante y mal ventilada donde la policía tenía los servidores. Las luces se alternaban con las sombras, sin que pareciera haber nadie por ninguna parte, como si hubiera aparecido en un yermo paisaje lunar. El aire parecía llevar décadas allí estancado.

Los datos de la sala de almacenamiento se conservaban tal y como Watt se esperaba, en columnas de discos duros imposibles de craquear de forma remota, aunque manipulables si uno venía en persona con el equipo necesario. Como había hecho él.

Se llevó la mano al bolsillo para sacar la pequeña llave de aspecto inocuo que contenía el *malware* en el que Nadia y él se habían pasado toda la tarde trabajando (la «digicremallera», la llamaba él, por la hilera de dientes que incluía). La introdujo directamente en un servidor. El dispositivo se sumergiría en los sistemas de la policía, copiaría el expediente de Mariel y se retiraría sin dejar rastro alguno de su actividad.

«Vamos, vamos», pensó, mientras la digicremallera vertía su código en los sistemas del departamento.

«Watt, viene alguien».

La adrenalina inundó su sistema nervioso. «¿Ya?».

«¡Puedo verlos por las cámaras de vigilancia!».

Watt le dio un manotazo al servidor, desesperado.

—¡Vamos! —masculló, esta vez en voz alta, justo cuando la digicremallera mostraba una luz ámbar para indicar que la carga había concluido.

Watt volvió a guardársela en el bolsillo al instante. Aspiró entrecortadamente, con el corazón martilleándole el pecho. La camiseta se le había humedecido en torno a las axilas. «¿Por dónde?».

«Lo siento, pero esta es la única opción que puedo considerar», respondió Nadia a la vez que hacía saltar la alarma de incendio.

Watt salió dando tumbos al pasillo, iluminado por una luz roja parpadeante. Las sirenas aullaban por todas partes. Miró a izquierda y derecha, acuciado; oyó el ruido de unos pasos procedente del flanco izquierdo, motivo más que suficiente para que tomase la dirección opuesta. Corrió hacia la pequeña dársena de carga, cayendo en la cuenta demasiado tarde de que quizá quedara bloqueada en caso de emergencia, aunque, por supuesto, no lo estaba. Le pareció advertir que varios niveles más arriba los bots extintores se apresuraban a apagar las inexistentes llamas.

Se agachó para escurrirse por la dársena y salió disparado a la calle, donde al instante se perdió entre la multitud que circulaba por el Cinturón de la Torre. Su respiración agitada y la frente empapada de sudor eran los únicos indicadores de que no era un transeúnte más.

Le dio gracias a Dios por contar con Nadia, su ángel de la guarda.

Dejó atrás la manzana tan rápido como pudo, con las manos hundidas en los bolsillos. El miedo se le había atravesado en la garganta como una aguja de hielo. No se creía que de verdad lo hubieran conseguido.

Había una amplia plaza en la esquina de la calle, donde la gente pasaba el rato en torno a un grupo de bancos (las parejas que hacían manitas tras haber salido de compras el sábado por la tarde, los padres que transportaban a sus bebés en los aerocochecitos que llevaban sujetos magnéticamente). Watt se dejó caer en un banco e insertó la digicremallera en la tableta.

Era un archivo muy pesado, una compilación de decenas de documentos relacionados con la muerte de Mariel Valconsuelo. El certificado de defunción y el informe del juez de instrucción; las transcripciones de los interrogatorios realizados a los padres y amigos de Mariel, así como a Leda, Rylin, Avery y él mismo. Tragó saliva. Ignoraba que también hubieran interrogado a Rylin y a Avery, aunque era lógico.

«¿Es muy grave? ¿Cuánto han averiguado?», le preguntó a Nadia.

Watt también leería el archivo por sí mismo, más tarde. Tal vez. Pero Nadia ya habría escaneado y analizado todo el contenido del archivo. Al fin y al cabo, podía procesar todo un diccionario en una fracción de segundo.

—Watt —respondió el ordenador con pesadumbre—. Lo siento. No tiene buena pinta.

«¿Qué quieres decir?».

—Parece que la policía ha vinculado la muerte de Mariel con la de Eris. Saben que aquella noche sucedió algo en la azotea, que se organizó algún tipo de encubrimiento. Ahora mismo siguen intentando determinar por qué habéis mentido todos.

Un sudor frío bañó la frente de Watt. Se arrancó de un tirón los parches de cafeína que llevaba en el brazo, a la vez que un dolor insoportable estallaba en su cabeza. Contrajo el gesto. «Si descubren que Leda nos estaba chantajeando, lo lógico sería que después quieran saber qué tenía contra nosotros, por qué logró obligarnos a ocultar la verdad, y entonces sí que vamos a tener un problema. Sobre todo, Leda».

—Watt, debes hablar con ellas. Debes avisarlas.

Nadia tenía razón. Debía reunirse con ellas de inmediato; con Avery, con Rylin y, sobre todo, con Leda. Necesitaban decidir sus siguientes pasos. Si querían salir indemnes de esta, tendrían que permanecer juntos. Si todos se atenían a la versión que ya habían dado, si los unos se guardaban las espaldas a los otros, tal vez tuvieran una oportunidad.

«¿Dónde están ahora?», preguntó Watt con urgencia.

«En el baile de la investidura de Pierson Fuller».

Ah, vale. En cierto modo, le costaba creer que siguieran celebrándose este tipo de eventos, que el mundo siguiera girando como si nada, cuando él tenía la impresión de que hubiera descarrilado violentamente.

Se levantó, tomó aire y echó a correr, ignorando las miradas de extrañeza de los viandantes. Gracias a Dios, el año anterior se había comprado un esmoquin, en un absurdo intento de impresionar a Avery. Al final, iba a serle mucho más útil de lo que se esperaba.

Mientras corría hacia el ascensor de la Base de la Torre, experimentó un extraño e inquietante *déjà vu*. Todo esto le recordaba demasiado a lo ocurrido el año anterior, cuando después de perder de vista a Leda en la fiesta de Dubái, la encontró medio muerta; o, peor aún, a la noche en que subió embalado a la azotea de Avery, a la que llegó en el preciso momento en que Eris se precipitaba al vacío.

Solo le quedaba confiar en que esta vez no fuese demasiado tarde.

CALLIOPE

Cuando Calliope regresó al apartamento de los Mizrahi, fue recibida por un silencio denso y decididamente amenazador.

Con paso inseguro avanzó por el pasillo, cuya gruesa moqueta amortiguaba sus pasos. Su reflejo bailaba en el elaborado espejo de su izquierda, vestido con los tejanos y la camisa de manga larga que llevaba puestos cuando se marchó, horas antes; se había parado en el Altitude para quitarse el vestido incriminatorio, el cual había dejado colgado en una taquilla de allí. No se quitaba de la cabeza que su tez había cobrado una palidez antinatural.

Nadav estaba sentado en una de las sillas de respaldo alto del salón, como si fuese un juez que estuviera a punto de dictar algún tipo de sentencia. Levantó la cabeza al advertir su llegada, pero permaneció callado.

¿Dónde estaba Elise? Quizá prefiriera no presenciar el enfrentamiento, supuso; quizá estimase más conveniente aparecer después, para situarse del lado de Calliope.

O quizá hubiera decidido que la mejor forma de defender su matrimonio sería no opinar sobre lo que su hija había hecho.

—Así que ya has vuelto, Calliope —dijo una engreída Livya al salir de su dormitorio. Se acercó dando pasos breves y remilgados, como un caracol que dejara tras de sí un destellante surco de babas—. Estábamos muy preocupados por ti.

—Lo siento —comenzó Calliope—. No me...

—Estabas en el baile de investidura, ¿verdad? —dijo Nadav, cuya deducción cayó como una lluvia de piedras cortantes sobre el silencio atronador.

Decir la verdad en este tipo de situaciones iba contra el instinto de Calliope, pero sabía que no le convenía mentir con descaro una vez que la habían acorralado.

—Sí —admitió—. Estaba en el baile de investidura. Siento no haberte dicho adónde iba en realidad, pero temía que no me dieras permiso y tenía una buena razón para querer ir. El nuevo equipo de Sanidad Pública del alcalde estaba allí, y he estado intentado pedirles que dediquen más medios al ala de Urgencias del hospital, que carece de las instalaciones necesarias... —Calliope se iba inventando la excusa sobre la marcha, aunque no le estaba quedando del todo mal; se le seguía dando bastante bien mentir bajo presión—. Fui al baile de investidura porque era la única forma que tenía de hablar en persona con ellos.

Livya puso los ojos en blanco.

—Déjate de gilipolleces —le exigió, aunque a Calliope le reconfortó ver el gesto de asombro de Nadav. Ninguno de los dos había oído nunca a Livya soltar un improperio. Además, se había esmerado bastante en su pronunciación, para tratarse de alguien que siempre se comportaba con intachable recato—. ¿Por qué no dices a qué has ido en realidad? Y, sobre todo, ¿con quién?

—No he... —Alguien debía de habérselo dicho a Livya, dedujo con desolación. En el salón había cientos de personas, y cualquiera de ellas podría haber comentado de pasada que la hermanastra de Livya había asistido con el mayor de los hermanos Anderton.

—Ha salido con Brice Anderton —reveló Livya, que se giró triunfante hacia su padre.

Al cabo, Nadav recuperó el habla.

—Calliope. ¿Has salido con Brice, después de que le dijera a Livya que te previniera de él? ¿Por qué lo has hecho? —Parecía más dolido que enfadado.

Calliope parpadeó, en parte sorprendida por que Nadav estuviese detrás de la aciaga advertencia que Livya le hiciera en la boda.

—Porque me gusta. No es ese rufián que dicen. Por favor, no lo juzgues por su reputación.

—Solo quería que tuvieses cuidado —dijo Nadav en tono comprensivo—. Un chico mayor y con más experiencia como él, podría aprovecharse...

—Pero, papá, Calliope sí que tiene experiencia. Si alguien se estaba aprovechando, era ella —intervino Livya, que miró a Calliope con dulzura—. Te acuestas con Brice porque es rico, ¿verdad? Pero, claro, te han enseñado bien. De tal palo, tal astilla.

—No me acuesto con él —interpuso Calliope, apretando las manos en sendos puños; pero Livya levantó el tono de voz para hacerse oír, casi gritando.

—Siempre sospeché que eras una mentirosa, ¡y ahora tengo la prueba! Eres una cazafortunas patrañera, ¡y apuesto a que tu madre también!

—¿De qué estás hablando? —se indignó Calliope, aun con el estómago revuelto de puro miedo. Además, ¿dónde estaba su madre?

Livya contorsionó el rostro.

—Me habías inspirado tanto con tu devoción por el hospital que decidí hacer una donación en tu honor, al ala infantil.

Calliope sintió que un pánico gélido se gestaba en sus entrañas.

—Pero resulta que cuando llamé al hospital para hacer la donación, no tenían ni idea de quién eras. —Livya hizo una mueca de falsa confusión—. No guardaban ningún registro de las incontables horas que les habías dedicado como voluntaria.

Nadav frunció el ceño. La luz de las ventanas incidía dividida en gruesos haces sobre las florituras de la alfombra, sobre su cabello entrecano.

—Calliope —dijo con gravedad—. Todas esas veces que has dicho que ibas al hospital, ¿adónde ibas en realidad?

Livya intervino de nuevo.

—¡A verse con Brice! Lleva fingiendo desde el principio, ¿no te das cuenta? ¡Ya sé yo lo que tiene esta de filántropa! —La miró a los ojos—. Siempre he sospechado que te traías algo entre manos, y ya veo que no me faltaba razón.

Calliope no discutió porque, por primera vez, no se le ocurría ninguna mentira con la que justificarse.

—¿Qué ocurre aquí? —Elise entró en el salón con total tranquilidad. Vestía una sencilla camisa blanca con detalles de encaje en el cuello, la cual le confería un aspecto femenino e inocente. Calliope se tranquilizó un poco al verla.

Si alguien podía sacarla de este embrollo, era su madre. No había nacido aquel a quien Elise no pudiera apaciguar. Era la mayor artista de la manipulación que uno pudiera imaginarse.

—Elise —dijo Nadav, y en ese momento Calliope supo lo que ocurriría ahora: la castigaría, la privaría de las escasas libertades que se le permitían y nunca más volvería a ver a Brice. En fin, sobreviviría a ello; aceptaría todos los correctivos que hicieran falta con tal de salvar a su madre. Cuadró los hombros e irguió la cabeza, lista para suplicar perdón.

Sin embargo, no se esperaba lo que Nadav dijo a continuación:

—¿Me has estado mintiendo? —No la miraba a ella, sino a su madre.

Elise titubeó, solo un instante, aunque este instante fue crucial, porque bastó ese breve lapso para que su expresión revelara la verdad.

—¿A qué te refieres?

—¿Has sido sincera conmigo en cuanto a tu identidad? ¿En cuanto a tu pasado? ¿O solo me has contado lo que creías que yo quería oír?

Calliope vio como su madre vacilaba en la frontera entre la verdad y el engaño. Al cabo, se decantó por la verdad.

—Puede... Puede que haya exagerado sobre nuestra labor como voluntarias —balbució—. No hemos recorrido el mundo como nómadas filántropas.

—Entonces ¿vinisteis aquí directamente desde Londres? —preguntó Nadav.

Elise estaba temblando.

—Pasamos unos años viajando alrededor del mundo. Solo que no nos dedicábamos a la caridad.

—¿Y a qué os dedicabais, entonces? ¿De qué vivíais?

Elise parecía acongojada. A lo que se dedicaban era a ir de compras, a cenar en restaurantes exclusivos, a alojarse en los hoteles más lujosos, a disfrutar de todas las comodidades que tenían a su alcance. Y todo gracias a los fondos que obtenían de aquellos a los que estafaban.

—Queríamos ver mundo —explicó Calliope—. Mi madre me llevaba a visitar los lugares de más valor histórico y cultural, me enseñó a apreciar su diversidad.

Nadav la ignoró. Mantenía los ojos anclados en Elise.

—¿Te inventaste que llevabais años trabajando como voluntarias? ¿Por qué? ¿Por el dinero?

—¡Claro que no! —Elise se acercó a Nadav para ponerle la mano en el brazo. Él se apartó como si le hubiera quemado.

—¿Me estás diciendo que cuando me viste en aquella fiesta te presentaste con otra identidad porque te fascinaban mi ingenio y mi personalidad? ¿Que mi dinero no te importaba?

Elise se sonrojó.

—Está bien. Mentiría si dijera que el dinero no formaba parte del asunto.

—¿«Parte del asunto»? —repitió Nadav en un tono cáustico.

—¡Aquello fue solo al principio! ¡Ahora todo es distinto! Te quiero —insistió ella—, con toda mi alma. No tenía ni idea de que se podía llegar a querer tanto a alguien.

—¿Y por qué tendría que creerme nada de lo que digas ahora? —Nadav se expresaba con una voz fría y calculada, mucho más temible que cualquier grito que pudiera haber dado—. Acabas de admitir que te presentaste con una identidad falsa.

—¡Quería ser alguien de quien pudieras enamorarte! ¡Alguien digno de tu amor! Tenía miedo de que no me quisieras tal como soy. ¡¿No lo ves?! —exclamó Elise—. Tu amor me ha hecho mejor de lo que era. Me estoy convirtiendo en esa persona, en la mujer de la que te enamoraste. Para ti.

Nadav escuchaba a Elise con estupor. Una profunda consternación se había adueñado de él, como si quisiera desposeerla de su encanto y su belleza, una capa tras otra, para llegar a comprenderla de verdad, como una vez creyó haberla comprendido.

—Me mentiste. Cada mañana y cada noche, con cada palabra y cada risa. Todo era mentira.

—¡No! —La voz de Elise sonó rota por la desesperación—. ¡No era mentira! ¡Te quiero, y sé que tú me quieres a mí!

—¿Cómo voy a quererte, si eres una completa desconocida? —replicó Nadav con gravedad—. Te propuse que formaras parte de mi vida, pero siento como si esta fuese la primera vez que hablamos.

Una pura angustia abotagaba los ojos de Elise.

—Por favor. Te ruego que me perdones, te ruego que me des otra oportunidad.

Livya miró a Calliope con una sonrisa vacía y amarga que no llegó a iluminar sus ojos. Calliope tragó saliva. Su madre y ella estaban paralizadas, como actrices que permanecieran inmóviles sobre el escenario a la espera de que se apagaran los focos.

Elise extendió los brazos con las palmas de las manos vueltas hacia arriba, en un callado ademán de súplica.

—Te quiero —susurró—. Por favor, te contaré la verdad, empezaremos de cero, pero, por favor, no nos digamos adiós, no así, no después de todo lo que hemos compartido.

Nadav se negaba a mirarla.

—Hemos terminado —zanjó con un hilo de voz—. Ya no confío en ti. No tengo intención de ponerme a recoger los pedazos de lo que teníamos para intentar recomponerlo, cuando los dos sabemos que ya nunca será como antes.

Elise se echó a temblar, presa de un sollozo silencioso. Había cerrado los ojos con fuerza, como si así pudiera poner fin a todo esto. Calliope no recordaba la última vez que la había visto llorar, deshecha en un llanto auténtico, no en las lágrimas de cocodrilo que conseguía derramar cuando la situación así lo precisaba.

—Estaré fuera del apartamento hasta que terminéis de hacer las maletas. Tenéis veinticuatro horas —anunció Nadav—. No quiero veros aquí cuando vuelva.

—Nadav —imploró Elise, pero el gesto de él parecía tallado en piedra.

—Debería darte vergüenza. ¿Te has parado a pensar en el ejemplo que le estás dando a tu hija, casándote por dinero, haciéndote pasar por quien no eres? —Suspiró, derrotado—. Livya, vámonos.

—Será un placer. —Un destello de malicia floreció en sus ojos.

Por un instante, Calliope creyó que Elise correría a rodear a Nadav entre sus brazos, a suplicarle que cambiara de opinión. En vez de eso, se sacó el anillo de casada y se lo tendió.

La sombra de dolor que nubló los ojos de Nadav sobrecogió a Calliope.

—Eso fue un regalo. Es tuyo —rechazó él. Su expresión se tornó dura y hermética de nuevo, y al momento siguiente, Livya y él se habían marchado.

Calliope sintió cómo la réplica del terremoto que acababa de sorprenderlas sacudía su cuerpo. No acertaba a respirar.

—Mamá... —intentó decir, atónita—. Lo siento mucho.

Elise se secó las lágrimas con la mano, extendiéndose el maquillaje por las mejillas.

—Oh, cariño. No es culpa tuya.

—¡Claro que es culpa mía! Me advertiste que no saliera con Brice, y no te hice caso. Si te hubiera escuchado, esto no habría ocurrido.

—No, Nadav tiene razón. La adulta soy yo, y tengo que asumir la responsabilidad de la vida que he elegido para nosotras. Este día habría llegado antes o después. Aunque siempre quise pensar que sería más tarde que temprano. —Suspiró—. Es hora de que nos vayamos, cariño.

Iban a marcharse de Nueva York. Y esta vez Calliope estaba segura de que nunca regresarían.

RYLIN

Rylin no imaginaba que tardaría tan poco en volver a enamorarse de Cord.

Quería meditar muy bien este paso, en lugar de entregarse a la relación de cualquier manera. Sin embargo, tampoco podía decirse que la primera vez se lo hubiera pensado mucho. Quizá fuese así como funcionaba el amor; era algo que sucedía sin más, y lo único que uno podía hacer para prepararse ante su llegada era respirar hondo antes de que el maremoto que traía consigo le pasara por encima.

—Gracias por acompañarme esta noche —dijo Cord cuando llegaron al baile de investidura.

Rylin, al sentir que se ruborizaba bajo su mirada, se alisó la falda del vestido. La había recibido esta misma tarde, en una enorme caja morada de Bergdorf, junto con un lazo de satén.

—De ninguna manera —había protestado cuando apareció

el dron de entrega. No permitiría que Cord empezara a enviarle obsequios extravagantes. Pero Chrissa había insistido en que al menos debían abrirlo, y una vez que Rylin vio el vestido (una asombrosa confección de color crema, sin tirantes y salpicada de detalles de plata, como si alguien hubiera derramado una tinaja de polvo de estrellas sobre su tersa superficie de seda), no pudo resistirse a probárselo. Se le ajustaba a la perfección, con un torso encorsetado a partir del cual una falda estrecha descendía hasta el suelo.

«Por un vestido tampoco va a pasar nada», decidió. Después del día que había tenido, de que la policía la interrogase acerca de la muerte de Mariel, no se veía capaz de renunciar a algo tan bonito. No era que hubiese confesado nada; en realidad, no tenía nada que confesar. Aun así, la mera experiencia la había desconcertado.

Sabía que debía ponerse en contacto con los demás, con Leda, Watt y Avery, para preguntarles si también a ellos los habían interrogado. Se propuso hacerlo más tarde. Ahora mismo, lo único que quería era estar aquí con Cord, sintiéndose hermosa.

—Prométeme que no me mandarás más vestidos —le rogó, consciente de que la petición perdía toda su legitimidad por el hecho de llevar puesto el que le había llegado.

—Solo si tú me prometes que dejarás de estar preciosa con ellos —respondió él, ante lo cual Rylin no pudo reprimir una sonrisa.

Llevó la vista alrededor del salón del ayuntamiento, repleto de gente elegante, de adolescentes y de adultos vestidos con esmóquines impolutos y vestidos relucientes. Los banderines holográficos ondeaban sobre las paredes al ritmo de una brisa inexistente. Seguía pensando que ella no encajaba aquí, por mucho que cuidara las apariencias.

Después miraba a Cord y la sangre se le alborotaba en las venas, y entonces recordaba que el escenario era lo de menos. Su lado estaba junto a Cord, fueran cuales fuesen las circunstancias.

—¿Vendrás mañana a mi apartamento? —le preguntó mientras lo tomaba de la mano. No le importaba estar aquí, en una celebración oficial de gala, pero las cosas no podían ser siempre así. ¿Cuándo iba Cord a bajar a la planta treinta y dos para conocer a Chrissa y a sus amigos?

—Claro —aceptó él con naturalidad.

A Rylin le dio la impresión de que en realidad no estaba escuchándola. Pero entonces Cord señaló la pista de baile con la cabeza y Rylin decidió dejarse llevar por la fiesta.

—¿Quieres bailar, ahora que se me da tan bien? —sonrió Cord.

—Nunca he considerado que lo hicieras mal —dijo Rylin.

—Yo tampoco, hasta que empecé a tomar clases de baile en la escuela. —Cord se rio cuando Rylin enarcó las cejas—. ¿No lo sabías? Este curso he decidido expresar el profundo e inquebrantable amor que siento por el baile y me he apuntado a Danza 101: Introducción a la coreografía.

Rylin contuvo un resoplido.

—¿Ahora eres una bailarina?

—El nombre exacto es «bailarín de ballet», muchas gracias —la corrigió Cord—. Es lo que me ha tocado por dejar Holografía, ya que las demás asignaturas de arte están completas.

Rylin se preguntó si Cord habría dejado Holografía por ella, porque prefería no verla a diario, aunque no quería pecar de egoísta preguntándoselo, y, además, era agua pasada.

—No te preocupes —prosiguió—. No puedo prometerte

que vaya a enseñarte todos mis pasos magistrales, pero tal vez sí un par de ellos.

Rylin inclinó la cabeza, alborozada.

—¿Qué te hace pensar que yo no conozco ningún paso magistral?

Dieron vueltas por la pista de baile hasta que el esfuerzo físico agotó a Rylin. Al cabo, la orquesta hizo una pausa para tomarse un descanso.

—¿Quieres sentarte? —pregunto Cord, que la llevó a una mesa donde ya se habían congregado algunos de sus amigos.

Rylin había conocido a muchos de ellos el año anterior, aunque en vista de que no parecían acordarse de ella, Cord volvió a hacer las presentaciones con Risha, Ming, Maxton y Joaquin. Rylin les sonrió a todos, pero la única que le devolvió el gesto fue Risha. Ming tenía los ojos vidriosos, sin duda convencida de que era más divertido leer los mensajes que llegaban a sus lentes de contacto. Rylin se preguntó si a alguno de ellos le sonaría siquiera de la escuela.

Sin saber muy bien por qué, deseó que Leda estuviera aquí. Al menos ella le habría dado algo de conversación.

—Cord, te andábamos buscando. Esta fiesta es un muermo —se quejó Joaquin.

A Rylin le llamó la atención su actitud despreciativa. Era un evento espléndido y suntuoso, y en la barra ni siquiera comprobaban la edad. ¿De qué se quejaba Joaquin?

—¿No puedes dar tú la fiesta de cierre en tu casa? —le propuso Joaquin.

—Siempre soy yo quien da la fiesta de cierre. ¿No puede ofrecerse otra persona, por una vez? —repuso Cord con naturalidad.

La mesa prorrumpió al instante en un coro de excusas.

—A mí no me miréis. Ya sabéis que mi casa no es ni de lejos lo bastante grande. ¡Ni siquiera cabía el equipo de fútbol!

—A mí mis padres no me dejan ni respirar después de haber cateado Cálculo este semestre.

—Yo sí que no puedo meter a nadie en casa, porque la última vez terminasteis vomitando en el *jacuzzi*.

—Eso sí que fue para partirse, ¿eh? —dijo Risha, casi con nostalgia.

—¿Y tú, Rylin? ¿No podrías enrollarte? —Maxton la miraba con una sonrisa amigable. Al ver su expresión de incredulidad, se apresuró a añadir—: Tampoco vamos a invitar a mucha gente. Y la priva llegará por dron, claro. Tú solo tendrías que poner el espacio.

«¿Hablas en serio?», estuvo a punto de preguntarle Rylin, pero sabía que Maxton no bromeaba. No tenía ni idea de quién era ni de dónde vivía. Tal vez, incluso pensara que la estaba ayudando a integrarse al preguntarle si no le importaría dar ella la fiesta de cierre.

Por un segundo, imaginó una situación absurda en la que decía que sí, se llevaba a todos aquellos niños ricos a la planta treinta y dos y los apretujaba en torno a la mesa de la cocina. Eso sí que sería una experiencia inolvidable.

—Está bien, está bien, ya organizo yo la fiesta —intervino Cord, que pasó la mano por el respaldo de la silla de Rylin y le dio un apretón en silencio.

—Voy a buscar algo de beber —dijo ella con la voz apagada, sin dirigirse a nadie en concreto, antes de retirarse de la mesa. Oyó que Cord se levantaba para alcanzarla.

—Rylin, ¿qué ocurre? —dijo, cogiéndola del brazo. Ella se giró hacia él, con las mejillas sonrosadas—. Lo siento. Maxton no pretendía molestarte con la pregunta.

—Lo sé —suspiró ella—. Es solo que no encajo en ese grupo. Además, ¿qué necesidad tienen de ir a una fiesta de cierre? ¿Qué tiene de malo la carísima y preciosa fiesta en la que estamos ahora?

—Ellos son así —arguyó él con una sonrisa avergonzada, como si eso lo explicara todo.

—¡Exacto! Lo único que saben hacer es pensar en la siguiente fiesta. En la siguiente excusa para juntarse y emborracharse, y para planear algún otro evento costoso. —Dio un suspiro de frustración—. ¿No tenéis más temas de conversación?

—Sé que pueden ser un poco tontos e inmaduros, pero nos conocemos de toda la vida. No puedo pasar de ellos sin más.

«En realidad, sí que puedes», quiso decirle Rylin, aunque después prefirió morderse la lengua. No tenía sentido discutir por esto.

—Vamos a olvidarlo.

—Te prometo que será la última fiesta de cierre que dé —le aseguró Cord con una sonrisa—. Además, pienso compensarte mañana. Podemos ir a ese sitio donde ponen esas galletas de frambuesa que tanto te gustan. O a donde tú quieras —añadió aprisa, confundido por la expresión de ella.

Rylin no había caído en la cuenta de que él seguía pensando en dar la fiesta. Ni en que de nuevo intentaría compensarla después de una discusión a base de dinero y de «cosas».

—Voy a buscar algo de beber —dijo con vaguedad, encaminándose de nuevo hacia la barra, pero él meneó la cabeza.

—No, deja que vaya yo, por favor —insistió Cord—. Tú quédate aquí y disfruta de la violinista. Te va a encantar.

Una violinista había subido al escenario para relevar a la orquesta durante unos minutos. Se había acomodado en una delicada silla de madera con los pies entrelazados bajo la chambrana de las patas. Y entonces empezó a tocar, consiguiendo que Rylin se olvidara de que estaba algo molesta con Cord, que se olvidara de todo, salvo de la música.

La melodía brotó débil y lastimera, cargada de un anhelo tan acuciante que Rylin experimentó una suerte de dolor entre las costillas. Era vagamente consciente de que Cord se dirigía al bar, pero se quedó donde estaba, embelesada por la música evocadora y trágica. Le daba voz a aquello que las palabras no alcanzaban a expresar.

Recordó la noche del pasado verano en que Hiral y ella fueron a un concierto al aire libre en Central Park. Había sido idea de Hiral. «Puede que te sirva de inspiración para hacer una holo», sugirió. A Rylin le emocionó su consideración.

Se preguntó qué estaría haciendo. Ahora vivía muy lejos. De pronto, sintió la necesidad imperiosa de comprobarlo, de cerciorarse de que se encontrara bien.

Murmuró para sus lentes de contacto que realizaran una búsqueda rápida en la i-Net acerca de Undina. Al instante siguiente había accedido a la página de inicio, repleta de fotos panorámicas del mar, en medio del cual la inmensa ciudad artificial flotaba sosegadamente, como un nenúfar. Hiral se encontraba bien, se aseguró a sí misma. Allí sería feliz.

En ese momento, se topó con un nombre que conocía: «Sr. Cord Hayes Anderton». Y en la siguiente fila: «Sr. Brice August Anderton».

Ambos figuraban en el consejo directivo de Undina.

En un primer momento, Rylin supuso que sería un error. Debía de tratarse de otro Cord Hayes Anderton. Aun así, casi sin pensarlo, activó el vínculo asociado al nombre de Cord, para descubrir que tanto él como su hermano habían heredado los puestos que les habían legado sus padres, encargados de gestionar a los inversores de Undina. Serían miembros sin derecho a voto hasta que cumplieran los veintiún años, aunque el consejo estaba encantado de contar con ellos, en agradecimiento por todo lo que sus padres habían hecho.

Rylin apagó la tableta y se inclinó hacia delante, mareada. ¿De verdad Cord formaba parte del consejo de Undina, el lugar donde ahora trabajaba Hiral? ¿Se trataría de una simple coincidencia irónica, o tal vez Cord habría tenido algo que ver con la marcha de Hiral?

No pudo evitar acordarse de lo poco que pareció sorprenderse Cord cuando ella le dijo que Hiral se había marchado de la ciudad. Ahora que caía, ¿no había ido Cord a buscarla aquella tarde a la sala de edición? Nunca se había preguntado por qué decidió ir a verla justo en ese momento, pero ahora lo entendía.

Él ya sabía que Hiral y ella habían terminado.

Cuando la violinista concluyó su actuación y un aplauso cortés se propagó por el salón, Rylin se sintió como si la hubieran sacado a rastras de un sueño.

Cord volvió a su lado, con las manos ocupadas con sendas bebidas. Al ver a Rylin, se dibujó en su rostro una amplia y alegre sonrisa, hasta que se fijó en la expresión de ella y sus rasgos agraciados se comprimieron en un gesto de preocupación.

Rylin no aguantaba más; se dirigió dando tumbos hacia la salida, empujando por el camino a un camarero que llevaba una bandeja de champán, y las copas cayeron al suelo con estrépito. No le importó que el líquido le salpicara la falda.

—¡Rylin, espera!

Ella se giró con rabia.

—¿Ayudaste a Hiral a marcharse de la ciudad? —Notaba la garganta seca y rasposa.

Cord se encogió ante su mirada firme, pero no se echó atrás.

—Sí —admitió—. Pero, por favor, Rylin, tú no lo entiendes.

La conmoción no le dejaba pensar. Sentía que el salón daba vueltas a su alrededor, que todo se difuminaba como un cuadro surrealista derretido.

—¿Qué parte es la que no entiendo? ¿La parte en que ayudaste a Hiral a quitarse de en medio, o la parte en la que me entras dos días después?

Cord se estremeció.

—Siento que no pudiera esperar más, ¿vale? Pero te echaba mucho de menos; no me resistí a ir a verte. Por eso te dije que no quería besarte en ese momento —añadió.

—Claro. Hiciste gala de un gran autodominio.

—¡Hiral y tú habíais terminado!

Habían dejado atrás el salón y se hallaban ahora en la reverberante entrada del ayuntamiento. Rylin vio la fila interminable de aerotaxis que empezaban a rodear la manzana.

—Sabes que Hiral no te convenía —dijo Cord, el peor argumento que podía esgrimir.

—¿Cómo te atreves? —bufó Rylin. La rabia y el dolor bullían bajo su piel—. No tienes derecho a decidir por mí, ¿te queda claro?

Una pareja pasó cerca de ellos, evitando mirarlos. Cord parpadeó, perplejo.

—¿Qué es lo que he decidido por ti?

—¡Que rompa con mi novio, para empezar! ¡Que viniera a esta fiesta, para juntarme con tus amigos, con un vestido que elegiste tú! —Rylin creía que el vestido había sido un bonito detalle romántico, pero de pronto lo consideró desde una perspectiva bastante menos sentimental. ¿Se lo habría comprado Cord para que no lo avergonzase si aparecía con un atuendo barato?

Cord parecía dolido.

—No sabía que te estuviera obligando a pasar tiempo conmigo. Creía que querías venir.

—Sí quería venir, pero, Cord, ¡nunca bajas a verme a la Base de la Torre!

—Porque pensaba que sería más fácil quedar en mi apartamento. Mi casa es más amplia —protestó él, para exasperación de Rylin.

—Claro, porque no quiera Dios que tengas que bajar a esa sentina que es la planta treinta y dos —espetó ella—. ¿A que no les has dicho a tus amigos que no soy rica? Por eso se imaginaban que era como ellos. ¿Es porque te avergüenzas de salir conmigo, con tu antigua sirvienta?

—Si no he sacado ese tema es porque no me parece importante —respondió un Cord enérgico—. Lo que me importa eres tú, Rylin. El lugar de donde vienes no forma parte de ti.

—Te equivocas. —Rylin estaba furiosa con Cord, pero más aún consigo misma, por ser una de esas personas que tropiezan una y otra vez con la misma piedra—. No soy una obra de caridad. Soy una persona, y tengo sentimientos.

—¿A qué viene eso? ¡Yo nunca he dicho que para mí fueses una obra de caridad!

—No hacía falta que lo dijeras —replicó ella con una calma absoluta. Cord se puso rojo de pura frustración.

—Si no fueras tan orgullosa...

—¡Eres tú quien me lo ha ocultado! —Rylin sintió una quemazón en los ojos—. Supongo que no sabes cómo ganarte la confianza de los demás, porque nadie te lo ha enseñado nunca.

—¿«Nadie te lo ha enseñado nunca»? —repitió Cord indignado—. Eso ha sido muy cruel, Rylin. Nunca me imaginé que, precisamente tú, te rebajarías a mencionar a mis padres muertos.

Rylin se aplacó, de pronto avergonzada de sí misma.

—Me refería a que crees que los problemas desaparecen solo con taparlos bajo una montaña de billetes —adujo una impotente Rylin—. Aunque ese problema sea un novio incómodo. Creía... —Se pasó una mano por la cara—. Creía que esta vez sería distinto.

—Yo también lo creía —dijo él con cansancio.

Rylin se mordió el labio hasta que se hizo sangre. Sintió deseos de mudar de cuerpo, de sacarse aquel carísimo vestido y hacerlo trizas. Sintió asco de Cord y de sí misma.

Se enfadó con Hiral porque había decidido marcharse de la ciudad sin consultárselo, por haber hecho que pareciera que él había elegido por ella. Y Cord había estado comportándose igual desde el principio.

—Nunca tendríamos que haber vuelto —concluyó ella con pesadumbre—. Hicimos bien en romper la primera vez. Somos demasiado distintos.

Giró sobre los talones y se alejó con la cabeza bien alta, y hasta que no hubo montado en el ascensor de vuelta a casa, no se llevó la mano a la cara para secarse las lágrimas.

AVERY

El ascensor se había quedado completamente a oscuras.

—¿Qué ocurre? —Avery parpadeó rápidamente y pronunció una serie de comandos para sus lentes de contacto, que se negaron a responder.

—Es inútil —dijo Atlas al oírla pelearse con el dispositivo—. El pozo del ascensor está recubierto de imanes que interfieren con la frecuencia de las lentes.

Avery aporreó la puerta. Sabía que así no conseguiría nada, pero al menos le reconfortó provocar un estruendo con el puño.

—Eh, eh, cálmate —le aconsejó Atlas, que le puso la mano en el brazo; en ese momento ella cobró conciencia de lo absurdo que era que estuviese aquí, ataviada con aquel vestido cosido a mano, golpeando el ascensor como si fuera un neandertal.

—Lo siento —murmuró, al borde del precipicio que separaba la risa del llanto. Ojalá pudiera ver a Atlas. Se había impuesto la oscuridad, una presencia pesada y palpable, tal como la notaba en Oxford. Una oscuridad pura, limpia del omnipresente resplandor de la urbe.

—Estarán haciendo reparaciones cerca de aquí y habrán roto algún cable de la luz —propuso Atlas a modo de explicación—. O puede que la fiesta haya aumentado tanto el consumo eléctrico del ayuntamiento que la red ha terminado por sobrecargarse.

—Pero vendrán a sacarnos pronto, ¿verdad?

—Supongo que sí —dijo él con escaso convencimiento.

La respiración de ambos se volvió superficial y entrecortada. Un extraño murmullo estático parecía fluir por el ascensor, haciendo crepitar el aire, como si el mundo entero aguardara expectante y enmudecido a que sucediera algo.

—Lo siento. —La voz de Atlas sonó muy cerca de ella y, al mismo tiempo, muy lejos.

—No es culpa tuya.

—No me refiero al corte de luz, sino a todo lo demás. A haber regresado a la ciudad, a haberte molestado, a haberme metido en tu vida... —Se interrumpió de pronto—. La semana que viene vuelvo a Dubái.

—¿Vuelves?

—¿No te parece bien?

Avery no respondió. No veía el momento de que Atlas se marchara, y, sin embargo, le aterraba. Se sentía como si estuviera en guerra consigo misma, como si se hubiera dividido en dos y cada una de las mitades quisiera algo totalmente distinto. Sentía que la presión terminaría por aplastarla de un momento a otro.

—Tengo entendido que Max y tú vais a vivir juntos —continuó él.

—No lo sé. Puede. —De repente, el asunto del apartamento de Oxford se le antojaba tan disparatado y ajeno a la realidad como un sueño. ¿De verdad iba a mudarse allí?

—¿Puede? —repitió Atlas, confundido.

—Ya ni siquiera sé si quiero volver a Oxford —admitió Avery.

Atlas guardó silencio mientras lo asimilaba.

—Es curioso —consideró al cabo—. Me llevé una gran sorpresa cuando dijiste que ibas a solicitar matrícula allí. Siempre imaginé que te decantarías por una opción más aventurada. Como el Semestre en el Mar. O la escuela aquella de Perú, la que está construida al filo de una montaña.

Avery tendría que haber supuesto que Atlas se percataría de su inquietud, de su irreflexivo deseo de marcharse de Nueva York y descubrirse a sí misma. Atlas, el chico que le había regalado una alfombra mágica.

Mientras que Max le había entregado el chip de acceso a un apartamento que venía equipado con toda una nueva vida.

Se sentó en el suelo, sin importarle ya lo caro que fuese el vestido, y pasó los brazos alrededor de las piernas para apoyar la frente contra las rodillas.

—Ojalá no hubieras regresado —se oyó decir—. Me iba bien hasta que apareciste y lo pusiste todo patas arriba. Tú no lo entiendes, Atlas. Se ve que eres muy feliz en Dubái. Pero yo lo pasé muy mal, durante mucho tiempo, después de que nos despidiéramos.

Oyó que él deslizaba la espalda por la pared para sentarse a su lado.

—No creas que soy tan feliz en Dubái.

Avery parpadeó.

—Siempre que te veo pareces muy feliz.

—Claro. Porque tú solo me ves cuando estoy contigo. Y tú me haces feliz, Aves. Estar contigo me hace feliz.

El silencio se tensó entre ellos como una banda elástica a punto de romperse.

—Atlas —susurró Avery, que no se vio capaz de continuar. Un torbellino de pensamientos se agitaba en su cabeza. Pero Atlas siguió hablando, solapando las palabras atropelladamente.

—Escucha, no tenía pensado decirte nada de esto esta noche, pero no puedo seguir conteniéndome. Ya no.

Lo oyó moverse cerca de ella, reducido a una voz que flotase en la oscuridad. Tal vez les resultara más fácil conversar así, pensó, sin verse la cara el uno al otro.

Se preguntó si intentaría besarla de nuevo. Se preguntó cómo reaccionaría, si lo hiciera.

—Cuando rompí contigo en Dubái, creí que estaba haciendo lo correcto. Creí que nunca podríamos estar juntos. El problema es que tampoco sé estar sin ti. Hui de ti como un cobarde, y allí a donde iba seguía pensando en ti. Siempre que huía a alguna parte, seguía viéndote —concluyó—. Esté donde esté, Avery, siempre termino encontrándome de nuevo contigo.

Avery sabía que, si se lo pedía, Atlas dejaría de decir esas cosas. Una palabra de ella bastaba para que él guardara silencio, para que pudieran hacer como si nunca hubieran mantenido esta conversación, igual que habían hecho como si nunca se hubieran besado.

Entreabrió los labios, pero de ellos no brotó el menor sonido. Porque, en realidad, no quería que Atlas guardara silencio.

Él se había quedado completamente quieto.

—Cuando papá me pidió que volviera para las elecciones, me propuse no hacer nada de esto. Había tomado esa determinación y estaba actuando en consecuencia, y todo habría ido bien, si no fuera porque hemos terminado aquí, a oscuras, donde tengo la oportunidad de sincerarme, y no puedo permitirme dejarla escapar. Se me cae el alma a los pies cada vez que te veo con Max.

Sus manos se rozaron, y el dedo meñique de Atlas se enroscó de forma imperceptible en el de ella. Avery no se apartó. Cada vez que la piel de uno tocaba la del otro, se producía una lluvia de fuegos artificiales.

—Creí que si te veía, que si me aseguraba de que estabas bien, podría ponerle fin a todo esto. Me juré que no volvería a besarte, pero lo hice. —Atlas meneó la cabeza—. Está claro que soy incapaz de cumplir una promesa, incluso cuando me la hago a mí mismo. Al menos, cuando se trata de ti.

Unas lágrimas se escurrieron por las mejillas de Avery y salpicaron la lujosa tela dorada de su vestido.

—Dime ahora mismo que no luche por ti. —Un tono grave y urgente inflamaba su voz, como si estuviera apostándose el resto de su vida a lo que ella le respondiese a continuación—. Dime que has elegido a Max, y me retiraré, lo juro. Nunca volverás a oírme mencionar este día. Pero, a menos que tú me lo pidas, no me detendré. Tenía que decirte algo, porque sabía que esta sería mi última oportunidad, antes de perderte para siempre.

De nuevo, Avery quiso abrir la boca y decirle a Atlas que parase, que había elegido a Max, que amaba a Max. Pero fue incapaz.

Max era un hombre maravilloso, y algún día haría muy feliz a alguna chica. Pero esa chica no sería ella.

En su fuero interno, Avery sabía que no tenía elección. Nunca la había tenido. Solo un camino se presentaba ante ella, y estaba aquí, en el ascensor, a su lado.

—Atlas —volvió a decir, ahora con una risa entremezclada con su llanto—. ¿Cómo haces para elegir siempre la peor ocasión?

A tientas, se giró y buscó la cara de Atlas, que acunó entre sus manos como si se tratara de un objeto de valor incalculable, con los dedos entrelazados en su cabello.

Decidió dejar de resistirse. Había puesto todo su empeño en dejar de amar a Atlas, pero ese amor había pervivido en su pecho, a pesar del largo tiempo que habían permanecido distanciados, a la espera de este momento.

Muy despacio, lo besó. Guiada por algún instinto, la boca de Atlas encontró la de ella. Sus cuerpos, al igual que su respiración, se anudaron mudamente en la oscuridad.

—Te quiero —declaró ella con asombro entre un beso y otro—. Te quiero, te quiero. —Atlas respondió con la misma confesión, y Avery supo que estaba mal, que Max no merecía aquella crueldad, pero no se veía capaz de parar. Se besaron como si aquellos fueran los últimos instantes de su vida y no dispusieran de más tiempo.

—Te echaba de menos —dijo Avery.

—Te he echado de menos cada día, a cada minuto, desde que nos dijimos adiós —la correspondió Atlas—. ¿No me sentías amarte desde la otra orilla del océano?

Avery se giró e inclinó la cabeza para apoyarse en su hombro. Se preguntó cuánto tiempo habría pasado desde que se había ido la luz. Debía de hacer solo media hora, aunque parecía haber transcurrido toda una vida desde entonces. Tuvo la impresión de que el rumbo de sus días se había trastocado por completo en ese breve lapso.

—Atlas. ¿Qué vamos a hacer? —preguntó, sin dejar de apretarle la mano—. No ha cambiado nada desde el año pasado. Las razones por las que rompimos siguen estando ahí. —«Rompimos» no era el término más acertado, pensó. Más bien, se habían «desgarrado», como si apartar a Atlas de su lado le hubiera dejado el alma en carne viva.

Y ahora volvían a estar juntos. A pesar del drama, a pesar de sus padres, de Max y de la maldita opinión de los demás, aquí estaban otra vez. En cierto modo, parecía inevitable, como si solo pudieran haber terminado en este ascensor, en este momento, juntos.

—Ya se nos ocurrirá algo —le aseguró él—. Te lo prometo.

Por alguna razón, al oírlo, Avery tuvo un presentimiento.

—No hagas promesas que no sabes si cumplirás.

Atlas se giró hacia ella, e incluso en la oscuridad, Avery percibió la intensidad serena que emanaba de él.

—Tienes razón—dijo él—. Solo puedo prometerte que lo intentaré.

Se inclinaron para besarse de nuevo; el silencio denso rugía alrededor de ellos, y los minutos que les quedaban, fueran los que fuesen, se escapaban demasiado rápido. Cada uno de los besos nacía con un nuevo significado. Cada beso representaba la promesa de que lucharían el uno por el otro, a pesar de las circunstancias, de que todo el mundo jugaría en su contra.

Avery seguía allí arrodillada, besando a Atlas, con una mano apoyada en su nuca y la otra en su cintura, cuando alguien abrió por la fuerza las puertas del ascensor.

En el instante en que Avery notó que la luz entraba de golpe, atravesando sus párpados cerrados, se separó bruscamente de Atlas, como si la hubieran escaldado. Intentó ponerse de pie, en vano.

Max estaba allí, desolado. Sin duda, lo había visto todo.

Y, para colmo, Avery oyó el zumbido inconfundible de una zetta que deambulaba por el pasillo. Incapaz de echar a correr tras ella, vio como la pequeña aerocámara controlada a distancia salía disparada. Con un destello del objetivo, se desvaneció en la distancia.

LEDA

L eda se alegraba de haber venido al baile de investidura, aunque solo fuera por Avery.

No se había fijado en lo alterada que estaba por el regreso de Atlas. Debía vivir bajo el mismo techo que su ex, y estaba obligada a verlo todos los días; tendría que haberse dado cuenta de que era una tortura bastante cruel. Sin embargo, a Avery se le daba muy bien maquillar sus sentimientos, tanto de cara a los demás como a sí misma. Al ver a su mejor amiga esta noche, tan orgullosa e impresionante con su etéreo vestido dorado, se había compadecido de ella. Sabía muy bien lo que subyacía tras aquella magnificencia destellante: soledad y anhelo.

Se acomodó en una mesa contigua a la pista de baile para ver cómo transcurría la fiesta. Hacía siglos que no se sentía tan a gusto consigo misma. Era consciente de que estaba preciosa con su vestido, una ceñida armadura confeccionada en seda negra estructurada. Unos diamantes con forma de estrellas llameaban en sus orejas, acentuando el arco de su cuello moreno. Pero había algo más. Si Leda resplandecía era por lo que le había pasado con Watt la noche anterior. Aún podía percibir el roce de su piel, como un tintuaje que la hubiera marcado de una forma nueva e indeleble.

Le habría gustado que la hubiera acompañado esta noche. Intentó no preocuparse por el parpadeo que él le había enviado antes. «Me ha surgido algo urgente. No pasa nada, pero no puedo ir. Lo siento. Luego te explico». Ella decidió creerle, pero le costaba hacer como si nada cuando no tenía ni idea de en qué andaría metido.

Varios compañeros de su clase entraron en tropel en la pista de baile; entre ellos, Leda vio a Ming Jiaozu y a Maxton Feld, ¿y no era aquella Risha, otra vez con Scott Bandier? Qué predecible. Cuando la vieron, le hicieron señas para que se uniera a ellos, pero Leda meneó la cabeza. Ahora no tenían ningún problema en relacionarse con ella, pero ninguno de ellos había estado a su lado cuando el año anterior se vio tan hundida. No podía considerarlos amigos verdaderos.

—¡Leda! Te estábamos buscando.

Sus padres se acercaron a ella, ambos sonriendo como si acabaran de hacer una trastada sin que los hubieran pillado. Hacía mucho tiempo que no los veía poner esa expresión.

—Nos vamos a los Hamptons —anunció su madre. Estaba deslumbrante con un vestido albaricoque claro que realzaba su tersa piel negra.

—¿Ahora? —Sus padres nunca hacían nada de forma espontánea. Lo cual, supuso ella, podría ser el motivo por el que necesitaban hacerlo.

—Solo a pasar la noche. Aún no es demasiado tarde —dijo

su padre, que llevó los ojos hacia el límite de su campo visual para consultar la hora. Acababan de dar las diez.

—Últimamente el trabajo no nos ha dejado ni respirar; a tu padre y a mí nos vendrá bien pasar una noche fuera. —Ilara estiró el brazo para sujetarle un mechón de pelo tras la oreja—. ¿Estarás bien tú sola?

—No te preocupes —dijo Leda, justo cuando una de las amigas de su madre se acercaba para preguntarle algo a esta, captando su atención por un momento.

—He estado pensando en lo que me dijiste la semana pasada —le reveló su padre de pronto, por lo bajo—. Llevabas razón. Tengo que contarle la verdad a tu madre. Se lo merece.

Leda se sobresaltó por un momento, para después darle un abrazo a su padre, tan enérgico que a punto estuvieron de chocar las cabezas.

—Estoy orgullosa de ti —celebró ella—. Pero... ¿se lo vas a decir esta noche? ¿En los Hamptons?

—¿No es buena idea? —Matt pareció titubear, pero enseguida meneó la cabeza—. Leda, pase lo que pase entre tu madre y yo, te prometo que siempre me tendrás a tu lado. Lamento que te vieras implicada en todo esto. Te quiero.

—Yo también te quiero —le dijo Leda en voz baja cuando su madre se giró hacia ellos.

Ilara tomó del brazo a su marido con naturalidad, aún con una sonrisa amplia en el rostro.

—Salimos directos para el helipuerto. ¿Tú te quedas aquí, cariño?

Leda vio, atónita, cómo sus padres se perdían entre la multitud. Matt había decidido echarle valor y decir la verdad, confesar lo que había hecho y afrontar las consecuencias. Ella, sin embargo, insistía en ocultar la verdad bajo una montaña de mentiras, chantaje y secretismo.

Si su padre se atrevía a admitirlo todo, entonces tal vez...

Apoyó los codos en la mesa para juguetear distraídamente con la falsa vela que descansaba sobre el tablero. La llama inocua titilaba entre sus dedos desnudos, calentando el anillo de nitinol que llevaba. En ese momento, levantó la mirada, para cruzarla directamente con la de Watt.

Por un momento, Leda contuvo la respiración. Había olvidado lo llamativamente atractivo que estaba de esmoquin. El corte del traje destacaba los contornos anchos y limpios de sus hombros y el tono dorado de su tez.

—¡Has venido! —exclamó Leda, que corrió hacia él, para detenerse en seco a los pocos pasos. Había advertido algo en los ojos de Watt que enfrió su entusiasmo.

—Tenemos que hablar. A solas —la urgió él con la voz enronquecida a la vez que miraba en todas direcciones—. ¿Han venido Avery y Rylin?

—Hace tiempo que no las veo —respondió ella mientras intentaba aplacar un nerviosismo creciente—. ¿Por qué no me dices qué pasa?

Se retiraron al fondo del salón, donde había dos sillas de Chiavari recogidas detrás de un voluminoso arreglo floral. Ninguno de ellos se sentó.

—¿Qué pasa? —insistió Leda, temblando.

Watt respiró hondo.

—Esta noche me he colado en la comisaría.

—Pero ¿cómo se te ocurre? ¡Eso es muy arriesgado! —Leda lo agarró con brusquedad por las solapas de la chaqueta y lo sacudió ligeramente, angustiada.

—Esta noche era una buena ocasión, porque casi toda la

comisaría está en esta fiesta —se justificó él—. Además, tal vez no pensara con demasiada claridad, después de que me interrogaran esta mañana.

—¡¿Qué?!

Watt frunció el ceño.

—Creía que Avery te lo habría dicho. Fueron a buscarme para hacerme unas preguntas acerca de Mariel. Y también a Avery y a Rylin.

Leda podía imaginarse por qué Avery no se lo había dicho. Lo único que su amiga pretendía (con su mejor intención, aunque tal vez no la más acertada) era protegerla. Aunque de Watt no se lo esperaba.

—Tendrías que haberme mandado un parpadeo en ese mismo momento. ¡Y tendrías que haberlo consultado conmigo antes de colarte en la comisaría! —Al darse cuenta de que seguía sujetándolo con fuerza por las solapas, bajó las manos despacio.

—No te preocupes, nunca sospecharán siquiera que estuve allí. El problema es otro. —Giró la cabeza para no mirarla—. La policía ha descubierto la relación entre la muerte de Mariel y la de Eris.

Leda dio un tumbo hacia atrás, tiritando.

—¿Quieres decir que saben que yo maté a Eris?

—Todavía no —dijo Watt aprisa—. Creo que solo saben que esas noches están interrelacionadas. No te preocupes. No permitiré que te ocurra nada. Te lo prometo.

Un huracán de emociones se levantó en la cabeza de Leda al instante, cargado de espanto, de tristeza y de arrepentimiento.

—Oh, Dios mío —dijo despacio, lamento que repitió a continuación, con la voz más rota—. Oh, Dios mío.

—Todo va a salir bien. Saldremos de esta.

—¡No digas que todo va a salir bien cuando ambos sabemos que no es verdad! —le espetó Leda, que hizo callar a Watt con su descarga de rabia. Se dejó caer con impotencia en una de las sillas—. No va a salir bien —recalcó, ahora con más serenidad—. Y todo por mi culpa.

Watt ocupó la otra silla y la tomó de la mano en señal de apoyo.

Allí sentada, cobró conciencia de su entorno con una claridad brutal. El aroma de las flores, sutil y delicado. Las risas estridentes, el tintineo de la cristalería, la música que procedía de la pista de baile. El tacto cálido de las manos de Watt rodeando las suyas. Sintió que recordaría hasta el último detalle de este momento el resto de su vida, con independencia de lo que durara, porque en este momento había cambiado todo.

Había puesto a sus amigos en peligro.

Creía que todos estaban a salvo, que la policía no tenía nada contra ellos y que, por lo tanto, esta pesadilla se acabaría pronto. Que podría recoger los añicos de su dolor y empezar de cero.

Qué ingenua había sido. Como cabía esperar, solo era cuestión de tiempo que la policía averiguara lo que había hecho. Conclusión a partir de la cual las investigaciones se centrarían en los secretos de sus amigos. La faceta de narcotraficante de Rylin, el ordenador ilegal del que se servía Watt y la relación que Avery mantenía con Atlas.

Leda no podría mirarse al espejo si todos estos secretos salieran a la luz.

Se sentía como un remolcador zarandeado por la tempestad, vapuleado una y otra vez por las oleadas inclementes del arrepentimiento. Apoyó la cabeza entre las manos y cerró los ojos.

—Saldremos de esta —siguió asegurándole Watt—. Juntos, tú y yo, podemos superar cualquier cosa.

Leda se obligó a levantar la vista. La luz de los estandartes holográficos que ondeaban en lo alto se reflejaba en los ojos de Watt y le confería un lustre broncíneo a su piel. Lo miró con detenimiento unos instantes, memorizándolo.

Entonces se puso de pie, haciendo que Watt se levantara con ella, y lo besó. Al principio, él se quedó confundido, pero enseguida la acogió entre sus brazos y le devolvió el beso.

Leda mantuvo sus labios pegados a los de él todo el tiempo que pudo, sin importarle que la gente los viera. Rezó porque Watt no percibiera los latidos frenéticos y desesperados de su corazón. Este sería su último beso, la despedida previa a su sentencia de muerte, y estaba decidida a exprimirlo al máximo. Así, se centró en Watt, en su tacto, en su fuerza silenciosa, en la perfección con la que la boca de él encajaba en la de ella.

Desde lo más profundo de su ser, ella le estaba diciendo adiós.

Cuando al cabo se apartó, Watt la escrutaba con una expresión de perplejidad. Leda fingió no darse cuenta. Si Watt deducía lo que tenía pensado, nunca le dejaría llegar hasta el final.

—Me voy a casa —dijo con una voz que la delató en parte, porque sonó áspera como la grava.

—Leda —protestó él, que alargó la mano hacia ella. Leda titubeó un segundo, porque la habría reconfortado mucho entregarse al abrazo, apoyar la cabeza en su pecho y dejar que le dijera que todo iba a salir bien.

Sin embargo, no iba a salir bien. No para Eris ni para Mariel, ni para ninguno de ellos. No hasta que todo esto terminara para siempre.

—Al menos, déjame acompañarte a casa —se ofreció Watt, pero ella meneó la cabeza e hizo acopio de las últimas trazas de fuerza que quedaban en lo más remoto de su alma.

—Ahora necesito estar sola.

Watt iba a protestar, pero en el último momento pareció cambiar de opinión. Asintió secamente.

—Luego nos vemos —le aseguró.

—Nos vemos —respondió Leda a media voz, consciente de que era mentira.

Aguardó hasta que lo vio fundirse con la muchedumbre, hasta que supo con certeza que se había marchado. Después dio un suspiro profundo y trémulo. Había tenido que armarse de la escasa determinación que conservaba para verlo separarse de ella, sabiendo que sería la última vez.

De alguna manera, casi a ciegas, llegó a casa. Un silencio inquietante retumbaba en su dormitorio. Arrastró los pies hasta la cama, su cama de siempre, tan revuelta que apenas si la reconocía, aquella que anoche mismo había compartido con Watt. Le costaba creer que hoy hubiera amanecido a su lado, sintiéndose a salvo entre sus brazos.

Sin embargo, no estaba a salvo. Ninguno de ellos lo estaba, y todo por su culpa.

Quería a Watt, tanto que le dolía, tanto que le asustaba. Motivo por el cual nunca debería haberlo dejado entrar de nuevo en su desastrosa vida. Ella era demasiado tóxica para él. Había hecho demasiadas cosas horribles, cosas de las que no podía escapar, y se negaba a arrastrar a Watt consigo.

Sus pensamientos daban vueltas y más vueltas, bullendo demencialmente en su cerebro enfebrecido. Debía de haberse quedado dormida en algún momento; a cada rato se despertaba bañada por un sudor frío, con los puños apretados sobre los ojos cerrados, pero las visiones se negaban a desaparecer. Porque no eran pesadillas, sino su realidad.

Por mucho que se devanara los sesos, siempre llegaba a la misma conclusión. La policía le pisaba los talones. Lo cual significaba que ninguno de ellos estaría a salvo hasta que alguien fuera arrestado por la muerte de Mariel.

No podía deshacer lo que les había ocurrido a Eris y a Mariel. Pero todavía estaba a tiempo de salvar a Avery, a Rylin y a Watt. Eso aún estaba en su mano. Ninguno de ellos merecía ser castigado por lo que había sucedido, pero ella sí.

AVERY

L a mañana siguiente al baile de la investidura de su padre, Avery daba vueltas por el salón como un animal enjaulado. Realizaba siempre el mismo recorrido, entre los sofás a medida con aspecto de nubes y la puerta que daba al vestíbulo de dos alturas. Esperaba a que ocurriera lo que tuviese que ocurrir.

La casa estaba demasiado tranquila. Avery creía poder ver el silencio, ondeante y frío, batiéndose contra las paredes para después retirarse con un chapoteo inaudible.

—Todo va a salir bien —le aseguró Atlas, sentado en un sofá junto a la ventana. Estiró un brazo con la intención de atraerla hacia sí, pero pareció pensárselo dos veces.

Avery no había dormido. ¿Cómo iba a dormir, después de lo que había pasado? Seguía viendo a Max allí parado, mirándolos a ella y a Atlas con un indisimulado gesto de aversión.

Avery se levantó como pudo y echó a correr tras él, llamándolo mientras lo seguía por aquellos pasillos que no conocía, pero él había desaparecido escaleras abajo. Literalmente, había salido huyendo de ella.

Llevaba toda la mañana enviándole toques y parpadeos, sin respuesta. Quería decirle a Max lo mucho que sentía haber traicionado su confianza de un modo tan lamentable, y que nunca había pretendido hacerle daño. Que no lo engañaba cuando le aseguraba que lo quería.

De alguna manera, quería a Max y al mismo tiempo estaba enamorada de Atlas.

Max la había ayudado a recuperarse después de que el año anterior le rompieran el corazón. Él le había entregado su corazón a ella, había intentado construir una vida para ambos, y a cambio ella solo había sabido traicionarlo.

Empezaba a perder la cuenta de toda la gente a la que Atlas y ella habían hecho daño, en su vano empeño de desenamorarse el uno del otro. Leda, Watt y ahora Max. No eran más que los efectos colaterales. Avery se propuso no volver a cometer jamás el mismo error.

Esta misma mañana había salido en su busca y se había dirigido al cuarto que ocupaba en la residencia, donde se encontró con la cama intacta. Al final desistió y volvió aquí, donde llevaba horas esperando con el corazón en un puño, aunque no sabía muy bien el qué. Continuaba dando vueltas de un lado a otro, vestida con unos pantalones y un jersey de tecnotextil, inquieta y angustiada, convencida de que algo terrible se cernía en el horizonte, como un inmenso nubarrón tormentoso.

Lo que más le preocupaba era la zetta.

Atlas y ella lo habían hablado una y otra vez, pero en realidad no había nada que pudieran hacer, porque ni siquiera sabían a qué sitio de la i-Net la había enviado. Para poseer una zetta se requería una licencia comercial, y este tipo de permisos tenían un precio prohibitivo; al fin y al cabo, nadie quería que la ciudad se llenase de enjambres de estos trastos.

Fuera quien fuese quien tenía la foto, Avery sabía que no tardaría en ponerse en contacto con ella. La única esperanza que le quedaba era que esa persona hablara con ella directamente, tal vez que guardase la instantánea para chantajearla en lugar de publicarla sin más.

Al llegar al fondo del salón se giró de nuevo, jugueteando inútilmente con el extremo de la coleta. Atlas se encontraba sentado con la tableta en el regazo, y el dispositivo mostraba todavía el artículo que había abierto dos horas antes. No habían hablado mucho desde la pasada noche; como si hubieran consumido casi todas las palabras a base de «te quiero» y necesitaran reservar las pocas que les quedaban para lo que viniera a continuación.

Ambos levantaron la cabeza al instante cuando oyeron que se abría la puerta de la entrada. Avery sintió que hasta la última célula de su cuerpo se ponía en alerta. Oyó voces, el familiar golpeteo hueco de los tacones de su madre cuando recorría el pasillo, y por un instante, todo pareció retornar a una maravillosa y bendita normalidad.

—Tenemos que hablar del torneo de golf profesional-*amateur* —iba diciendo su madre—. ¿A cuánta gente crees que invitarás?

Pierson no respondió de inmediato. A continuación, profirió un reniego, airado.

—Pero ¿qué demonios? —gruñó, tal vez con la tableta ante sí.

Y, de esta manera, Avery supo que todo había cambiado.

Elizabeth dio un grito. Era un chillido crudo y gutural, y su mero sonido acuchilló con un miedo cerval las entrañas de Avery. Miró a Atlas y se conectó a los agregadores presa de una zozobra mareante.

Cómo no, allí estaba el artículo que debía de haber abierto su padre. Lo habían publicado hacía tan solo treinta segundos. «Los hermanos Fuller: amor a ciegas», decía el titular. La pieza se acompañaba de una fotografía en la que aparecían Atlas y ella fundidos en un beso, tomada en el ascensor la pasada noche.

Era imposible confundirlos con otras personas. Se veía el cabello castaño claro de Atlas; su pin patriótico, que destellaba en la pechera del esmoquin; y sus manos, con las que la rodeaba con firmeza. Además, la chica rubia que estaba agachada entre los pliegues de su reluciente vestido dorado no podía ser sino ella.

Avery creía haberse sumido en una suerte de irrealidad gélida. Después de tanto tiempo (después de todo lo que Atlas y ella habían pasado para guardar su secreto), lo peor había terminado por ocurrir, y ahora el mundo entero conocía la verdad.

—Todo saldrá bien. Te quiero —susurró Atlas, y al levantarse, dejó que su mano rozara la espalda de Avery. Un sutil contacto con el que recordarle que estaban en esto juntos.

El corazón de Avery se estampó contra su pecho cuando sus padres entraron furibundos en el salón. Pierson alzaba la tableta, en cuya pantalla seguía abierto el artículo del «amor a ciegas». La sostuvo apartada de sí, como si pudiera contagiarle alguna enfermedad.

—¡Qué porquería! Cómo pueden utilizar así a mis hijos, cómo pueden soltar unas calumnias tan repulsivas, con tal de socavar mi administración.

Dios bendito, Dios bendito. Pierson creía que era mentira. Avery intentó captar la mirada de Atlas, pero este no tenía los ojos puestos en ella. Sino en su madre.

Elizabeth Fuller estaba impecable como siempre, con el vestido de punto de manga corta y los tacones que había llevado al desayuno al que hubieran asistido esta mañana. Entró en la cocina con paso sobrio y sencillo y se sirvió un vaso de agua que no se bebió. Avery sabía que su madre solo quería tener las manos ocupadas en algo. Pero las manos le temblaban.

Pierson seguía renegando, gritando palabras como «difamación» y «atrocidad». Había apoyado un codo en una consola antigua, en cuyo tablero de ébano pintado daba golpecitos con los nudillos para enfatizar su discurso. La escena había cobrado la atmósfera espesa y surrealista de un sueño. Avery deseó poder despertar.

Había imaginado esta conversación cientos de veces, acongojada por la posibilidad de que, de alguna manera, sus padres descubrieran lo que Atlas y ella ocultaban. Pero nunca sospechó ni por asomo que sus padres optarían por rechazar la verdad, por muy evidente que fuera.

De pronto, Pierson puso fin a su soliloquio. Su cara se había vuelto de un rojo encendido, y las venas se le marcaban a lo largo de la frente. Miró a Atlas y a Avery alternativamente, una y otra vez, hasta que su expresión cambió sutilmente.

—Estáis muy callados. Imaginaba que estaríais más molestos después de que hayan manipulado así vuestra imagen. Sea quien sea el que ha hecho este montaje, parece muy real. —Su voz adquirió una serenidad inquietante. Un pulso silencioso se instaló en el salón—. Si es que en efecto se trata de un montaje.

«Ahora sí que sí», pensó Avery cuando su madre ahogó un jadeo.

Sería muy fácil mentir, decir que, por supuesto, las imágenes estaban manipuladas, que Atlas y ella solo eran unos hermanos adoptivos que se profesaban afecto fraternal el uno al otro. Avery llevaba media vida contando esa mentira, a los demás y a sí misma. Se la conocía mejor que nadie. Sabía esconder sus verdaderos sentimientos tan dentro de ella que nadie llegara a intuirlos siquiera.

Era la mentira que sus padres estaban desesperados por oír. Pero, por primera vez, Avery no logró obligarse a repetirla.

Así, alargó el brazo y tomó a Atlas de la mano. Ninguno de los presentes pasó por alto las implicaciones del gesto.

—Avery. —Una amenaza germinaba, grave y tensa, en la voz de Pierson.

Atlas cerró su mano sobre la de su hermana y deslizó el pulgar de forma deliberada y alarmante sobre los nudillos de ella. El tacto de su piel le dio a Avery el aplomo que necesitaba.

—Quiero a Atlas —anunció con sencillez, para después ver el gesto de espanto que retorcía las caras de sus padres.

Atlas había entrelazado sus dedos firmemente con los de Avery.

—Y yo la quiero a ella.

Avery tuvo la impresión de que hubiera saltado una alarma, pero era solo el silencio, que retumbaba por todo el apartamento.

—No habláis en serio —dijo Elizabeth con un hilo de voz.

—Sí, hablamos en serio. Avery y yo nos queremos desde hace años. Y la foto es auténtica. La zetta de algún *paparazzi* nos la sacó anoche, cuando estábamos juntos.

—Mamá... —Avery se interrumpió, con la voz rota. Quería explicar las razones por las que su relación no era tan censurable como sus padres pensaban: que Atlas y ella no eran hermanos de sangre; que los hermanos adoptivos podían mantener relaciones, e incluso casarse, en los cincuenta estados; que se había informado hacía tiempo. Lo que sí prohibía la ley era que los padres adoptivos se casaran con sus hijos.

No obstante, más que ninguna otra cosa, quería que sus padres entendieran lo bien que estaban Atlas y ella, que su amor podía con todos los obstáculos que se les presentaran, como así había ocurrido; que, por mucho que la gente se empeñara en pulverizarlo, su amor siempre volvía a renacer, roto y magullado, pero siempre tenaz.

Este era para ella el amor verdadero. El tipo de amor sobre el que un siglo atrás alguien habría escrito una novela. Eran Atlas y ella contra el mundo, pasara lo que pasase; y Avery sabía que, si no podía tener a Atlas a su lado, no querría tener a nadie en lo que le restase de vida.

Aun así, por los gestos de repugnancia de sus padres, dedujo que ninguno de estos argumentos serviría para que cambiaran de parecer.

Cuando fue a acercarse a su madre, esta retrocedió con las facciones transformadas en una retorcida máscara de dolor. Avery se dio cuenta de que Elizabeth estaba llorando en silencio.

—¡Basta! ¡Por favor, ya basta!

Avery notó que las lágrimas se escurrían también por sus mejillas.

—Intenté evitarlo, ¿no lo entiendes? A veces uno no elige a quién amar. A veces el amor lo elige a uno. —Se mordió el labio—. ¿No recuerdas lo que sentiste al enamorarte y saber que esa era la persona para la que estabas hecha?

Por un momento, Avery advirtió una sombra de duda en el rostro de su madre, acuosa e incierta, pero un momento después se había disipado.

—No tenéis ni idea de lo que estáis diciendo. Es un desajuste hormonal. Todavía sois unos críos, por el amor de Dios...

—En realidad, los dos somos adultos —la interrumpió Atlas. ¿Ya no recordaban sus padres que los dos habían votado en las elecciones?

—Pero ¿qué os pasa? —intervino Pierson—. ¿Por qué nos hacéis esto, vosotros, nuestra hija y nuestro hijo? Es nauseabundo.

«No pretendemos haceros nada», quiso gritarle Avery, que intentó no estremecerse ante sus hirientes palabras. Esto no tenía nada que ver con sus padres. Si acaso, había ocurrido a pesar de ellos.

—Nos queremos —repitió Atlas con templanza—. Sé que no es habitual, puede que incluso pequemos de egoístas, pero no podemos evitarlo. Es algo real.

Entonces, para sorpresa de Avery, Atlas hincó una rodilla en el suelo, ante Pierson. Por un momento, dio la extraña impresión de que estuviera a punto de proponérsele. Pero enseguida Avery entendió su intención.

Le estaba suplicando ayuda a su padre.

—Por favor —le imploró Atlas—, sé que es embarazoso, porque os ha cogido desprevenidos, pero no tiene nada de nauseabundo. Es un amor sincero, lo cual lo convierte en lo más excepcional y hermoso que se puede sentir. Avery y yo podemos superar esto, toda la familia puede superarlo, te lo prometo, pero solo si tú nos apoyas.

Su coraje asombró a Avery. ¿De verdad les estaba pidiendo su consentimiento a sus padres?

—Esto es Nueva York —prosiguió Atlas, impertérrito—. La gente solo necesita un poco de tiempo para asimilarlo, y sabemos que terminará haciéndolo, antes de lo que crees. Saldremos adelante. Me marcharé del apartamento, me cambiaré el nombre, haré cuanto me pidas. Por favor —repitió, con la respiración entrecortada—. Eres Pierson Fuller. ¡Sabes lo fácil que es manipular la opinión pública! ¡Nueva York se tomará esto como tú le digas, como hace siempre! Si nos rechazas, todo el mundo nos rechazará. Pero si nos das tu respaldo, y nos defiendes en público, sé que la gente acabará por aceptarnos.

Avery estaba anonadada. Nunca había considerado siquiera la posibilidad de que continuaran su relación en Nueva York. Pero, al escuchar a Atlas, supo que su propuesta tenía sentido, y una frágil esperanza arraigó en su pecho. Podría funcionar.

Esto era Nueva York, donde la picada fachada de la sociedad estaba acribillada a base de escándalos. Todo el mundo guardaba algún secreto, todo el mundo había hecho algo inconfesable. ¿De verdad estaba tan mal que dos jóvenes que no guardaban un parentesco de sangre se enamoraran?

—¿Qué estás diciendo, Atlas? ¿Quieres que consienta esta... esta... —balbució Pierson—... aberración?

Atlas se estremeció.

—Estoy diciendo que si dejas a un lado esta primera impresión, y piensas en nuestra felicidad...

Pierson se inclinó para levantar a su hijo con rabia.

—¡Precisamente es en vuestra felicidad en lo que pienso! Os quiero demasiado para dejaros cometer semejante error. Vuestra madre tiene razón, es obvio que no tenéis ni idea de lo que estáis diciendo.

Elizabeth lloraba ahora a lágrima viva. Su cuerpo se sacudía debido a un fuerte y malsonante hipo. No, entendió entonces Avery, no era hipo, eran arcadas. A su madre le repugnaba tanto la idea de que Avery y Atlas estuvieran juntos que, literalmente, sentía la necesidad de vomitar.

—¡Esta conversación ha terminado! —gritó Pierson—. ¡Marchaos!

Al ver que ninguno de los dos se movía, dio un puñetazo en la mesa.

—¡Fuera de aquí! ¡Los dos! ¿No veis lo disgustada que está vuestra madre?

Avery y Atlas cruzaron una mirada, pero él meneó la cabeza, como para decirle «ahora no». Ella sabía que era mejor no decir nada más. Dieron media vuelta y se retiraron en direcciones opuestas, cada uno camino de su dormitorio.

Una vez que se hubo refugiado en su cuarto, Avery volvió a abrir el artículo. Seguía siendo tan vil y ofensivo como antes. Pero ahora, bajo el texto morboso y la foto, había además un río de comentarios.

Durante los diez minutos que había durado la desagradable conversación, el artículo había sido compartido y republicado miles de veces. Avery no se extrañó. ¿No era, al fin y al cabo, la maldita princesa de Nueva York?

Sabía que hacía mal en mirar, pero las entradas parecían saltar de la pantalla, directas contra ella.

«Que no os ciegue su bonita fachada, esa zorra da ASCO».

«¡Ya sabía yo que el piso mil era un picadero de lujo!».

«¡Puaj! Yo tengo un hermanastro. Ahora vuelvo, que voy a vomitar».

«Una vez me senté a su lado en el tren, y no se dignó mirarme en todo el trayecto. Menuda putita vanidosa».

Y así un comentario tras otro. Avery sintió que la desesperación se le cuajaba en el estómago. No imaginaba que hubiera tanta gente, a la que ni siquiera conocía, que la odiara tanto.

Se hizo un ovillo y apretó los ojos con fuerza para evadirse de la realidad, deseando que la tierra se la tragara.

RYLIN

Las deportivas de Rylin golpeteaban a un ritmo frenético el pavimento de la pista de atletismo exterior.

Le encantaba salir a correr allí afuera, en la cubierta, más allá de las canchas de baloncesto, de las piscinas y de los parques infantiles. Pero hoy se le estaba haciendo tremendamente monótono, o tal vez doloroso. Por mucha distancia que recorriera, el horizonte no parecía cambiar nunca, como si la sensación de que avanzaba fuera producto de su imaginación.

Aun así, siguió adelante, porque incluso una carrera inútil le reconfortaba más que quedarse quieta. Al menos, si se movía, el aire le acariciaba la piel humedecida por el sudor, aplacaba el calor que palpitaba dentro de ella. Corrió cada vez más rápido, hasta que los tendones de las corvas empezaron a arderle y notó que le salía una ampolla en el tobillo izquierdo. Más adelante había un estanque donde un grupo de niños pequeños se divertían con unos aerodeslizadores en miniatura, una flotilla de juguetes con banderas coloridas que ondeaban al son de la brisa.

Por lo general, al llegar a este punto, daba media vuelta. Pero hoy decidió seguir adelante. Quería correr hasta que hubiera exudado toda la rabia que llevaba dentro desde la noche anterior, si algo así era posible.

Le costaba creer lo que Cord había hecho. ¿Cómo se atrevía a entrometerse en su relación con Hiral? Era tan típico de él, de los encumbrados, creer que podía moldear el mundo a su voluntad. Qué asco, que hubiera recurrido al dinero para intentar quitar de en medio los obstáculos que los separaban.

Recordó el viaje en la *Lanza del cielo*, el modo en que sus cuerpos se entrelazaban bajo el resplandor del amanecer, y de pronto se sintió avergonzada. Ahora que sabía lo que sabía, ya no le parecía un momento mágico. De hecho, le hacía sentirse bastante ordinaria.

No podía seguir así. Se acabó el estar todo el día pensando en Cord y en Hiral. Ella era más que la suma de los chicos a los que había querido. Se negaba a permitir que fueran ellos quienes la definieran.

Sus lentes de contacto se iluminaron con un toque entrante.

El aviso inesperado la hizo tropezar, pero logró recuperar el equilibrio antes de caerse. Dio media vuelta y continuó andando en dirección al estanque. Los reflejos de la luz del sol retozaban en la superficie.

Titubeó un momento antes de ceder y aceptar el toque.

—Hiral. Creía que habíamos acordado no hablar —respondió en un tono amargo mientras se dejaba caer en uno de los bancos.

—Chrissa se ha puesto en contacto conmigo. Me ha dicho que debería mandarte un toque.

Rylin se estremeció. Se había pasado toda la mañana dando vueltas por el apartamento, suspirando con rabia, hasta que Chrissa la obligó a contarle lo que le pasaba. «Creo que tendrías que hablar con Hiral», le había recomendado. A lo cual Rylin respondió calzándose las deportivas y saliendo a correr.

—Muy propio de Chrissa —masculló.

—Entiendo. La hermanita pequeña, otra vez entrometiéndose —dijo Hiral. Rylin captó un asomo de preocupación a pesar de su tono desenfadado.

Deseó con toda su alma poder enfadarse con él, cabrearse de verdad. Pero comprobó que no era capaz.

—¿Qué tal por allí? —preguntó, porque, al margen de lo que hubiera ocurrido entre ellos, quería siguiendo saber si Hiral estaba bien.

—De maravilla, a decir verdad. —Rylin lo notó muy emocionado—. He terminado la formación y he empezado a trabajar en los criaderos de algas. El único inconveniente es que he empezado a ingerir muchas más verduras de las que me gustaría. Creo que hasta el sudor se me ha vuelto verde.

—Qué asco —resopló Rylin al imaginárselo.

Hiral guardó silencio un momento.

—¿Qué era eso de lo que Chrissa quería que habláramos?

—Ya no importa.

—Como quieras —dijo él, sin creerla del todo—. Aunque, por si te sirve de consuelo, lo siento. Siento todo lo que te he hecho pasar. Sé que sigues molesta conmigo por haberme ido sin avisarte con antelación. Pero también sé que fue lo mejor para los dos.

—Empieza a tocarme las narices que todo el mundo me

diga lo que es mejor para mí, sin molestarse en consultármelo —respondió ella sin poder contenerse.

—¿Problemas en el paraíso con Anderton?

Esto sí que se le hacía extraño, hablar de Cord con Hiral.

—¿Cómo lo sabes?

—Lo sé porque te conozco, Ry. Me di cuenta aquella tarde en el centro comercial, cuando estábamos trabajando en vuestro absurdo proyecto; intenté ignorarlo, pero era inútil. Se te iluminaba la cara cada vez que os mirabais. Conozco esa expresión. —La voz de Hiral llegaba muy débil a los audiorreceptores de Rylin, algo que de pronto le hizo tomar conciencia de la vasta distancia que los separaba, de que Hiral se encontraba al otro lado del mundo—. Lo sé porque antes era a mí a quien mirabas de ese modo.

Rylin formó una visera con la mano, desconcertada. El sol se volvía más brillante por momentos.

Hiral no añadió nada más; dejó que el silencio se alargara, aunque solo Dios sabía lo caros que le estaban costando esos minutos.

—Cord me ha dicho que te ayudó a dejar la ciudad —dijo Rylin al cabo.

—¿Te has enterado? —preguntó Hiral, con un cierto tono de culpabilidad que ella no pasó por alto—. Lo siento. Por favor, no me lo tengas demasiado en cuenta. No tenía otro remedio.

Rylin se tomó un momento para asimilar su petición.

—¿Que no te lo tenga demasiado en cuenta?

—El haber actuado a tus espaldas, el haberle pedido a tu exnovio que me ayudara a salir del país. ¿No es eso por lo que estás molesta?

—Espera... ¿Fuiste tú quien decidió hablar con Cord?

—Sí, claro. ¿Qué pensabas, que Cord me sobornó para que me marchara o algo así? —Ante el silencio de ella, Hiral tomó aire—. Rylin, tienes que dejar de desconfiar tanto de la gente.

—Yo no...

—Es porque llevas años viviendo sola, por tener que hacer de adulta y cuidar de Chrissa. Créeme, lo entiendo —dijo Hiral con delicadeza—. Pero no puedes seguir así. Recelando siempre de los demás, escondiéndote tras el objetivo de tu cámara. A veces es bueno dejar que entre alguien en tu vida.

Rylin sintió el impulso de ponerse a la defensiva, pero sabía que Hiral tenía su parte de razón.

—Mira —prosiguió él—, todo fue idea mía. Fui a ver a Cord y le pregunté si podría conseguirme un empleo y un billete de avión al extranjero. Él insistió en que no quería saber nada del asunto, pero al final lo convencí.

—¿Por qué? Seguro que podrías haber acudido a alguna otra persona en busca de ayuda —empezó a protestar Rylin, pero Hiral la interrumpió.

—En realidad, no, Ry. Encontrar un empleo, sobre todo en otro continente, es casi imposible cuando estás fichado. Necesitaba a alguien con dinero y contactos. Y resulta que Cord es el único multimillonario que conozco. —Resultaba sorprendente que se explicara sin ningún rencor—. Además —continuó—, sabía que se preocupaba tanto por ti que estaría dispuesto a ayudarme incluso a mí.

Los aerodeslizadores de los niños retozaban por el estanque, como libélulas que danzaran en la superficie, sin levantar ondas apenas.

—Pero... —Rylin se interrumpió, impotente. Aun así, ¿no estaba mal que Cord hubiera ayudado a Hiral a abandonar el país y que hubiera ido a buscarla inmediatamente después?

¿Que no le hubiera dicho que había ayudado a su ex a quitarse de en medio?

Oyó un crujido al otro extremo de la línea y unas voces amortiguadas, cuando Hiral le dijo algo a alguien que había allí, tal vez para explicarle que estaba manteniendo un toque con una vieja amiga. Rylin se preguntó si estaría hablando con alguna chica. Se lo imaginó tendido en alguna plataforma de la ciudad flotante, disfrutando de un baño de sol.

Y así, dado que no estaba preparada para dejar de oír la voz de Hiral, le pidió que le contase más cosas acerca de Undina. Casi pudo oírlo sonreír al otro extremo de la línea.

—Lo primero que te llama la atención cuando llegas aquí es el cielo. Parece estar mucho más cerca que en Nueva York, lo cual se hace raro, porque en la Torre uno vive a una altura mucho mayor.

Hiral siguió hablándole, describiéndole su día a día en la ciudad flotante más grande del mundo. Le dijo que estaba en el turno de noche, porque era el que se les asignaba a los novatos hasta que los ascendían. Que trabajaba a tientas, recogiendo las redes de las algas y raspando los brotes, todo en una oscuridad absoluta, para que la luz no dañara a las algas.

Rylin permaneció sentada mientras lo escuchaba, mientras contemplaba el ir y venir de la gente, las aguas mansas del estanque.

—Ry —dijo Hiral, momento en que ella cayó en la cuenta de que llevaba un rato callada—. ¿Sigues enfadada conmigo?

—No estoy enfadada contigo —le aseguró ella. Saltaba a la vista que Hiral era muy feliz con su nueva vida; ella tendría que ser muy mala amiga para no alegrarse por él. El sitio de Hiral estaba allí y el de ella, aquí, en Nueva York.

Lo que no tenía tan claro era con quién encajaba mejor.

Una parte de ella seguía amando a Cord, pero no estaba lista para perdonarlo por todo lo que había hecho, y dicho.

—Tengo que irme. Adiós, Rylin —se despidió Hiral a media voz.

Ella fue a responderle con un «nos vemos», pero después cayó en la cuenta de que no sabía cuándo se encontrarían de nuevo, si es que eso volvía a suceder alguna vez.

—Cuídate, ¿vale? —dijo.

Se quedó allí sentada largo rato, mirando el estanque con aire pensativo y el rostro endurecido e indescifrable.

Poco a poco, Avery se desprendió de las últimas hebras de sueño.

Algún instinto insistía en que se despertara. Pero ella se negaba; prefería seguir aquí, al amparo de la oscuridad fría y compasiva.

Otro instinto, sin embargo, la urgió a abrir los ojos y sentarse, parpadeando desorientada. Y entonces lo recordó todo.

La verdad sobre Atlas y ella había salido a la luz.

Corrían las primeras horas de la tarde; debía de haberse quedado dormida, sobre la colcha, mientras leía las opiniones emponzoñadas que los lectores habían escrito bajo el artículo. Había borrado su página de los agregadores (no le había quedado más remedio, después de ver lo que la gente estaba diciendo en ellos), aunque no le sirviera de mucho. Se estaban vomitando comentarios lacerantes y desdeñosos sobre ella por toda la i-Net.

«Lo hecho hecho está», concluyó con pesadumbre, porque ya no había vuelta atrás.

Reparó en el icono que destellaba al borde de su campo visual, la notificación de los parpadeos que debía de haberse perdido mientras dormía. Cogió aire para prepararse (¿y si eran sus padres o, aún peor, Max?) y murmuró los comandos que abrían la bandeja de entrada, solo para dar un suspiro de alivio. Era Leda.

No obstante, al leer la sucesión de parpadeos urgentes que le había enviado, el pulso se le aceleró de súbito.

«Ey, ¿puedes hablar? Tenemos que vernos».

«¿Avery???».

«Vale, me paso».

«Mierda, tus padres no me han dejado ni entrar. ¿Qué ocurre?».

«JODER. Acabo de ver el artículo. Lo siento».

Por último, unas horas más tarde: «Dame un toque cuando puedas».

Preocupada por su mejor amiga, Avery se olvidó de la angustia que la oprimía. Había pasado algo y Leda la necesitaba. Le reconfortaba que alguien la necesitara en estos momentos.

Se pasó los dedos por el pelo, cogió la chaqueta y se detuvo. Seguía siendo Avery Fuller, y más le valía seguir pareciéndolo, porque el mundo entero estaría pendiente de ella de todas maneras.

Sin darle más vueltas, cambió los pantalones de tecnotextil por otro vestido y sus botas negras preferidas. Se inclinó sobre el tocador para programar el maquillaje, con delicadeza, una capa tras otra, dejando que se pulverizase sobre su rostro como si de un blindaje hecho de partículas se tratara.

Notó que una calma grave e inquietante pesaba sobre el apartamento cuando cruzó el pasillo a paso ligero. Consideró la idea de entrar a ver a Atlas, pero concluyó que sería mejor no tentar a la suerte. Así, se limitó a enviarle un parpadeo: «Salgo a casa de Leda. ¿Cómo estás?».

En la línea local de la Base de la Torre, Avery advirtió que algunas personas la miraban de soslayo, mientras que otras mascullaban a sus espaldas. Mantuvo la mirada baja y los hombros altos, clavando sus ojos entre los pies, como solían hacer los neoyorquinos. Nadie la molestó. Anduvo así en dirección a la casa de los Cole.

Las calles parecían cargadas de una expectación silenciosa. Avery creía poder oír el sonido del propio aire, que fluía en su infinito ciclo programado por la mole de la Torre. Acaso un mal augurio.

Leda estaba en su cuarto, sentada en una de las sillas de respaldo envolvente junto a la ventana, con los ojos vidriosos. Esto era lo que más preocupaba a Avery. Porque esta era Leda Cole, la que nunca se quedaba quieta, la que siempre estaba haciendo nuevos planes, yendo y viniendo de aquí para allá. Pero ahora aquí la tenía, con la mirada perdida en ninguna parte.

—¿Estás bien? —le preguntó Avery, y, entonces sí, Leda se giró.

Tenía un aspecto horrible, algo que al instante llamó la atención de Avery, con los rasgos tensos y los ojos abiertos como platos. Parecía haberse quedado sin aire y sin lágrimas.

—Oh, Avery. Cuánto lo siento —susurró Leda. Se levantó y estrechó a su amiga entre sus brazos—. ¿Cómo estás?

—He tenido días mejores —admitió Avery sin sonreír.

—No tienes por qué hacerte la valiente.

Avery notó que se le hacía un nudo en la garganta. Se dejó caer en la silla de enfrente.

—No se me da muy bien. En cambio, tú sí que eres valiente, siempre haciéndote la dura y cuidando de los demás.

—Ahora mismo no me siento demasiado valiente. —Leda suspiró con tristeza—. ¿Por qué no me dijiste que te habían interrogado sobre la muerte de Mariel?

Avery necesitó unos instantes para hacer memoria. Parecía que hubiera transcurrido toda una vida desde el interrogatorio, aunque hubiera sido el día anterior.

—Estaban ocurriendo muchas cosas. Además, no hay por qué preocuparse; ninguno de nosotros tuvo nada que ver con la muerte de Mariel.

—Tal vez yo sí —admitió Leda con un hilo de voz.

—¿Qué?

—No estoy segura —dijo una impotente Leda—. Pero es posible. Puede que la matase yo aquella noche en que iba tan colocada, después de que volviéramos de Dubái. Tengo una enorme laguna en la memoria. ¿Y si la hubiera matado yo?

—Eso es mucho suponer —rechazó Avery, dubitativa—. Que perdieras la memoria no significa que cometieras un asesinato.

—¿Cómo puedes estar tan segura, cuando ya me has visto matar antes?

—A Eris la mataste por accidente —le recordó Avery.

—¡Eso no quita que sucediera! —Leda se miró las manos, mientras se toqueteaba el esmalte de una uña y le daba vueltas a un anillo, adelante y atrás. Avery sabía que era mejor no interrumpirla. Miró por la ventana, donde el sol asomaba tras una nube, cada vez más elevado en su curso por un cielo infinito.

—No tengo ni idea de lo que soy capaz de hacer —declaró Leda en voz baja—. ¿Sabes qué es lo que estaba intentando olvidar, aquel día en que sufrí una sobredosis, cuando volvimos de Dubái?

—Supongo que Mariel te hubiera hecho daño y te diera por muerta.

Leda la ignoró.

—Era algo que me dijo Mariel, aquella noche en Dubái. Me dijo que Eris era mi hermanastra. Que mi padre era también el padre de Eris.

Por segunda vez en veinticuatro horas, a Avery se le cortó la respiración. Recordó un día de su infancia en que estaba jugando al pillapilla con Cord y, sin saber cómo, se dio de bruces contra una pared de flexiglás. «Mira», le dijo a Cord, con un labio manchado de sangre. «No había visto que estaba ahí».

Esto le recordaba un poco a aquel momento, la verdad cegadora que uno ni siquiera intuía, hasta que choca con ella y se pregunta cómo no la había visto antes. Comprendes entonces que todo estaba lleno de evidentes señales de aviso, aunque las ignorabas hasta que era demasiado tarde.

—Tiene más sentido que lo que tú creías que estaba ocurriendo, que Eris tenía un lío con tu padre. —Suspiró—. ¿Por qué no me lo habías contado?

Leda se quedó hundida.

—Porque estaba avergonzada. No quería que nadie supiera que había matado a mi hermana. Quería olvidarme del asunto. Hacer borrón y cuenta nueva y seguir adelante. Al menos, eso es lo que me recomendó la doctora —explicó con voz queda—. Es la razón por la que intenté desprenderme de cuanto tuviera que ver con la que era antes cuando terminé la rehabilitación.

Avery recordó lo que su padre le había dicho cuando le firmó la autorización del traslado a Oxford, que de nada servía huir de los problemas cuando tarde o temprano habría que afrontarlos de todas formas. Leda y ella habían intentado huir, cada una a su manera. Y ya veían lo que habían conseguido.

Lo sintió por Leda, que luchaba con una culpa inconcebible. Por Eris, que había muerto demasiado joven. Por todos ellos, cercados por unas circunstancias que escapaban a su control. Si el padre de Leda no hubiera engañado a su madre; si le hubiera contado a Leda la verdad sobre Eris; si los padres de Avery hubieran adoptado a otro niño en lugar de a Atlas; si la zetta no los hubiera sorprendido anoche en el ascensor... si esto, si lo otro. Le parecía irracional y cruel que la vida funcionara a base de «sis», de decisiones que en un primer momento parecían triviales pero que después se convertían en el eje sobre el que giraba todo lo demás.

—No podías haberlo sabido —le dijo a Leda, que meneó la cabeza.

—Cuando vi que salían a hurtadillas, que se veían en secreto, di por hecho que estaban liados. Nunca hice preguntas. En ningún momento se me pasó por la cabeza que... —le flaqueó la voz mientras proseguía, hasta que adquirió un tono más vehemente—... que Eris fuese mi hermanastra. Siempre fui muy brusca e impaciente con ella; nunca intenté siquiera hacerme su amiga, y entonces la maté, ¡y podría haber matado también a Mariel!

Respiró hondo.

—Por eso voy a ir a la policía, para confesar que empujé a Eris. Y para declarar que podría haber matado a Mariel también, cuando estaba fuera de mí.

Había algo que producía escalofríos en su ademán tajante:

el erguimiento obstinado de su cabeza, la tensión pétrea de su mandíbula. Aun así, Avery advirtió el miedo que encapotaba sus ojos.

—Leda —dijo Avery con delicadeza—. Contar la verdad sobre la muerte de Eris no le devolverá la vida.

No mencionó lo que le ocurriría a Leda si confesaba que, después de empujar a Eris, mintió para taparlo. Las cosas se pondrían muy feas para ella, mucho más, de hecho, que si hubiera confesado en un primer momento. Al menos entonces podría haber aducido homicidio involuntario. En cambio, ahora se la acusaría de obstrucción a la justicia, por haber ocultado la verdad durante un año. Además, era muy probable que la verdad (que Leda y Eris estaban emparentadas) se convirtiera en un asunto de dominio público, y Avery sabía muy bien que un jurado no vería eso con buenos ojos. Podría entenderse como un móvil retorcido, como si su intención hubiera sido quitar de en medio a su hermanastra. Por no hablar del inmenso daño que les causaría a las dos familias.

—Sé que pasaré un tiempo en prisión —dijo Leda, que le había leído el pensamiento—. Me lo tengo merecido. Y al menos así tendré la conciencia tranquila.

«La conciencia tranquila». Avery no recordaba la última vez que disfrutó de esa sensación. Se preguntó si volvería a experimentarla alguna vez, después de lo que le había hecho a Max.

—No te lo mereces. Yo estaba allí; pude ver... Recuerdo que Eris echó a correr hacia ti, que no había barandilla de seguridad, que llevaba unos zapatos de plataforma con unos tacones imposibles, y que hacía muchísimo viento, tanto que teníamos que gritar para poder oírnos... —Se interrumpió y tomó aire, despacio—. Leda. ¿De verdad estás dispuesta a dejar que aquel error accidental decida el resto de tu vida?

—¿Y qué quieres que haga? ¿Hacer como si no hubiera ocurrido? ¡No puedo!

—Claro que no. Quiero que lo recuerdes. No te ofendas —se disculpó Avery—, pero yo conocía a Eris mejor que tú, y no creo que ella quisiera que confesaras. Querría que su hermanastra, la única hermana que tenía, siguiera adelante y aprovechara su vida al máximo. Que honrara su memoria con su vida.

—¿Y Mariel? —susurró Leda—. Tal vez, si hablo con la policía, compartan conmigo los detalles y me expliquen por qué reabrieron el caso para iniciar una investigación por asesinato. Tal vez digan algo que me ayude a recordar, y así sepa con certeza si fui yo quien la mató o no.

—Es una razón muy endeble por la que confesar algo de lo que no estás segura —desestimó Avery.

Leda meneó la cabeza.

—La policía ya ha establecido la relación entre la muerte de Eris y la de Mariel. Tarde o temprano averiguarán que Mariel conocía nuestros secretos, los que yo misma le revelé. Parecerá que alguien la asesinó para que no hablase. Al menos de esta manera la culpa recaería en mí. Vosotros quedaríais al margen.

La decisión heroica de Leda era chocante. Daba la impresión de que hubiera llegado a una conclusión crucial y se hubiera determinado a atenerse a ella, sin importarle las consecuencias. «Típico de Leda», pensó Avery. «Terca hasta el final».

—No te precipites. Espérate al menos un día —le recomendó Avery. Era el mejor consejo que se le ocurrió—. Prométeme que te lo pensarás. Y si mañana sigues convencida, te juro que estaré a tu lado.

Leda levantó la mirada, temblorosa y esperanzada.

—¿Harías eso por mí?

—Claro. Nadie debería ir a confesar un asesinato sin compañía —aseguró Avery—. ¿No te lo han dicho? Para algo están las mejores amigas.

Para sorpresa de Avery, Leda articuló una risa ahogada, y a continuación, con la misma espontaneidad, empezó a sollozar. Fue como si la tensión a la que estaba sometida se hubiera disuelto de pronto.

Avery acercó su silla a la de Leda, que apoyó la cabeza sobre su hombro para entregarse a un llanto descontrolado.

—Dios —gimió Leda en un momento dado—, ¿por qué no puedo parar de llorar?

—¿Cuándo fue la última vez que lloraste? —preguntó Avery.

Leda meneó la cabeza.

—No me acuerdo.

—Entonces creo que vas a tener que ponerte al día.

Avery permaneció allí, con el brazo en la espalda de Leda, como si estuviera consolando a una niña, mientras unas lágrimas se descolgaban también por su mejilla.

Lloró por la angustia de su mejor amiga, por lo que le había pasado a Eris, y por lo que le había hecho a Max. Lloró por Atlas y por ella misma, por el miedo egoísta que le daba la idea de perderlo, de que este mundo demencial y enfermo se negara a que estuvieran juntos, y de que eso les destrozara la vida.

Las expresiones de la gente eran mucho peores cuando salió de casa de Leda.

Pasado el mediodía, el artículo ya era un fenómeno viral, compartido y recompartido en innumerables versiones grotescas. Avery había bajado a la Base de la Torre sin demasiados problemas, pero ahora, de regreso a casa, su aplomo empezaba a flaquear.

La Torre al completo se había transformado en un hervidero de murmullos enérgicos y ojos reprobadores. Todo el mundo la miraba de arriba abajo, escrutándola con una repulsión colectiva. Estaba acostumbrada a que la mirasen. Llevaba toda la vida oyendo a la gente decir cosas como «Es guapísima», «No es tan guapa como imaginaba», «Dicen que es una zorra», «Dicen que es una mojigata», y así un día tras otro. Había aprendido a ignorar ese tipo de comentarios. Pero ahora se veía incapaz.

—Puta —oyó que decía una chica entre dientes, mientras ella tomaba el ascensor local C de la Cima de la Torre. Las amigas de la chica graznaron unas risas maliciosas.

«No he hecho nada malo. Lo único que he hecho es enamorarme de alguien con quien los demás opinan que yo no debería estar», dijo Avery para sus adentros. Intentó compadecerse de esa gente, por su triste estrechez de miras.

La situación se agravó cuando el ascensor se detuvo en la parada rápida de la planta 965, donde montaron varios amigos suyos.

Venían parloteando entre ellos, sin duda tras haber tomado un aperitivo para pasar la resaca de después de la fiesta. Avery recordaba esos aperitivos, sentada con sus amigos en la Bakehouse o en el Miatza, donde degustaban unas patatas fritas con trufas y beicon mientras intercambiaban anécdotas sobre la noche anterior y se reían de las tonterías que habían hecho. Ahora sentía que esos recuerdos pertenecían a otra persona.

En cuanto la vieron, el grupo enmudeció.

Cruzó una mirada con Zay Wagner, que se puso rojo y agachó la cabeza al instante. Ming, colocada detrás de Zay, la miró con fijeza y con los labios entreabiertos en un gesto de absoluto asombro, hasta que al final se giró para iniciar una conversación con Maxton Feld. Avery buscó los ojos de Risha, con la que tenía amistad desde cuarto curso, y entonces vio, casi a cámara lenta como Risha le daba la espalda.

—Me he dejado una cosa en la mesa —se excusó con teatralidad—. ¿Os importa si volvemos?

Antes de que las puertas se cerraran, todos los amigos de Avery habían escapado del ascensor entre suspiros de alivio, dejándola sola, rodeada de desconocidos. La escena no había durado ni cinco segundos.

Había mucha gente para tratarse de un tramo tan elevado, pensó Avery, un tanto extrañada; pero después entendió que, cómo no, no era una simple coincidencia. Aquella gente había subido con la esperanza de verla, de cruzarse con la infame Avery Fuller.

Algunas de esas personas se le acercaron un poco más. Avery notó cómo la taladraban y despellejaban con la mirada, como si pudieran ver a través de su ropa y atisbar su alma desnuda y cruda.

—Qué asco —masculló uno de los hombres, que escupió en sus zapatos, un espeso grumo mucoso que se escurría por el ante negro de la bota.

Avery mantuvo la cabeza alta, mientras parpadeaba con rabia para que los ojos no se le encharcaran de lágrimas, pero su silencio debió de envalentonarlos, porque al momento siguiente, otro de los desconocidos, un chico que no debía de ser mucho menor que ella, le dijo algo:

—Eh, Fuller, ¿ya de vuelta a casa, para montártelo con tu hermano?

—Vaya con la princesita de Nueva York.

—¿Por qué no te pruebas esta, a ver si es de tu talla? —exclamó un hombre a la vez que le hacía un gesto obsceno.

—Menuda guarra.

Y entonces, se abrieron del todo las compuertas y todo el mundo empezó a gritarle, a dirigirle los insultos más feos y ofensivos, cosas que a ella jamás se le ocurriría decirle a otro ser humano, sobre todo a alguien que no conocía. Un vómito de calumnias que Avery nunca habría llegado siquiera a concebir había comenzado a llover de pronto sobre ella.

Lo más extraño, pensó desconcertada, era el deleite que se apreciaba en las expresiones de aquellas personas. Estaban ansiosas por verla hundida. No podían disfrutar más del momento.

Alguien le tiró un refresco encima. Sin abrir la boca siquiera, Avery dejó que el líquido le empapara el cabello, viscoso y asqueroso. Le irritó los ojos, aunque tal vez se debiera a las lágrimas.

No importaba, dijo para sí. Solo era un refresco, y los insultos solo eran palabras. El amor siempre sería más fuerte que el odio.

Cuando el ascensor por fin se detuvo en la planta 990, Avery comprobó con estupor que se había formado una multitud en el rellano. Decenas de periodistas, curiosos y zettas se agolpaban allí. Todos se arremolinaron de inmediato a su alrededor, llamándola, preguntándole si quería hacer declaraciones.

Avery agachó la cabeza y se abrió paso a través del gentío hasta que cruzó el control de seguridad, por donde nadie más pudo pasar. Una vez que montó en el ascensor privado de la familia, cayó en la cuenta de que jadeaba como si acabara de correr un maratón. Notó las mejillas mojadas y pegajosas por los restos del refresco y la tristeza.

Necesitaba ver a Atlas, fueran cuales fuesen las consecuencias. Necesitaba sentir el tacto cálido y reconfortante de su piel, recordar que se tenían el uno al otro, que se querían el uno al otro. Que, juntos, podrían con todo.

Sin embargo, cuando llamó a la puerta de su habitación, no obtuvo respuesta. Avery la abrió despacio, y lo que vio en ese momento le cortó la respiración.

No quedaba el menor rastro de Atlas.

Pasó al otro lado de la cama, hecha a la perfección, y abrió la puerta del armario, aunque ya sabía lo que iba a encontrarse. Estaba vacío.

Miró también en la enorme cómoda, tirando con rabia de todos los cajones, asimismo vacíos. No había ninguna instantánea colocada en su rincón preferido de la pared, ni ningún cachivache en los estantes; no quedaba nada que indicara que alguna vez se hubiera alojado aquí. El dormitorio era ahora tan frío e impersonal como una habitación de hotel, como si incluso su memoria hubiese sido barrida del apartamento.

—¿Avery? ¿Qué te ha pasado?

Su madre apareció en la entrada con una expresión de perplejidad en el rostro.

—¿Qué habéis hecho? —le preguntó Avery—. ¿Habéis echado a Atlas? ¿Está en Dubái?

Pierson se unió a su madre, cruzando los brazos con severidad.

—No, no está en Dubái —respondió sin más.

—Avery, es por vuestro bien, te lo aseguro —insistió Elizabeth.

Avery la ignoró y pronunció una serie de comandos para enviarle un toque a Atlas, sin obtener más respuesta que un bip monótono. «Comando no válido», le informaron sus lentes de contacto.

Habían sacado a Atlas de la red.

—¿Dónde está? —exigió saber.

—Lo siento, Avery. Esto también es duro para nosotros —dijo su padre, mirándola con cautela—. Sé que ahora te parece cruel, pero algún día me lo agradecerás, cuando entiendas por qué tuvimos que hacerlo.

Elizabeth no dijo nada. Apoyada contra el marco, había empezado a sollozar de nuevo.

Avery pasó a ciegas entre sus padres en dirección a su cuarto. Quería llorar, pero sintió como si ya no fuese capaz. Tal vez hubiera agotado las lágrimas y dentro de ella ya solo quedase un dolorido vacío.

Se detuvo al ver una caja blanca compostable que esperaba en la ranura de salida del ordenador de sala, donde recibía las vitaminas que tomaba a diario y los vasos de agua helada. Era una entrega de comida, etiquetada para ella. Sin embargo, no había hecho ningún pedido.

Se acercó despacio, sobrecogida, y abrió la caja.

Era una bandeja de magdalenas de un vivo color rosa, acompañada de una nota genérica de «Feliz cumpleaños». Donde debía figurar el correspondiente mensaje de felicitación, ponía: «Nunca olvides que mi corazón sigue ahí, en alguna parte, latiendo en sintonía con el tuyo».

—Oh, Atlas —susurró Avery, y resultó que sí le quedaban más lágrimas, porque de nuevo se descubrió llorando, derramando hilos de lágrimas mudas que se deslizaban por su cara. Pierson les impedía comunicarse, pero, de alguna manera, tal vez momentos antes de que le quitaran la tableta, a Atlas se le ocurrió esta solución. La única forma que tenía de contactar con ella, por última vez.

Cogió una magdalena y le dio un bocado, aunque la encontró un tanto salada.

¿Dónde estaría ahora? ¿Se encontraría bien o estaría sufriendo? ¿En qué estaría pensando?

Dejó a un lado la magdalena y entró en el cuarto de baño dando tumbos, donde configuró todas las luces a máxima potencia y preparó la ducha con el agua ardiendo. Se movía aprisa pero con torpeza, las manos le temblaban. Se quitó la ropa, dejándola caer al suelo con rabia, y miró su reflejo con la vista borrosa por las lágrimas.

Allí estaba, en su desnudo esplendor, el cuerpo que sus padres le habían comprado. Hizo una serie de movimientos, como si fuera una marioneta que alguien manejara mediante unos hilos invisibles. Giró una muñeca, levantó un hombro, inclinó la cabeza adelante y atrás. Cada vez que se movía, la chica pálida del espejo se movía también, mirándola con sus ojos vacíos. Todo parecía ajeno a ella. ¿Quién era en realidad aquella chica del espejo, y qué tenía que ver con Avery Fuller?

Estudió su cuerpo con la objetividad propia de un científico, fijándose en sus contornos alargados y esbeltos, en el cabello que se derramaba sobre los hombros, en las perfectas proporciones entre la cintura y las caderas, entre los labios y los ojos, entre la barbilla y la boca. Esto era lo que uno se llevaba cuando pagaba millones de nanodólares para diseñar a su hija a medida a partir de una reserva combinada de su ADN.

No merecía la pena, concluyó. Nunca la había merecido.

Ojalá pudiera deshacerlo todo, rebobinar su vida hasta el año anterior, o más atrás incluso, tanto que pudiera borrar sin miramientos todos los errores que había cometido. Tanto que pudiera convertirse en otra persona, en una persona normal, no en un ser humano moldeado al detalle, sobre el que pesaban tantas expectativas y restricciones. Los horribles insultos con los que la gente la había ofendido hoy en el ascensor parecieron caer sobre ella de golpe, como una lluvia ácida de odio.

Se metió en la ducha y se frotó la piel hasta que se le enrojeció y se le levantó, deshecha en un mar de lágrimas. Lloró hasta que su angustia se aplacó, hasta que ya no quedó nada dentro de ella, salvo un vacío insondable. Sintió que parte de su alma se le hubiera desprendido de un tijeretazo.

Mientras el agua caliente le picoteaba el cuerpo, cayó en la cuenta de que podía hacer una buena obra más. Quizá ella ya fuera un caso perdido, pero había alguien que aún podía salvarse.

Cerró los ojos y comenzó a trazar un último plan.

CALLIOPE

A la mañana siguiente, Calliope siguió a su madre en dirección al andén de Rail Iberia, aturdida. Se sentía como una cría a la que llevaran de la mano sin decirle adónde, pero, por alguna razón, en estos momentos no se sentía capaz de hacer nada por sí misma.

Habían pasado las dos últimas noches en el Nuage.

—Me encanta que le pongamos fin a nuestra estancia en Nueva York del mismo modo que la iniciamos —declaró Elise, sin obtener ninguna respuesta de Calliope. Esta sabía la verdadera razón por la que se habían quedado una noche de más, en lugar de haber tomado el tren del hipercircuito el día anterior.

Elise albergaba la esperanza de que Nadav cambiara de parecer y saliera corriendo tras ellas en un espontáneo derroche de romanticismo. Pero, a medida que las horas transcurrían sin que supieran nada de él, se convencieron de que no aparecería.

Calliope llevó los ojos hacia el espejo que abarcaba la pared del quiosco de criptocuentas ubicado en la esquina y se sobresaltó al ver su reflejo. Porque conocía a esa chica. Era Calliope la Huidiza, la chica que viajaba con entusiasmo de un lugar a otro, junto a su madre, vestida con un abrigo y unas botas impecables, seguida de un pequeño enjambre de maletas con ruedas.

Elise y ella llevaban en la mano un indefectible café con leche con un toque de avellana, los bolsos cargados con las cremas hidratantes de baba de caracol y las almohadas de masaje que las ayudaban a conciliar el sueño durante los viajes en tren. Hasta el mínimo detalle formaba parte del ritual, un proceso que se sabían de memoria después de todas las veces que se habían marchado de una ciudad tras culminar una estafa; pero todo parecía estar mal. En esta ocasión no caminaban con viveza mientras se tronchaban de risa, embargadas por la emoción volátil del éxito.

Estaban hundidas. Un miasma de arrepentimiento flotaba en torno a ellas; Calliope, además, se imaginaba que sus pasos resonaban con más contundencia de la habitual, como si se hallara dentro de una cámara de resonancia, porque cada uno de sus pasos las alejaba un poco más de Nueva York. De las únicas personas que habían llegado a preocuparse por ellas de verdad.

Ni siquiera el bullicio de Grand Central consiguió animarla. Mantuvo la vista anclada en el suelo, deseando volverse invisible. En realidad, no resultaba tan complicado; al fin y al cabo, solo era lo opuesto a atraer todas las miradas, algo en lo que era una experta. La única diferencia consistía en que ahora debía pasar desapercibida en lugar de llamar la atención. Encogió el cuerpo e imaginó que llevaba puesto un traje de invisibilidad.

Se preguntó cuánto tiempo tardaría la gente en olvidarse de ella.

Los compañeros de clase serían los primeros, supuso. Porque ¿qué sabían ellos de ella, o ella de ellos? Durante un tiempo se harían preguntas sobre ella («¿Qué fue de aquella chica inglesa, la que tenía aquel nombre tan raro?»). Confiaba en que al menos corrieran un par de rumores. Que se había marchado a Hawái para trabajar en las plantaciones de café, o que se había fugado con un hombre mayor sin el consentimiento de sus padres. Cielos, agradecería incluso que se propagasen chismes acerca de un asunto de drogas y rehabilitación, con tal de que la recordaran.

Pero no era ninguna ilusa; sabía muy bien que en cuestión de una semana se habrían olvidado por completo de ella.

A quienes sí les llevaría más tiempo sería a Nadav, Livya y Brice. «No pienses en Brice», se reprendió. No tenía sentido seguir lamentándolo; solo le serviría para castigarse aún más. Odiaba la idea de desaparecer poco a poco de sus recuerdos, como una holo cada vez más desenfocada.

Durante las últimas semanas había llegado a albergar la esperanza de que su relación tuviera algún futuro. Le gustaba Brice, con su humor irreverente, su pasión por la aventura y sus sorprendentes arrebatos de sinceridad. La conocía mejor que nadie, a excepción de su madre. Lo cual demostraba que en realidad nadie había llegado a conocerla de verdad.

Se había mostrado ante Brice tal y como era, bajo todas aquellas capas de mentiras y falsedades con las que tan bien sabía engalanarse.

Y ahora que no iba a verlo más, sentía una soledad que no experimentaba desde antes de que llegara a Nueva York, convencida de que no volvería a conectar con ninguna otra persona en lo que le quedara de vida.

—No tenía planeado hacer escala en Lisboa, a menos que a ti te apetezca —dijo Elise, rompiendo el silencio. Aún tenía los ojos enrojecidos por haber estado llorando, y llevaba un pañuelo que se ciñó un poco más al cuello, pero al menos su voz no flaqueaba.

Calliope sabía lo que debía responderle exactamente. Se suponía que tenía que sugerir Biarritz o Marrakech, hacer alguna broma sobre lo poco morena que estaba y preguntar si no podían ir a algún sitio cálido. En vez de eso, no obstante, se encogió de hombros y se ciñó un poco más el traje de invisibilidad.

Elise sonrió con determinación y volvió a intentarlo.

—¿Salida o destino? —preguntó, señalando con la cabeza a dos jóvenes que iban cogidos de la mano. Parecían dos niños bien de la Costa Este, con sus jerséis impecables y sus maletas personalizadas a juego.

Calliope sabía lo que pretendía su madre al darle pistas y recordarle el diálogo que siempre mantenían antes. «¿Salida o destino?» era un juego con el que intentaban adivinar si la gente estaba empezando o terminando su viaje, si se iba de vacaciones o si regresaba a casa. Les encantaba este pasatiempo porque les hacía sentirse superiores; porque, cómo no, ellas siempre se encontraban al comienzo del viaje, todas y cada una de las veces.

Sin embargo, ahora mismo Calliope no se sentía muy superior a nadie.

—No lo sé —se evadió, y su madre no insistió más.

Un tren entró en el andén, con el logotipo púrpura de Rail Iberia impreso sobre aquellas elegantes curvas cromadas. Calliope se echó atrás para dejar pasar a los recién llegados. Algunos venían pletóricos; otros, somnolientos y cansados; pero todos estaban aquí, en Nueva York, dispuestos a emprender cualesquiera aventuras que la ciudad les deparase.

En cuanto el último pasajero se hubo apeado, las puertas del convoy se cerraron y los asientos iniciaron una rotación de ciento ochenta grados para orientarse en la dirección opuesta. Un ejército de bots de limpieza de color amarillo limón tomaron los vagones al instante para cambiar las cubiertas de los asientos y esterilizarlo todo con luz ultravioleta. Calliope recordó la primera vez que presenció la limpieza automática de un tren, cuando tenía once años y su madre y ella estaban huyendo de Londres. Los fogonazos morados que se veían por las ventanas la llevaron a imaginar que se estaba celebrando una fiesta de hadas.

Alrededor de ellas comenzó a formarse una multitud que se dirigía agitada hacia el tren; porque una vez que las puertas se abrieran, se pondría en marcha en cuestión de minutos.

—Lo siento. Todo ha sido culpa mía —dijo Elise con un suspiro.

Calliope notó en la boca el sabor amargo del arrepentimiento.

—No, yo tengo la culpa. Si no hubiera metido la pata, seguiríamos llevando una vida normal.

—¿Una vida normal? —Elise seguía aflojándose y apretándose el pañuelo que llevaba al cuello. Calliope se fijó en que le temblaba la mano, en la que aún lucía el anillo de casada—. Nuestra vida no tiene nada de normal, y yo soy la responsable. Elegí esta vida para las dos, ¡una vida en la que lo único que podemos hacer es huir! Y ahora que empezábamos a asentarnos, ahora que al fin tenías amigos, e incluso un novio, debemos marcharnos de nuevo.

«No era mi novio», quiso protestar Calliope, pero después decidió que no valía la pena discutir por eso. Pasó un brazo por la espalda de su madre y la apretó contra sí.

—No soy una niña. Ya hace tiempo que sé lo que me hago. No te sientas culpable —la animó.

Elise se apartó.

—¿No lo ves? ¡Yo soy la responsable de que ya no seas una niña! Te he obligado a madurar antes de tiempo, ¡a convertirte en adulta sin que estuvieras preparada!

Calliope consideró la verdad que encerraba el lamento de su madre. Tal vez sí hubiera crecido demasiado rápido. Tal vez por eso llevaba tan mal su condición de adolescente, porque hacía tiempo que venía ateniéndose a las reglas de conducta de los adultos. Sabía cuándo ser sincera y cuándo recurrir a su astucia; sabía cómo vestirse para una fiesta, ya fuera en un palacio o en una prisión; sabía cómo eludir la verdad y cómo conseguir las cosas por la cara.

Sabía hacerlo todo, salvo ser ella misma.

Por detrás de Elise, el tren del hipercircuito abrió las puertas de repente, y la multitud empujó hacia delante para afluir al interior.

—Deberías quedarte —susurró Elise, tan bajo que al principio Calliope creyó no haberla oído.

—¿Qué?

—Nadav no está enfadado contigo, sino conmigo. Si te quedaras, no te desenmascararía, no le contaría a todo el mundo quiénes éramos en realidad. —Le temblaban las pestañas. Su longitud y su curvatura eran imposibles, si bien, por otro lado, tampoco eran auténticas, como muchas otras cosas en ella—. Podrías quedarte en Nueva York. No podrías volver al apartamento de Nadav, claro, pero seguro que se te ocurriría algo. Y, como ya no vivirías con él, podrías ser tú misma, en lugar de tener que hacerte la recatada y la pudorosa.

Al principio, Calliope escuchó confundida a su madre, pero cuando asimiló lo que le quería decir, se sobrecogió.

—¿Quedarme... sin ti?

Elise tomó la barbilla de Calliope entre sus dedos y la miró a los ojos.

—Estás lista, cariño. Ya no me necesitas.

La trascendencia de sus palabras pareció retumbar por toda Grand Central. Calliope las imaginó repitiéndose una y otra vez; las imaginó escritas en reluciente neón, como los letreros de los puestos de comida. «Estás lista». ¿Cuánto tiempo llevaba esperando a que su madre le dijera eso? Y ahora que por fin había llegado ese día, preferiría no haberlo oído.

—¿Y adónde iría?

—Ya se te ocurrirá algo. Eres espontánea e ingeniosa. —Elise sonrió, pero a Calliope le costó verlo con los ojos empañados por las lágrimas—. Al fin y al cabo, has tenido la mejor maestra.

—El tren 1099 con destino a Lisboa efectuará su salida dentro de dos minutos —anunció por megafonía una voz electrónica.

Y, así, las dos rompieron a llorar, deshechas en un llanto feo y auténtico, muy distinto de las lágrimas de cocodrilo a las que recurrían durante sus estafas. Calliope sentía a los otros pasajeros de Rail Iberia circular en torno a ellas, mirándolas con fastidio o con lástima, o sin prestarles la menor atención. Aquellos eran los verdaderos neoyorquinos, pensó Calliope, los que cuando veían algo que les desagradaba (como una madre y una hija que lloraban en Grand Central) pasaban de largo sin contemplaciones.

En ese momento supo que quería ser una de ellos. Una verdadera neoyorquina. Quería quedarse, seguir labrándose un futuro aquí, aunque tuviera que hacerlo sola.

—Ya sabes que puedes emplear montones de tácticas sin ayuda —le estaba diciendo Elise—. El aletazo con una mano funciona bien, o, si no, la corona fantasma, y siempre puedes adaptar la princesa a la fuga al...

—Está bien, mamá. Me las apañaré —le aseguró Calliope, y ambas supieron en ese instante que ya se había decidido.

Calliope notó como los brazos de su madre la apretaban, y el corazón le empezó a martillear bajo las costillas.

—Mi querida hija. Estoy muy orgullosa de ti —le dijo Elise emocionada.

—Te echaré de menos. —La voz de Calliope sonó amortiguada por el hombro de su madre.

—Ya te diré dónde termino. Estaba pensando en la ribera italiana. Quién sabe. Tal vez puedas venir a verme a Capri para Año Nuevo —deseó Elise con un ánimo que recuperaba su tono habitual.

—Treinta segundos —las interrumpió la voz enlatada del recordatorio automático.

—Cuídate. Te quiero —se despidió Elise, mientras se fundían en un último abrazo, alzando los codos, enmarañando los abrigos, mientras las lágrimas pasaban de una mejilla a otra; y, sin más, Elise montó en el tren, con sus abultadas maletas flotando por delante de ella hacia el compartimento del equipaje.

—Yo también te quiero —respondió Calliope, aunque su madre no pudiera oírla. Se quedó allí, diciéndole adiós con la mano, y con los ojos clavados en el rojo brillante del jersey de Elise, hasta mucho después de que el tren hubiera salido disparado sobre los raíles susurrantes.

Al cabo de un rato, giró sobre los talones y elevó la vista hacia el techo, preguntándose en qué rincón de esta vasta ciudad se recogería ahora.

LEDA

Leda se presentó en la jefatura de la policía de Nueva York, mareada de pura ansiedad.

Cuando las lentes de contacto le mostraron un toque entrante, se hizo rápidamente a un lado, confiando por una fracción de segundo en que fuese Avery, pero no, era Watt. Otra vez. En lugar de responder, dejó que el toque se desvaneciera.

Watt llevaba todo el día intentando contactar con ella al menos una vez cada hora. Leda seguía ignorándolo. Ahora mismo, no tenía nada que decirle.

Porque aún lo quería. Y sabía que, si accedía a hablar con él, si oía su voz, aunque fuera solo por un instante, se vendría abajo y desistiría de lo que estaba a punto de hacer.

Probó suerte llamando a Avery por última vez, con el corazón desbocado. Estaba segura de que su amiga iba a darle su apoyo; se lo había prometido la noche anterior, cuando Leda le envió un toque muerta de miedo.

—Claro que iré contigo —le había asegurado Avery—. Nos vemos en la comisaría a las siete.

—¿Puedes pasarte primero por casa? —le preguntó Leda con la voz ahogada. Prefería que fuese con ella todo el camino antes de confesar el asesinato, como una niña a la que hubiera que acompañar a la escuela.

—Nos veremos en la comisaría, te lo prometo —respondió Avery.

Eran casi las 7:20 y su amiga seguía sin aparecer. Leda empezaba a pensar que ya no vendría. Tampoco podía culparla; ahora mismo Avery tenía muchas cosas en la cabeza. No podía ocuparse de solucionar también las pifias de Leda.

Aun así, deseó no tener que pasar este mal trago ella sola.

Le había costado terminar el desayuno con sus padres. Habían regresado de los Hamptons en helicóptero la noche anterior. Leda se dio cuenta de que las cosas no se habían arreglado del todo entre ellos (podía ver las preguntas que se asomaban a los ojos de su madre), pero también comprobó que Ilara no se había marchado. Y cuando por la mañana bajó a la cocina, su padre estaba preparando gofres, de los regordetes, bien cubiertos de pepitas de chocolate y de nata montada. Como hacía antes, cuando desayunaban juntos como una familia unida.

Una vez que su madre bajó y empezó a poner la mesa, Leda supo que estaban bien. Su familia no estaba curada del todo, ni mucho menos, pero lo estaría, con el tiempo.

Casi, y solo casi, llegó a cambiar de parecer en cuanto a la confesión.

—¿Estás bien, cariño? —le había preguntado Ilara. Leda se sobresaltó y se preguntó si habría adivinado sus planes; pero después cayó en la cuenta de que se refería al escándalo sobre Avery y Atlas.

Leda masculló que estaba preocupada por su amiga y le dio un bocado al gofre. Se obligó a terminar el plato, porque no sabía cuándo volvería a echarse algo al estómago. ¿Qué le darían de comer en prisión?

Había tomado un deslizador de camino a la comisaría, una última y pequeña extravagancia. Mientras el vehículo se desplazaba por la calle con total suavidad, Leda se apoyó contra la ventanilla de flexiglás y, por una vez, se limitó a contemplar las vistas en lugar de ponerse a revisar los agregadores por medio de las lentes. Intentó memorizar hasta el último detalle del barrio, hasta la última verja de hierro, hasta el último escalón de ladrillo y hasta el último impoluto felpudo. Ahora todo parecía encharcado por una atmósfera triste, porque era la última vez que lo veía.

Pasó junto a una mujer que practicaba *jogging*, en compañía del bebé que llevaba en un cochecito flotante; en ese momento recordó que en una ocasión aquella mujer le había preguntado si no le importaría hacer de canguro. Leda puso los ojos en blanco, indignada por lo absurdo de la petición. «¿Ese trabajo no lo hacen los ordenadores de sala?», le respondió, aunque la mujer tuvo que reírse. «Algunas personas prefieren que a sus hijos los cuide un ser humano, no un bot».

Se preguntó qué edad tendría la criatura cuando algún día ella saliera de la cárcel.

Cambió de postura, sintiéndose ridícula de pronto con la falda plisada y la camisa del uniforme escolar. Había pensado en optar por otro atuendo, pero después decidió que eso habría levantado las sospechas de sus padres. Además, si la policía la arrestaba en el acto, tal vez esa ropa le recordase lo joven que era y la disuadiese de ser demasiado severa con ella.

473

7:25. Avery seguía sin aparecer. Leda esperó un poco más. Aún tenía que pensárselo, aunque estuviera en la puerta, igual que hacía cuando se subía al trampolín de la piscina y el vértigo le impedía saltar.

Pero una vez que terminabas de subir la escalera, no había vuelta atrás. Así, hizo acopio de la escasa fuerza de voluntad que le quedaba y cruzó el umbral.

Había elegido a conciencia esta hora tan temprana, ese momento letárgico en que el turno de noche daba paso al de día. Confiaba en que los agentes la recibieran adormilados, acaso con un vaso de café soluble entre las manos. Pero se respiraba un sutil bullicio en el ambiente, con los empleados yendo de aquí para allá con paso enérgico, y un murmullo de voces que nacía tras las puertas cerradas. No había acertado, si lo que quería era encontrar a la policía con la guardia baja.

—¿Sí? —dijo el encargado de la recepción, un hombre de aspecto afable en cuya placa identificativa se leía «Agente Reynolds».

Leda se encogió como un caracol que se refugiase en su caparazón, prolongando el momento, el último sorbo de libertad.

—Vengo a ofrecerles información —declaró.

—¿Información acerca de...?

—De la muerte de Eris Dodd-Radson.

Solo pronunciar el nombre de Eris la llenó de una desesperación acuciante. «No llores», dijo para sus adentros mientras parpadeaba para aguantarse las lágrimas. Nunca lloraba en público. Era una de sus reglas básicas.

—Ah. La chica que cayó por la azotea —supuso Reynolds en voz alta para asombro de Leda, a la que le costaba creer que el agente apenas se acordara de Eris, que para él solo fuese un caso más, mientras que ella no había dejado de pensar en su hermanastra ni un solo momento durante los últimos meses.

—También sobre la muerte de Mariel Valconsuelo. —Había ensayado la frase decenas de veces, moldeándola mentalmente, y aun así su voz sonó trémula e indecisa.

Reynolds arqueó las cejas y la miró con renovado interés.

—Usted es Leda Cole, ¿verdad?

—He... —Abrió la boca, pero se le había secado la garganta. ¿Sabría ya la policía que era culpable?

—Gracias por personarse tan pronto —le agradeció Reynolds con una vehemencia que la descolocó—, pero no estamos listos para recabar testimonios adicionales. A decir verdad, después de lo que la señorita Fuller nos ha contado, tal vez ya no los necesitemos.

«¿Avery?». ¿Qué tenía que ver ella con todo esto?

—¿Testimonios adicionales? —repitió.

—Cuando su amiga dijo que usted se pasaría por aquí, no imaginé que se refería a esta mañana —le explicó a Leda en un tono casi amigable.

—¿Avery ha estado aquí? —Eso explicaba que en la comisaría hubiera más actividad de la que ella se esperaba a estas horas, que la atmósfera estuviera un tanto agitada, como si hubiera venido alguien muy importante y hubiera causado un gran revuelo.

—Hará media hora que se marchó —le informó Reynolds, para después añadir en voz baja—: Ninguno de nosotros sospechaba siquiera lo que esa chica escondía.

El comentario hizo saltar a Leda.

—Ni siquiera son parientes, ¿vale? ¡Déjenla en paz! ¡Ya le han echado encima bastante... bastante mierda!

Reynolds levantó una ceja.

—No hablaba de la situación de su familia. Me refería a lo que hizo. Ha venido a confesar los asesinatos de la señorita Dodd-Radson y la señorita Valconsuelo. Se le ha concedido la libertad provisional bajo fianza y sus padres se la han llevado a casa.

«¿Qué?», Leda se mareó. Apretó las manos contra el mostrador de recepción para no desplomarse.

—Avery no mató a esas chicas —dijo con un hilo de voz.

—Lo ha confesado. Lo tenemos registrado.

—No, ella no... Avery nunca...

Reynolds articuló una tos discreta.

—Señorita Cole, estoy seguro de que quiere ayudar a su amiga, pero ya ha recibido bastante ayuda. No olvide quién es su padre. Es demasiado pronto para que le tome declaración y, de todas maneras, parece cansada —dijo en un tono comprensivo, tras lo cual señaló su uniforme—. ¿No debería estar en la escuela?

Leda asintió, aturdida. Con un nudo en la garganta, su mente estaba saturada y en blanco, todo a la vez. Salió de la comisaría sin saber en qué dirección caminaba, como un borracho, o como alguien que se hubiera perdido.

¿Cómo se le había ocurrido a Avery hacer esa confesión?

—Toque a Avery —dijo para sus lentes de contacto, pero al ver que saltaba el buzón de voz, modificó la orden—. Toque a Atlas. —Atlas sabría lo que estaba pasando, le contaría cuál era la situación en el piso mil.

Sin embargo, las lentes de Atlas no recibieron la solicitud. La única respuesta que Leda obtuvo fue un tono plano y un error de «Comando no válido».

Anduvo dando tumbos hasta que se apoyó en un banco cercano para recuperar el equilibrio. No tenía sentido. Atlas se había marchado. Atlas, la única persona en la que Avery podía refugiarse de verdad. Había huido de nuevo. ¿O tal vez sus padres se habían deshecho de él?

Se acordó de lo que Avery le había dicho el día anterior, cuando señaló que Leda siempre había sido la valiente, que siempre cuidaba de los demás. Y entonces entendió lo que había sucedido.

Avery había confesado para librarla a ella.

Se había atribuido la culpa de Leda. Había asumido toda la responsabilidad para que Leda quedara libre. Le estaba devolviendo su vida, se estaba sacrificando por ella, en un último y definitivo gesto de amistad. Y si había hecho algo así, infirió Leda alarmada, solo podía suceder una cosa.

Dio media vuelta y echó a correr hacia el ascensor de la Cima de la Torre más próximo, con la esperanza de que no fuera demasiado tarde.

AVERY

Varios cientos de plantas Torre arriba, Avery ultimaba su plan.

—¡Avery Elizabeth Fuller! —El grito de su padre rebotó con rabia en los suelos de mármol pulido, en los altos techos abovedados, en los espejos que cubrían las paredes del vestíbulo de dos alturas del apartamento—. ¿De qué demonios va todo esto?

Por supuesto, Pierson Fuller estaba iracundo, dado todo lo que había ocurrido durante las últimas cuarenta y ocho horas, al menos desde su punto de vista. El glamuroso éxito del baile de investidura se había visto empañado por el hecho de que Avery y Atlas resultaran ser amantes, noticia que había salido a la luz de la forma más sucia y escandalosa. Los Fuller habían pasado de ser la familia más aplaudida y envidiada de Nueva York a ser el blanco de todos los chistes verdes.

Pierson había quitado a Atlas de en medio, con la esperanza de que eso resolviera el problema, para después encontrarse con algo aún peor: la policía había llamado a la puerta de madrugada. «Lo siento, señor», imaginó Avery que le habrían dicho, «pero tenemos a su hija detenida en la comisaría».

—¿Por qué no nos avisaste? ¿Cómo se te ocurre presentarte en la comisaría tú sola? —Elizabeth la tomó entre sus brazos, con la voz quebrada—. ¿Es por Atlas?

Avery se zafó con brusquedad del abrazo de su madre.

—No, ¿cómo dices eso?

—¡Esto no tiene nada que ver con Atlas! —bramó Pierson—. ¡Esto es cosa tuya, Avery! Has abusado de nuestra confianza. Por si lo de Atlas y tú no fuera un golpe lo bastante duro, se ha tenido que presentar la policía a las seis de la madrugada para avisarnos de que nuestra hija ha bajado a la comisaría y confesado, sabe Dios por qué, que ha matado a alguien.

—A dos personas, en realidad —le recordó Avery sin poder evitarlo.

—Avery no ha matado a nadie —aseguró Elizabeth en el mismo tono que habría empleado para decir «Este mantel no debería ser azul». Como si la mera afirmación bastase para hacer realidad su deseo—. Ni siquiera conocía a esa tal Mariel.

—En realidad, sí que la conocía —opuso Avery, que a continuación se preparó para asestarles el golpe de gracia—: Sabía la verdad sobre Atlas y yo.

Silencio. El mazazo de la revelación pareció sacudir la casa.

—No vuelvas a decir eso en tu vida —la amenazó su padre, cuya voz adquirió una gravedad estremecedora—. Ni se te ocurra volver a decir eso, ni nada parecido. ¿No te das cuenta de lo complicado que ha sido para mí traerte de vuelta a casa, después de esa estúpida confesión? He tenido que mover hasta el último de los hilos que tengo a mi alcance, por no hablar de la astronómica suma de dinero que me ha costado la fianza de la libertad provisional.

—¡Qué lástima que hayas tenido que gastarte ese dinero en mí! —exclamó Avery con amargura—. Pero, claro, para ti todo tiene un precio, ¿verdad, papá? Incluso mi felicidad.

Su madre exhaló un jadeo, pero Avery no la miraba a ella. Tenía toda su atención puesta en su padre.

Pierson se pasó una mano por la cara con cansancio.

—¿En qué demonios estabas pensando, Avery?

—¿Cuando la maté o cuando se lo confesé a la policía?

—¡Que dejes de decir que la mataste!

—¡De todas maneras, ¿a ti qué más te da?! —gritó ella—. ¡Para ti lo único sagrado es tu ambición! ¡Aunque de verdad la hubiera matado yo, te daría igual! ¡Lo único que te preocupa es que lo haya confesado! —Había apretado las manos en sendos puños junto a las caderas, las uñas hundidas en la piel.

—Entonces admites que no fuiste tú. —Pierson la agarró del brazo con brusquedad—. Quiero protegerte, Avery, pero no puedo ayudarte si te niegas a hablar con nosotros. ¿A quién estás cubriendo? ¿A Atlas?

—¡Cómo va a haber sido Atlas! —La situación se estaba prolongando demasiado, pensó con impaciencia. Sus padres tenían que marcharse antes de que Leda descubriese lo que había hecho, o antes de que todo fuese demasiado obvio.

Su madre seguía retorciéndose las manos, casi incapaz de hablar.

—Entonces ¿por qué has...?

—¡Os odio! —bufó Avery, con tanta rabia y tanta crueldad como pudo, decidida a darles donde más les dolía—. ¡Os odio por lo que le dijisteis a Atlas! Os pidió que le dierais vuestro apoyo, vuestro amor, ¿y cómo le respondisteis? ¡Lo hicisteis desaparecer! —Empezó a llorar; en realidad, no le costó demasiado, después de todo lo que había tenido que soportar—. ¡Lo único que quiero es que me dejéis en paz!

Su padre la miraba como si hubiera perdido el juicio, o como si no la reconociera.

—Seguiremos hablando de esto —dijo al fin, mientras se disponía a salir de la casa. Era evidente que la quería perder de vista lo antes posible—. No se puede razonar contigo cuando te pones así.

Elizabeth se detuvo en la puerta y se giró hacia ella con un gesto de desolación en el rostro. Al verlo, Avery estuvo a punto de pensárselo mejor.

—Te quedarás encerrada en el apartamento —decidió Pierson, que introdujo unos comandos mediante la pantalla táctil y escaneó su iris para confirmar su identidad—. Se acabó el andar escapándote a las comisarías, a ver a tus amigos, y a cualquier otra cosa.

—¿Y adónde iba a ir, ahora que habéis echado a Atlas y toda Nueva York me desprecia?

—No es que te desprecie, Avery. Es que le das asco. Y a mí también.

El gesto de su padre se endureció, pero asimismo se fortaleció la determinación de Avery. «De modo que va a ser así», pensó. «Este será nuestro último adiós».

—Te quedarás aquí y recapacitarás sobre lo que has hecho —sentenció Pierson. Su madre seguía llorando, débilmente.

Al momento siguiente, las puertas del ascensor se cerraron y Avery se quedó a solas en el piso mil.

Sin aliento, corrió a su habitación y sacó la bolsa que había ocultado bajo la cama la noche anterior. Dentro había decenas de gruesos cilindros rojos, pequeñas bengalas de un solo uso que empezaban a arder al quitarles la lengüeta de neopreno. Estas eran de primera clase, de las que producían una llama supercandente, y estaban pensadas para los excursionistas que se quedaban atrapados en la montaña. Dentro de la Torre se consideraba ilegal la mera posesión de este tipo de objetos, sobre todo aquí arriba, donde el oxígeno circulaba más libremente, donde, de hecho, todo podía prender con demasiada facilidad.

Avery retiró la lengüeta de neopreno de la primera bengala y, al instante, una llama brotó por un extremo.

Centelleaba y se agitaba, mostrando una infinidad de colores al mismo tiempo, colores que ella no veía a diario en la Torre; no solo tonos de rojo, sino también ricos naranjas y dorados, e incluso un vivo azul líquido que parecía crepitar y chispear como un relámpago de verano. Era hermoso.

Tiró la bengala sobre la cama, cubierta con las almohadas y la colcha de encaje blancas, y observó desapasionadamente cómo se encabritaban las llamas.

Después Avery recorrió el apartamento, arrojando bengalas encendidas por todos los rincones. Comprobó con tibia satisfacción que no había saltado ninguna de las alarmas contra incendios. Las lenguas ígneas se alimentaban con voracidad las unas de las otras, cada vez más altas, mientras proyectaban un resplandor inquieto sobre los contornos de su rostro. Tenía los ojos entornados, los pómulos algo más endurecidos de lo habitual. Se había vestido para la ocasión con unos tejanos, un fino jersey blanco y unos pequeños pendientes de diamante; ante el mundo, era la imagen de un ángel vengador, que anunciaba cenizas, azufre y destrucción. Una sonrisa pálida se enroscó en sus labios mientras veía desaparecer en el olvido el apartamento de sus padres. El símbolo de su riqueza, su posición y su ambición nauseabunda, lo más caro que habían comprado nunca, exceptuándola, tal vez, a ella. Dentro de poco, ambas posesiones habrían desaparecido.

Al llegar al cuarto de Atlas, titubeó. Era suelo sagrado, y aún podía sentir su presencia, por mucho que sus padres se hubieran esforzado en borrarla. Se sentó un momento en la cama y pasó las manos por las almohadas, imaginando que seguían oliendo a él.

Se levantó de pronto, se serenó y, después de tirar otra bengala allí dentro, salió corriendo de nuevo para no ver los destrozos.

En cuestión de dos minutos, el apartamento se había convertido en un horno. El olor del barniz de los muebles y las moquetas al arder, el tufo gomoso de los dispositivos electrónicos al fundirse, le provocaron arcadas. Los remolinos de humo negro se entremezclaban en su ascenso hacia el techo. Avery siguió corriendo por delante del implacable muro carmesí. Intentó ignorar los gritos que habían estallado en sus oídos, como si hasta los mismos demonios del infierno le recriminaran lo que se disponía a hacer.

La cocina era lo más complicado, porque se componía de multitud de elementos inflamables. Avery se conformó con arrojar una última bengala sobre la encimera, aunque en realidad no importaba; el apartamento ya estaba destruido. Las chispas saltaron hacia arriba para después caer despacio, como copos de nieve incandescentes.

No, comprendió entonces Avery, que se detuvo al ver algo fuera de la ventana. Era nieve de verdad. Hoy estaba cayendo la primera nevada del año.

Los copos parecían haberse cuajado entre los marcos de la ventana, a modo de naturaleza muerta. Por un momento, Avery imaginó que echarían a volar hacia arriba, de regreso a las nubes, como llamados por alguna suerte de magia.

Una bocanada de calor se proyectó de súbito contra ella, abrasándole la piel del cuello. Retomó la carrera, dando tumbos en dirección a la despensa.

Ahora ya solo tenía una salida.

Tiró de la vieja escalerilla replegable que había incorporada en el techo. El corazón se le agitaba entre latidos febriles. Una llamarada de miedo surgió dentro de ella, como una lengua de fuego, aunque ya era demasiado tarde; se había determinado a llegar hasta el final.

Al llegar a lo alto de la escalerilla, empujó la trampilla hacia arriba; por un momento, presentó alguna resistencia, pero sin duda alguien había manipulado su sistema electrónico de comandos, porque cedió casi de inmediato. Gracias a Dios, Watt había cumplido su promesa.

Salió a la azotea, respiró hondo y cerró la trampilla. El aire le había irritado las fosas nasales y chamuscado las puntas del cabello.

La azotea tenía el mismo aspecto que el año anterior. Unas máquinas zumbaban bajo los paneles fotovoltaicos, los recolectores de lluvia acumulaban el agua y la enviaban a la Base de la Torre para filtrarla. Se descalzó y se acercó al borde. Notó la rugosidad del suelo. Irguió la cabeza, mostrando un perfil orgulloso, nítido y bello.

Se sentía en lo más alto. Ahora la nieve caía con mayor dureza, como si el cielo estuviera resquebrajándose y sus fragmentos se precipitaran en enloquecidos remolinos.

A sus pies, la ciudad era una amalgama de luces y sombras, una película antigua desprovista de color; una ciudad de extremos, pensó. Rebosaba tanto amor como odio, pero tal vez fuese así como funcionara el mundo. Tal vez el precio del amor eterno fuera sentirse solo eternamente, cuando uno lo perdía.

No quería vivir en un mundo donde no se le permitía amar a la persona por la que latía su corazón.

Se alegraba de haberse confesado responsable de lo que les había ocurrido a Eris y Mariel. Ya que iba a dejarlo todo atrás, no le importaba asumir las culpas. Leda no merecía perder la libertad por esas muertes. No, concluyó enfervorizada, Leda merecía vivir, superar sus errores, algo que Avery ya no podría hacer. Leda merecía la redención, y Avery sabía cómo concedérsela.

Un regalo de despedida para su mejor amiga, una vida por otra, un trato justo. Sabía que Eris lo habría querido así.

Avery no era demasiado religiosa; sin embargo, cerró los ojos para elevar una última oración. Rezó porque Leda hallase la paz, porque sus padres la perdonaran, porque Atlas se encontrara bien, estuviera donde estuviese.

Contempló la gloriosa belleza del horizonte por última vez, viendo cómo la nieve empezaba a cubrirlo todo, a disimular los defectos de la ciudad, a allanar sus imperfecciones. Los copos se posaron en su cabello, en su jersey blanco.

—Lo siento —susurró, para después situarse en el mismo borde con los ojos cerrados.

Fueron las últimas palabras que Avery Fuller pronunció.

WATT

Desde la insospechada posición ventajosa que le proporcionaba el East River, Watt fue de los primeros en ver empezar a arder el piso mil.

Era todo un espectáculo, a decir verdad; el resplandor de las llamas que se enroscaban por encima de la Torre, una elegante pincelada rojiza y anaranjada. Los nubarrones irisados se congregaban en torno a los dirigibles pluviales, suspendidos con una opacidad invernal que auguraba las primeras nieves. La vista tenía algo de mágico, incluso ahora que todo estaba mecanizado: el delicado milagro cristalino reducido a una reacción química, la combinación de hidrosulfato y carbono.

La magia estaba en el aire, en la reacción de la gente. A los neoyorquinos les encantaba la primera nevada del año: llevaban sombrero dentro de la Torre, sonreían a los desconocidos y tarareaban tonadillas tradicionales. Watt recordaba haber oído que, en el MIT, los novatos salían a correr desnudos por la calle la noche de la primera nevada. Aunque él ya no podría comprobarlo.

Se preguntó cómo le estaría yendo a Leda. Le había enviado un par de toques (de acuerdo, quizá decenas de ellos) desde que se despidieran en el baile de investidura la noche del sábado, pero ella los había ignorado todos y cada uno de ellos. Entendía, no obstante, que Leda tuviera muchas cosas de las que ocuparse; sobre todo ahora, después de lo que su mejor amiga había hecho. También él debía encargarse de algunos otros asuntos.

Esta mañana había desconectado a Nadia para meditar a solas, en la intimidad de su mente. Además, por primera vez en su vida, había alquilado un barco. O, mejor dicho, lo había tomado prestado sin preguntar.

El muelle estaba cerrado cuando llegó; era muy temprano, máxime teniendo en cuenta que era día de clima programado. «Atención: alerta de precipitaciones», le había avisado la pantalla, que no le permitió alquilar nada, aunque Watt no estaba dispuesto a dejar que eso lo detuviera. Aun sin Nadia, solo tardó un momento en hackear el ordenador que gestionaba la tienda de alquiler de material.

Optó por una embarcación azul de cuatro palas, una de las pequeñas lanchas que se desplazaban a ras de la superficie revoltosa, sostenida sobre unas hidroalas. Tecleó el destino en el GPS del barco y se reclinó en el asiento mientras lo llevaba disparado río arriba, como un insecto que se deslizase por el agua.

Dejó atrás la infraestructura que bordeaba la cara este de la Torre sin prestarle demasiada atención. Tenía en mente una idea demasiado difusa para explicarla con palabras, y necesitaba tomar distancia, verla de soslayo, relegada al límite de su campo visual, antes de decidirse a afrontarla.

Justo a la hora programada, la nieve empezó a caer. Watt se puso alerta. Una aerocubierta BrightRain salió flotando de la popa de la lancha; Watt se preguntó si debería guardarla, pero luego decidió que no merecía la pena. La aerocubierta se extendió con suavidad por encima de él y emitió un tenue resplandor ambarino. La membrana conductiva estaba convirtiendo la energía cinética de la nevada en electricidad.

Watt arrimó la embarcación al lugar donde Mariel se había ahogado, cerca de un muelle del East River. Apagó el motor. Las alas se replegaron en los costados, posando la lancha poco a poco en el agua, donde las olas empezaron a mecerla adelante y atrás.

Miró el embarcadero. A lo largo de este tramo, y hasta varios cientos de metros, se extendía un muelle multiusos, un sitio que lo mismo servía para la recarga de autocares que para el amarre de embarcaciones. La mitad del muelle estaba cubierta por un tejado, mientras que la otra quedaba expuesta a los elementos, cubierta de paneles solares. El pequeño cobertizo del fondo debía de emplearse para guardar herramientas, y tal vez también como refugio para algún trabajador humano durante el horario laboral.

Watt se imaginó a Leda, drogada y azuzada por la venganza, conectándose a los agregadores y averiguando dónde estaba Mariel. Siguiéndola hasta aquí tras la fiesta de José y empujándola al agua con violencia. No obstante, ¿cómo iba a saber Leda que Mariel regresaría a casa a pie en lugar de en el monorraíl? ¿O acaso Leda fue lo bastante imprudente y estaba lo bastante colocada para actuar por impulso, para seguir a Mariel sin saber adónde se dirigía? ¿Tenía Leda la certeza de que aquella noche iba a llover o de que Mariel no sabía nadar?

Algo le decía que Leda no era capaz de algo así, por muy desesperada o asustada que estuviera.

Se fijó en todos los detalles de la estación de carga. Vio cómo los autocares entraban y salían embalados, y cómo las embarcaciones vacías se mecían lánguidamente en los muelles. Los voluminosos bots de transporte pululaban en todas direcciones conforme a sus rutas preestablecidas, rodando por el asfalto sobre sus pesadas ruedas.

La idea que Watt contemplaba empezó a concretarse, hasta el punto de que dejó de ignorarla. Porque empujar a Mariel al agua en una noche tormentosa (la situación ideal para hacer que una agresión pareciera un accidente, al menos en un primer momento) no parecía propio de Leda. Era un acto demasiado ingenioso, demasiado racional, demasiado parecido a un crimen perfecto.

Watt sabía quién podría haberlo hecho.

—Activar cuántica —murmuró, y al instante sintió la agudización texturizada de su conciencia, como le sucedía cada vez que Nadia volvía a la vida. Esperó a que el ordenador le preguntara qué hacían aquí. Al ver que no decía nada, sus sospechas empezaron a confirmarse. De pronto, sintió una urgente necesidad de llorar.

—Nadia. ¿Mataste tú a Mariel?

—Sí —respondió ella, con una sencillez sobrecogedora.

—¿Por qué? —exclamó él, su voz azotada por el viento.

—Lo hice por ti, Watt. Mariel sabía demasiado. Podría haberte puesto en un compromiso.

La madrugada pareció condensarse a su alrededor, y los copos de nieve vibraban suspendidos en el aire. Watt sintió que un profundo vacío se le abría en las entrañas y cerró los ojos.

Podría haber resuelto el misterio hacía meses con solo preguntárselo a Nadia. El ordenador no tenía más remedio que decirle la verdad. Podía ocultarle información y, de hecho, debía hacerlo; si el cerebro de Watt intentara asimilar todos los datos que manejaba ella, se colapsaría, literalmente, lo cual supondría su muerte. Él le había otorgado la capacidad de tener sus propios secretos, porque no había otra forma de fabricarla.

Lo que no podía hacer Nadia era mentirle, no cuando él le formulaba una pregunta directa. Sin embargo, nunca se le había ocurrido hacerle esta, hasta ahora.

—Registraste todos los movimientos de Mariel desde el viaje a Dubái, ¿verdad? —dijo, presa de una consternación que lo paralizaba. Pero tenía que entenderlo—. Esperaste al momento adecuado, a que las circunstancias la hicieran vulnerable. Entonces, cuando salió de regreso a casa, a oscuras, decidiste que era la ocasión perfecta para matarla y hacer que pareciera un accidente. Así que hackeaste uno de esos enormes bots de transporte e hiciste que la tirara al agua —dedujo.

—Sí —afirmó Nadia.

—¿La mataste porque te preocupaba que pudiera meterme en la cárcel?

—La maté porque, si continuaba con vida, había más de un noventa y cinco por ciento de probabilidades de que fueras a la cárcel, ¡y más de un treinta por ciento de probabilidades de que intentara matarte! Repetí los cálculos una y otra vez, Watt. Todos los resultados aseguraban que terminarías en prisión, o peor. Salvo este. Si Mariel no llegó a hacerte daño es porque yo la eliminé antes.

—¿Y eso debe hacerme sentir mejor?

—Deberías estar agradecido, sí. Sigues con vida, y estás libre. A decir verdad —añadió Nadia—, me sorprende que te sientas culpable, Watt. Ella abandonó a Leda a su suerte, y pretendía atacarte a ti.

—¡Eso no te convierte en Dios, ¡no eres quién para juzgarla!

Ahora la nieve caía en copos suaves que formaban remolinos antes de caer al río. Al entrar en contacto con la superficie, se fundían al instante y se disolvían en el agua como diminutas lágrimas heladas.

Nadia no parecía en absoluto arrepentida. Por otro lado, tampoco podía lamentarlo, comprendió Watt, no podía sentir nada, porque era una máquina; y por muchos chistes ingeniosos que le contase, por muchas ideas que pareciera tener y por muy bien que supiera qué decir cuando él estaba molesto, seguía siendo una máquina, y a él no le había sido posible introducir en su código ese esquivo rasgo humano que era la empatía.

A continuación, se hizo otra pregunta:

—¿Por qué intentaste hacerme creer que Leda había matado a Mariel, cuando siempre habías sabido que no había sido ella?

—Leda siempre fue el plan alternativo. No fue una coincidencia que aquella noche perdiera el conocimiento; envié algunos mensajes falsos desde su cuenta a la de su camello, en los que le pedía dosis más altas de lo habitual. Quería cerciorarme de que hubiera alguien a quien culpar, por si acaso.

—¿Por si acaso?

—Intenté borrar todo rastro de lo que había hecho, pero al parecer, dejé una prueba en el bot de transporte al hackearlo. Hace tres meses, durante una comprobación de mantenimiento rutinaria, observaron que el bot había sido manipulado. Por eso la policía dejó de considerar que la muerte de Mariel había sido accidental y empezó a investigarla como asesinato, porque descubrió que alguien había empleado un bot para arrojar a Mariel al río.

Watt parpadeó al sentirse traicionado.

—¿Sabías que esa era la razón por la que cambiaron la categoría del caso, y no me habías dicho nada?

—Claro que lo sabía —confirmó Nadia con sequedad—. No te lo había dicho porque no me lo habías preguntado expresamente. Hasta ahora.

—¿Y eso qué tiene que ver con Leda?

—Me preocupaba que terminaran implicándote en la investigación del asesinato. La policía podría haberte culpado de la muerte de Mariel o, peor aún, podría haber descubierto mi existencia. No podía permitirlo.

»Por eso, dejé que creyeras que Leda podría haber matado a Mariel. Sabía que le preguntarías sin ambages si había sido ella. Y cuando te infiltraste en la comisaría, hice que creyeras que la policía estaba avanzando en sus pesquisas, que el cerco se estrechaba cada vez más en torno a todos vosotros. Quería que Leda se preguntara si la culpable sería ella.

—¿Por qué?

—Sabía que, si Leda creía que estabas en peligro, asumiría la responsabilidad para cubrirte. Y estaba en lo cierto, ¿no es así? —Casi con orgullo, el ordenador añadió—: Eso era precisamente lo que Leda pretendía hacer. Lo único que no preví es que Avery Fuller intervendría y se culparía a sí misma.

A Nadia, no obstante, le daba igual, comprendió Watt, abrumado por un dolor inmenso. Lo mismo daba un chivo expiatorio que otro. Para ella, los humanos eran intercambiables, a excepción de Watt, la única persona por la que su código le permitía preocuparse.

Además, no parecía que el ordenador estuviera dispuesto a dar un paso al frente y confesar el crimen.

Watt meneó la cabeza.

—Sigo sin entenderlo. Se supone que tienes prohibido hacerle daño a la gente; es uno de los principios fundamentales a partir de los cuales estás programada. —Watt había codificado esta regla entre sus directrices básicas, el único comando al que ella no podía oponerse bajo ningún concepto, con independencia de las órdenes que se le dieran después. Todos los cuants se regían por el mismo código, de manera que, ocurriera lo que ocurriese (aunque un terrorista o un asesino llegaran a acceder a este tipo de ordenadores), nunca, jamás, le harían daño a un ser humano.

—No —opuso Nadia con sencillez—. Eso se recoge en mi segunda línea de código. La principal directriz que debo seguir es hacer lo que más te convenga a ti. Contemplé multitud de situaciones, Watt. Y concluí que era imposible garantizar tu integridad mientras esa chica siguiera viva.

—Oh, Dios, oh, Dios —lamentó Watt, sílaba a sílaba. Se había levantado un viento recio que le azotaba la cara con rabia. Al notar algo duro y frío en las pestañas, se dio cuenta de que estaba llorando, y de que el viento había helado las lágrimas.

Todo era culpa suya. Daba igual lo que Mariel había hecho, o lo que podría haber hecho, porque él era el responsable de que hubiera muerto. Por un error que había cometido al programar un ordenador con trece años.

No tenía elección. Le dio media vuelta a la lancha y emprendió el regreso al muelle.

Nadia no le preguntó adónde iban. Tal vez ya lo supiera.

LEDA

Leda estaba allí, con los demás, la agitada y creciente multitud que se había formado en el rellano privado de los Fuller, ansiosa por averiguar qué ocurría.

Pero ella no era igual que los demás, pensó con rabia. Los otros eran una confusa mezcla de periodistas y articulistas de todo tipo de medios, de zettas que revoloteaban de forma inquietante sobre sus hombros, y de personas que Leda sí que conocía. Vio a Risha, a Jess y a Ming apartadas a un lado, exhibiendo a voz en cuello su promiscua tristeza.

Leda no se acercó a ellas. Habían abandonado a Avery cuando más las necesitaba, algo que Leda no olvidaría fácilmente.

Se concentró en su ira, porque eso le resultaba más fácil que sentirse apenada. La ira aguzaba los sentidos, la vigorizaba, le impedía quedarse imaginando qué le habría pasado a Avery allí arriba, en el piso mil.

—¿Qué crees que ha ocurrido? —le preguntó una mujer de cabello ensortijado y ojos grandes y ávidos. Leda frunció los labios sin ofrecerle ninguna respuesta. No se trataba de un trozo de carnaza con el que alimentar la maquinaria de la rumorología; esta vez se trataba de la vida de Avery.

Aun así, seguían fabricándose habladurías, a cuál más estrafalaria. Avery había incendiado el apartamento. Avery se había fugado para casarse con su novio alemán; no, Avery se había fugado con Atlas, y el novio alemán había quemado el apartamento, amenazando con matarlos a ellos dos, o con suicidarse, o con ambas cosas.

El peor rumor era el de que Avery se había arrojado por la azotea, igual que había hecho su amiga Eris.

Leda intentó no escuchar a nadie, pero a medida que transcurrían los minutos y seguía llegando gente, el número de teorías estúpidas se multiplicaba. Las elucubraciones se repetían sin cesar, cada vez con un final peor.

Por fin alguien salió del ascensor privado de los Fuller: un jefe de bomberos, un hombre de cabello plateado, ojos cansados y gesto grave.

—¡Disculpe! —lo llamó Leda, que corrió hacia él para cogerlo de la manga—. ¿Qué está pasando allí arriba?

—Señorita, no puedo decirle nada —la despachó él con impaciencia al sentirse hostigado.

Leda siguió sujetándolo por el brazo.

—Por favor. Avery es mi mejor amiga —rogó, y el jefe de bomberos debió de ver algo en su expresión que lo conmovió, porque soltó un suspiro impaciente, ignorando a toda la gente que quería captar su atención.

—¿Dice que es su mejor amiga?

—Sí. Me llamo Leda Cole. Estoy en la lista de entrada prioritaria, puede comprobarlo —dijo ella, con la voz presa de la desesperación—. Por favor, ¿está bien Avery? ¿Están sus padres allí arriba?

—El alcalde y su esposa vienen de camino.

Leda se preguntó por qué no estarían ya aquí. Tal vez no se vieran capaces de afrontarlo. Después cayó en la cuenta, con el corazón en un puño, que el jefe de bomberos había mencionado al señor y la señora Fuller, pero no a Avery.

—¿Dónde está Avery? —le volvió a preguntar.

En respuesta, el jefe de bomberos dio media vuelta y le indicó con un gesto brusco que la siguiera.

—¿Por qué no entra, señorita Cole? Ahora ya no hay peligro.

Temblando de miedo, Leda lo siguió al ascensor privado de los Fuller. Aunque el aparato solo subió diez plantas, desde el rellano del piso 990 al piso mil, daba la impresión de que hubieran viajado a otro planeta. Porque cuando accedieron al vestíbulo de los Fuller, Leda no lo reconoció en absoluto, a pesar de que hubiera estado aquí incontables veces.

Todo estaba quemado. El apartamento había quedado reducido a un ennegrecido cascarón, vacío y devastado. Los espejos estaban resquebrajados y cubiertos de hollín. Leda vio los daños del apartamento reflejados en sus superficies despedazadas, una y otra vez, un desastre que se multiplicaba hasta el infinito.

La puerta del salón había desaparecido, arrancada del marco, de modo que ahora la entrada permanecía abierta como una gran boca desdentada. Los bots extintores entraron en tropel para lanzar chorros de una sustancia negra que inhibía el oxígeno, la cual despedía un mareante olor empalagoso que recordaba al del azúcar glasé, aunque ya hacía tiempo que las llamas se habían extinguido.

—¿Puede confirmar qué habitación es la de Avery? —preguntó el jefe de bomberos—. Ahora mismo es difícil saberlo.

—Ah. Em... Vale —dijo una titubeante Leda, que enfiló el pasillo. Una densa nubecilla de ceniza se levantaba a cada paso que daba, una ceniza gruesa y negruzca que después volvía a asentarse y redistribuirse en el suelo, como una nieve infernal. De vez en cuando, tropezaba con algún escombro o pisaba el rancio lodo fuliginoso que alfombraba los suelos de la casa, pero no se detuvo.

Al llegar a la habitación de Avery o, más bien, a lo que quedaba de ella, contuvo un jadeo.

La cama se había transformado en un humeante montón de ceniza, del que aún se empeñaban en brotar algunas lengüecillas de fuego.

Incapaz de mantener la calma un segundo más, Leda corrió adentro y cayó de rodillas ante la cama para ponerse a rebuscar entre los restos. Tiró de un jirón de tela y de uno de los soportes de madera de la cama, sin importarle que la palma de la mano se le hubiera quemado y ampollado, que se le estuvieran clavando las astillas en los dedos. Avery estaba en algún rincón del apartamento. Tenía que estarlo, porque Leda se negaba a considerar otra posibilidad.

—Ey, ey —la tranquilizó el jefe de bomberos, que la rodeó con los brazos por la espalda para levantarla, con tal facilidad que parecía no pesar nada. Leda forcejeó y le lanzó puñetazos, como una borracha que se hubiera metido en una pelea de bar, mientras profería gemidos afilados e incoherentes. Sintió que se volvía loca.

Cuando el jefe de bomberos la llevó de nuevo al salón, ya se había calmado. Tenía la garganta irritada después de haber estado gritando, o tal vez a causa de la ceniza que enturbiaba el aire.

—Lamento lo que le ha ocurrido a su amiga —dijo el jefe de bomberos con la voz áspera.

Salió un momento y, al regresar, trajo consigo una botella medio llena de aguardiente de melocotón.

—Tome un trago. Prescripción médica. Lo siento —añadió mientras ella se sentaba y miraba la etiqueta—, es la única que he encontrado intacta. Las demás estaban rotas.

Leda estaba demasiado aturdida para desobedecerlo. Tomó un trago largo, con las piernas extendidas ante sí. Se dio cuenta de que había empezado a llorar de nuevo, porque sabía qué botella era esta: se la había regalado ella a Avery por su decimosexto cumpleaños a modo de broma, y si había permanecido todo este tiempo en la licorera de los Fuller era solo porque nadie había querido tomarlo.

Dejó la botella a un lado y se inclinó hacia delante, con las rodillas pegadas al cuerpo. «Ay, Avery», pensó desconsolada, «¿qué has hecho?».

El jefe de bomberos no la molestó. Retomó su trabajo y dejó que Leda llorara a lágrima viva entre las cenizas que tapaban el suelo del salón.

Lloró por Avery, a la que quería como a una hermana, y también por Eris, la hermana a la que había conocido demasiado tarde. A las dos, a su hermana de sangre y a su hermana de corazón, las había perdido para siempre. ¿Cómo podría seguir viviendo sin ellas?

Esperaba que al confesar ante la policía pudiera expiar su culpa. Pero Avery se le había adelantado. Avery se había sacrificado por ella de forma trágica, un sacrificio imposible de deshacer.

La única forma que a Leda se le ocurría de compensárselo era actuar en el futuro mejor de lo que había actuado en el pasado.

Recordaba muy bien todas las maldades que había cometido, todos los tejemanejes, manipulaciones y ardides que había tramado. Los llevaba grabados a fuego en el corazón.

Pero, tal vez, pensó, también hubiera hecho algunas cosas buenas, aunque fuesen muchas menos. Como querer a su familia y a sus amigos... y a Watt.

Quizá, si ponía más empeño, si se esforzaba por ser más paciente, más considerada, más curiosa y más amable, sus buenas obras terminaran por superar en número a las malas. Quizá, algún día, llegara a merecer de verdad el impagable regalo con el que Avery la había obsequiado.

CALLIOPE

Calliope recorrió el Nuage con la vista sin apenas mover la cabeza, una habilidad que dominaba desde hacía tiempo. Ante ella, en la barra, descansaba un cortado con una fina capa espumosa, intacto. Empezaron a llegar algunos hombres y mujeres jóvenes vestidos de traje, unos para asistir a un desayuno de trabajo y otros para tomar un café rápido. Más de uno la miró con una curiosidad discreta. Serían blancos fáciles, si buscase un objetivo. Pero no era el caso.

A decir verdad, Calliope había venido aquí porque siempre era reconfortante refugiarse en el bar de un hotel cuando uno estaba solo y no sabía muy bien qué hacer a continuación. Era un lugar seguro y neutral donde nadie le pediría explicaciones. Como una embajada, recordó haberle dicho en broma a Brice.

Le relajaba encontrarse aquí tan temprano, cuando todo estaba aún limpio y reluciente, y las botellas alineadas en los estantes. Era un paréntesis de tranquilidad entre el bullicioso turno de noche y el ajetreo de la tarde.

Hacía años que no tenía esta sensación de viajar a la deriva. En realidad, ninguna cadena la ataba ya a nadie. Había recogido todo su equipaje tras el mostrador del Nuage, salvo el joyero, el cual llevaba bien oculto en su bolso cruzado. Podría salir y perderse en la ciudad, meterse en un parque, en un supermercado de barrio o en unos grandes almacenes, y nadie sabría dónde estaba. Era una sensación curiosa.

Tras liberar un suspiro, pronunció un par de comandos para sus lentes, y entonces, al entrar en los agregadores, ahogó un grito. Los titulares le hicieron olvidarse en el acto de sí misma y de su situación. De alguna manera, el secreto de Avery Fuller había salido a la luz, y todo el mundo sabía ahora lo que había entre Atlas y ella.

En represalia, Avery había incendiado el apartamento de la familia, la totalidad del piso mil, con ella dentro.

Por alguna extraña razón, la noticia había dejado estupefacta a Calliope. Le costaba creer que Avery Fuller ya no estuviera en el mundo. Avery, que tantas cosas había sido para ella: un obstáculo, y en los últimos tiempos, también algo parecido a una amiga. La brillante y efervescente Avery, con su sonrisa siempre a punto y su cabello esplendoroso, la que vivía, literalmente, en la cima del mundo. Jamás habría imaginado que una chica como ella podría hacer algo tan drástico e irremediable. Por otro lado, nadie sabía mejor que Calliope que nunca podías adivinar qué ocultaba la gente tras la fachada con la que se presentaba ante los demás.

Rodeó la taza de café con las manos para sentir su calor, asombrada ante lo raro que era el amor. Ahora podía hacer que uno se sintiera invencible, y al momento siguiente, podía aplastarlo. Pensó en Avery y en Atlas, atrapados en una situación imposible. Pensó en su madre y en Nadav. ¿Habrían tenido alguna posibilidad, de haberse conocido en otras circunstancias?

Se preguntó dónde estaría Elise ahora. A estas alturas, debía de haberse deshecho de sus lentes de contacto, debía de haberse desconectado de todo, como si se hubiera evadido del mundo sin dejar tras de sí más que una voluta de humo. Igual que Avery.

—Imaginé que te encontraría aquí.

Brice acababa de aparecer en el asiento contiguo. El corazón de Calliope dio de pronto un latido que resonó por todo su cuerpo, hasta las yemas de los dedos. Hoy Brice parecía distinto, o tal vez solo se debiera a que ella ya había renunciado a él; sin embargo, ahora era suyo de nuevo, ¿o tal vez no?

De una cosa sí estaba segura. Después de ver lo que había ocurrido entre su madre y Nadav, sabía que tenía que ser sincera con Brice. Se lo merecía.

—No soy como tú crees.

—No sabía que ahora pudieras leerme la mente —dijo él, que hizo una seña para pedir un café—. ¿Cómo creo que eres, aparte de preciosa e impredecible?

Calliope suspiró.

—No soy...

Dejó la frase en el aire, sin saber muy bien cómo terminarla. «¿Simpática? ¿Buena persona?».

—No me llamo Calliope.

Brice no se inmutó.

—Ya lo sé.

—¿Qué? ¿Cómo...?

—Me ofende que no te acuerdes de cuando nos conocimos, en la playa de Singapur. Cuando te hacías llamar Gemma.

—¿Te acuerdas de aquello? —Siempre había temido que Brice terminara cayendo en la cuenta, y en realidad lo había sabido desde el principio, aunque no parecía estar muy molesto. Un haz de luz pareció disipar la inquietud de Calliope, alumbrar una tímida esperanza en su pecho.

—Claro que me acuerdo —respondió él—. Eres inolvidable.

—¿Por qué nunca me habías dicho nada, si lo sabías?

—Por dos motivos. En primer lugar, porque hay algunas cosas que se me escapan. No sé muy bien por qué tu madre y tú habéis estado viajando por el mundo y cambiándoos el nombre. Tengo mis teorías —dijo, en respuesta al gesto de preocupación que vio en ella—, pero no es el momento de exponerlas.

Calliope contuvo la respiración.

—¿Y el segundo motivo?

—Quería conocerte a fondo. A la Calliope de verdad. Y lo he conseguido —explicó Brice, como si fuera lo más obvio del mundo.

Calliope notó como una delicada y luminosa alegría le subía burbujeando por dentro. Brice conocía su verdadera historia, o al menos una pequeña parte, y, aun así, parecía no importarle. Seguía queriendo estar aquí con ella.

—Y bien —continuó él, que cambió el tono despreocupado por otro más serio con la naturalidad que le caracterizaba—. ¿Cómo es que has venido al Nuage tan pronto?

—Nadav se enteró de que mi madre y yo no éramos quienes decíamos ser. No es necesario que te diga que no le hizo mucha gracia.

—¿Significa eso que piensas marcharte de Nueva York?

—Mi madre ya se ha ido. Yo me he quedado —dijo Calliope con la voz desvaída, al tiempo que dejaba entrever su lado más coqueto—. Tengo algunos... asuntos pendientes.

Había apoyado una mano en la barra entre ellos, tímidamente. Sin decir palabra, Brice le puso la suya encima.

—¿Esos asuntos pendientes tienen que ver conmigo?

—Entre otras cosas —contestó ella, mirándolo a los ojos.

—¿Qué otras cosas?

—La ciudad —empezó, para titubear después. ¿Cómo podía describirle lo que sentía por Nueva York? La amaba, de esa forma inexplicable en que uno ama algo que no le corresponde en su afecto, porque ha dejado huella en su alma. El sitio de Calliope estaba en Nueva York, o acaso ella fuese una parte de Nueva York. Cuando llegó aquí, era muy inestable, como un inconsistente trozo de arcilla, pero ahora tenía forma y tenía textura; sentía las huellas de Nueva York impresas por todo su ser, del mismo modo que sentía el roce de Brice en su piel.

Había tantas cosas aquí, tanto color, tanto gusto, tanta luz y tanto movimiento. Tanto dolor y tanta esperanza. La ciudad era hermosa y horrible al mismo tiempo, y estaba siempre cambiando, siempre presentándose de nuevo; no podías apartar los ojos de ella ni por un momento, porque de hacerlo, echarías de menos la Nueva York de hoy, que sería distinta de la Nueva York de mañana y de la Nueva York de la semana siguiente.

Brice le dio la vuelta a la mano de ella para cogerla en la suya.

—¿Qué tienes pensado hacer?

Calliope tomó otro sorbo de café, deseando tener una cucharilla para poder darle vueltas, para removerlo con más fuerza de la necesaria. Se sintió ilusionada por un nuevo propósito.

Cayó en la cuenta de que era lunes.

—Ir a clase, supongo. —Ahora mismo, la idea de asistir a una charla sobre cálculo multivariable se le antojaba un poco ridícula—. Tengo que terminar de entender algunas cosas. Tengo que entenderme a mí —dijo poco a poco.

—¿Qué tienes que entender?

—¡Mi identidad! —exclamó—. Ya no sé quién soy. Tal vez nunca lo haya sabido. —Llevaba siete años interpretando un papel tras otro, fingiendo ser lista o tonta, pobre o rica, aventurera o apocada, según lo requiriera la ocasión. Había hecho de todo menos de sí misma, había vivido todas las vidas menos la suya.

Pero ahora podía ser quien quisiera y lo que quisiera.

—Yo sí sé quién eres —dijo un imperturbable Brice—. No importa qué historia te inventes ni qué acento emplees. Yo sé quién eres y quiero seguir conociéndote, Calliope, Gemma, te llames como te llames.

Calliope titubeó.

Nunca o, mejor dicho, casi nunca, le había revelado a nadie su verdadero nombre. Era la primera de sus reglas: nunca le digas a nadie cómo te llamas en realidad, porque eso te hará vulnerable. Mientras permanezcas escondida tras un nombre y un acento falsos, nadie te hará daño.

Sin embargo, de esta manera también era imposible que nadie llegara a conocerla de verdad.

—Beth —musitó, con la sensación de que un terremoto acabara de sacudir el planeta—. Mi verdadero nombre es Beth.

Sus lentes le presentaron un parpadeo entrante, de una remitente registrada con el nombre de Anna Marina de Santos. «Brindemos por este momento».

Unas lágrimas se asomaron a los ojos de Calliope, que articuló una risa ahogada. Era Elise, cómo no, que ya había adoptado una nueva identidad.

—Brindemos por este momento —susurró Calliope, que

asintió para enviar la respuesta—. Te quiero. —Imaginó cómo el mensaje se convertía en texto, viajaba embalado hacia algún satélite y daba la vuelta al mundo, para terminar apareciendo en las retinas que su madre habría acabado de estrenar. Ojalá pudiera salvar los kilómetros que las separaban y darle un abrazo con la misma facilidad.

«Yo también te quiero».

—Beth —repitió Brice, que le tendió la mano como si se estuviera presentando. Su mirada bailaba sobre ella—. Encantado de conocerte. Por favor, permíteme ser el primero en darte la bienvenida a Nueva York.

—El gusto es mío —respondió Beth con una sonrisa.

RYLIN

Rylin estaba sentada en la mesa de la cocina, la tableta colocada ante ella en modo de escritura, intentando concentrarse en su redacción para la Universidad de Nueva York, sin conseguirlo. Estaba demasiado dispersa como para centrar su atención en nada.

Hoy no había visto a Cord en clase. Después de la tragedia de Avery Fuller, eran muchos los que no habían asistido a la escuela. Pese a todo, esperaba que la noticia no le afectase demasiado. Cord y Avery se conocían prácticamente desde siempre. Y, por supuesto, esta no era la primera vez que Cord perdía a un ser querido.

Rylin no conocía mucho a Avery, aunque un cúmulo de circunstancias excepcionales había cruzado sus caminos: la muerte de Eris, la investigación de Mariel... y el hecho de que a las dos les importara Cord.

A veces, Rylin había querido odiar a Avery, aunque fuera solo un poco. Estaba siempre impecable, con su sonrisa perfecta, mientras que Rylin iba a todos lados con unas coletas descuidadas, en un permanente estado de incertidumbre. Además, Avery y Cord habían sido amigos de toda la vida. Le intimidaba la infinidad de recuerdos que compartían, de bromas que intercambiaban, un idioma privado que Rylin ya nunca llegaría a aprender.

Había querido odiar a Avery, pero no había podido, porque a pesar de todo, Avery siempre se mostraba agradable. Podría haber sido la chica más antipática del mundo, supuso Rylin, pero nunca se había portado mal con nadie.

Por otro lado, debía de ser muy fácil ser simpático cuando tienes todo lo que puedes pedirle a la vida. O casi todo.

Todavía estaba conmocionada por lo que había hecho Avery. Quién iba a decir que la chica del rostro de porcelana fina estaba enamorada de Atlas, la única persona que no podía ser su pareja. Al final, su relación la había empujado a una muerte prematura. ¿Qué se le habría pasado por la cabeza, se preguntaba Rylin una y otra vez, para renunciar a todo de buenas a primeras, para incendiar el apartamento de la familia con ella dentro?

Dio un suspiro y releyó el tema de la redacción: «¿Qué es lo más importante para ti y por qué?».

De pronto, lo tuvo claro. «Las historias», tecleó en el campo de la respuesta.

«Las historias son la única magia que existe. Una historia puede salvar la distancia imposible que separa a las personas, sacarnos de nuestras respectivas vidas y transportarnos a las de los demás, aunque sea solo por un momento. nuestra sed de historias es lo que nos hace humanos».

Tal vez se debiera a la conversación que había mantenido

con Hiral, o a que todavía se sentía traicionada por Cord. Tal vez el motivo fuese lo extraño que le parecía el suceso de Avery Fuller, la princesa de Nueva York, que había decidido infligirse un daño imposible de enmendar. Pero, aunque sabía que era una opinión ingenua y que incluso podría dejarla en mal lugar (porque nadie con un mínimo de seriedad propondría algo así, sobre todo si pretendía acceder a la universidad), Rylin siguió tecleando.

«En concreto, nos encantan las historias que nos hacen felices».

«Las historias nos provocan sensaciones que no encontramos en el mundo real. Porque las historias son la versión en limpio de la vida real, una versión destilada de la conducta humana, más cómica, más trágica y más perfecta que la vida real. En el hilo argumental de una buena holo nunca quedan cabos sueltos ni ocurren cosas porque sí. Si la cámara enfoca un determinado detalle, es para que uno le preste atención, porque ese detalle tiene un significado crucial que se desvelará más adelante. La vida real no funciona así».

«En la vida real las pistas no sirven de nada. Con frecuencia, los caminos conducen a un callejón sin salida. Los amantes no tienen gestos románticos inolvidables. La gente dice cosas feas, se marcha sin despedirse y sufre de las formas más absurdas. Muchos cabos se quedan sueltos para siempre».

«A veces, lo que necesitamos es una historia —bien hilada e inspiradora— para que la vida vuelva a tener sentido».

Le picaban los ojos mientras sus dedos volaban por la pantalla de la tableta. Recordó que en algún momento Cord le había dicho que en la vida no había finales, y comprendió que tenía razón. Los únicos finales que había eran los que cada uno decidía poner.

«En la vida real no hay finales felices, porque no hay finales de ningún tipo, tan solo momentos de cambio», escribió, plasmando la idea de Cord. «Siempre hay otra aventura, otro desafío, otra oportunidad de hallar la felicidad o de ahuyentarla».

«Quiero estudiar holografía porque sueño con crear historias. Deseo que algún día mis holos animen a la gente a hacer de este mundo un lugar mejor. a creer en el amor verdadero. A ser valiente y luchar por la felicidad».

Mantuvo el pulgar apoyado sobre la tableta para enviar la redacción y sonrió a pesar de las inesperadas lágrimas.

Su historia apenas estaba dando comienzo, y se había determinado a ser ella quien la escribiera.

Más tarde, aquella misma noche, al oír que llamaban a la puerta de la entrada, Rylin soltó un suspiro exagerado.

—¡En serio, Chrissa! —exclamó exasperada mientras se levantaba para abrir—. Tienes que llevarte el anillo de identificación a voleibol; me estoy empezando a...

—Ey —la saludó Cord con cautela.

Rylin se había quedado demasiado aturdida como para hacer nada que no fuese mirarlo mientras parpadeaba. El pulso se le había desbocado de pronto, batiéndose a un ritmo agitado y errático contra su piel. Cord Anderton había bajado a su apartamento, a la planta treinta y dos.

—Antes de que me cierres la puerta en las narices, te pido que me escuches —dijo a toda prisa—. No he dejado de darle vueltas a lo que me dijiste la otra noche. Y tenías razón. No debería haber ayudado a Hiral a marcharse. Nunca fue mi intención manipularte, ni herirte ni decirte lo que tenías que hacer. De hecho —añadió, con una sonrisa titubeante—, te estaría muy agradecido si tú me dijeras a mí lo que tengo que hacer, porque a veces puedo liar mucho las cosas.

—Ya te dije lo que tenías que hacer. Pero no me escuchaste —señaló Rylin.

Cord se agitó, incómodo.

—Lo siento de verdad.

—Yo también lo siento. Parece que se nos da muy bien hacernos daño el uno al otro.

—Eso es porque mientras mejor conoces a alguien, más fácil es herirlo —respondió Cord—. ¿Lo ves? Al final, hasta he aprendido algo en clase de Psicología.

Rylin no estaba tan segura. ¿De verdad conocía a Cord? A veces, tenía la impresión de que sí, de que Cord bajaba la guardia y se mostraba tal y como era en realidad, sin que importaran su riqueza ni sus sarcasmos. Pero después, cuando ella volvía a quedarse a solas, sentía que se lo había imaginado todo.

El semblante de Cord se agravó.

—La otra noche me sentí fatal, cuando dijiste que creías que me avergonzaba de ti. —Pronunció la palabra aprisa, como si no soportara oírla siquiera—. A veces, me dejo llevar por el entusiasmo y me da por hacer cosas, como comprarte un vestido o algo así, porque puedo...

—Que puedas hacer algo no significa que debas hacerlo —lo cortó Rylin.

Cord resopló.

—Vale. Lo pillo.

Rylin sabía que Cord había tenido que armarse de valor para tragarse su orgullo y decir que lo sentía.

—Gracias por haber bajado a disculparte.

—No he venido solo a pedirte perdón. He venido a pedirte

otra oportunidad, porque sé que merece la pena luchar por lo que tenemos.

Rylin sabía que ahora era cuando ella debía coger y fundirse en un fuerte abrazo con él, pero el instinto de supervivencia le aconsejó que se lo pensara dos veces. Cord le había hecho daño en demasiadas ocasiones.

—No lo sé.

Cord dio un paso hacia ella y deslizó una mano por su brazo. Rylin se estremeció.

—¿Me vas a decir que tú no sientes lo mismo?

—Cord —se resistió ella con impotencia—, seguimos viviendo a casi mil pisos de distancia. Si pusieras esa distancia en horizontal, residiríamos, literalmente, en estados distintos.

—Mantendríamos una relación a distancia —bromeó él, extrayéndole una sonrisa—. Yo estoy dispuesto a intentarlo, si tú también lo estás. O, si prefieres, podríamos empezar siendo amigos por correspondencia, si no quieres ir demasiado rápido.

—Lo que me preocupa es que estemos abocados al fracaso. Ya hemos recorrido este camino otras veces; hay demasiadas razones por las que no encajamos.

Cord se apoyó contra la puerta y se cruzó de brazos.

—«Abocados» es mucho decir. ¿Cuáles son todas esas razones, si se pueden saber? Y no me digas que nunca bajo a la Base de la Torre, porque aquí me tienes.

La rabia y el resentimiento de Rylin empezaban a desmoronarse, a desprenderse en fragmentos vacíos e inútiles para quedarse amontonados en su pecho, relegados al olvido. Una extraña mezcla de risa y llanto le hizo un nudo en la garganta.

—Tengo un muy buen motivo por el que sé que nuestra relación funcionará. Y es que te quiero. —Cord sonrió, deteniendo los ojos en ella, como si deseara que también ella alegrase su expresión—. Te quiero, y albergo la absurda esperanza de que, tal vez, a pesar de mis incontables y estúpidos errores, tú también me quieras. —Enarcó una ceja y, de pronto, adquirió el mismo porte creído y ufano del año anterior, cuando Rylin se quedó prendada de él.

Le fue imposible seguir conteniéndose.

—Yo también te quiero. En contra de toda lógica, debo añadir.

—Esperemos que la lógica no se imponga nunca. —Cord se rio y se llevó la mano al bolsillo de atrás—. Por cierto, he traído una ofrenda en señal de paz.

Era una bolsa de ositos de goma.

—¿Recuerdas aquella noche? ¿La primera vez que te besé?

Como si Rylin pudiera olvidarla.

—¿Cuando te di una bofetada y te llamé gilipollas ricachón engreído?

—Sí, esa misma —confirmó Cord sin alterarse—. La noche en que empezó todo.

—Te acepto uno. —Rylin eligió un reluciente osito de color rojo cereza y le dio un bocado. El minúsculo identificador de radiofrecuencia digestible que la golosina llevaba incorporado registró el tirón e hizo que la figurita empezara a retorcerse mientras gritaba. Con una risita, Rylin se comió enseguida la otra mitad.

—Me parecen igual de raros que la otra vez.

—Porque insistes en torturarlos —arguyó Cord, incapaz de reprimir una sonrisa—. No es que me queje. Mejor a ellos que a mí.

—¿Seguro? Porque creo que es tu turno. —Rylin sonrió e inclinó la cara para besarlo.

Tal vez sí que existieran los finales felices, siempre que uno tuviera presente que no eran un final, sino un paso más en el camino. «Cambios de valores», los había llamado él.

Si algo había aprendido Rylin en estos últimos tiempos, era que en la vida real nunca sabes qué pasará a continuación. Había que aceptar tanto lo bueno como lo malo. Había que arriesgarse, coger aire y confiar en los demás.

Al fin y al cabo, lo mejor de las historias de la vida real era que aún no habían concluido.

WATT

Watt se encontraba a las afueras del parque de Tennebeth, en el bajo Manhattan, contemplando la Estatua de la Libertad, erigida a lo lejos, con la antorcha alzada con determinación hacia el cielo plomizo. La nieve seguía cayendo. Se metía en los pliegues de su chaqueta y le blanqueaba las punteras de las botas.

Se pasó los dedos por encima de la oreja, donde llevaba un rugoso Mediparche como prueba de la cirugía a la que acababa de someterse. En su cabeza palpitaba un confuso dolor, físico y emocional al mismo tiempo.

—¿Otra vez tú? —se había extrañado el doctor cuando Watt abrió la puerta de su clínica anónima. Era el sedicente doctor Smith, consultor médico oficial del mercado negro, el hombre que le había implantado a Nadia en el cerebro años atrás.

Y, ahora, el hombre que se la había desinstalado.

Watt miró su palma enguantada. La ciudad se extendía a sus espaldas, vibrante y bulliciosa, pero él tenía toda su atención puesta en algo muy concreto: el disco que sostenía en la mano.

Tenía algo de indiscreto ver a Nadia así, con los cúbits al descubierto, como si estuviera espiando a una chica desnuda. Y pensar que este diminuto núcleo cuántico, este trozo de metal cálido y latente, contenía la vastedad de los conocimientos de Nadia.

Se sentía raro al no oír la voz del ordenador en su cabeza. Lo había acompañado durante tanto tiempo que ya no recordaba cómo era el día a día sin ella.

La echaría de menos. Extrañaría su sarcástico sentido del humor, sus interminables partidas de ajedrez. Extrañaría contar en todo momento con un aliado, con alguien que estaría de su parte ocurriera lo que ocurriese.

Sin embargo, tal vez no tuviera por qué dejar de sentirse así, pensó al ver que alguien salía de entre las sombras y se dirigía hacia él.

—¿Leda? ¿Cómo has sabido dónde estaba?

—Me lo has dicho tú —respondió ella, arrugando la nariz en un adorable gesto de confusión, momento en que Watt dedujo lo que había sucedido.

Nadia debía de haberle enviado un mensaje a Leda haciéndose pasar por él, intuyendo sus sentimientos como siempre había hecho. Sabía que en estos momentos Watt necesitaría a alguien en quien apoyarse.

O, tal vez, consideró, Nadia sabía que Leda lo necesitaría a él.

La luz ambiental se reflejaba en la nieve e iluminaba el rostro de Leda, saturado de tristeza. Estaba macilenta y tenía los ojos vidriosos y abrillantados por las lágrimas. Abrigada con su hinchada chaqueta verde, con las manos resguardadas en los bolsillos, ofrecía un aspecto frágil; aun así, se apreciaba una sutil fuerza renovada en su ademán.

—¿Estás bien? —le preguntó él, aunque saltara a la vista que no.

En respuesta, Leda lo envolvió entre sus brazos. Watt cerró los ojos y la apretó contra sí con firmeza.

Mientras se marchaban, cedieron al impulso de levantar la vista hacia la azotea de la Torre, demasiado elevada para verla bien desde tan cerca, aunque en realidad no importaba. Ya sabían cómo era.

—Todavía me cuesta creer lo que Avery hizo por mí. Por todos nosotros. —La voz de Leda se quebró mientras hablaba.

Watt se estremeció. Avery debía de sentirse muy atrapada en el piso mil para decidir renunciar a todo y dejar que los demás quedaran libres.

Por otro lado, Watt había visto la polémica suscitada por la relación que mantenían Avery y Atlas, las graves ofensas que la gente les había escupido encima. No dejaba de asombrarle que las personas pudieran hacerse tanto daño las unas a las otras. Ningún otro animal recurría a ese tipo de crueldad desalmada y vana. A estas alturas, como especie, el ser humano debería haber aprendido a controlarse.

Watt comprendía que Avery quisiera alejarse de todo aquello. Era el tipo de situación que podría haberla atormentado el resto de su vida. Nunca habría podido escapar.

Sabía que debería sentirse culpable por haber colaborado con ella (junto con Nadia, en realidad); no obstante, sospechaba que, de un modo u otro, Avery habría terminado haciendo lo que quería, con o sin su ayuda.

Se miró otra vez la mano, donde llevaba apretada a Nadia

como si de un talismán se tratara. Al darse cuenta, Leda ensanchó los ojos.

—¿Eso es Nadia? —susurró.

Watt afirmó con la cabeza.

—He ido a que me la extirpen —dijo, apenas capaz de articular palabra.

—¿Por qué?

—Porque fue ella quien mató a Mariel.

Watt percibió su jadeo súbito, vio como el peso de la incertidumbre se descolgaba de sus hombros en el instante en que comprendía, de forma definitiva, que ella no había provocado la muerte de Mariel.

—¿No soy una asesina? —preguntó en voz baja, a lo que Watt respondió negando con la cabeza. El verdadero asesino era él, aunque no lo hubiera sabido ni pretendido.

Se giró hacia el agua, de un terso gris especular, donde se reflejaban los nubarrones martillados. «Adiós, Nadia». Y en esta ocasión, por primera vez en años, el ordenador no respondió a su pensamiento, porque ahora, fuera de su cabeza, no pudo oírlo. La única persona que podía saber lo que pensaba era él mismo.

Estiró el brazo hacia atrás y arrojó a Nadia al agua con un lanzamiento limpio, al que imprimió toda la fuerza que pudo.

Se formó un intenso y grave silencio por un instante, cuando Watt deseó poder deshacer lo que había hecho, pero era demasiado tarde; Nadia voló en una trayectoria arqueada sobre el agua, destellando bajo la perlada luz matinal, hasta que impactó contra la superficie con un terminante y sonoro plop.

Ahora sí, pensó Watt aturdido. Nadia se había marchado. Las aguas salobres de la bahía estaban ya corroyéndola, inutilizando sus procesadores mientras se precipitaba, cada vez más rápido, hacia el fondo. Eran las mismas aguas en las que había muerto Mariel.

Leda lo tomó de la mano y entrelazó sus dedos con los de él.

Se quedaron allí durante un rato, sin decir palabra. Watt sentía un dolor retorcido en el pecho que apenas le dejaba pensar.

Cuando sus lentes de contacto le notificaron el toque de un remitente no identificado, tardó un momento en caer en la cuenta de que Nadia no iba a hackear el sistema y decirle quién era.

Le hizo una seña a Leda y se separó de ella mientras giraba la cabeza para aceptar el toque.

—¿Sí?

—Señor Bakradi, soy Vivian Marsh. Del MIT —especificó, como si él no lo supiera ya—. ¿Esto lo ha programado usted?

—¿Disculpe?

—Los archivos que acaba de enviarme, los que contienen el código con el que fabricar un ordenador cuántico. ¿De dónde han salido?

Watt masculló aprisa una serie de comandos para que sus lentes le mostraran la bandeja de salida; cuando vio el mensaje más reciente, se quedó helado, porque había remitido todas las líneas del código de Nadia al MIT. O, mejor dicho, la propia Nadia las había remitido, durante la operación. Era un archivo enorme, tan pesado que el ordenador debía de haberse adueñado de varios servidores locales solo para iniciar la transferencia de los datos.

Watt consideró la posibilidad de mentir, de asegurar que no sabía nada de ningún ordenador cuántico de fabricación totalmente ilegal, pero no se vio capaz.

Llevaba toda la vida mintiendo. Quizá fuese hora de que confesara las cosas que había hecho.

—Sí. Yo escribí ese código —admitió despacio, casi desafiante. Tenía la barbilla levantada, un gesto que había adquirido de Leda sin darse cuenta.

—Ya sabe que escribir este tipo de programas sin autorización supone un delito grave, conforme al artículo 12.16 de la Ley de Directrices Informáticas, y punible ante un tribunal federal.

—Lo sé —afirmó Watt, mareado de pronto.

—¡Por no hablar de que hay una peligrosa incorrección en la directriz principal! —Vivian chasqueó la lengua, como para reprenderlo.

Por un momento, la curiosidad de Watt se impuso a su miedo.

—¿Ha leído el código?

—Claro que lo he leído; ¡recuerde que tengo formación en el ámbito de la ingeniería cuántica! —exclamó Vivian—. Para serle sincera, señor Bakradi, estoy impresionada. Es admirable cómo ha conseguido apilar y organizar el código; debe de haberse ahorrado por lo menos cien milímetros cúbicos. ¿Dónde está el ordenador?

Aturdido, Watt entendió que Vivian se refería a Nadia.

—No está —dijo aprisa—. La he destruido. Quiero decir, lo he destruido.

—Ah —suspiró Vivian, en un tono en el que Watt creyó advertir una cierta... desilusión—. Tal vez sea mejor así. Un ordenador de este tipo, sin ningún tipo de regulación... No llegaría a usarlo para nada, ¿verdad?

—Pues... —«Para infiltrarme en la comisaría y en la Agencia Metropolitana de Meteorología, para espiar los parpadeos y los mensajes de la gente, para intentar ganarme el favor de Leda, para hacer trampa en el birra pong, ah, y para resumir *Orgullo y prejuicio* y así no tener que leérmelo. Lo típico».

—Pensándolo mejor —se corrigió Vivian—, no me responda. Si me constara que ha llegado a utilizar un ordenador como este, me sentiría moralmente obligada a denunciarlo.

Watt guardó silencio.

—¿Podría pasarse por aquí esta semana para una segunda entrevista? —prosiguió una impaciente Vivian.

—¿Una segunda entrevista?

—Claro. Me gustaría repasar su aplicación, ahora que sé de lo que es capaz —dijo—. Es decir, si aún quiere ingresar en el MIT.

Watt sintió que de súbito el mundo se tornaba mil veces más luminoso.

—Sí. Desde luego que sí.

—Celebro oírlo —añadió Vivian—. Ha sido un poco arriesgado, ya sabe, enviarme el código de esa manera. Podría hacer que lo detuvieran.

Watt la escuchó con el corazón en un puño. Se imaginó cómo habría respondido Nadia si aún siguiera con él.

—Calculé los riesgos y decidí que merecía la pena —dijo al cabo.

—Acaba de hablar como un auténtico ingeniero. —Vivian pareció estar a punto de articular una risa en el momento en que finalizaba el toque—. Será un placer verlo de nuevo esta semana, señor Bakradi.

Watt se había quedado en blanco. Como no podía ser de otra forma, Nadia había encontrado la manera de ayudarlo una última vez: entregarse a sí misma, a fin de que él pudiera entrar en el MIT. Su gran actuación final, su canto del cisne, su último adiós.

«Gracias», pensó eufórico. «Te prometo que algún día estarás orgullosa de mí».

Nadia no le respondió.

Leda lo observaba con los ojos cargados de preguntas. Había muchas cosas que él se moría por contarle. Pero no podía, aún no. Había hecho una promesa, y estaba decidido a cumplirla.

—¿Era el MIT? —inquirió ella, que obviamente había entendido lo esencial de la conversación.

—Sí. Quieren que vaya para una nueva entrevista —dijo despacio.

—¡Watt! Me alegro mucho por ti. —Leda guardó una pausa, como si tuviera algo más que contarle. Parecía estar un tanto inquieta—. Antes de que ocurra nada más, me gustaría que supieras una cosa.

Watt cogió aire.

—Te quiero —dijo Leda.

Todos los sonidos parecieron extinguirse, y de pronto ya solo existían ellos dos, mientras el corazón de Watt se azotaba frenético contra su pecho, porque esto era mejor de lo que había soñado nunca.

—Yo también te quiero —respondió, aunque sin duda ella ya lo sabía.

Leda se entregó a sus brazos, y Watt la mantuvo entre ellos por un momento, dejando que las sutiles hebras de su amor los envolvieran y aislaran del mundo. Ni siquiera sintió el impulso de besarla. De alguna manera, así agarrados (con los latidos de ella resonando entre las costillas de él, que podía respirar el aroma de su cabello), habían establecido un vínculo más íntimo.

Al cabo, Leda levantó la mirada hacia él, y al verla sonreír, Watt le devolvió el mismo gesto.

—Lo sabía —dijo sin poder evitarlo—. Sabía que volverías a enamorarte de mí.

Leda meneó la cabeza, sin desprenderse de la sonrisa ladeada.

—Watt. ¿Qué te hace pensar que alguna vez me he desenamorado?

Él la correspondió con un beso.

Cuando se separaron, ambos miraron de nuevo hacia la Torre.

—¿Estás listo para volver? —preguntó Leda.

—No —admitió Watt.

—Yo tampoco. Pero si esperamos hasta que lo estemos, no regresaremos nunca.

Watt sabía que Leda tenía razón. Miró por última vez las aguas en las que Nadia se había hundido y echó a andar hacia la estación del monorraíl junto con Leda, cogidos de la mano, mientras el sol se desembarazaba de las nubes. La nevada había cesado, pero no sin dejar una fina capa blanca en las aceras, con lo que Watt tuvo la impresión de que caminaba sobre un manto de nieve que nadie más había tocado. Era como si el tiempo renaciera otra vez.

Tomaría una vigorizante taza de café y un sándwich de crema de cacahuete, y después saldría al encuentro con la vida, sin ponerle ningún tipo de obstáculo ni de filtro, tal y como había que vivirla.

ATLAS

Si te adentrabas por Neuhaus Street, en la planta 892, podrías pensar que era una tarde cualquiera en la Cima de la Torre. Los turistas se paraban a mirar los escaparates de las boutiques mientras debatían sobre si comprar un brazalete adornado con piedras preciosas o una chaqueta eléctrica. Las elegantes parejas paseaban en busca de algún sitio donde almorzar, llevando sus cafés expresos matutinos en finos vasos reciclados. El cielo holográfico proyectado en los techos era de un oscuro gris pizarroso, conforme a la sobriedad de la ocasión. La luz acuosa iluminaba las piedras blancas de la basílica de Santa Mónica, revistiendo el edificio de una palidez calcárea.

Atlas dobló la esquina y se topó de bruces con una muralla de ruido. Una multitud de varias filas de personas se agitaba en torno a la iglesia. Se lamentaban a voz en cuello, alzando pancartas que decían: «¡Te echamos de menos, Avery!».

Agitó la cabeza con asco y se alejó deprisa del tumulto por una calle lateral que bordeaba el templo, hasta que cruzó una puerta discreta que daba a la parte trasera de la nave. Recordaba el trayecto de cuando hizo la confirmación, cinco años atrás.

En la basílica no cabía un alfiler, aunque eso a Atlas no le importaba. No tenía planeado anunciar su presencia, ni albergaba el menor deseo de acercarse a los Fuller y darles un abrazo. No estaba seguro de si sabrían que se había zafado de sus guardaespaldas, los ridículos y abestiados escoltas que lo habían despojado de sus dispositivos electrónicos y obligado a montarse en un avión sin rotular con el propósito de hacerlo desaparecer. En cualquier caso, había sido él quien se los había quitado de en medio.

Si lo hubieran pensado un poco, los Fuller tendrían que haberse imaginado que tampoco él faltaría a la cita. De ninguna manera se perdería el funeral de Avery. No desaprovecharía la ocasión de despedirse de la mujer de su vida.

Permaneció al fondo de la iglesia, sin hablar ni llamar la atención, alerta, por si alguno de los guardias de seguridad de sus padres lo anduvieran buscando. Así era más fácil. Sin tener que saludar a nadie, sin recibir pésames, sin ver el asco que a la gente le seguía dando el amor que él sentía por Avery. Así solo estarían él y sus recuerdos, y el monstruo aullador de su tristeza.

Pese a todo, Atlas debía reconocer una cosa. Estaba claro que los Fuller sabían organizar un funeral, dotarlo de la misma pompa con la que daban las fiestas.

Podría haberse tratado de una noche de estreno en la ópera. Una lluvia de rosas blancas y claveles caía por todo el templo, tendiendo una preciosa alfombra blanca que recorría el pasillo hasta el altar. Centenares de velas flotaban en lo alto. Un coro de niños de aspecto angelical entonaba sus cantos tras el inmenso órgano tallado.

Ningún aspecto de la celebración tenía nada que ver con Avery. Era preciosa, pensó Atlas emocionado, pero no era frágil ni delicada. Era una chica fuerte.

Los bancos estaban llenos de dolientes ataviados con lutos de alta costura o con trajes a medida. Lucían diamantes, se daban toquecitos en los ojos con pañuelos de seda bordados con sus iniciales. La sociedad de Nueva York se manifestaba en su máximo esplendor; Atlas vio a todo el personal de Fuller Investments, ¿y no era aquel el gobernador de Nueva York, flanqueado por dos guardaespaldas? El mundo de la moda también se había dado cita aquí, de tal modo que toda una sección de bancos estaba monopolizada por una aglomeración de diseñadores, de propietarios de boutiques y de blogueros, los fanáticos que habían seguido el estilo de Avery al detalle. Lo cual resultaba cómico, porque muchos de ellos habían elegido un conjunto bastante soso e improvisado.

Los amigos de la escuela de Avery ocupaban un banco próximo al altar, con los ojos dilatados por la pena. Atlas se sorprendió al ver junto a ellos a Max von Strauss. Aunque le fastidiaba admitirlo, le pareció un gesto respetuoso por parte de Max que hubiera venido, pese a que la última vez que vio a Avery, esta estuviera besándose con Atlas.

Sí, había venido todo el mundo, y todo el mundo susurraba, sin excesiva discreción, acerca del sobrecogedor fallecimiento de Avery.

Lo irónico era que su muerte había servido precisamente para aquello que Atlas suponía que Avery deseaba: para volver las tornas. Ya no era la chica indecente que se había enamorado de quien no debía, sino la desdichada víctima de un amor imposible. El ruin artículo había sido retirado de la i-Net, porque después de que Avery se hubiera quitado la vida a raíz de su publicación, seguir permitiendo el acceso habría sido de un lamentable mal gusto.

Atlas apretó las manos en sendos puños a los costados. Así era Nueva York, pensó, veleidoso hasta el final. Lo cual demostraba que él estaba en lo cierto: si sus padres los hubieran apoyado, en lugar de separarlos por la fuerza y hacer pedazos la familia, la ciudadanía habría terminado por aceptar su relación y se habría olvidado del asunto.

Frente al altar, colocados en un asiento honorífico cerca de los Fuller, Atlas vio a los padres divorciados de Eris, Caroline Dodd y Everett Radson. Se preguntó qué estarían pensando, pese a las máscaras pétreas e inexpresivas que eran sus rostros. Según parecía, antes de morir, Avery había confesado que había matado a Eris, que la había tirado de la azotea por accidente. La confesión reabría viejas heridas y reavivaba no pocos rumores. Sobre todo, porque después Avery decidió suicidarse, incendiando el apartamento de los Fuller cuando ella aún estaba dentro.

Atlas se negaba a creer que Avery fuese capaz de algo así, pero ya no estaba seguro de nada. No dejaba de darle vueltas al hecho de que Avery nunca hubiera querido hablar abiertamente sobre la muerte de Eris. ¿Sería cierto?

Después estaban los otros chismorreos, según los cuales Avery se había confesado autora de otra muerte, la de una chica de las plantas inferiores. No tenía sentido. Atlas seguía sospechando que había algo más, que tal vez Avery pretendiera proteger a alguien.

«No», se recordó. Había venido aquí a llorar su pérdida, no a investigarla.

El padre Harold subió al púlpito y entonó la oración inicial. Los feligreses agacharon la cabeza.

—Señor, concédeles el descanso eterno a tus siervos, y que tu luz perpetua nos ilumine... —comenzó el sacerdote, pero Atlas había dejado de escucharlo. Estaba escrutando la muchedumbre y preguntándose cuántas de aquellas personas habrían conocido de verdad a Avery. No a la chica maquillada que todo el mundo veía, sino a la persona real y vital que había tras aquella fachada.

Dejó que el rezo del servicio resonase en torno a él, abrumado por los recuerdos de Avery. Los veranos que habían pasado en las playas de Maine, retozando entre las olas, birlando chocolatinas de la cocina y comiéndoselas deprisa, antes de que se derritieran. El modo en que el sol destellaba en el cabello de Avery, acentuando sus diferentes tonos. Su risa, más rotunda y grave de lo que cabría esperar. Su ferocidad, su calidez, su espíritu indómito. Lo que sentía cuando se besaban.

Él nunca había sido merecedor de ella. El mundo nunca había sido merecedor de ella; y, al final, el mundo era lo que la había matado, con su insensible estrechez de miras. A Atlas le importaba una mierda lo que le llamaran a él, pero tachar a Avery de vil y de despreciable solo porque amaba a quien amaba... En fin, él tampoco quería seguir formando parte de un mundo así.

Se negaba a pedir disculpas por amar a Avery. De hecho, retaría a todo aquel que tuviera una pizca de sensibilidad a conocerla y no enamorarse de ella. Querer a Avery era el mayor privilegio que la vida le había concedido, y bajo ningún concepto se arrepentiría por ello.

Rezó porque Avery tampoco se hubiera arrepentido en el último momento.

—Nuestro dolor es como el temblor de la tierra, como el fuego que no se consume... —iba diciendo el padre Harold, para angustia de Atlas. No quería imaginar a Avery allí arriba, en el piso mil, sola, acorralada por las llamas.

Estaba en Laos cuando se enteró, escasas horas después de que ocurriera. La noticia corrió como la pólvora, porque el fallecimiento de la hija del alcalde de Nueva York, de Pierson Fuller, el hombre que había implantado las ciudades verticales a escala global, era un bombazo de alcance internacional. Sobre todo cuando la chica había incendiado el famoso ático de la familia con ella dentro.

En cuanto Atlas supo de lo sucedido, le dio esquinazo al equipo de seguridad de su padre y tomó un avión con el propósito de regresar a tiempo para el funeral.

La culpa lo vino carcomiendo durante el soporífero viaje. Él era el responsable de todo. De que los hubieran sorprendido en el ascensor, de que sus padres hubieran intentado quitarlo de en medio, de que no se le hubiera ocurrido una forma más adecuada de dejarle un mensaje a Avery. Se acordó de las magdalenas que le había enviado, en el demencial último minuto, y le dieron ganas de abofetearse. ¿Sería que Avery no cayó en lo que él había querido decirle con aquellos dulces, que hallaría la manera de volver a por ella, fuera como fuese, le costara lo que le costase?

Recordó cómo Avery le clavó la mirada en la oscuridad del ascensor, cuando se giró hacia él para susurrarle «No hagas promesas que no sabes si cumplirás».

Al final, no había cumplido su promesa. Le había fallado.

Qué gran imbécil había sido. Don Buenas Intenciones, siempre metiendo la pata hasta el fondo. Tenía la impresión de verse envuelto en una tragedia shakespeariana, separados los desafortunados amantes, arruinada su vida a base de cometer errores imperdonables.

Atlas nunca se imaginó que Avery podría hacer algo semejante, que dejaría un inmenso agujero con su forma en medio del universo. Por otro lado, era ella quien se había quedado en Nueva York, donde aquella noche había tenido que enfrentarse a una inclemente lluvia de odio.

El sacerdote esparció unas gotas de agua bendita sobre el ataúd. Era una voluminosa caja de madera tallada, fabricada a medida; y aunque Atlas no había cargado con él, sabía que en realidad estaba vacío, que no contenía los restos de Avery. El cuerpo nunca fue hallado. Lo único que quedó fueron unos mechones de su largo y sedoso cabello dorado, sepultados bajo las cenizas.

Tal vez fuese mejor así. Al menos de esta forma no tendría que verla carbonizada y mutilada. Podría recordarla como él quería: enérgica, risueña y enamorada de la vida.

Cuando el padre Harold procedió a los últimos ritos, Atlas tuvo que contener la respiración. Odiaba este servicio y, al mismo tiempo, no quería que terminara, porque cuando concluyera, Avery se habría marchado de verdad.

Al cabo de poco, el órgano canalizó el himno final del oficio, las voces del coro infantil entregadas al réquiem. La afligida familia (Pierson y Elizabeth Fuller, la abuela Fuller y algunos tíos y tías dispersos) recorrió el pasillo central. Atlas se recogió un poco más entre las sombras.

Cuando Leda pasó cerca de él, enlutada con un vestido de punto de manga larga y unas mallas, a Atlas no le pareció que estuviera lo bastante... dolida. Caminaba con brío, la mirada tan oscura y atenta como siempre; y antes de que pudiera seguir recogiéndose, aquella mirada se desvió en su dirección y se cruzó frontalmente con la de él.

Tendría que haberse imaginado que, si alguien podía reconocerlo al instante, era Leda.

Se quedó helado, seguro de que Leda montaría una escena. En vez de eso, frunció los labios, inclinó la cabeza hacia una de las capillas que había cerradas a los lados, como diciéndole «Por ahí», y siguió andando hasta cruzar la puerta principal. Atlas supuso que no le quedaba más remedio que seguir sus indicaciones.

Se encaminó hacia la capilla, donde una pareja de ángeles tallados en piedra lo observaban con una calma inescrutable. Sus alas parecían estar hechas de cuero en lugar de plumas, más parecidas a las de los murciélagos que a las de las aves. Tal vez, en realidad, no fuesen ángeles. Supuso que eso sería lo más apropiado.

Leda no regresó hasta mucho después de que el templo se hubiera quedado vacío.

—¿Qué haces aquí? —susurró ella mientras miraba nerviosamente en todas direcciones—. Creía que te habías ido lejos.

—Así fue, pero he vuelto —dijo él entre titubeos, confirmando lo evidente. Sin embargo, su cerebro se negaba a reaccionar. La tristeza le impedía pensar con claridad.

Leda se agitó con impaciencia y golpeteó el frío suelo de mármol con una de sus bailarinas. Por alguna extraña razón, parecía estar enfadada con él.

—No deberías estar aquí.

—Cómo no iba a venir a despedirme de... —comenzó a decir Atlas, hasta que Leda lo interrumpió.

—Hay algo que tienes que saber, sobre lo que le ocurrió a Avery en realidad.

EPÍLOGO

En medio del aeropuerto de Budapest había una chica, vestida con unos tejanos y una sudadera holgada, un maltrecho bolso rojo colgado del hombro. Intentaba decidir adónde volar a continuación, deleitándose con la emoción que le suscitaba la siguiente parada, sin importar cuál terminara siendo.

Al igual que cualquier otro espacio público, el aeropuerto era un universo de encuentros breves entre desconocidos, entre extraños obligados a compartir su intimidad por un momento. La chica mantuvo la cabeza agachada, evitando mirar a los ojos a nadie, procurando pasar desapercibida; y no dejaba de asombrarle que lo estuviera consiguiendo. Nadie le prestaba la menor atención.

Se sorprendió al oír que le rugían las tripas. «Vale, primero un aperitivo», pensó, «y después el destino».

Hasta la decisión más trivial se había convertido en una

suerte de juego para ella. Ladeó un poco la cabeza y frunció el ceño, para debatir consigo misma si le apetecía más un zumo de lima o de remolacha. Quien la viera habría hecho bien en dudar que la chica conociese sus propios gustos, y tal vez fuese así. Tal vez no supiera si sus gustos eran suyos de verdad o si se los habían inculcado, como había ocurrido en todos los otros aspectos de su vida hasta ahora.

Se detuvo cerca de una de las ventanas de flexiglás para mirar los aviones que aterrizaban y despegaban. Le encantaba ver los distintos pasos de la coreografía: los agitados depósitos de agua que alimentaban los reactores, las cápsulas de transporte individuales que se desplazaban como cuentas ensartadas para recoger a cada viajero en un compartimento y llevarlos a todos al área de llegada.

Se pasó la mano con aire distraído por el cabello azabachado, el cual se había cortado hacía poco y sin demasiado esmero al estilo varonil. Le llamaba la atención lo ligera que sentía la cabeza sin las gruesas trenzas que antes se derramaban sobre sus hombros. Era una sensación maravillosa.

Apoyó la cabeza contra el cristal y dejó los ojos cerrados. Aún le ardían después de la rapidísima operación de cambio de retinas a la que se había sometido en un «consultorio» anónimo pero sorprendentemente aséptico que había en la Expansión. Habían sido unos días de locos.

—Tengo que desaparecer —le había dicho a Watt cuando aquella noche le envió un toque—. Puedes encargarte, ¿verdad?

—¿Te vas a escapar? —Watt guardó silencio, como si necesitara poner en orden sus ideas—. ¿Es por lo del artículo? Porque puedo enterarme de quién envió la imagen y así...

—Pasas demasiado tiempo con Leda —lo reprendió ella con cariño—. No quiero vengarme, Watt. Quiero salir de aquí.

Para su sorpresa, Watt se hizo de rogar. En parte, ella se lo agradeció, como si él supiera que debía decirle lo que pensaba, porque era la única persona a la que ella revelaría sus intenciones. La única persona que lucharía por ella.

—Sé que ahora mismo toda esta situación parece un pozo sin fondo —le había respondido él—, pero no puedes renunciar a tu vida solo por esto.

—¿Y si te dijera que llevaba tiempo pensando en renunciar a mi vida?

Se dejó caer en la cama y extravió la mirada en el techo, una mano apoyada en la frente y la otra sobre el corazón, la postura en que se ponía para practicar yoga. Mientras tanto, intentaba concentrarse en algo, en lo que fuera. ¿Cuánto tiempo llevaba gestándose esta sensación, la impresión de que estaba atrapada, de que su voluntad quedaba sepultada bajo las expectativas de los demás: las de sus padres, las de Max y las de todo el mundo?

Hizo un esfuerzo por explicarse.

—Tú no lo entenderás, pero siento como si tuviera la cabeza llena de voces empeñadas en decirme quién debo ser. Y ahora hay todavía más voces, las de una ciudad entera e indignada, y yo solo quiero dejar atrás todo esto.

—Sé más de lo que crees sobre eso de tener la cabeza llena de voces —le había respondido Watt con una risa enigmática—. Está bien. Comencemos por la logística.

En retrospectiva, aún le costaba creer que lo hubieran logrado. Nunca habría podido hacerlo sin la ayuda de Watt, cuya pericia como hacker había sobrepasado sus expectativas con creces. Se las había ingeniado para robar un dron militar obsoleto equipado con paneles de camuflaje de teflón. El aparato la había recogido allí mismo, en la azotea, después de que ella incendiara el apartamento con las bengalas de primera clase que él le había conseguido. Ella no le preguntó de dónde las había sacado.

Apenas cabía en el habitáculo, aun con las rodillas apretadas contra el pecho, pero no importaba. Voló en el dron durante los veinte minutos que tardó en llegar a Boston, prácticamente indetectable, reducida a una mera agitación del aire.

Se estremeció al recordar la escombrera a la que había reducido la casa donde se había criado. Pero no había tenido más remedio. Watt y ella habían considerado todas las opciones imaginables, pero al final habían dado por imposible que saliera por la Torre sin que los escáneres de retina registrasen su paso. La única opción que le quedaba era salir por la azotea. Motivo por el que debía provocar el incendio, para explicar que no se hubiera hallado su cuerpo.

Porque, si sus padres no la hubieran dado por muerta, si hubiesen descubierto que había huido sin más, se habrían valido de sus inagotables recursos para encontrarla. Y no quería pasarse la vida vigilando sus espaldas, atemorizada.

Lo más duro había sido no decírselo a Leda. Pero sabía que, si le hubiera contado lo que tenía en mente, su amiga habría intentado sacarle la idea de la cabeza por todos los medios. Había hecho que Watt le prometiera que solo se lo explicaría todo a Leda cuando viese que ya no había vuelta atrás. Aun así, le angustiaba la mera idea de causarle tanto dolor a su amiga, aunque fuera solo por unas horas.

Se alegraba de haberlo hecho. Los demás quedaban libres de

toda sospecha, Leda quedaba libre de la culpa que sentía y, además, ella misma quedaba libre. No había reparado en lo atrapada que estaba por su identidad hasta que decidió desembarazarse de ella.

Se giró hacia la holo de las salidas, donde los pequeños iconos de los destinos relucían tentadores ante ella, como las distintas opciones de un menú. San Petersburgo, Nairobi, Beirut. De toda esta infinidad de lugares, ¿dónde estaría Atlas? De nuevo, deseó haber podido avisarlo de su plan, pero ni siquiera Watt había conseguido encontrarlo. Fuera cual fuese el país al que sus padres lo habían desterrado, habían sabido quitarlo de en medio por completo.

Ya había empezado a verlo en todas partes: en cada cafetería, en cada tren, en cada esquina. Siempre había alguien cuya forma de andar, cuya voz o cuyo color de pelo le recordaba al de él, y entonces tenía que mirar dos veces, solo para cerciorarse. Se sentía rodeada por una infinidad de ecos de él. Se preguntó si él la recordaría del mismo modo.

La chica levantó la cabeza. Tal vez sus ojos fuesen nuevos, pero la tenacidad desafiante que se advertía en ellos destellaba con la misma intensidad de siempre.

Atlas podía estar en cualquier parte, en realidad. El mundo era inmenso y estaba repleto de rincones insospechados: de pueblos minúsculos, de ciudades descomunales y de torres que acariciaban el cielo; de mares, de lagos y de montañas; y de miles de millones de personas. Y, ante un escenario tan vasto, ella no tenía la menor idea de dónde podría estar él. Podría tardar semanas en encontrarlo, o años, o toda la vida.

Aun así, en la búsqueda estaría buena parte de la diversión, ¿no? Si iba a llevarle toda la vida, pensó con ironía, más le valía ponerse en marcha sin más dilación.

Avery Fuller había muerto, y la chica que había vivido en su piel durante dieciocho años no veía el momento de empezar a conocer a la persona que era en realidad, más allá de la fachada.

Se volvió hacia los mostradores de la aerolínea y se encaminó con valentía hacia su futuro.

AGRADECIMIENTOS

Ahora que esta trilogía ha llegado a su fin, me embarga un profundo sentimiento de gratitud. Debo darles las gracias desde el fondo de mi corazón a todas las personas que han hecho posible estos libros:

A mi editora, la inimitable Emilia Rhodes: no se me ocurre nadie más indicado para ayudarme a publicar mi primera serie. Jen Klonsky, tu entusiasmo incansable siempre me saca una sonrisa. Alice Jerman, nunca dejaré de agradecerte el apoyo editorial que me has prestado. Jenna Stempel, tus diseños de cubiertas siempre me han impresionado, pero esta vez te has superado a ti misma. Gracias también a Gina Rizzo, Bess Braswell, Sabrina Abballe y Ebony LaDelle por su talento para el marketing y la publicidad.

Como siempre, mi más sincero agradecimiento a todo el equipo de Alloy Entertainment. Joelle Hobeika, Josh Bank y

Sara Shandler, habéis enriquecido esta serie con vuestra demencial genialidad colectiva en muchos más sentidos de los que yo imaginaba. Gracias por vuestra formidable orientación en materia creativa, y por creer en este proyecto. Gracias también a Les Morgenstein, Gina Girolamo, Romy Golan y Laura Barbiea.

Al equipo de Rights People (Alexandra Devlin, Allison Hellegers, Caroline Hill-Trevor, Rachel Richardson, Alex Webb, Harim Yim y Charles Nettleton), gracias por ayudar a traducir *Cielo infinito* a tantos idiomas en distintas regiones del mundo. Me sigue pareciendo un sueño hecho realidad.

Gracias también a Oka Tai-Lee y Zachary Fetters por elaborar un sitio web impresionante, y a Mackie Bushong, por tu don para el diseño.

No sé qué haría sin mis padres, quienes siguen siendo mi equipo de ventas más entusiasta y mis animadores más entregados. Lizzy y John Ed, gracias por ofreceros como caja de resonancia inicial, y por todas las sugerencias relativas a los diálogos (¡algunas terminaron incorporándose al libro!). Y a Alex: gracias por los incontables tacos caseros, por tus consejos impagables y por la infinidad de horas que pasaste hablando conmigo con tanta paciencia sobre la vida de unos adolescentes ficticios. Sin ti, no habría llegado a escribir una sola letra.

Sobre todo, gracias a los lectores que me han acompañado durante este viaje. Creo que los libros siguen siendo la magia más poderosa que existe, pero solo en las manos de los lectores es donde esa magia se manifiesta de verdad.